ORYX
E CRAKE

MARGARET ATWOOD
ORYX E CRAKE

TRADUÇÃO
LÉA VIVEIROS DE CASTRO

Rocco

Título original
ORYX AND CRAKE

Copyright © 2003 *by* O. W. Toad Ltd

O direito moral da autora foi assegurado.

Nenhuma parte desta obra pode ser reproduzida ou transmitida por qualquer forma ou meio eletrônico ou mecânico, inclusive fotocópia, gravação ou sistema de armazenagem e recuperação de informação, sem a permissão escrita do editor.

Direitos para a língua portuguesa reservados
com exclusividade para o Brasil à
EDITORA ROCCO LTDA.
Av. Presidente Wilson, 231 – 8º andar
20030-021 – Rio de Janeiro – RJ
Tel.: (21) 3525-2000 – Fax: (21) 3525-2001
rocco@rocco.com.br
www.rocco.com.br

Printed in Brazil/Impresso no Brasil

preparação de originais
FÁTIMA FADEL
MAIRA PARULA

CIP-Brasil. Catalogação na fonte.
Sindicato Nacional dos Editores de Livros, RJ.

A899o
    Atwood, Margaret
       Oryx e Crake / Margaret Atwood; tradução de Léa Viveiros de Castro. – 1. ed. – Rio de Janeiro: Rocco, 2018.

       Tradução de: Oryx and Crake
       ISBN 978-85-325-3113-1
       ISBN 978-858-122-74-05 (ebook)

       1. Ficção científica americana. 2. Distopias na literatura. I. Castro, Léa Viveiros de. II. Título.

18-48722   CDD: 813
                                CDU: 821.111(73)-3

O texto deste livro obedece às normas do
Acordo Ortográfico da Língua Portuguesa.

Para a minha família

Talvez, como outros, eu pudesse ter surpreendido vocês com histórias estranhas e improváveis; mas preferi relatar acontecimentos corriqueiros da forma mais simples possível; porque o meu principal objetivo era informá-los e não distraí-los.

Jonathan Swift
As viagens de Gulliver

Não haveria segurança? Não se poderia aprender de cor os caminhos da vida? Nenhum guia, nenhum abrigo, mas tudo milagre e um salto no vazio do alto de uma torre?

Virginia Woolf
Rumo ao farol

Sumário

1

Manga	15
Destroços	17
Voz	21

2

Fogueira	25
Fazendas OrganInc	31
Almoço	37

3

Meio-dia	43
Temporal	49

4

Guaxitaca	53
Martelo	62
Crake	71
Cérebro frito	77
Ninfetinhas	87

5

Torrada	93
Peixe	97
Garrafa	103

6

Oryx	111
Pio de pássaro	119
Rosas	123
Pixieland jazz	130

7

Sveltana	141
Ronronando	148
Azul	156

8

Leilão de Alunos	165
Happicuppa	170
Retórica Aplicada	176
Asperges	183
Lobocães	189
Hipotético	196
Extinctathon	202

9

Marcha	209
RejoovenEsense	215
Tornado	222

10

Vulturinas	229
AnooYoo	235
Garagem	239
Descontrole	243

11

Porções	251
Rádio	254
Muralha	259

12

Incursão plebeia	267
BlyssPluss	274
MaddAddão	281
Paradice	284
Crake apaixonado	289
Compras	299
Câmara de compressão	304

13

Bolha	311
Rabiscos	314
Restos	324

14

Ídolo	333
Sermão	339

15

Pegada	345
Agradecimentos	349

1

MANGA

O Homem das Neves acorda antes do amanhecer. Ele fica deitado, imóvel, ouvindo a maré encher, uma onda atrás da outra derramando-se sobre as diversas barricadas, *wish-wash, wish-wash,* no ritmo do coração. Ele gostaria tanto de acreditar que ainda estava dormindo.

A leste, no horizonte, há uma névoa cinzenta, iluminada por um clarão rosa e mortal. Estranho como essa cor ainda parece delicada. As torres próximas à praia projetam suas silhuetas escuras contra ela, erguendo-se improvavelmente da superfície rosa e azul da lagoa. Os gritos dos pássaros aninhados ali e o oceano distante batendo nos sucessivos recifes de pedaços enferrujados de carros, tijolos amontoados e entulhos soam quase como o tráfego de um feriado.

Por hábito, ele olha o relógio – caixa de aço inoxidável, pulseira de alumínio, ainda lustroso embora não funcione mais. Ele o usa agora como único talismã. Uma face vazia é o que ele mostra agora: zero hora. Essa ausência de um tempo oficial causa-lhe um arrepio de terror. Ninguém, em lugar nenhum, sabe que horas são.

"Acalme-se", ele diz a si mesmo. Depois respira fundo, coça as picadas de inseto, em volta delas e não nos lugares em que coçam mais, tomando cuidado para não tirar nenhuma casca: envenenamento do sangue é a última coisa que ele deseja. Depois examina o terreno à procura de algum animal: tudo calmo, nada de escamas ou rabos. Mão esquerda, pé direito, mão direita, pé esquerdo, ele vai descendo da árvore. Depois de sacudir pedaços de galho e de casca de árvore, ele enrola o seu lençol sujo em volta do corpo como se fosse uma toga. Na noite anterior, havia pendurado o seu boné de beisebol dos Red Sox, uma réplica autêntica, em um galho, como medida de segurança; tira uma aranha de dentro do boné e o coloca na cabeça.

Ele caminha alguns metros para a direita, urina nos arbustos. "Atenção *aí*", ele diz para os gafanhotos que fogem com o impacto. Depois ele vai para o outro lado da árvore, bem longe do seu mictório habitual, e inspeciona o esconderijo que improvisou com uns pedaços de concreto e uma tela de arame para evitar ratos e camundongos. Ele guardara umas mangas lá dentro, fechadas em um saco plástico, uma lata de Salsichas sem Carne Sveltana, uma preciosa meia garrafa de uísque – quase um terço de garrafa, na verdade – e uma barra energética sabor chocolate roubada de um camping, mole e melada dentro do invólucro de papel-alumínio. Ele ainda não teve coragem de comê-la: pode ser que nunca tenha. Ele também guarda ali um abridor de lata e, sem nenhum motivo específico, um picador de gelo; e seis garrafas de cerveja vazias, por motivos sentimentais e para estocar água fresca. E seus óculos escuros; ele os coloca. Uma das lentes não existe mais, mas é melhor do que nada.

Ele abre o saco plástico: resta uma única manga. Engraçado, ele se lembrava de que havia mais. As formigas conseguiram entrar, apesar de ele ter amarrado muito bem o saco. Elas já estão subindo pelos seus braços, umas pretas, outras pequenas e amarelas, mais agressivas. É surpreendente como mordem, especialmente as amarelas. Ele esfrega o braço para tirá-las.

"É o rígido apego à rotina diária que ajuda a manter a boa disposição e a preservar a sanidade", ele diz em voz alta. Ele tem a sensação de estar citando uma frase tirada de um livro, uma ponderação obsoleta escrita para orientar colonos europeus encarregados de algum tipo de plantação. Ele não se lembra de ter lido algo semelhante, mas isso não quer dizer nada. Há muitos espaços vazios no seu cérebro, no lugar onde costumava ficar a memória. Plantações de borracha, plantações de café, plantações de juta. (O que era juta?) Eles deviam ser instruídos a usar chapéu para se proteger do sol, a se vestir para jantar e a não estuprar as nativas. Eles não deviam dizer *estuprar*. Não deviam confraternizar com habitantes do sexo feminino. Ou algo parecido...

Mas ele aposta que não faziam isso. Na maioria das vezes.

"Tendo em vista as circunstâncias atenuantes", ele diz. Ele fica ali de boca aberta, tentando lembrar o resto da frase. Depois se senta no chão e começa a comer a manga.

DESTROÇOS

Na praia branca, de fragmentos de corais e ossos, um grupo de crianças caminha. Elas estiveram nadando, porque ainda estão com os corpos molhados e brilhando. Elas deviam ter mais cuidado: quem sabe o que pode estar infestando a lagoa? Mas elas são imprudentes; ao contrário do Homem das Neves, que não mergulha um dedo lá nem mesmo à noite, quando o sol não pode alcançá-lo. Revisão: especialmente à noite.

Ele as observa com inveja, ou será nostalgia? Não pode ser isso: ele nunca nadou no mar quando era criança, nunca correu nu por uma praia. As crianças examinam o terreno, inclinam-se, apanham destroços trazidos pelo mar; depois discutem entre si, guardando alguns itens, jogando fora outros; seus tesouros são colocados dentro de um saco rasgado. Mais cedo ou mais tarde – ele tem certeza –, elas irão procurá-lo ali onde ele está sentado, enrolado em um lençol sujo, abraçando as canelas e chupando sua manga, bem abrigado à sombra das árvores para se proteger do sol inclemente. Para as crianças – de pele grossa, resistente aos raios ultravioleta – ele é uma criatura da sombra, da escuridão.

Lá vêm elas. – Homem das Neves, ó Homem das Neves – elas repetem no seu jeito cantado. Elas nunca chegam muito perto dele. Será que é por respeito, como ele gosta de pensar, ou porque ele fede?

(Ele fede mesmo, e sabe muito bem disso. Ele cheira a ranço, a podre, fede como uma morsa – a óleo, sal, peixe –, não que ele já tenha sentido o cheiro de um animal desses. Mas viu retratos.)

Abrindo seu saco, as crianças gritam em coro: – Homem das Neves, sabe o que nós encontramos? – Elas erguem os objetos, como se os estivessem oferecendo à venda: uma calota, uma tecla de piano, um caco de vidro verde de garrafa polido pelo oceano. Um recipiente de plástico de Blyss-Pluss, vazio; um ChickieNobs, idem. Um mouse de computador, ou os restos de um, com um fio comprido no lugar do rabo.

O Homem das Neves tem vontade de chorar. O que pode dizer a elas? Não há como explicar o que são, ou foram, aqueles estranhos objetos. Mas com certeza elas já adivinharam o que ele vai dizer, porque é sempre a mesma coisa.

– Essas são coisas de antigamente. – Ele procura falar de um modo bondoso, porém distante. Uma mistura de pedagogo, profeta e tio benevolente – esse deve ser o tom.

– Essas coisas fazem mal? – Às vezes elas encontram latas de óleo de motor, solventes cáusticos, garrafas plásticas de alvejante. Armadilhas do passado. Consideram-no um especialista em acidentes potenciais: líquidos que queimam, vapores nocivos, pó venenoso. Sofrimentos de toda espécie.

– Essas não – ele diz. – Essas são seguras. – Então elas perdem o interesse, abaixam o saco. Mas não vão embora. O que querem mesmo é olhar para ele, porque ele é tão diferente delas. De vez em quando pedem para ele tirar os óculos escuros e tornar a colocá-los: querem ver se ele tem mesmo dois olhos, ou três.

– Homem das Neves, ó Homem das Neves – elas entoam, mais para si mesmas. Para elas, o nome dele não passa de um conjunto de sílabas. Elas não sabem o que é um homem das neves, nunca viram neve.

Uma das regras de Crake era que nenhum nome poderia ser escolhido sem que houvesse um equivalente físico para ele – mesmo que fosse recheado ou esquelético. Nada de unicórnios, grifos, basiliscos ou monstros com corpo de leão e cabeça de homem. Mas essas regras não estão mais valendo, e o Homem das Neves sentiu um prazer amargo em adotar este rótulo dúbio. O Abominável Homem das Neves – existindo e não existindo, vislumbrado no meio de uma nevasca, homem-macaco ou macaco-homem, furtivo, ardiloso, conhecido apenas de se ouvir falar e pelas suas pegadas de trás para a frente. Diziam que as tribos das montanhas o haviam caçado e matado. Diziam que elas o haviam cozinhado, assado, organizado banquetes especiais; muito mais excitante, na opinião dele, por se aproximar bastante do canibalismo.

Por ora, ele abreviou o nome. Ele é simplesmente o Homem das Neves. Guardou para si mesmo o *abominável*, seu instrumento de tortura secreto.

Após alguns instantes de hesitação, as crianças se agacham formando um semicírculo, meninos e meninas juntos. Alguns dos mais jovens ainda estão ruminando o café da manhã, o suco verde escorrendo pelos seus queixos. É horrível como as pessoas ficam desleixadas na ausência de espelhos. Mesmo assim, elas são incrivelmente atraentes, essas crianças – todas nuas, todas perfeitas, cada uma de uma cor diferente – chocolate, rosa, chá, manteiga, creme, mel –, mas todas de olhos verdes. A estética de Crake.

Elas estão olhando para o Homem das Neves cheias de expectativa. Devem estar esperando que ele converse com elas, mas hoje ele não está com disposição para isso. No máximo poderá deixá-las examinar de perto seus óculos escuros, ou seu relógio parado, ou o boné de beisebol. Elas gostam do boné, mas não entendem por que ele precisa daquilo – um cabelo removível que não é cabelo –, e ele ainda não inventou uma história para ele.

Elas ficam silenciosas por algum tempo, olhando, ruminando, mas aí a mais velha começa. – Homem das Neves, por favor diga para nós o que é esse musgo crescendo no seu rosto? – As outras reforçam. Por favor diga, por favor diga! – Sem risos nem brincadeiras: a pergunta é séria.

– Penas – ele diz.

Elas fazem essa pergunta pelo menos uma vez por semana. Ele dá sempre a mesma resposta. Mesmo em um tempo tão curto – dois meses, três? Ele perdeu a conta – elas acumularam um bocado de histórias, de conjecturas acerca dele: *o Homem das Neves antes era um pássaro, mas ele não sabe mais voar e o resto das suas penas caiu, por isso ele sente frio e precisa de uma segunda pele, e tem que se enrolar. Não: ele sente frio porque come peixe e os peixes são frios. Não: ele se enrola porque não tem seus órgãos masculinos e não quer que a gente veja. É por isso que ele não gosta de nadar. O Homem das Neves tem rugas porque costumava viver debaixo d'água e isso fez sua pele enrugar. O Homem das Neves é triste porque os outros iguais a ele foram embora voando sobre o mar, e agora ele está sozinho.*

– Eu também quero ter penas – dizem as crianças menores. Uma esperança vã: os homens não têm barba, entre os Filhos de Crake. O próprio Crake achava a barba irracional; ele ficava irritado com a tarefa de barbear-se, então aboliu a barba. Mas não, evidentemente, para o Homem das Neves: tarde demais para ele.

Agora elas recomeçam todas juntas. – Homem das Neves, ó Homem das Neves, nós também podemos ter penas, por favor?

– Não – ele diz.

– Por que não, por que não? – cantarolam as duas crianças menores.

– Esperem um minuto, eu vou perguntar ao Crake. – Ele ergue o relógio na direção do céu e o faz girar no pulso, depois encosta-o no ouvido como se estivesse escutando. Elas acompanham cada movimento, enfeitiçadas. – Não – ele diz. – Crake está dizendo que não. Nada de penas para vocês. Agora deem o fora.

– Deem o fora? Deem o fora? – Elas se entreolham e depois tornam a olhar para ele. Ele cometeu um erro, disse uma coisa nova, uma coisa que é impossível explicar. – O que é *deem o fora*?

– Vão embora! – Ele sacode a camisa na direção delas e elas saem correndo pela praia. Elas ainda não sabem ao certo se devem ou não ter medo dele, ou até que ponto devem ter medo. Ele nunca fez mal a nenhuma criança, mas sua natureza não é inteiramente compreendida. Ninguém pode dizer o que ele seria capaz de fazer.

VOZ

— Agora eu estou sozinho – ele diz em voz alta. – Inteiramente sozinho. Sozinho em um vasto, vasto mar. – Mais um fragmento do álbum de recortes que queima em sua cabeça.
Revisão: praia.
Ele sente necessidade de ouvir uma voz humana – uma voz demasiadamente humana, como a dele. Às vezes ele ri como uma hiena ou urra como um leão – sua ideia de hiena, sua ideia de leão. Ele costumava assistir a antigos DVDs dessas criaturas quando era criança: aqueles programas sobre comportamento animal que mostravam cópulas e rugidos e vísceras, e mães lambendo seus filhotes. Por que ele os achava tão relaxantes?
Ou então ele grunhe e guincha como um porcão, ou uiva como um lobocão: *Aú! Aú!* Às vezes, ao cair da tarde, ele corre pela areia, atirando pedras no oceano e gritando: *Merda, merda, merda, merda, merda!* Ele se sente melhor depois disso.
Ele se levanta, ergue os braços para se esticar e o lençol cai. Ele examina o próprio corpo com tristeza: a pele encardida, picada por insetos, os tufos grisalhos de pelo, as unhas dos pés grossas e amareladas. Nu como veio ao mundo, não que ele consiga se lembrar disso. Tantos acontecimentos cruciais ocorrem pelas costas das pessoas, quando elas não estão em condição de assistir: nascimento e morte, por exemplo. E o temporário esquecimento do sexo.
— Nem ouse pensar nisso – ele diz a si mesmo. Sexo é como bebida, faz mal começar a preocupar-se com ele no começo do dia.
Ele costumava cuidar-se bem; corria, fazia ginástica. Agora ele consegue ver as próprias costelas: está definhando. Insuficiência de proteína animal. Uma voz feminina diz carinhosamente em seu ouvido, *Bela bunda!* Não é Oryx, é alguma outra mulher. Oryx não anda muito falante.

– Diga qualquer coisa! – ele implora. Ela pode ouvi-lo, ele tem que acreditar nisso, mas o castiga com o seu silêncio. – O que posso fazer? – ele pergunta. – Você sabe que eu...

Ah, que belo abdome! Vem o sussurro, interrompendo-o. *Benzinho, deita aí.* Quem é? Alguma piranha que ele comprou um dia. Revisão: profissional do sexo. Uma trapezista, com espinha de borracha, lantejoulas coladas no corpo feito escamas de peixe. Ele odeia esses ecos. Os santos costumavam ouvi-los, eremitas loucos, infestados de piolhos, em suas cavernas e desertos. Dentro em breve, estará vendo belos demônios acenando para ele, lambendo os lábios, com bicos de seios vermelhos e quentes e línguas cor-de-rosa palpitantes. Sereias irão erguer-se das ondas, do outro lado das torres em ruínas, e ele ouvirá seu lindo canto e nadará na direção delas para ser comido pelos tubarões. Criaturas com cabeças e seios de mulher e garras de águia irão projetar-se sobre ele e ele abrirá os braços para elas, e esse será o seu fim. Cérebro frito.

Ou pior, alguma garota que ele conhece, ou conheceu, virá caminhando na direção dele, no meio das árvores, e ficará feliz em vê-lo, mas será feita de ar. Ele ficaria contente até mesmo com isso, pela companhia.

Ele examina o horizonte, usando o olho protegido pelos óculos escuros: nada. O mar é um metal quente, o céu, um azul desbotado, exceto pelo buraco feito pelo sol. Tudo é tão vazio. Água, areia, céu, árvores, fragmentos do passado. Ninguém para ouvi-lo.

– Crake! – ele berra. – Babaca! Cérebro de merda!

Ele escuta. A água salgada escorrendo de novo pelo rosto. Ele nunca sabe quando isso vai acontecer e nunca consegue evitar. Sua respiração fica ofegante, como se uma gigantesca mão estivesse apertando o seu peito – aperta, solta, aperta. Pânico irracional.

– Você fez isso! – ele grita para o oceano.

Nenhuma resposta, o que não surpreende. Apenas as ondas, indo e vindo, indo e vindo. Ele passa a mão fechada no rosto, esfregando a sujeira, as lágrimas, o catarro, os pelos emaranhados e o suco de manga. – Homem das Neves, Homem das Neves – ele diz. – Vai cuidar da vida!

2

FOGUEIRA

Antigamente, o Homem das Neves não era o Homem das Neves. Ele era Jimmy. Naquela época ele era um bom menino.

A primeira lembrança de Jimmy era de uma enorme fogueira. Ele devia ter uns cinco ou seis anos. Estava usando botas vermelhas de borracha com uma cara de pato sorridente em cada dedo; ele se lembra disso, porque depois de ver a fogueira ele teve que passar por uma tina de desinfetante com aquelas botas. Disseram que o desinfetante era venenoso e que ele não deveria espirrar a água, e então ele ficou com medo de que o veneno pudesse entrar nos olhos dos patos e feri-los. Disseram-lhe que os patos eram apenas figuras desenhadas, que não eram reais e não tinham sentimentos, mas ele não acreditou muito.

Então, digamos cinco anos e meio, pensa o Homem das Neves. Devia ser isso.

O mês poderia ser outubro ou novembro; as folhas ainda mudavam de cor na época, e estavam cor de laranja e vermelho. O chão estava lamacento – ele devia estar parado num campo – e chovia um pouco. A fogueira era uma pilha enorme de vacas e ovelhas e porcos. As pernas dos animais estavam esticadas para cima; tinham jogado gasolina sobre eles; as chamas projetavam-se para o alto, amarelas, brancas, vermelhas e alaranjadas, e um cheiro de carne queimada enchia o ar. Era como o churrasco no quintal quando o seu pai assava coisas, só que muito mais forte, e misturado com um cheiro de posto de gasolina, e de cabelo queimado.

Jimmy sabia como era o cheiro de cabelo queimado porque tinha cortado um pouco do próprio cabelo com a tesourinha de unha e havia posto fogo nele com o isqueiro da mãe. O cabelo tinha encolhido e enroscado como se fosse um monte de minhocas pretas, e aí ele cortou mais um pouco e repetiu a façanha. Quando o pegaram, o cabelo dele estava todo picotado na frente. Ao ser repreendido, disse que era uma experiência.

Seu pai riu, mas sua mãe não. Pelo menos (o pai disse) Jimmy teve o bom senso de cortar o cabelo antes de pôr fogo nele. Sua mãe disse que era uma sorte ele não ter posto fogo na casa. Aí eles tiveram uma discussão por causa do isqueiro, que não estaria ali (o pai disse) se sua mãe não fumasse. Sua mãe disse que todas as crianças eram no fundo incendiárias, e que se não houvesse isqueiro ele teria usado fósforos.

Quando a discussão começou, Jimmy sentiu-se aliviado, porque sabia que não seria castigado. Tudo o que ele precisava fazer era não dizer nada e logo eles teriam esquecido o motivo da discussão. Mas ele também sentiu-se culpado, porque tinha causado aquilo. Ele sabia que a discussão ia terminar com uma porta batendo. Ele foi se encolhendo na cadeira, com as palavras zunindo sobre sua cabeça, e finalmente veio a batida da porta – sua mãe dessa vez – e o vento que acompanhou a batida. Sempre havia um vento quando a porta era batida, um pequeno puf – uuf! – bem nos seus ouvidos.

– Não liga não, amigão – seu pai disse. – As mulheres sempre ficam esquentadas. Ela vai se acalmar. Vamos tomar um sorvete. – Então foi o que fizeram, tomaram sorvete de amora nas tigelas pintadas de pássaros azuis e vermelhos, tigelas artesanais do México e que por isso não podiam ser colocadas na lava-louça, e Jimmy tomou o seu sorvete todinho para mostrar ao pai que estava tudo bem.

Mulheres e o que acontece no corpo delas. Calor e frio, indo e vindo no estranho país almiscarado, florido e instável que havia dentro de suas roupas – misterioso, magnífico, incontrolável. Esse era o modo como o seu pai via as coisas. Mas a temperatura dos corpos dos homens nunca era examinada; ela não era sequer mencionada, não quando ele era pequeno, exceto quando seu pai dizia "Fica frio". E por que não? Por que não se dizia nada sobre os calores dos homens debaixo daqueles colarinhos duros de pontas afiadas, com seus pelos escuros, ásperos e sulfurosos? Ele bem que precisava de algumas teorias a respeito.

No dia seguinte, o pai levou-o a um lugar de cortar cabelo onde havia um quadro de uma moça bonita na vitrine, com lábios salientes e uma camiseta preta caída num dos ombros, um brilho insinuante nos olhos pretos como carvão e o cabelo para cima, espetado como um ouriço. Dentro, havia cabelo espalhado por todo o chão de ladrilhos, formando tufos e mechas; alguém os estava varrendo com uma vassoura. Primeiro puseram uma capa preta em Jimmy, só que parecia mais um babador, e Jimmy não queria usar aquilo, porque era de bebê. O homem que cortava cabelo riu e disse que não era um babador, porque quem já viu um bebê usando um babador preto? Então tudo bem; e aí Jimmy fez um corte bem baixinho para igualar as falhas, e talvez ele quisesse mesmo isso – um cabelo mais curto. Depois puseram um troço para o cabelo ficar espetado. Tinha cheiro de casca de laranja. Ele sorriu para si mesmo no espelho, depois fez uma careta, cerrando as sobrancelhas.

– Garoto durão – o homem que cortava cabelo disse, fazendo um sinal para o pai de Jimmy. – Ele é fera. – Ele sacudiu no chão o cabelo cortado junto com os outros cabelos, depois tirou a capa preta com um floreio e pôs Jimmy no chão.

Na fogueira, Jimmy estava nervoso com os animais, porque eles estavam sendo queimados e com certeza isso iria machucá-los. Não, seu pai disse. Os animais estavam mortos. Eles eram como bifes e salsichas, só que ainda estavam com pele.

E com as cabeças, Jimmy pensou. Bifes não têm cabeças. As cabeças faziam diferença: ele achou que os animais estavam olhando para ele reprovadoramente com seus olhos em fogo. De algum modo, tudo aquilo – a fogueira, o cheiro de churrasco, mas principalmente os animais em chamas, sofrendo – era culpa dele, porque ele não tinha feito nada para salvá-los. Ao mesmo tempo, achava aquela fogueira bonita – luminosa, como uma árvore de Natal, mas uma árvore de Natal em chamas. Ele estava torcendo para haver uma explosão, como na televisão.

O pai de Jimmy estava ao lado dele, segurando sua mão. – Me levanta – Jimmy disse. Seu pai achou que ele estava querendo ser consolado, o que era verdade, e levantou-o no colo e abraçou-o. Mas Jimmy também estava querendo ver melhor.

– É assim que as coisas acabam – disse o pai de Jimmy, não para Jimmy, mas para um homem que estava ali parado junto deles. – Depois que começam. – O pai de Jimmy parecia zangado; assim como o homem quando respondeu.

Fogueira 27

– Dizem que foi de propósito.
– Eu não me surpreenderia – disse o pai de Jimmy.
– Eu posso ficar com um dos chifres de vaca? – Jimmy perguntou. Ele não via por que eles deveriam ser desperdiçados. Ele queria pedir dois, mas achou que talvez fosse pedir demais.
– Não – seu pai disse. – Dessa vez não, amigão. – Ele deu um tapinha na perna de Jimmy.
– Faz os preços subirem – disse o homem. – E assim ganham um dinheirão com o estoque deles.
– É uma matança horrível, mas pode ser apenas coisa de maluco. Alguma seita, quem sabe.
– Por que não? – Jimmy perguntou. Ninguém mais queria os chifres. Mas dessa vez seu pai ignorou-o.
– O problema é como eles fizeram isso? – ele disse. – Eu achei que o nosso pessoal tinha conseguido isolar-nos completamente.
– Eu também achei. Mas uma brecha foi suficiente. O que é que os caras estavam fazendo? Eles não são pagos para dormir.
– Pode ter sido suborno – disse o pai de Jimmy. – Vão verificar as transferências bancárias, embora você tenha que ser muito burro para enfiar esse tipo de dinheiro em um banco. De qualquer maneira, cabeças vão rolar.
– Vão passar um pente-fino e eu não queria estar no lugar deles – disse o homem. – Quem é que entra aqui vindo de fora?
– Caras que consertam coisas. Caminhões de entrega.
– Eles deviam passar tudo isso para dentro.
– Ouvi dizer que o plano é esse – seu pai disse. – Mas esse vírus é novo. Nós temos a impressão genética.
– Esse jogo pode ter dois participantes – disse o homem.
– Pode ter qualquer número de participantes – disse o pai de Jimmy.

– Por que as vacas e as ovelhas estavam pegando fogo? – Jimmy perguntou ao pai no dia seguinte. Eles estavam tomando café, os três juntos, então devia ser domingo. Esse era o dia em que sua mãe e seu pai estavam os dois no café.

O pai de Jimmy estava na sua segunda xícara de café. Enquanto bebia, ele fazia anotações numa página cheia de números. – Eles tiveram que ser queimados – ele disse – para evitar que se espalhasse. – Ele não levantou os olhos; estava fazendo cálculos na sua calculadora de bolso, anotando com o lápis.

– Que o que se espalhasse?

– A doença.

– O que é uma doença?

– Uma doença é quando você fica com tosse – disse sua mãe.

– Se eu ficar com tosse, vão me queimar?

– É bem provável – disse seu pai, virando a página.

Jimmy ficou assustado com isso porque ele teve uma tosse na semana anterior. Ele podia ter de novo a qualquer momento: já estava sentindo uma coceirinha na garganta. Ele podia ver seu cabelo pegando fogo, não uma mecha ou duas dentro de um pires, mas todo ele, ainda preso em sua cabeça. Ele não queria ser amontoado junto com vacas e porcos. Ele começou a chorar.

– Quantas vezes eu vou ter que dizer isso? – disse sua mãe. – Ele ainda é muito pequeno.

– Mais uma vez o papai é um monstro – disse o pai de Jimmy. – Foi uma brincadeira, garoto. Sabe como é... brincadeira. Ha ha.

– Ele não entende esse tipo de brincadeira.

– É claro que entende. Não entende, Jimmy?

– Sim – disse Jimmy, fungando.

– Deixa o papai em paz – disse sua mãe. – Papai está pensando. É para isso que ele é pago. Ele não tem tempo para você agora.

Seu pai largou o lápis. – Droga, será que você não pode me dar um tempo?

Sua mãe apagou o cigarro na xícara de café. – Vamos, Jimmy, vamos dar um passeio. – Ela puxou Jimmy por um braço e fechou a porta com um cuidado exagerado ao saírem. Ela nem se preocupou em vestir casacos e chapéus. Nada de casacos e chapéus. Ela estava de camisola e chinelos.

O céu estava cinzento, o vento gelado; ela caminhava de cabeça baixa, com os cabelos voando. Eles caminharam em volta da casa, por cima do gramado encharcado, com um passo bem rápido, de mãos dadas. Jimmy teve a sensação de estar sendo arrastado em águas profundas por uma garra de ferro. Ele se sentia abalado, como se tudo estivesse a ponto de desmoronar e desaparecer. Ao mesmo tempo, ele sentia uma alegria embriagadora. Ele olhou para os chinelos da mãe: eles já estavam todos sujos de terra. Ele ficaria bem encrencado se fizesse isso com os seus chinelos.

Eles diminuíram o passo, depois pararam. Aí sua mãe começou a falar com ele naquela voz calma e educada de professora de TV que significava que ela estava furiosa. Uma doença, ela disse, era invisível, porque era muito pequena. Ela podia voar pelo ar ou se esconder na água, ou nos dedos sujos de um menino, e por isso é que você não devia enfiar o dedo no nariz e depois colocá-lo na boca, e devia lavar as mãos depois de ir ao banheiro, e não devia enxugar...

– Eu sei – Jimmy disse. – Posso entrar? Eu estou com frio.

Sua mãe fez que não ouviu. Uma doença, ela continuou naquela voz calma, pausada, uma doença entra na gente e muda coisas lá dentro. Ela transforma a gente, célula por célula, e isso deixa as células doentes. E como somos feitos de células muito pequenas, trabalhando juntas para nos manter vivos, quando um certo número de células fica doente, nós...

– Eu posso ficar com tosse – disse Jimmy. – Eu posso ficar com tosse agora mesmo! – Ele deu uma tossida.

– Ah, deixa pra lá – disse sua mãe. Ela em geral tentava explicar coisas para ele; depois desanimava. Esses eram os piores momentos, para ambos. Ele resistia a ela, fingia não entender mesmo quando estava entendendo, ele se fazia de bobo, mas não queria que ela desistisse dele. Queria que ela fosse corajosa, que se esforçasse ao máximo com ele, para derrubar o muro que ele tinha erguido contra ela, que continuasse tentando.

– Eu quero saber sobre as células pequenininhas – ele disse, fazendo um pouco de manha. – Eu quero!

– Hoje não – ela disse. – Vamos entrar.

FAZENDAS ORGANINC

O pai de Jimmy trabalhava para as Fazendas OrganInc. Ele era um genógrafo, um dos melhores do ramo. Ele tinha feito alguns dos principais estudos para o mapeamento do proteonoma ainda durante a pós-graduação, e depois ajudara a projetar o Camundongo Matusalém como parte da Operação Imortalidade. Depois disso, nas Fazendas OrganInc, ele foi um dos principais arquitetos do projeto porcão juntamente com uma equipe de especialistas em transplante e com os microbiologistas que estavam unindo esforços para combater infecções. Porcão era apenas um apelido: o nome oficial era *sus multiorganifer*. Mas porcão era como todo mundo o chamava. Às vezes diziam Fazendas Organ-Oink, mas raramente. Aliás, aquilo não era mesmo uma fazenda, não se parecia com as fazendas dos retratos.

O objetivo do projeto porcão era cultivar uma variedade de tecidos de órgãos humanos, inteiramente seguros, em um incrível porco transgênico hospedeiro – órgãos que poderiam ser facilmente transplantados, sem rejeição, mas que também fossem capazes de resistir a ataques de micróbios e vírus oportunistas, que cresciam de número a cada ano. Um gene de amadurecimento rápido foi introduzido de modo que os rins e fígados e corações do porcão ficassem prontos mais depressa, e agora eles estavam aperfeiçoando um porcão que podia desenvolver cinco ou seis rins de cada vez. Um hospedeiro desses poderia ser privado dos seus rins extras; em seguida, em vez de ser destruído, poderia continuar vivendo e desenvolver mais órgãos, do mesmo modo que uma lagosta podia desenvolver outra garra para substituir a que faltava. Isso seria menos oneroso, já que se precisava de muita comida e cuidados para criar um porcão. Tinha sido feito um grande investimento financeiro nas Fazendas OrganInc.

Tudo isso foi explicado a Jimmy quando ele tinha idade suficiente.

* * *

Idade suficiente, pensa o Homem das Neves enquanto se coça, em volta e não em cima das mordidas de insetos. Um conceito tão burro. Idade suficiente para quê? Para beber, para trepar, para não se deixar enganar? Quem era o imbecil encarregado de tomar essas decisões? Por exemplo, o próprio Homem das Neves não tem idade suficiente para essa, essa – que termo usar? Essa situação. Ele nunca vai ter idade suficiente, nenhum ser humano normal jamais poderia...

Cada um deve trilhar o caminho que é colocado diante de si, diz a voz em sua cabeça, de homem dessa vez, no estilo falso guru, *e cada caminho é único. Não é a natureza do caminho em si que deve importar àquele que procura, mas a graça e a força e a paciência com que cada um de nós segue o às vezes desafiador...*

"Babaquice", diz o Homem das Neves. Um livrinho barato de autoajuda, Nirvana para imbecis. Embora ele tenha a incômoda sensação de que pode muito bem ter escrito essa pérola.

Em tempos mais felizes, naturalmente. Ah, muito mais felizes.

Os órgãos do porcão podiam ser customizados, usando células de doadores humanos, e os órgãos eram congelados até que se precisasse deles. Era muito mais barato do que ser clonado para ter à disposição peças sobressalentes – algumas rugas para serem alisadas a ferro por lá, como o pai de Jimmy costumava dizer – ou manter um ou dois embriões prontos para serem colhidos, estocados em algum pomar ilegal de bebês. Nos impressos e materiais promocionais da OrganInc, de aparência atraente e discretos nas informações, a ênfase estava na eficácia e nas vantagens para a saúde do uso do porcão. Além disso, para acalmar os estômagos mais delicados, afirmava-se que nenhum dos porcões mortos terminavam como bacon e salsicha: ninguém ia querer comer um animal cujas células poderiam ser idênticas a algumas das suas.

Entretanto, com o passar do tempo, quando os lençóis freáticos ficaram salgados, a calota polar ártica derreteu, a vasta tundra borbulhava de metano, a seca nas planícies centrais do continente tornou-se cada vez pior, as estepes asiáticas transformaram-se em dunas de areia e a carne ficou cada vez mais difícil de se conseguir, algumas pessoas começaram a ter dúvidas. Nas próprias Fazendas OrganInc, chamava atenção a frequência com que apareciam no cardápio da cantina sanduíches de bacon e presunto e empadões de porco. André's Bistrô era o nome oficial da cantina, mas os frequentadores chamavam-na de Grunhido. Quando Jimmy almoçava lá com o pai, como costumava fazer quando a mãe estava aborrecida, os homens e mulheres das mesas próximas costumavam fazer brincadeiras de mau gosto.

– Empadão de porção de novo – diziam. – Panquecas de porção, pipoca de porção. Vamos, Jimmy, coma! – Isso perturbava Jimmy; ele ficava confuso sem saber quem deveria ter permissão para comer o quê. Ele não queria comer um porção, porque considerava os porções criaturas muito semelhantes a ele mesmo. Nem ele nem os porções tinham influência no que estava acontecendo.

– Não presta atenção neles, meu bem – dizia Ramona. – Eles só estão querendo implicar com você. – Ramona era uma das técnicas de laboratório do pai dele. Ela frequentemente almoçava com os dois, ele e seu pai. Ela era jovem, mais moça que seu pai e até mesmo que sua mãe; ela se parecia um pouco com a moça do cartaz da vitrine do homem que cortava cabelo, tinha o mesmo tipo de boca com lábios salientes e olhos grandes e provocantes. Mas ela sorria um bocado e não tinha o cabelo espetado. Seu cabelo era macio e escuro. O cabelo da mãe de Jimmy era o que ela mesma chamava de *louro sujo*. ("Não suficientemente sujo", o pai dele dizia. "Ei, é brincadeira. Não me mate!")

Ramona sempre comia uma salada. – Como vai a Sharon? – ela dizia para o pai de Jimmy, olhando para ele com olhos arregalados e sérios. Sharon era a mãe de Jimmy.

– Não muito bem – o pai de Jimmy respondia.

– Ah, isso é mau.

– É um problema. Eu estou ficando preocupado.

Jimmy observava o modo como Ramona comia. Ela punha na boca porções muito pequenas e conseguia mastigar as folhas de alface sem fazer barulho. As cenouras cruas também. Isso era espantoso, como se conseguisse liquefazer aqueles alimentos duros e crocantes e sugá-los para dentro de si mesma, como um mosquito alienígena no DVD.

– Talvez ela pudesse, quem sabe, consultar alguém? – Ramona erguia as sobrancelhas, preocupada. Ela tinha um pó amarelado nas pálpebras, um pouco exagerado; ele as deixava pregueadas. – Eles podem fazer todo o tipo de coisas, há tantos remédios novos... Ramona era considerada um gênio tecnológico, mas falava como uma garota de anúncio de espuma de banho. Ela não era burra, como dizia o pai de Jimmy, apenas não queria gastar seus neurônios com frases longas. Havia um monte de gente assim na OrganInc, e nem todos eram mulheres. Era porque elas eram pessoas de números e não de palavras, dizia o pai de Jimmy. Jimmy já sabia que ele mesmo não era uma pessoa de números.

– Não pense que eu não sugeri isso, andei perguntando por aí, descobri quem era o cara mais famoso, marquei uma consulta, mas ela se recusou a ir – disse o pai de Jimmy, olhando para a mesa. – Ela tem suas próprias opiniões.

– É uma pena, um desperdício. Quer dizer, ela era tão inteligente!

– Ah, ela ainda é bastante inteligente – disse o pai de Jimmy. – Ela tem inteligência para dar e vender.

– Mas ela costumava ser tão, você sabe...

O garfo de Ramona escorregava dos seus dedos, os dois ficavam olhando um para o outro como se estivessem procurando o adjetivo perfeito para descrever o que a mãe de Jimmy costumava ser. Aí eles notavam que Jimmy estava prestando atenção e dirigiam sua atenção para ele como se fossem raios extraterrestres. Brilhantes demais.

– Então, Jimmy, meu bem, como vai a escola?

– Come, amigão, come as cascas, põe um pouco de cabelo no seu peito!

– Posso ir ver os porcões? – Jimmy perguntava.

Os porcões eram muito maiores e mais gordos do que os porcos comuns, para deixar espaço para todos os órgãos extras. Eles eram mantidos em prédios especiais, fortemente guardados: o sequestro de um porcão e seu material genético primoroso por uma empresa rival teria sido um desastre. Quando Jimmy ia visitar os porcões, ele tinha que vestir um traje biológico que era grande demais para ele, e usar uma máscara, e lavar primeiro as mãos com sabonete desinfetante. Ele gostava especialmente dos porcões pequenos, doze para cada porca e arrumados em fila, mamando. Filhotes de porcão. Eles eram bonitinhos. Mas os adultos eram um tanto assustadores, com seus narizes escorrendo e seus olhinhos cor-de-rosa com pestanas brancas. Eles o encaravam como se o vissem, como se o vissem de verdade e tivessem planos para ele mais adiante.

– Porcão, balão, porcão, balão – ele cantava para acalmá-los, lá da extremidade do chiqueiro. Logo depois que lavavam os chiqueiros, eles não cheiravam muito mal. Ele se sentia feliz por não morar num chiqueiro, onde teria que deitar em cima de cocô e xixi. Os porcões não tinham vasos sanitários e faziam suas necessidades por toda parte; isso dava a ele uma vaga sensação de vergonha. Mas ele já não fazia xixi na cama havia muito tempo, pelo menos achava que não.

– Não vai cair lá dentro – dizia seu pai. – Eles o comerão em um minuto.

– Eles não vão me comer – dizia Jimmy. Porque eu sou amigo deles, ele pensava. Porque eu canto para eles. Ele queria ter uma vara comprida para poder cutucá-los – não para machucá-los, apenas para fazê-los correr um pouco. Eles passavam tempo demais sem fazer nada.

Quando Jimmy era pequeno de verdade, eles moraram numa casa de madeira estilo Cape Cod em um dos Módulos – havia fotos dele, em um berço de armar na varanda, com datas e tudo, coladas em um álbum de retratos numa época em que sua mãe ainda se importava com isso –, mas agora eles moravam numa casa grande, estilo georgiano, com uma piscina dentro e um pequeno ginásio. A mobília era chamada de *reprodução*. Jimmy já era bem grande quando entendeu o que isso queria dizer – que para cada reprodução havia um original em algum lugar. Ou tinha havido. Ou algo assim.

A casa, a piscina, a mobília – tudo pertencia ao Complexo OrganInc, onde moravam as pessoas mais importantes. Cada vez mais, os executivos de nível médio e os cientistas juniores também passavam a morar lá. O pai de Jimmy disse que era melhor assim, porque ninguém precisaria deslocar-se dos Módulos para o trabalho. Apesar dos corredores de transporte estéreis e dos trens-bala de alta velocidade, sempre havia um certo risco quando se atravessava a cidade.

Jimmy nunca tinha estado na cidade. Ele só a havia visto pela TV – intermináveis cartazes e placas de néon e fileiras de prédios, incontáveis veículos de todos os tipos, alguns deles com nuvens de fumaça saindo da traseira; milhares de pessoas, correndo, gritando, protestando. Havia outras cidades também, perto e longe; algumas tinham bairros melhores, seu pai disse, quase iguais aos complexos, com muros altos cercando as casas, mas estas não apareciam muito na TV.

O pessoal do complexo não ia às cidades a não ser que precisassem ir, e nunca sozinhos. Eles chamavam as cidades de *plebelândia*. Apesar dos cartões de identificação de impressões digitais usados por todos, a segurança pública na plebelândia era falha: havia pessoas transitando nesses lugares que eram capazes de falsificar qualquer coisa e que poderiam ser qualquer um, sem falar na escória – os viciados, os assaltantes, os mendigos, os malucos. Então era melhor que todos das Fazendas OrganInc morassem em um mesmo lugar, com segurança total.

Fora dos muros e portões e refletores da OrganInc, as coisas eram imprevisíveis. Dentro, elas eram do jeito que costumavam ser quando o pai de Jimmy era criança, antes de a situação ficar tão séria, pelo menos era isso que o pai de Jimmy dizia. A mãe de Jimmy dizia que era tudo artificial, que era apenas um parque temático e que nunca se poderia trazer de volta os velhos tempos, mas o pai de Jimmy dizia por que reclamar? Você podia andar por lá sem medo, não podia? Dar uma volta de bicicleta, sentar num café ao ar livre, comprar uma casquinha de sorvete? Jimmy sabia que o pai tinha razão, porque ele mesmo tinha feito tudo isso.

Mesmo assim, os homens do CorpSeCorps – aqueles que o pai de Jimmy chamava de *nosso pessoal* –, esses homens tinham que estar em alerta constante. Quando havia tanta coisa em jogo, ninguém podia saber o que o outro lado poderia tentar. O outro lado, ou os outros lados: não era só um outro lado que você tinha que vigiar. Outras empresas, outros países, diversas facções e conspiradores. Havia hardware demais por aí, dizia o pai de Jimmy. Hardware demais, software demais, bioformas hostis demais, armas demais de todos os tipos. E muita inveja e fanatismo e má fé.

Muito tempo atrás, na época dos cavaleiros e dragões, os reis e duques viviam em castelos, com muros altos, pontes levadiças e aberturas nas muralhas por onde você podia derramar piche fervendo nos seus inimigos, dizia o pai de Jimmy, e os Complexos tinham a mesma concepção. Os castelos serviam para manter você e seus amigos protegidos do lado de dentro e todas as outras pessoas do lado de fora.

– Então nós somos os reis e duques? – Jimmy perguntou.

– Ah, sem sombra de dúvida – seu pai respondeu, rindo.

ALMOÇO

Houve uma época em que a mãe de Jimmy tinha trabalhado nas Fazendas OrganInc. Foi assim que sua mãe conheceu seu pai: ambos tinham trabalhado no mesmo Complexo, no mesmo projeto. Sua mãe era uma microbiologista: o trabalho dela era estudar as proteínas das estruturas biológicas nocivas para os porcões, e modificar seus receptores de tal forma que elas não se juntassem com os receptores das células dos porcões, ou então desenvolver drogas que agissem como bloqueadores.

– É muito simples – ela disse a Jimmy em um dos seus momentos de disposição para explicar. – Os micróbios e vírus maus querem entrar pelas portas das células e devorar os porcões por dentro. O trabalho da mamãe é fabricar trancas para as portas. – Na tela do seu computador, ela mostrou a Jimmy fotos das células, dos micróbios, dos micróbios entrando nas células e infectando-as e destruindo-as, closes das proteínas, fotos das drogas que ela havia testado. As fotos pareciam caixas de balas do supermercado: uma caixa de plástico transparente de balas redondas, uma caixa de plástico transparente de jujubas, uma caixa de plástico transparente de balas de alcaçuz. As células eram como as caixas de plástico transparente, com tampas que você podia erguer.

– Por que você não está mais fazendo as trancas para as portas? – Jimmy perguntou.

– Porque eu quis ficar em casa com você – ela disse, olhando por cima da cabeça de Jimmy e dando uma tragada no cigarro.

– E os porcões? – Jimmy perguntou, alarmado. – Os micróbios vão entrar neles! – Ele não queria que os seus amigos animais explodissem como as células infectadas.

– Outras pessoas estão encarregadas disso agora – sua mãe disse. Ela não parecia ligar nem um pouco. Ela deixava Jimmy brincar com as figuras no seu computador, e quando ele aprendeu a usar os programas, ele pôde brincar de guerra com elas – células versus micróbios. Ela disse que não tinha importância que ele perdesse informações do computador porque todo aquele material já estava ultrapassado. Embora houvesse dias – dias em que ela parecia enérgica e decidida, centrada, equilibrada – em que ela mesma gostava de mexer no computador. Nessas ocasiões ela também se mostrava cordial. Ela parecia uma mãe de verdade e ele um filho de verdade. Mas esses dias não duravam muito.

Quando é que ela tinha parado de trabalhar no laboratório? Quando Jimmy passou a frequentar a escola OrganInc em horário integral, na primeira série. O que não fazia sentido, porque se ela queria ficar em casa com Jimmy, por que tinha começado a fazer isso quando Jimmy deixou de ficar em casa? Jimmy nunca conseguiu entender os motivos, e quando ele ouviu essa explicação pela primeira vez, era pequeno demais para refletir sobre ela. Tudo o que ele sabia era que Dolores, a empregada das Filipinas, tinha sido despedida, e ele sentiu muita falta dela. Ela o chamava de Jim--Jim e sorria e ria e cozinhava o ovo dele do jeito que ele gostava, e cantava para ele e o mimava. Mas Dolores teve que ir, porque a verdadeira mãe de Jimmy ia ficar lá o tempo todo – isso foi apresentado a ele como se fosse um presente – e ninguém precisava de duas mães, precisava?

Ah, sim, precisava, pensa o Homem das Neves. Ah, sim, precisava mesmo. O Homem das Neves tem uma imagem nítida da sua mãe – da mãe de Jimmy – sentada à mesa da cozinha, ainda de roupão, quando ele voltava da escola para almoçar. Ela sempre tinha uma xícara de café na frente dela, intocada; ela estava olhando pela janela e fumando. O roupão era magenta, uma cor que ainda o deixa ansioso toda vez que ele a vê. Via de regra, não havia almoço pronto para ele e ele mesmo tinha que prepará-lo, sendo que a única participação da sua mãe era dar instruções numa voz inexpressiva. ("O leite está na geladeira. À direita. Não, à *direita*. Você não sabe qual é a sua mão direita?") Ela parecia tão cansada; talvez ela estivesse cansada dele. Ou talvez estivesse doente.

– Você está infectada? – ele perguntou a ela um dia.

– O que você quer dizer com isso, Jimmy?

– Como as células.

– Ah, sei. Não, não estou – ela disse. Depois, passados alguns momentos. – Talvez eu esteja. – Mas quando o rosto dele crispou-se, ela voltou atrás.

Mais do que tudo, Jimmy queria fazê-la rir – fazê-la feliz, como lembrava dela antes. Ele contava coisas engraçadas que tinham acontecido na escola, ou coisas que tentava tornar engraçadas, ou coisas que ele simplesmente inventava. ("Carrie Johnston fez cocô no chão.") Ele pulava pela sala, envesgando os olhos e piando feito um macaco, um truque que funcionava com diversas garotinhas da sua turma e com quase todos os meninos. Ele colocava manteiga de amendoim no nariz e tentava lambê-la com a língua. Na maior parte das vezes essas atividades irritavam sua mãe: "Isso não tem graça, é nojento." "Para com isso, Jimmy, você está me dando dor de cabeça." Mas às vezes ele conseguia provocar um sorriso nela, ou mais. Ele nunca sabia o que iria funcionar.

De vez em quando, havia um almoço de verdade esperando por ele, um almoço tão elaborado e extravagante que o assustava porque ele não sabia o que estavam comemorando. Jogo americano, guardanapo de papel – guardanapo de papel *colorido*, como nas festas –, sanduíche de manteiga de amendoim e geleia, sua combinação favorita; só que aberto e redondo, uma cabeça de manteiga de amendoim com uma cara sorridente de geleia. Sua mãe estaria cuidadosamente vestida, seu sorriso de batom um eco do sorriso de geleia do sanduíche, e sua atenção estaria totalmente voltada para ele e suas histórias bobas, ela olharia diretamente para ele, com os olhos mais azuis do que nunca. Nessas horas ela o fazia lembrar uma pia de porcelana: limpa, brilhante, dura.

Sabia que ela esperava que ele apreciasse todo o esforço que ela colocara naquele almoço, então ele também fazia um esforço. – Puxa vida, meu favorito! - ele dizia, revirando os olhos, esfregando a barriga num arremedo de fome. Mas ele conseguia o que queria, porque então ela ria.

Quando ele foi ficando mais velho e mais ardiloso, descobriu que, nos dias em que não conseguia arrancar alguma aprovação, podia pelo menos provocar uma reação. Qualquer coisa era melhor do que a voz inexpressiva, os olhos vazios, o olhar cansado fitando além da janela.

– Eu posso ter um gato? – ele começava.

– Não, Jimmy, você não pode ter um gato. Nós já conversamos sobre isso. Gatos podem ser portadores de doenças que fariam mal aos porcões.

– Mas você não se importa. - Isso numa voz ardilosa.

Um suspiro, uma tragada no cigarro. – Outras pessoas se importam.

– Então eu posso ter um cachorro?

Almoço

– Não. Cachorros também não. Você não pode arranjar alguma coisa para fazer no seu quarto?
– Eu posso ter um papagaio?
– Não. Para com isso. – Ela não estava prestando atenção de verdade.
– Eu posso ter nada?
– Não.
– Ah, que bom – ele dizia. – Eu não posso ter nada! Então eu tenho que ter alguma coisa! O que é que eu posso ter?
– Jimmy, às vezes você é um pé no saco, sabia?
– Eu posso ter uma irmãzinha?
– Não.
– Um irrnãozinho, então? Por favor?
– Não significa não! Você não ouviu? Eu disse não!
– Por que não?

Esse era o segredo, isso funcionava. Ela poderia começar a chorar e sair correndo da sala, batendo a porta, uff. Ou então ela poderia começar a chorar e abraçá-lo. Ou poderia atirar a xícara de café do outro lado da sala, gritando: "É tudo uma merda, uma merda só, é inútil!" Ela poderia até bater nele, e depois chorar e abraçá-lo. Poderia ser qualquer combinação dessas coisas.

Ou poderia ser apenas o choro, com a cabeça abaixada sobre os braços. O corpo tremendo, a respiração entrecortada, soluçando. Ele não saberia então o que fazer. Ele a amava tanto quando a deixava infeliz, ou então quando ela o deixava infeliz; nesses momentos ele mal sabia distinguir uma coisa da outra. Ele dava tapinhas nela, bem afastado como se faz com cachorros desconhecidos, esticando a mão e dizendo: – Desculpe, desculpe. – E ele tinha pena, mas ao mesmo tempo sentia-se triunfante, orgulhoso por ter conseguido criar um efeito daqueles.

Ficava assustado também. Havia sempre aquele fio da navalha: será que tinha ido longe demais? E se tivesse, o que viria depois?

3

MEIO-DIA

Meio-dia é a pior hora, com sua claridade e abafamento. Por volta das onze horas, o Homem das Neves se recolhe no interior da floresta, longe do mar, porque os raios nocivos refletem-se na água e o atingem, mesmo que esteja protegido do céu, e então ele fica vermelho e cheio de bolhas. O que ele precisava mesmo era de um tubo de filtro solar bem forte, supondo que pudesse encontrar um.

Na primeira semana, quando possuía mais energia, tinha feito um abrigo, usando galhos caídos e um rolo de fita adesiva e um plástico que ele tinha achado na mala de um carro batido. Naquela época ele tinha uma faca, mas a perdera uma semana depois, ou seriam duas semanas? Precisava registrar melhor coisas como semanas. A faca era um daqueles canivetes de bolso com duas lâminas, um abridor, uma serrinha, uma lixa de unha e um saca-rolhas. Também um par de tesouras, que tinha usado para cortar as unhas do pé, e a fita adesiva. Ele lamenta a perda da tesoura.

Tinha ganho do pai um canivete como aquele no seu nono aniversário. Seu pai estava sempre dando a ele ferramentas, tentando torná-lo mais prático. Na opinião do pai, Jimmy era incapaz de enfiar um prego. *E quem é que quer enfiar pregos?*, diz a voz na cabeça do Homem das Neves, um comediante dessa vez. *É muito melhor enfiar na cama.*

– Cala a boca – diz o Homem das Neves.

– Você deu um dólar para ele? – Oryx tinha perguntado quando ele contou sobre o canivete.

– Não. Por quê?

– Você tem que dar dinheiro quando alguém dá uma faca para você. Para não ser cortado pelo azar. Eu não gostaria que você fosse cortado pelo azar, Jimmy.

– Quem foi que disse isso para você?
– Ah, alguém – disse Oryx. *Alguém* tinha um papel muito importante na vida dela.
– Alguém quem? – Jimmy odiava esse alguém, sem rosto, sem olhos, debochado, todo mãos e pênis, ora singular, ora duplo, ora uma multidão, mas Oryx estava com a boca pertinho do ouvido dele, murmurando *Ah, ah, alguém,* e rindo ao mesmo tempo, então como ele poderia concentrar-se no seu velho ódio?

No curto período do abrigo, ele dormia numa cama de armar que tinha arrastado de um bangalô que ficava a um quilômetro de distância, uma cama de metal com um colchão de espuma sobre uma estrutura de molas. Na primeira noite ele tinha sido atacado por formigas, então encheu quatro latinhas com água e enfiou os pés da cama nelas. Isso deu um fim nas formigas. Mas o acúmulo de calor e umidade sob o plástico eram muito desagradáveis: à noite, ali debaixo, sem nenhuma brisa, a umidade parecia ser de cem por cento: a respiração dele embaçava o plástico.

As guaxitacas eram um aborrecimento, correndo no meio da folhagem e cheirando os seus dedos dos pés, farejando em volta dele como se ele já fosse lixo; e uma manhã ele acordou e encontrou três porcões olhando para ele através do plástico. Um deles era macho; ele teve a impressão de enxergar a ponta branca de uma presa. Os porcões, supostamente, não tinham presas, mas talvez eles estivessem revertendo à espécie primitiva agora que se tornaram selvagens, um processo acelerado de transformação, considerando seus genes de amadurecimento rápido. Ele tinha gritado com eles e sacudido os braços e eles tinham fugido, mas quem poderia saber o que fariam da próxima vez que se aproximassem? Eles ou os lobocães: eles não levariam muito tempo para perceber que ele não tinha mais uma pistola de pulverização. Ele a havia jogado fora quando as balas virtuais acabaram. Foi burrice não ter roubado um recarregador para ela: um erro, assim como instalar o seu abrigo ao nível do chão.

Então ele se mudou para a árvore. Lá em cima não havia porcões nem lobocães, e poucas guaxitacas: eles preferiam a vegetação rasteira. Ele tinha construído uma plataforma tosca nos galhos principais com tábuas de madeira e fita adesiva. Não ficou ruim: ele sempre foi mais jeitoso do que seu pai acreditava que fosse. A princípio tinha levado o colchão de espuma lá para cima, mas foi obrigado a se livrar dele quando começou a criar mofo e cheirar à sopa de tomate.

A cobertura de plástico do abrigo foi arrancada durante uma tempestade de rara violência. Entretanto, a cama permanece lá; ele ainda pode usá-la ao meio-dia. Ele descobriu que deitar de costas, com os braços abertos e sem o lençol, como um santo preparado para ser cozinhado, é melhor do que deitar no chão: pelo menos ele pode receber um pouco de ar em todas as superfícies do corpo.

Uma palavra surge do nada: *Mesozoico*. Ele pode ver a palavra, pode ouvir a palavra, mas não pode alcançá-la. Não consegue relacionar nada a ela. Isso vem acontecendo demais ultimamente, essa dissolução de significado, os registros das listas de palavras que ele tanto apreciava indo para o espaço.

"É só o calor", ele diz a si mesmo. "Vou ficar bem quando chover." Ele está suando tanto que quase pode escutar; gotas de suor escorrem pelo seu corpo, só que às vezes essas gotas são insetos. Ele parece atrair besouros. Besouros, moscas, abelhas, como se ele fosse carne morta, ou a mais repugnante das flores.

A melhor coisa do horário do meio-dia é que pelo menos ele não fica com fome: a simples ideia de comida o deixa enjoado, como bolo de chocolate em um banho de vapor. Ele gostaria de poder refrescar-se pondo a língua de fora.

Agora o sol está a pino; o zênite, como costumavam chamar. O Homem das Neves está deitado na grelha da cama, na sombra líquida, rendendo-se ao calor. *Vamos fingir que é feriado!* Uma voz de professora primária dessa vez, afetada, condescendente. Sra. Stratton Me-Chamem-de-Sally, com seus peitos grandes. *Vamos fingir isso, vamos fingir aquilo.* Passavam os primeiros três anos da escola fazendo você fingir coisas e o resto do tempo anotando o seu nome caso você fizesse a mesma coisa. *Vamos fingir que eu estou aqui com você, com peitões e tudo, me preparando para chupar o seu cérebro pelo seu pau.*

Alguma coisa se mexe? Ele olha para baixo: nada. Sally Stratton desaparece, antes assim. Ele tem que encontrar formas melhores de ocupar o seu tempo. *Seu tempo*, que ideia falida, como se ele tivesse recebido uma caixa de tempo que pertencesse apenas a ele, cheia até a boca de horas e minutos que ele pode gastar como se fosse dinheiro. O problema é que a caixa tem buracos e o tempo está indo embora, não importa o que ele faça com ele.

Ele poderia entalhar, por exemplo, fabricar um jogo de xadrez, jogar consigo mesmo. Ele costumava jogar xadrez com Crake, mas eles jogavam por computador, não com peças de verdade. Crake quase sempre ganhava. Deve haver outra faca em algum lugar; se ele se esforçar, sair procurando, revirar o lixo, com certeza irá encontrar uma. Agora que pensou nisso, fica surpreso por não ter pensado antes.

Ele deixa os seus pensamentos voltarem àquelas horas passadas depois da escola com Crake. No início elas eram bem inocentes. Eles brincavam de Extinctathon ou outro jogo qualquer. Three-Dimensional Waco, Barbarian Stomp, Kwiktime Osama. Todos eles usavam estratégias semelhantes: você tinha que olhar para onde estava indo antes de chegar lá, mas tinha que ver também para onde o outro cara estava indo. Crake era bom nesses jogos porque ele era um mestre em saltar de lado. Mas Jimmy às vezes conseguia vencer no Kwiktime Osama, desde que Crake estivesse no lado dos Infiéis.

Mas não havia como esculpir na madeira esse tipo de jogo. Teria que ser mesmo xadrez.

Ou ele poderia escrever um diário. Anotar suas impressões. Devia haver um monte de papel por ali, em espaços fechados que não haviam pegado fogo nem sido atingidos por vazamentos, e lápis e canetas; ele os viu durante suas pilhagens, mas nunca se preocupou em apanhá-los. Ele poderia imitar os comandantes de navios, dos velhos tempos – o navio naufragando numa tempestade, o comandante em sua cabine, prestes a morrer, mas cheio de coragem, fazendo anotações no diário de bordo. Havia filmes assim. Ou náufragos em ilhas desertas, escrevendo seus diários dia após dia. Listas de suprimentos, anotações sobre o tempo, pequenas tarefas executadas – pregar um botão, comer um marisco.

Ele também é uma espécie de náufrago. Ele podia fazer listas. Isso daria uma certa estrutura à sua vida.

Mas mesmo um náufrago supõe um futuro leitor, alguém que virá um dia e achará os seus ossos e o seu caderno, e saberá o que aconteceu com ele. O Homem das Neves não pode fazer esse tipo de suposição: ele não terá um futuro leitor, porque os crakers não sabem ler. Qualquer leitor que ele possa imaginar pertence ao passado.

* * *

Tem uma lagarta descendo por um fio, girando lentamente como um artista de circo descendo por uma corda, fazendo uma espiral na direção do seu peito. Ela é de um verde adocicado, irreal, como uma jujuba, e coberta de pelos brilhantes. Ao observá-la, ele sente uma súbita e inexplicável onda de ternura e alegria. Única, ele pensa. Jamais haverá outra lagarta igual a essa. Jamais haverá outro momento, outra conjunção igual a essa.

Essas coisas o acometem sem nenhum motivo aparente, esses flashes de alegria irracional. Deve ser alguma deficiência de vitamina.

A lagarta para, tateando no ar com sua cabeça grossa. Seus olhos grandes e opacos parecem a parte da frente de um capacete usado em conflitos de rua. Talvez ela esteja sentindo o cheiro dele, captando a sua aura química. – Nós não estamos aqui para brincar, para sonhar, para divagar – ele diz para ela. – Nós temos muito trabalho a fazer, muito peso para carregar.

Agora, de que cisterna neural atrofiada do seu cérebro veio isso? Da aula de Técnicas Vitais, no ginásio. O professor era um bunda-mole remanescente dos tempos de euforia da lendária bolha dos ponto.com, lá na pré-história. Ele tinha um rabo de cavalo grudado na parte de trás da cabeça quase calva e uma jaqueta de couro sintético; usava um enfeite de ouro no seu nariz velho, esburacado e poroso, e pregava a autoconfiança, o individualismo e a necessidade de se aceitar riscos num tom vacilante, como se nem mesmo ele acreditasse nisso. De vez em quando, surgia com alguma máxima velha, apresentada com uma ironia deturpada que não contribuía em nada para reduzir o quociente de tédio; ou então ele dizia "Eu podia ter sido um contestador" e lançava um olhar cheio de subentendidos para a turma como se houvesse ali algum sentido profundo que eles devessem perceber.

Lançamentos contábeis e operações bancárias por computador, como usar um micro-ondas sem explodir o seu ovo, como preencher formulários de moradia para este ou aquele Módulo e formulários de emprego para este ou aquele Complexo, como pesquisar sobre hereditariedade familiar, como negociar contratos de casamento e divórcio, como escolher a combinação genética mais adequada, o uso correto de preservativos para evitar doenças sexualmente transmissíveis: essas eram as Técnicas Vitais.

Meio-dia

Nenhum dos garotos prestava muita atenção. Ou eles já sabiam de tudo isso ou não queriam saber. Aquela aula era tratada como um período de recreio. *Nós não estamos aqui para brincar, para sonhar, para divagar. Estamos aqui para praticar Técnicas Vitais.*
– Seja o que for – diz o Homem das Neves.

Ou, em vez de xadrez ou de um diário, ele poderia concentrar-se em suas condições de vida. Existe espaço para melhorias nesse departamento, um bocado de espaço. Mais fontes de comida, por exemplo. Por que ele nunca recorreu a raízes e frutinhas e pauzinhos de ponta afiada para construir armadilhas e apanhar pequenos animais, por que não aprendeu a comer cobras? Por que desperdiçou o seu tempo?

Ah, benzinho, não se atormente!, sussurra uma voz feminina em seu ouvido.

Se ao menos ele conseguisse encontrar uma caverna com teto alto e boa ventilação e, quem sabe, água corrente, estaria bem melhor. É verdade que existe um riacho com água fresca a menos de meio quilômetro dali; em um determinado local, ele forma um lago. No início, ele ia até lá para se refrescar, mas os crakers às vezes estavam nadando no lago ou descansando nas margens, e as crianças ficavam insistindo com ele para ir nadar, e ele não gostava de ser visto sem o seu lençol. Comparado com eles, ele era esquisito demais; eles o faziam sentir-se deformado. Quando não eram pessoas, eram animais: lobocães, porções, filhotes de lince. Reservatórios de água atraem carnívoros. Eles ficam à espreita. Eles salivam. Eles atacam. Não é muito aconchegante.

O céu está se enchendo de nuvens, está ficando escuro. Ele não consegue ver muita coisa através das árvores, mas sente a mudança na luminosidade. Ele cochila e sonha com Oryx, boiando numa piscina, usando uma roupa que parece feita de pétalas delicadas de papel branco. Elas se espalham em volta dela, expandindo-se e contraindo-se como as valvas de uma água-viva. A piscina é pintada de um rosa vibrante. Ela sorri para ele e mexe os braços delicadamente para se manter na superfície, e ele sabe que os dois estão correndo sério perigo. Então ouve-se um som oco e retumbante, como a porta de uma grande cripta sendo fechada.

TEMPORAL

Ele acorda com um trovão e uma ventania súbita: a tempestade da tarde está sobre ele. Ele se levanta apressadamente e agarra o lençol. Aquelas ventanias chegam muito depressa e uma cama de metal não é o melhor lugar para se ficar durante uma tempestade. Ele construiu uma ilha feita de pneus de carros no meio do bosque; é só uma questão de se enfiar dentro deles, mantendo um isolamento entre ele e o chão até a tempestade passar. Às vezes os granizos são do tamanho de uma bola de golfe, mas a cobertura da floresta diminui o impacto da queda.

Ele alcança a pilha de pneus no momento em que a tempestade desaba. Hoje é apenas chuva, o dilúvio habitual, tão forte que o seu impacto transforma o ar em névoa. A água cai sobre ele e os relâmpagos chiam. Galhos são arrancados das árvores e a água escorre em corredeiras pelo chão; o cheiro de folhas e de terra molhada enche o ar.

Depois que a chuva diminui e os roncos da trovoada cessam, vai até o seu esconderijo na laje de cimento para recolher as garrafas de cerveja vazias. Depois caminha até uma cobertura de concreto rachada que um dia foi parte de uma ponte. Debaixo dela tem uma placa triangular cor de laranja com a silhueta preta de um homem cavando. Homens Trabalhando, isso costumava indicar. Estranho pensar no trabalho incessante, cavar, martelar, escavar, erguer, furar, dia após dia, ano após ano, século após século; e agora os desmoronamentos incessantes que devem estar ocorrendo em toda parte. Castelos de areia ao vento.

Tem água pingando por um buraco no concreto. Ele fica parado sob ele, de boca aberta, engolindo água cheia de detritos e galhinhos e outras coisas que ele prefere não pensar – a água deve ter encontrado um canal por entre casas abandonadas e porões fedorentos e esgotos entupidos e quem sabe o que mais. Depois ele se lava, torce o lençol. Ele não consegue ficar muito limpo, mas pelo menos retira a camada superficial de sujeira.

Seria útil ter uma barra de sabão: ele vive se esquecendo de apanhar uma durante suas pilhagens.

Por último, ele enche as garrafas de cerveja. Ele devia arranjar um recipiente melhor, uma jarra térmica ou um balde – algo que pudesse guardar mais água. E as garrafas são desajeitadas: escorregam e são difíceis de guardar. Ele está sempre imaginando que pode sentir o cheiro de cerveja lá dentro, embora isso seja apenas fruto do seu desejo. *Vamos fingir que é cerveja.*

Ele não devia ter pensado nisso. Não devia torturar-se. Não devia acenar com impossibilidades para si mesmo como se fosse um animal enjaulado, um animal de laboratório, obrigado a realizar experiências inúteis e perversas no seu próprio cérebro.

Tirem-me daqui! Ele se vê pensando. Mas não está trancado, não está na prisão. Ele não poderia estar mais do lado de fora do que está.

– Eu não fiz de propósito – ele diz, com a voz chorosa da criança em que se transforma quando está nesse estado de espírito. – As coisas aconteceram, eu não fazia ideia, estava fora do meu controle! O que eu poderia ter feito? Alguém, qualquer pessoa, por favor, pode me ouvir?

Que performance lamentável. Nem ele ficou convencido. Mas agora ele está chorando de novo.

É importante, diz o livro em sua cabeça, *ignorar aborrecimentos sem importância, evitar lamentações inúteis, e dirigir nossas energias mentais para a realidade imediata e para as tarefas que precisam ser feitas.* Ele deve ter lido isso em algum lugar. Com certeza a sua própria mente jamais teria criado sozinha algo como *lamentações inúteis*.

Enxuga o rosto numa ponta do lençol. – Lamentações inúteis – ele diz em voz alta. Como sempre, tem a sensação de que alguém o está escutando: alguém oculto, escondido atrás das árvores, observando-o astutamente.

4

GUAXITACA

Ele tem mesmo um ouvinte: é uma guaxitaca, um filhote. Pode vê-lo agora, seus olhinhos brilhantes olhando para ele debaixo de um arbusto.

– Aqui menina, aqui menina – ele chama. O bicho recua para dentro das folhagens. Se ele se esforçasse, se tentasse de verdade, talvez conseguisse domesticar um desses, e aí teria alguém com quem conversar. Ter alguém com quem conversar era bom, Oryx costumava dizer a ele. – Você deveria experimentar de vez em quando, Jimmy – ela dizia, beijando sua orelha.

– Mas eu converso com você – ele dizia.

Outro beijo. – Conversa mesmo?

Quando Jimmy tinha dez anos, seu pai lhe deu uma guaxitaca de presente.

Como era mesmo o seu pai? O Homem das Neves não consegue lembrar. A mãe de Jimmy continua sendo uma imagem clara, colorida, cercada por uma moldura de papel brilhante como numa foto de polaroide, mas ele só consegue recordar detalhes do pai: o pomo de adão subindo e descendo quando ele engolia, as orelhas iluminadas por trás pela luz que vinha da janela da cozinha, a mão esquerda pousada sobre a mesa, cortada pelo punho da camisa. Seu pai é uma espécie de pastiche. Talvez Jimmy nunca tenha conseguido distanciar-se dele o suficiente para ver todas as partes ao mesmo tempo.

A ocasião para o presente da guaxitaca deve ter sido o seu aniversário. Ele reprimiu os seus aniversários: eles não eram objeto de comemoração, pelo menos depois que Dolores, a empregada filipina, foi embora. Quando estava lá, ela sempre lembrava do aniversário dele; ela fazia um bolo ou talvez comprasse um, mas sempre havia um bolo de verdade, com cobertura e velas – isso não é verdade? Ele se agarra à realidade daqueles bolos, fecha os olhos, relembra-os, coloca todos eles enfileirados em sua mente, com as velas acesas, com seu perfume doce e reconfortante de baunilha, como a própria Dolores.

Sua mãe, por outro lado, nunca parecia lembrar como era o velho Jimmy nem em que dia ele tinha nascido. Ele era obrigado a lembrar a ela na hora do café da manhã; aí ela saía do seu transe e comprava para ele algum presente ridículo – pijamas infantis com cangurus ou ursinhos, um disco que ninguém com menos de quarenta ouviria, cuecas estampadas de baleias –, embrulhava-o em papel fino e depositava-o sobre ele na hora do jantar, dando aquele seu sorriso cada vez mais esquisito, como se alguém tivesse gritado *Sorria!* e a espetado com um garfo.

Então seu pai criava um constrangimento geral, dando a desculpa de que não sabia como um dia realmente tão especial e importante tinha escapado da sua memória, e perguntava a Jimmy se estava tudo bem; e mandava um e-card para ele – o desenho padrão da OrganInc com cinco porções de asas dançando a conga e cantando *Parabéns pra você Jimmy, que todos os seus sonhos se realizem* – e aparecia com um presente para ele no dia seguinte, um presente que não seria um presente e sim alguma ferramenta ou um jogo educativo ou alguma outra demanda oculta a que ele deveria corresponder. Mas corresponder a quê? Nunca houve nenhum padrão; se havia, era tão nebuloso e fantástico que ninguém conseguia enxergar, principalmente Jimmy. Nada que ele conseguisse realizar era certo ou suficiente. Segundo os critérios de avaliação da OrganInc para matemática, química e biologia aplicada, ele devia ser mediocremente normal: talvez por isso o seu pai tivesse parado de dizer que ele poderia sair-se muito melhor se fizesse um esforço, e tivesse passado a elogiá-lo como se ele tivesse problemas cerebrais.

Então o Homem das Neves esqueceu de tudo relacionado ao décimo aniversário de Jimmy, exceto a guaxitaca, que seu pai trouxe dentro de uma gaiola. Ela era pequenininha, a menor de todas da ninhada de segunda geração de guaxitacas, fruto do primeiro par a ser acasalado. O resto da ninhada tinha sido distribuído imediatamente. O pai de Jimmy deu a entender que teve que gastar muito tempo e usar de muita influência para conseguir aquele exemplar, mas o esforço tinha valido a pena porque aquele era um dia realmente especial, só que, como sempre, o dia caiu na véspera.

As guaxitacas começaram como um hobby das horas de folga de um dos pesquisadores mais importantes da OrganInc. Havia muita agitação naquela época: criar um animal era tão divertido, diziam os caras que faziam isso; você se sentia igual a Deus. Diversos experimentos foram destruídos porque eram muito perigosos – quem precisava de um sapo serpente com um rabo preênsil como o de um camaleão, que poderia entrar pela janela do banheiro e cegar você enquanto escovava os dentes? Houve também o cobrato, uma infeliz mistura de cobra e rato: eles tiveram que se livrar dele. Mas as guaxitacas passaram a ser consideradas animais de estimação dentro da OrganInc. Elas não tinham vindo do mundo lá fora – o mundo fora do Complexo –, então não possuíam micróbios estranhos e não apresentavam risco para os porcões. Além disso, elas eram bonitinhas.

A pequena guaxitaca deixava Jimmy pegá-la. Ela era preta e branca – máscara preta, uma listra branca nas costas, anéis pretos e brancos espalhados pelo rabo peludo. Ela lambia os dedos de Jimmy, e Jimmy se apaixonou por ela.

– Ela não tem cheiro, diferentemente da jaritataca – disse o pai de Jimmy. – É um animal limpo, com um temperamento afável. Calmo. Guaxinins nunca dão bons animais de estimação depois que ficam adultos, eles ficam rabugentos, destroem a casa toda. Esse tipo parece ser mais calmo. Vamos ver como ele se comporta. Certo, Jimmy?

O pai de Jimmy o vinha papariconando muito ultimamente, como se tivesse castigado Jimmy por alguma coisa que ele não fizera e agora estivesse arrependido. Ele vinha dizendo *Certo, Jimmy?* um pouco demais. Jimmy não gostava disso – ele não gostava de ser aquele que distribuía as boas notas. Havia algumas outras atitudes do pai que ele também dispensaria – os socos de brincadeira, o despentear de cabelos, o modo de pronunciar a palavra *filho*, com uma voz um pouco mais grossa. Essa maneira de falar estava ficando pior, como se seu pai estivesse concorrendo ao papel de Papai numa peça, mas sem muita esperança de consegui-lo. Jimmy já tinha fingido muitas vezes, portanto sabia identificar isso nos outros, quase sempre. Ele acariciou a pequena guaxitaca e não respondeu.

– Quem vai alimentá-la e limpar sua gaiola? – disse a mãe de Jimmy. – Porque não serei eu. – Ela não disse isso com raiva, mas com uma voz indiferente, como se fosse uma espectadora, alguém nos bastidores; como se Jimmy e a tarefa de cuidar dele, e do seu insatisfatório pai, e as brigas entre eles, e a bagagem cada vez mais pesada de suas vidas, não tivessem nada a ver com ela. Ela não parecia mais zangada, ela não saía de casa batendo a porta, de chinelos. Ela se tomara lenta e obstinada.

— Jimmy não pediu que você fizesse isso. Ele mesmo vai cuidar disso. Certo, Jimmy? – disse seu pai.

— Como vamos chamá-la? – disse sua mãe. Ela não estava realmente interessada em saber, só estava querendo aborrecer o Jimmy. Ela não gostava que ele apreciasse nada que seu pai desse a ele. – Bandit, eu suponho.

Esse era exatamente o nome que Jimmy estava pensando, por causa da máscara preta. – Não – ele disse. – Esse nome não tem graça. Vou chamá-la de Killer.

— Boa escolha, filho – disse seu pai.

— Bem, se Killer urinar no chão, trate de limpar – disse sua mãe.

Jimmy levou Killer para o seu quarto, e ele se aninhou no seu travesseiro. Ele tinha um certo cheiro, estranho mas não desagradável, um cheiro penetrante, de couro, como um sabonete para homens. Ele dormiu com o braço em volta dele, com seu nariz ao lado do narizinho dele.

Deve ter sido um mês ou dois depois que ele ganhou a guaxitaca que o seu pai mudou de emprego. Ele foi contratado pela NooSkins como segundo em comando – no nível de vice, segundo a mãe de Jimmy. Ramona, a técnica de laboratório da OrganInc, acompanhou-o; ela fez parte do acordo porque era uma colaboradora inestimável, disse o pai de Jimmy; ela era o seu homem de confiança. ("Brincadeira", ele disse a Jimmy, para mostrar que sabia que Ramona não era um homem. Mas Jimmy já sabia disso.) Jimmy ficou mais ou menos satisfeito pelo fato de poder continuar a encontrar Ramona no almoço – pelo menos ela era alguém conhecido – embora os almoços com o pai tivessem ficado bem espaçados e raros.

A NooSkins era uma subsidiária da HelthWyzer, por isso eles se mudaram para o Complexo da HelthWyzer. Dessa vez, a casa deles era no estilo da Renascença italiana, com um pórtico em arco e muita cerâmica cor de terra, e a piscina interna era maior. A mãe de Jimmy chamava-a de "este celeiro". Ela reclamava do excesso de segurança nos portões da HelthWyzer – os guardas eram mais rudes, desconfiavam de todo mundo, gostavam de revistar as pessoas, principalmente as mulheres. Ela dizia que eles tinham prazer nisso.

O pai de Jimmy disse que ela estava reclamando à toa. De qualquer maneira, ele disse, tinha havido um incidente poucas semanas antes de eles se mudarem – algum fanático, uma mulher, com um agente biológico escondido num frasco de spray para cabelo. Alguma combinação maligna de Ebola ou Marburg, um dos hemorrágicos mais resistentes. Ela atacara um guarda que estava sem máscara – desobedecendo ao regulamento – por causa do calor. A mulher foi imediatamente borrifada e colocada num tanque de alvejante, e o pobre guarda foi escovado com HotBioform e trancafiado numa sala de isolamento, onde se dissolveu numa poça de gosma. O estrago não foi muito grande, mas é claro que os guardas estavam nervosos.

A mãe de Jimmy disse que isso não alterava o fato de que ela se sentia como uma prisioneira. O pai de Jimmy disse que ela não entendia a realidade da situação. Ela não queria estar segura, não queria que seu filho estivesse seguro?

– Então é para o meu próprio bem? – ela disse. Estava cortando uma torrada em cubos perfeitos, bem devagar.

– Para o *nosso* próprio bem. Para nós.

– Bem, acontece que eu discordo.

– Isso não é novidade – disse o pai de Jimmy.

Segundo a mãe de Jimmy, seus telefones e e-mail estavam grampeados, e os faxineiros musculosos e lacônicos da HelthWyzer que vinham duas vezes por semana – sempre em pares – eram espiões. O pai de Jimmy disse que ela estava ficando paranoica, e além do mais eles não tinham nada a esconder, então por que se preocupar com isso?

O Complexo HelthWyzer não só era mais novo do que o OrganInc como também era maior. Ele tinha dois shoppings em vez de um, um hospital melhor, três clubes de dança, e até um campo de golfe. Jimmy foi matriculado na escola pública HelthWyzer, onde a princípio não conhecia ninguém. Apesar da solidão inicial, não era tão ruim assim. Para falar a verdade, era até bom, porque ele podia reciclar suas velhas rotinas e brincadeiras: os garotos da OrganInc já estavam acostumados com seus velhos truques. Ele abandonou sua imitação de chimpanzé e passou a fingir que estava vomitando e sufocando – ambos populares –, e inventou de desenhar na barriga uma garota nua com as pernas abertas em cima do seu umbigo e fazê-la sacudir-se.

Ele não ia mais almoçar em casa. A van movida a energia solar e etanol o apanhava de manhã e devolvia à noite. Havia uma cantina clara e alegre na escola, com refeições balanceadas, comidas étnicas – falafel, bolinhos de batata – e uma opção kosher; e produtos de soja para os vegetarianos. Jimmy ficou tão satisfeito de poder almoçar sem ter nenhum dos pais presente que se sentiu leve. Chegou até a ganhar um pouco de peso, e deixou de ser o garoto mais magro da turma. Quando sobrava tempo do almoço e não havia mais nada a fazer, ele ia até a biblioteca e assistia a velhos CD-ROMs educativos. Alex, o papagaio, era o seu favorito, da série *Clássicos do Estudo de Comportamento Animal*. Ele gostava da parte em que Alex inventava uma palavra nova – *noz-de-cortiça* para designar amêndoa – e, a melhor de todas, a parte em que Alex ficava de saco cheio com o exercício do triângulo azul e quadrado amarelo e dizia *Estou indo embora agora. Não, Alex, volte aqui! Qual é o triângulo azul – não, o triângulo* azul? Mas Alex já tinha saído pela porta. Cinco estrelas para Alex.

Um dia Jimmy teve permissão para levar Killer para a escola, onde ela – agora era oficialmente uma fêmea – fez enorme sucesso. "Jimmy, você é tão sortudo", disse Wakulla Price, a primeira menina pela qual ele teve uma paixonite. Ela acariciou o pelo da Killer, com sua mão marrom de unhas cor-de-rosa, e Jimmy se arrepiou, como se as mãos dela estivessem acariciando o seu corpo.

O pai de Jimmy passava cada vez mais tempo no trabalho, mas falava cada vez menos sobre ele. Havia porções na NooSkins, assim como nas Fazendas OrganInc, mas estes eram menores e estavam sendo usados para desenvolver biotecnologias relacionadas à pele. A ideia principal era encontrar um método de substituir a epiderme velha por uma nova, não um tratamento de curto prazo, a laser ou dermoabrasão, mas uma pele genuinamente nova, sem manchas ou rugas. Para isso, seria necessário criar uma célula jovem, roliça, que comeria as células usadas da pele daqueles em quem ela fosse implantada e as substituiria por réplicas de si mesma, como algas crescendo em um lago.

O retorno financeiro em caso de sucesso seria enorme, o pai de Jimmy explicou, encenando a conversa de homem para homem, representação que havia adotado recentemente com Jimmy. Qual a pessoa bem-sucedida – que um dia fora jovem e bonita e agora se entupia de hormônios e vitaminas, mas vivia ameaçada pelo implacável espelho – que não venderia a casa, os filhos e a alma para recuperar o vigor sexual? NooSkins para voltar aos Velhos Tempos, dizia a propaganda. Não que já houvessem encontrado um método totalmente eficaz: os poucos voluntários esperançosos que se haviam apresentado, sem pagar nada, mas desistindo do direito de acionar a companhia, tinham saído parecendo Alienígenas – com uma tonalidade desigual, marrom-esverdeada, e a pele descascando.

Mas havia outros projetos na NooSkins. Uma noite o pai de Jimmy chegou em casa tarde e um pouco bêbado, com uma garrafa de champanhe. Quando Jimmy percebeu a situação, tratou de se escafeder. Ele tinha escondido um pequeno microfone atrás de um quadro na sala de estar e outro atrás do relógio da cozinha – desses que a cada hora tem um pássaro irritante cantando – para poder escutar coisas que não eram da sua conta. Tinha montado os microfones na aula de Neotecnologia na escola; tinha usado componentes dos minimicrofones utilizados para ditar palavras em computadores sem fio, e com alguns ajustes eles ficaram ótimos para aquele tipo de escuta.

– Por que isso? – disse a voz da mãe de Jimmy. Ela estava se referindo à garrafa de champanhe.

– Nós conseguimos – disse a voz do pai de Jimmy. – Acho que merece uma comemoração. – Um certo tumulto: talvez ele tenha tentado beijá-la.

– Conseguiram o quê?

Estouro da rolha de champanhe. – Vamos, isso não vai morder você. – Uma pausa: ele devia estar servindo a bebida. Sim: o barulho de copos. – À nossa.

– Conseguiram o quê? Eu preciso saber o que estou brindando. Outra pausa: Jimmy imaginou o pai engolindo, seu pomo de adão subindo e descendo. – É o projeto da neurorregeneração. Agora nós temos tecido do neocórtex humano crescendo em um porcão. Finalmente, depois de todos aqueles fiascos! Pense só nas possibilidades, para vítimas de derrames e...

– Era só o que faltava – disse a mãe de Jimmy. – Mais gente com cérebro de porco. Será que já não temos o bastante?

– Será que você pode mostrar uma atitude positiva para variar? Toda essa negatividade, *isso não presta, aquilo não presta,* nada está bom para você, nunca!

– Atitude positiva em relação a quê? Ao fato de você ter inventado mais uma maneira de arrancar até o último tostão de gente desesperada? – disse a mãe de Jimmy naquela voz nova, lenta e desprovida de raiva.

Guaxitaca 59

— Meu Deus, como você é cínica!
— Não, você é que é. Você e seus parceiros espertos. Seus colegas. Isso é errado, toda a organização é errada, cheira mal e você sabe disso.
— Nós podemos dar esperança às pessoas. Dar esperança não é arrancar o último tostão.
— Com os preços cobrados pela NooSkins é sim. Vocês fazem um estardalhaço dos seus produtos e tiram todo o dinheiro delas, aí elas ficam sem dinheiro e não recebem mais tratamento. Para você e seus amigos, não importa que elas apodreçam. Você não se lembra do que costumávamos conversar, das coisas que queríamos fazer? Tomar a vida melhor para as pessoas, não apenas para as pessoas que tivessem dinheiro. Você costumava ser tão... você tinha ideais na época.
— Claro — disse o pai de Jimmy com uma voz cansada. — Eu ainda tenho. Só que não posso bancá-las.

Uma pausa. A mãe de Jimmy deve ter refletido sobre isso. — Seja como for — ela disse, um sinal de que não ia ceder. — Seja como for, existem pesquisas e pesquisas. O que você está fazendo... essa coisa de cérebro de porco. Você está interferindo com os pilares da vida. Isso é imoral. É... um sacrilégio.

Bang, na mesa. Não a mão dele. A garrafa? — Não acredito no que estou ouvindo! Quem é que anda influenciando você? Você é uma pessoa culta, você mesma trabalhou nisso! São apenas proteínas, você sabe disso! Não existe nada de sagrado a respeito de células e tecidos, são só...
— Eu conheço a teoria.
— De todo modo, isso vem pagando pelo seu sustento, vem pondo comida na sua mesa. Você não está em condição de bancar a superior.
— Eu sei — disse a voz da mãe de Jimmy. — Acredite, eu sei disso muito bem. Por que você não pode arrumar um emprego honesto? Para fazer algo que seja essencial?
— Como o quê e onde? Você quer que eu vá cavar fossas?
— Pelo menos a sua consciência estaria limpa.
— Não, a *sua* é que estaria. É você que sente uma culpa neurótica. Por que você não vai cavar umas fossas por aí, pelo menos isso faria você se ocupar. Aí quem sabe você parasse de fumar, você é uma verdadeira fábrica de enfisema, além disso está sustentando sozinha as companhias de tabaco. Pense nisso já que é tão ética. São eles que viciam garotos de seis anos para o resto da vida distribuindo amostras grátis.

– Eu sei de tudo isso. – Uma pausa. – Eu fumo porque estou deprimida. As companhias de tabaco me deprimem, *você* me deprime, o Jimmy me deprime, ele está virando um...

– Tome umas bolas se está com a porra de uma depressão!

– Não precisa xingar.

– Acho que preciso sim! – O pai de Jimmy gritar não era novidade, mas isso combinado com o palavrão deixou Jimmy de orelhas em pé. Talvez fosse haver alguma ação, alguns copos quebrados. Ele ficou com medo – sentiu outra vez um bolo no estômago –, mas também sentiu necessidade de ficar escutando. Se houvesse uma catástofe, um colapso final, ele precisava assistir.

Mas nada aconteceu, ele ouviu apenas o som de passos saindo da sala. Qual dos dois? Quem quer que fosse iria subir agora para certificar-se de que Jimmy estava dormindo e não tinha ouvido nada. Em seguida eles riscariam aquele item da lista de Como Ser Pais e Mães Fantásticos que carregavam na cabeça. Não eram as coisas ruins que deixavam Jimmy tão zangado, eram as coisas boas. As coisas que supostamente eram boas, ou suficientemente boas para ele. As coisas que eles cumprimentavam a si mesmos por fazerem. Eles não sabiam nada a respeito dele, do que ele gostava, o que ele detestava, o que ele desejava. Achavam que ele era apenas o que podiam enxergar. Um menino simpático, mas meio biruta, um tanto exibido. Não a estrela mais brilhante do universo, não um gênio para números, mas não se podia ter tudo o que queria e pelo menos ele não era uma nulidade completa. Pelo menos não era um alcoólatra nem um viciado como uma porção de meninos da idade dele, então vamos bater na madeira. Ele tinha ouvido o pai dizer *bater na madeira*, como se Jimmy estivesse predestinado a se dar mal, a sair dos trilhos, e isso fosse apenas uma questão de tempo. A respeito da pessoa diferente, secreta, que vivia dentro dele, eles não conheciam nada.

Ele desligou o computador, tirou os fones de ouvido, apagou a luz e foi para a cama, silenciosa e cuidadosamente, porque Killer já estava lá. Ela estava deitada no pé da cama, gostava de ficar lá; ela dera para lamber os pés dele para sentir o gosto de sal. Isso fazia cócegas; com a cabeça coberta, ele riu silenciosamente.

MARTELO

Vários anos se passaram. Devem ter passado, pensa o Homem das Neves: ele não consegue lembrar muita coisa a respeito deles, exceto que ficou com uma voz diferente e começou a ter pelos no corpo. Nada de muito excitante na época, exceto que teria sido pior se isso não tivesse acontecido. Ele desenvolveu alguns músculos também. Começou a ter sonhos eróticos e a sentir uma certa lassidão. Ele pensava um bocado em garotas abstratas – garotas sem cabeça – e em Wakulla Price com cabeça, embora ela se recusasse a sair com ele. Será que era porque ele tinha espinhas? Ele não se lembrava de tê-las; embora, em sua lembrança, os rostos dos seus rivais estivessem cobertos de espinhas.

Noz-de-cortiça, ele dizia para qualquer um que o aborrecesse. Qualquer um que não fosse uma garota. Só ele e Alex, o papagaio, é que sabiam exatamente o que significava noz-de-cortiça, então era bem devastador. Isto tornou-se moda entre os garotos do Complexo HelthWyzer, então Jimmy era considerado medianamente legal. *Ei, noz-de-cortiça!*

Seu melhor amigo secreto era Killer. Patético que a única pessoa com quem ele pudesse realmente conversar fosse uma guaxitaca. Ele evitava seus pais o máximo que podia. Seu pai era uma noz-de-cortiça e sua mãe, uma parasita. Ele não se assustava mais com o campo elétrico negativo deles, os achava simplesmente cansativos, ou era isso que dizia a si mesmo.

Na escola, encenava uma grande traição contra eles. Desenhava olhos nos nós dos dedos indicadores e enfiava os polegares nas mãos fechadas. Depois, movendo os polegares para cima e para baixo para mostrar as bocas abrindo e fechando, ele conseguia fazer as duas marionetes brigarem. Sua mão direita era Papai Malvado, sua mão esquerda era Mamãe Virtuosa. Papai Malvado vociferava e teorizava e soltava um palavrório sem sentido, Mamãe Virtuosa reclamava e recriminava. Na cosmologia de Mamãe Virtuosa, Papai Malvado era a única causa de hemorroidas, cleptomania, conflito global, mau hálito, fendas na crosta terrestre e esgotos entupidos, bem como de todas as enxaquecas e cólicas menstruais que Mamãe Virtuosa tivera na vida. Esse espetáculo da hora do almoço era um sucesso; uma multidão se juntava, cheia de pedidos. *Jimmy, Jimmy – faz o Papai Malvado!* Os outros garotos tinham diversas variações para sugerir, tiradas das vidas privadas dos seus próprios pais. Alguns deles tentavam desenhar olhos em seus próprios dedos, mas não eram bons nos diálogos.

Jimmy às vezes se sentia culpado depois, quando achava que tinha ido longe demais. Ele não devia ter posto a Mamãe Virtuosa chorando na cozinha porque seus ovários haviam explodido; ele não devia ter feito aquela cena de sexo com o Espetinho de Peixe Especial da Segunda-Feira, 20% de peixe de verdade – Papai Malvado caindo sobre ele e rasgando-o, louco de desejo, porque Mamãe Virtuosa estava de mau humor, enfiada numa caixa de Twinkies, e se recusava a sair. Essas cenas não tinham a menor dignidade, mas isso não era um impedimento para ele. Elas também se aproximavam demais de uma verdade perturbadora que Jimmy não estava disposto a examinar. Mas os outros garotos o incentivavam, e ele não conseguia resistir aos aplausos.

– Será que eu exagerei, Killer? – ele costumava perguntar. – Será que foi desprezível demais? – *Desprezível* era uma palavra que ele tinha descoberto recentemente: Mamãe Virtuosa a vinha usando um bocado ultimamente.

Killer lambia o nariz dele. Ela sempre o perdoava.

Um dia, Jimmy voltou da escola e havia um bilhete em cima da mesa da cozinha. Era de sua mãe. Ele soube, assim que viu o que estava escrito do lado de fora – *Para Jimmy,* sublinhado duas vezes em preto – que tipo de bilhete era aquele.

Querido Jimmy, dizia o bilhete. *Blá-blá-blá, há muito tempo minha consciência vem sofrendo, blá-blá, não quero mais compactuar com um estilo de vida que não é apenas sem sentido mas blá-blá.* Ela sabia que quando Jimmy tivesse idade suficiente para refletir sobre as implicações de *blá--blá,* ele concordaria com ela e compreenderia. Ela entraria em contato com ele mais tarde, se houvesse alguma possibilidade. *Blá-blá* uma busca seria feita, inevitavelmente; então seria preciso esconder-se. Uma decisão que só havia sido tomada depois de muita reflexão e angústia, mas *blá.* Ela sempre o amaria muito.

* * *

Talvez ela tivesse amado Jimmy, pensa o Homem das Neves. À sua própria maneira. Embora ele não tivesse acreditado nisso na época. Talvez, por outro lado, ela não o tivesse amado. Entretanto, ela deve ter sentido alguma emoção positiva em relação a ele. Não havia, supostamente, um elo maternal?

P.S., ela tinha escrito. *Levei Killer comigo para libertá-la, porque sei que ela ficará mais feliz vivendo uma vida livre, selvagem, na floresta.*

Jimmy também não tinha acreditado nisso. Ele ficou uma fera. Como ela teve coragem? Killer era dele! E Killer era um animal manso, ficaria completamente indefeso, não saberia defender-se, qualquer coisa faminta faria em pedaços o seu corpo peludo branco e preto. Mas a mãe de Jimmy e sua laia deviam ter razão, pensa o Homem das Neves, e Killer e as outras guaxitacas que foram soltas devem ter sido capazes de sobreviver muito bem, senão como haveria uma população tão grande delas infestando este pedaço da floresta?

Jimmy tinha lamentado sua perda durante semanas. Não, meses. Qual das perdas ele tinha lamentado mais? A da sua mãe ou a de uma jaritataca modificada?

Sua mãe tinha deixado outro bilhete. Não um bilhete – uma mensagem sem palavras. Ela destruía o computador do pai de Jimmy, e não apenas o seu conteúdo: ela o atacou com um martelo. Na verdade, usou todas as ferramentas da caixa do Sr. Faz-Tudo do Lar, muito bem organizada e raramente usada, do pai de Jimmy, mas o martelo tinha sido sua arma principal. Ela destruiu também o próprio computador, e fez um serviço ainda mais completo. Assim, nem o pai de Jimmy nem os homens do CorpSeCorps que apareceram na casa logo depois conseguiram saber que mensagens em código ela poderia ter enviado ou quais as informações que ela havia ou não baixado e levado com ela.

Quanto à maneira pela qual havia conseguido passar por todas as guaritas e portões, ela dissera que ia fazer um tratamento de canal, no dentista de um dos Módulos. Tinha toda a papelada necessária e a história era verdadeira: o especialista em tratamento de canal da clínica dentária da HelthWyzer sofrera um infarto e seu substituto ainda não havia chegado, então eles estavam usando um dentista de fora. Ela marcara mesmo uma consulta com o dentista do Módulo, que mandou uma conta para o pai de Jimmy pela consulta a que ela não compareceu. (O pai de Jimmy recusou-se a pagar, porque não tinha sido ele a faltar à consulta; ele e o dentista tiveram uma briga feia mais tarde, pelo telefone.) Ela foi esperta o suficiente para não levar nenhuma bagagem. Chamou um segurança do CorpSeCorps para acompanhá-la na corrida de táxi da estação do trem-bala até o Módulo, o que era de praxe. Ninguém questionou-a, ela era uma pessoa conhecida e tinha a requisição, o passe, tudo. Ninguém no portão do Complexo tinha olhado dentro de sua boca, aliás não teria visto muita coisa: dor no nervo não dá para ver.

O homem do CorpSeCorps devia estar mancomunado com ela, ou então tinha sido eliminado; em todo caso, ele não tinha voltado e jamais foi encontrado. Pelo menos foi o que disseram. Isso realmente complicou as coisas. Significava que havia outros envolvidos. Mas que outros, e quais eram os seus objetivos? Era urgente esclarecer essas questões, disse o cara do Corps que interrogou Jimmy. A mãe de Jimmy tinha dito alguma coisa para ele?, os homens do Corps perguntaram.

O que eles queriam dizer com *alguma coisa*?, Jimmy disse. Ele tinha ouvido aquela conversa pelo microfone, mas não queria falar sobre isso. Sua mãe também costumava reclamar de vez em quando, dizia que estavam arruinando tudo, que as coisas nunca mais voltariam a ser as mesmas, como a casa de praia que sua família possuía quando ela era pequena, aquela que foi invadida pelas águas junto com o resto das praias e muitas das cidades costeiras do Ocidente quando o nível do mar subiu tão repentinamente, e depois houve aquela enorme onda, causada pelo vulcão das ilhas Canárias. (Eles tinham estudado aquilo na escola, na unidade de Geoeconomia. Jimmy tinha achado a simulação em vídeo muito interessante.) E ela costumava lastimar-se por causa da plantação de grapefruit que o avô dela possuía na Flórida e que tinha secado como se fosse uma passa gigante quando as chuvas pararam de cair, no mesmo ano em que o lago Okeechobee tinha se transformado numa poça de lama e o Everglades tinha queimado por três semanas seguidas.

Mas os pais de todo mundo reclamavam dessas coisas. *Lembra quando se podia andar por toda parte? Lembra quando todo mundo morava na plebelândia? Lembra quando se podia viajar para qualquer lugar do mundo sem medo? Lembra as cadeias de hambúrgueres, sempre de carne de vaca, lembra as carrocinhas de cachorro-quente? Lembra de antes de Nova York ser Nova Nova York? Lembra de quando era importante votar?* Esse tipo de conversa era comum. *Ah, era tudo tão bom. Agora eu vou entrar no pacote de Twinkies. Nada de sexo esta noite!*

Sua mãe era apenas uma mãe, Jimmy disse ao homem do CorpSeCorps. Ela fazia o que todas as outras mães faziam. Ela fumava um bocado.

– Ela pertencia a alguma organização ou coisa assim? Vinha gente estranha visitá-la? Ela passava muito tempo falando ao celular?

– Qualquer coisa que pudesse ajudar-nos seria bem-vinda, filho – disse outro homem do Corps. Foi o *filho* que resolveu a questão. Jimmy disse que não havia mais nada.

A mãe de Jimmy deixou umas roupas novas para ele, nas medidas que ela disse que ele em breve iria usar. Elas eram horríveis, como todas as roupas que ela comprava. E também eram muito pequenas. Ele as guardou numa gaveta.

Seu pai estava abalado, dava para ver; ele estava assustado. Sua mulher tinha quebrado todas as regras, ela devia ter outra vida e ele ignorava isso completamente. Esse tipo de coisa refletia mal num homem. Ele disse que não guardava nenhuma informação crucial no computador que ela destruíra, mas é claro que ele diria isso, e não havia como provar o contrário. Depois ele havia sido interrogado, em outro lugar, por muito tempo. Talvez estivesse sendo torturado, como nos filmes antigos e em alguns dos sites mais terríveis da Web, com eletrodos e porretes e ferros em brasa, e Jimmy ficou preocupado e nervoso com isso. Por que ele não tinha percebido o que estava para acontecer e feito algo para impedir, em vez de ficar fazendo imitações maldosas?

Duas mulheres grandes e musculosas do CorpSeCorps tinham ficado na casa enquanto o pai de Jimmy estava fora, cuidando de Jimmy, como disseram. Uma sorridente e outra com uma cara sem expressão. Elas davam um monte de telefonemas nos seus celulares; examinaram os álbuns de retratos e os armários da mãe de Jimmy, e tentaram fazer Jimmy falar. *Ela é bem bonita. Você acha que ela tinha um namorado? Ela ia muito à plebelândia?* Por que ela iria lá, Jimmy disse, e elas disseram que algumas pessoas gostavam de ir. Por que, Jimmy tomou a dizer, e a sem expressão disse que algumas pessoas eram depravadas, e a sorridente riu e ficou vermelha, e disse que você podia conseguir coisas lá que não conseguia aqui. Que tipo de coisas, Jimmy teve vontade de perguntar, mas não perguntou porque a resposta poderia enredá-lo em mais perguntas, sobre o que sua mãe gostava ou poderia estar querendo conseguir. Ele já tinha cometido todas as traições contra ela na cantina da escola, e não ia cometer mais nenhuma.

As duas preparavam omeletes duras e secas numa tentativa de baixar a guarda de Jimmy através da comida. Como isso não funcionou, elas passaram a esquentar comida congelada no micro-ondas e a pedir pizzas. *E então, sua mãe vai muito ao shopping? Ela costumava sair para dançar? Aposto que sim.* Jimmy tinha vontade de dar uma surra nelas. Se ele fosse uma menina, teria rompido em lágrimas e conseguido que elas tivessem pena dele, e assim as teria feito calar a boca.

Depois que o pai de Jimmy voltou de para onde quer que tenha sido levado, ele passou a fazer terapia. Ele parecia estar mesmo precisando, o rosto dele estava verde e os olhos vermelhos e inchados. Jimmy também fez terapia, mas foi uma perda de tempo.

Você deve estar infeliz por sua mãe ter partido.

É, certo.

Você não deve culpar a si mesmo, filho. Você não tem culpa de ela ter ido embora.

O *que você quer dizer?*

Está tudo bem. Você pode expressar as suas emoções.

Que emoções você quer que eu expresse?

Não precisa ser hostil, Jimmy, eu sei como você se sente.

Então, se você já sabe como eu me sinto, por que está me fazendo perguntas, e assim por diante.

O pai de Jimmy disse a Jimmy que eles dois iam ter que tocar a vida o melhor que pudessem. Então eles foram tocando. Tocaram e tocaram, serviam seus sucos de laranja de manhã e punham os pratos na lava-louça quando se lembravam, e após algumas semanas o pai de Jimmy perdeu o seu tom esverdeado e voltou a jogar golfe.

Dava para perceber que no fundo ele não estava se sentindo tão infeliz, agora que o pior tinha passado. Ele começou a assoviar enquanto fazia a barba. Ele fazia a barba com mais frequência. Após um intervalo decente Ramona foi morar com eles. A vida ganhou uma nova rotina, que envolvia sessões de sexo e gargalhadas atrás de portas fechadas, mas não à prova de som, enquanto Jimmy aumentava o volume do som para não escutar. Ele poderia ter posto uma escuta no quarto deles, assistido a todo o espetáculo, mas tinha uma forte aversão a isso. Para dizer a verdade, ele tinha uma certa vergonha daquilo. Uma vez houve um encontro difícil no corredor do segundo andar, o pai de Jimmy enrolado numa toalha, com as orelhas destacando-se dos lados da cabeça, o rosto vermelho do esforço da recente batalha erótica, Jimmy vermelho de vergonha e fingindo não notar. Os dois pombinhos carregados de hormônio deviam ter tido a decência de fazer isso na garagem, em vez de esfregar aquilo no nariz de Jimmy o tempo todo. Eles o faziam sentir-se invisível. Não que ele quisesse sentir-se outra coisa.

Há quanto tempo eles vinham tendo um caso?, pensa o Homem das Neves. Será que os dois estariam trepando atrás dos chiqueiros, com suas roupas biológicas e máscaras contra germes? Ele acha que não: seu pai era um nerd, não um merda. É claro que se podia ser as duas coisas: um nerd de merda ou um merda nerd. Mas seu pai (pelo menos é o que ele acha) mentia tão mal que dificilmente conseguiria envolver-se com alguém sem que a mãe de Jimmy notasse.

Embora talvez ela tivesse notado. Talvez ela tenha fugido por isso, ou essa tenha sido uma das razões. Você não pega um martelo – sem falar na chave de fenda elétrica e na chave de porca – e ataca o computador de um cara se não estiver muito zangada.

Não que ela não estivesse zangada em geral: a raiva dela tinha ido muito além de qualquer motivo.

Quanto mais o Homem das Neves pensa a respeito do assunto, mais ele se convence de que Ramona e seu pai tinham resistido. Eles tinham esperado até a mãe de Jimmy ter explodido numa infinidade de pixels antes de cair nos braços um do outro. Se não, eles não ficariam trocando olhares tão ardentes no André's Bistrô na OrganInc. Se eles já estivessem tendo um caso, eles teriam tido um comportamento discreto em público, teriam evitado um ao outro até; teriam tido encontros rápidos e pornográficos em lugares escusos, rebolando suas bundas e prendendo o fecho das calças no tapete do escritório, mordendo as orelhas um do outro em estacionamentos. Eles não teriam tido o trabalho de planejar aqueles almoços antissépticos, com seu pai olhando para a toalha da mesa enquanto Ramona liquefazia as cenouras cruas. Eles não ficariam babando um pelo outro por cima da salada e do empadão de porco, usando o pequeno Jimmy como um escudo humano.

Não que o Homem das Neves os julgue. Ele sabe que essas coisas acontecem, ou costumavam acontecer. Ele agora é adulto, com coisas muito piores na consciência. Então quem irá culpá-los?

(Ele os culpa.)

Ramona fez Jimmy sentar-se e olhou para ele com seus olhos sinceros e borrados, sombreados de cílios pretos, e disse a ele que sabia que aquilo era muito difícil para ele e que era um trauma para todos, era difícil para ela também, embora ele talvez não achasse, e ela sabia que não poderia substituir a mãe dele, mas esperava que pudessem ser amigos. Jimmy disse: *Claro, por que não*, porque fora a ligação dela com o pai dele, ele gostava dela e queria agradá-la.

Ela tentou de verdade. Ria das piadas dele, um pouco atrasada às vezes – ela não era uma pessoa de palavras, ele lembrava a si mesmo – e às vezes quando o pai de Jimmy estava fora ela esquentava o jantar só para ela e Jimmy; lasanha e salada Caesar eram sua marca registrada. De vez em quando ela assistia a filmes no DVD com ele, sentada ao lado dele no sofá, tendo primeiro preparado uma tigela de pipocas, cobrindo-as com substituto de manteiga derretida, enfiando os dedos engordurados na tigela e lambendo-os durante os momentos de suspense, enquanto Jimmy tentava não olhar para os peitos dela. Ela perguntou a ele se ele queria perguntar alguma coisa, do tipo, você sabe, ela e o pai dele, e o que tinha acontecido com o casamento. Ele disse que não.

Em segredo, durante a noite, ele ansiava por Killer. E também – em algum canto de si mesmo que ele não podia confessar – pela sua verdadeira, estranha, insuficiente, infeliz mãe. Para onde tinha ido, que perigos estaria correndo? Que ela estaria correndo algum tipo de perigo era um fato. Ele sabia que estavam procurando por ela, e se ele fosse ela não ia querer ser encontrado.

Mas ela disse que entraria em contato com ele, então por que não estava fazendo isso? Após algum tempo ele recebeu dois cartões-postais, com selos da Inglaterra, depois da Argentina. Eles estavam assinados *Tia Monica*, mas ele sabia que eram dela. *Espero que você esteja bem,* era tudo o que diziam. Ela devia saber que eles seriam lidos por uma centena de espiões antes de chegarem às mãos de Jimmy, e foram mesmo, porque depois de cada um deles, vieram os homens do Corps perguntando quem era tia Monica. Jimmy disse que não sabia. Ele não achava que sua mãe estivesse em nenhum dos países dos selos porque ela era esperta demais para isso. Ela deve ter pedido a outras pessoas para colocarem os cartões no correio para ela.

Será que ela confiava nele? É evidente que não. Ele achou que a havia desapontado; que havia falhado com ela de um modo crucial. Ele nunca havia entendido o que exigiam dele. Se ao menos ele tivesse outra chance de fazê-la feliz.

– Eu não sou a minha infância – o Homem das Neves diz em voz alta. Ele odeia esses replays. Ele não pode desligá-los, não pode mudar de assunto, não pode sair da sala. O que ele precisa é de mais disciplina interior, ou de uma sílaba mística que possa ficar repetindo até sair de sintonia. Como se chamavam essas coisas? Mantras. Eles aprendiam isso na escola primária. Religião da Semana. *Muito bem, turma, agora fiquem caladinhos, isso serve para você, Jimmy. Hoje nós vamos fingir que moramos na India e vamos entoar um mantra. Não vai ser divertido? Agora vamos escolher uma palavra, uma palavra diferente, para que tenhamos o nosso próprio mantra.*

– Prenda-se às palavras – ele diz a si mesmo. As palavras estranhas, as palavras antigas, as palavras raras. *Sanefa. Nóxio. Seruaia. Pirilampo. Lascívia.* Quando estas palavras saírem de sua cabeça, elas terão ido embora para sempre. Como se nunca tivessem existido.

CRAKE

Alguns meses antes de a mãe de Jimmy desaparecer, Crake apareceu. As duas coisas aconteceram no mesmo ano. Qual era a ligação? Não havia nenhuma, exceto que os dois pareciam relacionar-se muito bem. Crake era um dos poucos amigos de Jimmy de que sua mãe gostava. Na maioria das vezes, ela achava seus amigos imaturos e suas amigas fúteis ou relaxadas. Ela nunca tinha usado essas palavras, mas dava para perceber.

Mas Crake, Crake era diferente. Mais parecia um adulto, ela dizia; na verdade, mais adulto do que muitos adultos. Podia-se ter uma conversa objetiva com ele, uma conversa em que fatos e hipóteses eram discutidos até chegar-se a uma conclusão lógica. Não que Jimmy jamais tivesse visto os dois tendo uma conversa desse tipo, mas eles devem ter tido, senão ela não teria dito isso. Quando e como essas conversas lógicas e adultas aconteceram? Ele se perguntou muitas vezes.

– Seu amigo é de uma honestidade intelectual louvável – a mãe de Jimmy costumava dizer. – Ele não mente para si mesmo. – Aí ela fitava Jimmy com aquele olhar azul e magoado que ele conhecia tão bem. Se ao menos *ele* pudesse ser assim – intelectualmente honesto. Outro item obscuro do boletim enigmático que sua mãe carregava em algum bolso mental, o boletim no qual ele sempre passava raspando. *Jimmy poderia ter mais honestidade intelectual se ele se esforçasse mais para isso.* Fantástico, se ele tivesse alguma porra de pista do que essa porra queria dizer.

– Eu não quero jantar – ele dizia para ela. – Depois eu como qualquer coisa. – Se ela quisesse fazer aquele ar de ofendida, ia ter que fazer para o relógio da cozinha. Ele o havia modificado para que o tordo piasse como uma coruja e a coruja crocitasse como uma gralha. Ela que ficasse desapontada com eles para variar.

Ele tinha suas dúvidas a respeito da honestidade de Crake, fosse ela intelectual ou de qualquer outra natureza. Ele sabia um pouco mais de Crake do que sua mãe.

* * *

Quando a mãe de Jimmy fugiu daquele jeito, depois da destruição com o martelo, Crake não disse muita coisa. Ele não pareceu surpreso nem chocado. Tudo o que disse foi que algumas pessoas precisavam mudar, e para mudar elas precisavam estar em outro lugar. Ele disse que uma pessoa podia estar na sua vida e depois não estar mais. Disse que Jimmy devia ler os Estoicos. Essa última parte foi um tanto desagradável: Crake às vezes era professoral demais e abusava dos devias. Mas Jimmy apreciava a calma dele e o fato de não ser intrometido.

É claro que Crake ainda não era Crake, naquela época: o nome dele era Glenn. Por que tinha dois enes em vez de um como era habitual? – Meu pai gostava de música – foi a explicação de Crake quando Jimmy tomou coragem para perguntar a ele, o que levou um certo tempo. – Ele me deu o nome de um pianista já morto, um menino prodígio com dois enes.

– Então ele obrigou você a aprender música?
– Não – disse Crake. – Ele nunca me obrigou a nada.
– Então qual o sentido disso?
– De quê?
– Do seu nome. Os dois enes.
– Jimmy, Jimmy – disse Crake. – Nem tudo faz sentido.

O Homem das Neves tem dificuldade em pensar em Crake como Glenn de tanto que a personalidade posterior de Crake bloqueou a anterior. O lado Crake dele devia estar lá desde o início, pensa o Homem das Neves: nunca houve um Glenn real, *Glenn* era apenas um disfarce. Então, nas reprises que o Homem das Neves faz da história, Crake nunca é Glenn, e nunca é *Glenn-vulgo-Crake* ou *Crake/Glenn*, ou *Glenn, mais tarde Crake*. Ele sempre é só Crake, pura e simplesmente.

Além disso, *Crake* poupa tempo, pensa o Homem das Neves. Por que colocar hifens e parênteses onde não é necessário?

Crake apareceu na escola HelthWyzer em setembro ou outubro, em um desses meses que costumavam ser chamados de *outono*. Era um dia quente e ensolarado, sem nenhuma outra característica marcante. Ele fora transferido como resultado de alguma caça de talentos envolvendo uma unidade familiar: isto era frequente entre os Complexos. Garotos iam e vinham, carteiras eram ocupadas e esvaziadas, as amizades eram sempre contingenciais.

Jimmy não estava prestando muita atenção quando Crake foi apresentado à turma por Melões Riley, a professora de Ultratextos. O nome dela não era Melões – esse era um apelido usado pelos garotos da turma –, mas o Homem das Neves não se lembra do seu nome verdadeiro. Ela não deveria ter se inclinado tão perto da sua Tela de Leitura, com aqueles seios grandes e redondos quase tocando o seu ombro. Ela não deveria usar a camiseta da NooSkins tão esticada para dentro dos shorts: distraía demais a atenção. Então, quando Melões anunciou que Jimmy iria mostrar a escola para o novo colega, Glenn, houve uma pausa enquanto Jimmy se esforçava para decifrar o que ela tinha acabado de dizer.

– Jimmy, eu fiz um pedido – disse Melões.

– Claro, qualquer coisa – Jimmy disse, virando os olhos e sorrindo, mas sem exagero. Alguns colegas riram; até a srta. Riley deu um sorriso remoto e contrafeito. Ele geralmente conseguia enganá-la com aquela encenação de charme juvenil. Ele gostava de imaginar que se ele não fosse menor de idade, e ela, sua professora e sujeita a acusações de abuso sexual, ela estaria abrindo caminho através das paredes do quarto dele para mergulhar os dedos ávidos em sua carne jovem.

Jimmy naquela época era muito convencido, pensa o Homem das Neves com indulgência e uma certa inveja. Ele era infeliz também, é claro. Sua infelicidade era um fato consumado. Ele punha um bocado de energia nisso.

Quando Jimmy conseguiu focalizar sua atenção em Crake, não ficou muito animado. Crake era mais alto do que Jimmy, cerca de seis centímetros; mais magro também. Tinha cabelo castanho e liso, pele bronzeada, olhos verdes, um meio sorriso, um olhar impassível. Suas roupas eram escuras, sem grifes nem estampas ou comentários escritos – um estilo sem nome. Ele era provavelmente mais velho do que os outros, ou estava tentando agir como se fosse. Jimmy imaginou que tipos de esporte ele praticaria. Futebol não, nada tão vigoroso. Não tinha altura suficiente para basquete. Ele não parecia ser um jogador de equipe, nem um jogador disposto a aceitar contusões estúpidas. Tênis, talvez. (O próprio Jimmy jogava tênis.)

Na hora do almoço, Jimmy pegou Crake e os dois comeram alguma coisa – Crake devorou dois gigantescos cachorros-quentes de salsicha de soja e um pedaço grande de bolo de coco, talvez ele estivesse tentando ganhar corpo – e em seguida eles percorreram os corredores, entraram e saíram de salas de aula e laboratórios, enquanto Jimmy ia fazendo os comentários. *Aqui é o ginásio, aqui é a biblioteca, aqueles são os livros, você tem que solicitá-los antes do meio-dia, lá dentro fica o vestiário feminino, dizem que tem um buraco na parede, mas eu nunca o encontrei. Se você quiser fumar um baseado não use o banheiro, ele é vigiado; tem uma microlente da segurança no respiradouro, não olhe para lá senão eles vão saber que você sabe.*

Crake olhou tudo e não disse nada. Não deu nenhuma informação a respeito de si mesmo. O único comentário que fez foi que o laboratório de química era um lixo.

Bem, foda-se, Jimmy pensou. Se ele quer ser um babaca, este é um país livre. Milhões antes dele fizeram a mesma escolha. Ele estava aborrecido consigo mesmo por estar andando de um lado para outro e tagarelando sem parar enquanto Crake lançava olhares breves e indiferentes para ele, com aquele sorriso torto. Entretanto, havia alguma coisa em Crake. Aquele jeito desleixado e indiferente sempre impressionava Jimmy, quando vinha de outro cara: era a sensação de energias sendo contidas, reservadas para alguma coisa mais importante do que a pessoa que o acompanhava naquele momento.

Jimmy se viu desejando causar alguma impressão em Crake, conseguir alguma reação; esse era um de seus pontos fracos, importar-se com o que as pessoas pensavam dele. Então, depois da aula, ele perguntou a Crake se ele gostaria de ir a um dos shoppings, dar uma volta, ver as garotas, e Crake disse, por que não? Não havia muito o que fazer no Complexo da HelthWyzer depois da aula, ou em qualquer outro Complexo, pelo menos para garotos da idade deles, nada para se fazer em grupo. Não era como na plebelândia. Lá, segundo diziam, os garotos corriam em bandos, em hordas. Eles esperavam um dos pais sair e aí detonavam – enchiam a casa de gente, ouviam música bem alto, bebiam, fumavam, trepavam com qualquer coisa, inclusive o gato da família, quebravam a mobília, tomavam drogas. Tinha mais glamour, pensou Jimmy. Mas nos Complexos a fiscalização era severa. Patrulhas noturnas, toque de recolher para mentes em desenvolvimento, cães farejadores atrás de drogas pesadas. Uma vez eles afrouxaram um pouco, permitiram a entrada de uma banda de verdade – Plebeus Escrotos –, mas o tumulto foi tanto que isso nunca mais aconteceu. Mas ele não precisava desculpar-se com Crake. Ele também tinha sido criado nos Complexos, portanto conhecia a realidade.

Jimmy estava torcendo para ver Wakulla Price no shopping, nem que fosse de longe; ele ainda estava meio apaixonado por ela, mas depois do discurso gosto-de-você-como-amigo que ela havia feito, ele tentou com outra garota, depois outra, e atualmente estava com a loura LyndaLee. LyndaLee fazia parte da equipe de remo e tinha coxas musculosas e um peito impressionante e o havia levado às escondidas para o quarto dela mais de uma vez. Ela era desbocada e tinha mais experiência do que Jimmy, e toda vez que ele transava com ela tinha a impressão de ter sido sugado para dentro de uma máquina de pinball, cheia de luzes piscando, saltos aleatórios e cascatas de bolas. Ele não gostava muito dela, mas precisava conservar-se à altura dela, ter certeza de que ainda fazia parte da sua lista. Talvez ele conseguisse colocar o Crake na fita – fazer-lhe um favor, deixá-lo devedor. Ele imaginou que tipo de garota Crake preferiria. Até agora ele não tinha dado nenhuma pista.

Não havia nem sinal de Wakulla no shopping, nem de LyndaLee. Jimmy tentou ligar para LyndaLee, mas o celular dela estava desligado. Então Jimmy e Crake jogaram um pouco no Three-Dimensional Waco que ficava na galeria e consumiram uns hambúrgueres de soja – o quadro-negro dizia que não havia carne naquele mês – e um Happicuppuchino gelado e meia barra de cereal cada um para ganhar mais energia e receber alguns esteroides. Depois perambularam pela galeria com suas fontes e samambaias de plástico, ouvindo a música morna que sempre se ouvia lá. Crake não era exatamente falante, e Jimmy estava prestes a dizer que tinha que ir fazer o dever de casa quando lá na frente avistaram algo digno de nota: era Melões Riley com um homem, dirigindo-se para um dos clubes de dança só para adultos. Ela havia trocado de roupa e estava usando um casaco vermelho por cima de um vestido preto justo, e o homem estava com o braço passado pela cintura dela, por baixo do casaco.

Jimmy cutucou Crake. – Você acha que ele está com a mão na bunda dela? – ele disse.

– Esse é um problema geométrico – disse Crake. – Você teria que fazer o cálculo.
– O quê? – disse Jimmy. – Como assim?
– Use os neurônios – disse Crake. – Passo um: calcular o comprimento do braço do homem, usando o braço visível como padrão. Hipótese: ambos os braços têm aproximadamente o mesmo comprimento. Passo dois: calcular o ângulo de inclinação do cotovelo. Passo três: calcular a curvatura da bunda. Talvez seja necessário fazer uma aproximação, na ausência de números verificáveis. Passo quatro: calcular o tamanho da mão, usando a mão visível, como acima.
– Eu não sou bom em números – disse Jimmy, rindo, mas Crake continuou: – Todas as posições potenciais da mão devem ser consideradas. Cintura, excluída. Nádega superior direita, excluída. Nádega inferior direita ou parte superior da coxa, por dedução, parecem as mais prováveis. Mão entre as partes superiores das duas coxas é uma possibilidade, mas essa posição impede que o objeto se mova, e não se detecta nenhum tropeço ou claudicação. – Ele estava fazendo uma imitação bastante boa do professor de química – aquele papo de use os neurônios, aquela enumeração seca, quase um latido. Mais do que boa, ótima.

Jimmy já estava gostando mais de Crake. Até podia ser que eles tivessem algo em comum, pelo menos o cara tinha senso de humor. Mas ele também se sentiu um tanto ameaçado. Ele próprio era um bom imitador, sabia imitar todos os professores. E se Crake fosse melhor do que ele? Ele sentiu que poderia odiar Crake, assim como poderia gostar dele.

Mas nos dias que se passaram, Crake não fez mais nenhuma performance em público.

Crake tinha alguma coisa já naquela época, pensa o Homem das Neves. Não que ele fosse exatamente popular, mas as pessoas sentiam-se envaidecidas com sua atenção. Não apenas os garotos, os professores também. Ele olhava para eles como se estivesse escutando, como se o que eles estivessem falando fosse digno de toda a sua atenção, embora ele nunca dissesse isso. Ele impunha respeito – não em quantidade avassaladora, mas o suficiente. Ele transpirava potencial, mas potencial para quê? Ninguém sabia, então as pessoas eram cautelosas com ele. Tudo isso com aquelas roupas escuras e lacônicas.

CÉREBRO FRITO

Wakulla Price era parceira de Jimmy no laboratório de Nanotecnologia Bioquímica, mas o pai dela tinha sido contratado por um Complexo do outro lado do continente e ela tomou o trem-bala e desapareceu para sempre. Depois que ela partiu, Jimmy passou uma semana se lastimando e nem mesmo as contrações bucais de LyndaLee foram capazes de consolá-lo.

O lugar de Wakulla na bancada do laboratório foi preenchido por Crake, que foi retirado da sua posição solitária de retardatário no fundo da sala. Crake era muito inteligente – mesmo no mundo da escola HelthWyzer, com seu grande estoque de quase gênios e polímatas, ele não teve dificuldade em alcançar o topo da lista. Ele se mostrou excelente em Nanotecnologia Bioquímica, e, juntos, ele e Jimmy trabalharam em um projeto de *splicing* em camada unimolecular, conseguindo produzir o nematoide púrpura exigido – usando o codificador cromático de uma alga marinha primitiva – antes do prazo e sem variações alarmantes.

Jimmy e Crake passaram a ficar juntos na hora do almoço, e também – não todos os dias, eles não eram gays nem nada, mas pelo menos duas vezes por semana – depois da escola. A princípio jogavam tênis, na quadra de saibro que ficava atrás da casa de Crake, mas Crake combinava método com raciocínio e detestava perder, e Jimmy era impetuoso e não tinha nenhuma finura, então ficou pouco produtivo e eles deixaram de jogar. Ou, com a desculpa de que iam fazer o dever de casa, o que às vezes faziam mesmo, eles se fechavam no quarto de Crake, onde jogavam xadrez no computador ou Waco, ou Kwiktime Osama, tirando a sorte para ver quem ficava com os Infiéis. Crake tinha dois computadores, então eles se sentavam de costas um para o outro, cada um com um computador.

– Por que não usamos um tabuleiro de verdade? – Jimmy perguntou um dia quando estavam jogando xadrez. – Do tipo antigo. Com peças de

plástico. – Era estranho ficarem os dois no mesmo quarto, costas com costas, jogando com computadores.
– Por quê? – disse Crake. – Este aqui *é* um tabuleiro de verdade.
– Não é não.
– O tabuleiro de verdade está na sua cabeça.
– Espúrio! – Jimmy gritou. Esta era uma boa palavra, ele a tinha encontrado em um velho DVD; eles tinham passado a usá-la para acusar um ao outro de estar sendo afetado. – Espúrio demais!
Crake riu.

Crake costumava ficar fixado em um jogo, e queria jogá-lo sem parar e aperfeiçoar seu ataque até ter certeza de que poderia ganhar, nove vezes em dez pelo menos. Durante um mês inteiro eles tiveram que jogar Barbarian Stomp (Veja se Consegue Mudar a História!). Um jogador ficava com as cidades e as riquezas e o outro com as hordas, e – geralmente, mas nem sempre – com a maior parte da violência. Ou os bárbaros destruíam as cidades ou então eram destruídos, mas você tinha que começar com a disposição histórica de energias e prosseguir a partir daí. Roma contra visigodos, Antigo Egito contra hiksos, astecas contra espanhóis. Este era bacana, porque eram os astecas que representavam a civilização, enquanto os espanhóis eram as hordas bárbaras. Você podia customizar o jogo desde que usasse sociedades e tribos verdadeiras, e por algum tempo Crake e Jimmy disputaram um com o outro para ver quem inventava a dupla mais obscura.
– Petchenegs versus Bizâncio – disse Jimmy em um dia memorável.
– Quem são esses porras de petchenegs? Você inventou isso – disse Crake.
Mas Jimmy tinha encontrado isso na *Encyclopedia Britannica,* edição de 1957, que estava armazenada em CD-ROM – por alguma razão desconhecida – na biblioteca da escola. Ele tinha capítulo e versículo. – Mateus de Edessa referia-se a eles como sendo bestas do mal sedentas de sangue – ele foi capaz de dizer com autoridade. – Eles eram terrivelmente cruéis e não tinham nenhuma característica que os redimisse. – Então tiraram a sorte para ver de que lado ficariam, e Jimmy ficou com os petchenegs e ganhou. Os bizantinos foram dizimados, porque era isso que os petchenegs faziam, Jimmy explicou. Eles sempre matavam todo mundo imediatamen-

te. Ou pelo menos matavam todos os homens. E depois de algum tempo matavam as mulheres.

Crake aceitou mal a perda de todos os seus jogadores, e ficou de mau humor. Depois disso ele passou a dedicar-se ao Blood and Roses. Era mais cósmico, Crake disse: o campo de batalha era maior, tanto em termos de tempo quanto de espaço.

Blood and Roses era um jogo de trocas, tipo Monopólio. O lado Blood eram as atrocidades humanas, atrocidades em larga escala: estupros e assassinatos individuais não contavam, tinha que haver destruição em massa. Massacres, genocídios, coisas assim. O lado Roses jogava com conquistas humanas. Obras de arte, descobertas científicas, grandes obras de arquitetura, invenções. *Monumentos à grandeza do espírito*, eram chamadas no jogo. Havia uma barra lateral com botões, de modo que se você não soubesse o que era *Crime e castigo*, ou a Teoria da Relatividade, ou Extinção de Nações Indígenas, ou *Madame Bovary*, ou a Guerra dos Cem Anos, ou *A fuga do Egito*, você podia clicar duas vezes e obter uma explicação ilustrada, de dois tipos: R para crianças, PON para Profanação, Obscenidade e Nudez. Isso é que era bom em história, segundo Crake: tinha um bocado de todos os três.

Você jogava os dados virtuais e aparecia ou um item Rose ou um item Blood. Se fosse um item Blood, o jogador Rose tinha uma chance de impedir que a atrocidade acontecesse, mas ele tinha que trocar por um item Rose. Então a atrocidade desapareceria da história, ou pelo menos da história registrada na tela. O jogador Blood podia adquirir um item Rose, mas só se entregasse uma atrocidade, ficando assim com menos munição e o jogador Rose com mais. Se ele fosse um jogador habilidoso, poderia atacar o lado Rose com as atrocidades que possuía, saquear as realizações humanas e transferi-las para o seu lado do tabuleiro. O jogador que estivesse de posse de mais realizações humanas quando o tempo do jogo terminasse seria o vencedor. Perdendo pontos, naturalmente, por realizações destruídas por erro, burrice ou por jogar mal.

Os valores de troca – uma *Mona Lisa* equivalia a Bergen-Belsen, um genocídio armeniano equivalia à *Nona Sinfonia* mais três Grandes Pirâmides – eram sugeridos, mas havia espaço para negociação. Para isso, você precisava conhecer os números – o número total de cadáveres das atrocidades, o preço de mercado para obras de arte; ou, se as obras de arte tivessem sido roubadas, a quantia paga pela seguradora. Era um jogo do mal.

– Homero – diz o Homem das Neves, abrindo caminho pela vegetação molhada. – *A divina comédia*. Estátuas gregas. Aquedutos. *Paraíso perdido*. Música de Mozart. As obras completas de Shakespeare. As irmãs Bronte. Tolstoi. A Catedral de Chartres. Bach. Rembrandt. Verdi. Joyce. Penicilina. Keats: Turner. Transplantes de coração. Vacina contra a pólio. Berlioz. Baudelaire. Bartok. Yeats. Woolf.

Deve ter havido mais. Havia mais.

O *saque de Troia*, *diz uma voz em seu ouvido. A destruição de Cartago. Os vikings. As cruzadas. Gêngis Khan. Átila o Huno. O massacre dos cátaros. As bruxas queimadas nas fogueiras. A destruição dos astecas. Dos maias. Dos incas. A Inquisição. Vlad, o empalador. O massacre dos huguenotes. Cromwell na Irlanda. A Revolução Francesa. As Guerras Napoleônicas. A fome na Irlanda. Escravidão na América do Sul. Rei Leopoldo no Congo. A Revolução Russa. Stalin. Hitler. Hiroshima. Mao. Pol Pot. Idi Amin. Sri Lanka. Timor Leste. Saddam Hussein.*

– Para com isso – diz o Homem das Neves.

Desculpe, benzinho, eu só estava querendo ajudar.

Esse era o problema do Blood and Roses: era mais fácil lembrar das coisas relativas a sangue. O outro problema era que o jogador Blood geralmente ganhava, porém vencer significava herdar uma terra devastada. Mas este era o objetivo do jogo, dizia Crake quando Jimmy se queixava. Jimmy dizia que se o objetivo era esse, era um objetivo totalmente insensato. Ele não queria dizer a Crake que estava tendo pesadelos horríveis: aquele em que o Partenon estava todo enfeitado de cabeças cortadas era, por algum motivo, o pior.

Por um consenso mudo, eles desistiram do jogo, o que agradou a Crake porque ele estava interessado em algo novo – Extinctathon, um jogo interativo avançado de aficionados por biologia que ele tinha achado na rede. *EXTINCTATHON, Monitorado por MaddAddão. Adão deu nome aos animais vivos, MaddAddão, o doido Adão, dá nome aos mortos. Você quer jogar?* Era isso que aparecia quando você entrava no site. Aí você tinha que clicar Sim, entrar com seu codinome e escolher uma das duas salas de bate-papo – Reino Animal, Reino Vegetal. Aí outro jogador aparecia para desafiá-lo, usando um codinome – Komodo, Rhino, Manatee, Hippocampus Ramulosus –, e propunha uma disputa. *Começa com, número de pernas, o que é ele?* O *ele* era sempre alguma estrutura biológica que havia desaparecido nos últimos cinquenta anos – nada de dinossauros, macacos tropicais, dodos, e você perdia pontos se errasse a época. Aí você afunilava mais, Filo Classe Ordem Família Gênero Espécie, depois o hábitat e quando ele foi visto pela última vez, e o que havia causado a sua extinção. (Poluição, destruição do hábitat, imbecis crédulos que achavam que comer o seu chifre poderia fazer o pau crescer.) Quanto mais durava a disputa, mais pontos você obtinha, mas você podia ganhar pontos extras por velocidade. Ajudava ter a lista de MaddAddão de todas as espécies extintas, mas essa só fornecia os nomes em latim, e além disso eram umas duzentas páginas em letras pequenas, cheias de insetos, plantas e sapos obscuros de que ninguém nunca tinha ouvido falar. Ninguém exceto, ao que parecia, os Grandes Mestres Extinctathon, que tinham cérebros que pareciam máquinas.

Você sempre sabia quando estava jogando com um deles porque aparecia um pequeno símbolo de celacanto na tela. *Celacanto. Peixe pré-histórico de águas profundas, considerado extinto até serem encontrados espécimes em meados do século vinte. Status atual desconhecido.* Extinctathon era apenas informativo. Era como um pedante cansativo que você se via obrigado a aturar porque estava sentado ao seu lado no banco da van escolar, na opinião de Jimmy. Ele não calava a boca nunca.

– Por que você gosta tanto disso? – Jimmy disse um dia, para as costas curvadas de Crake.

– Porque eu sou bom nisso – disse Crake. Jimmy desconfiou que ele estava querendo tornar-se um Grande Mestre, não porque isto significasse alguma coisa, mas simplesmente porque existia a possibilidade.

Crake tinha escolhido os codinomes deles. O de Jimmy era Thickney, em homenagem a uma ave australiana extinta que costumava rondar os cemitérios, e – Jimmy desconfiou – porque Crake gostou do som do nome aplicado a Jimmy. O codinome de Crake era Rednecked Crake, por causa do codornizão de pescoço vermelho, outra ave australiana não muito numerosa, segundo Crake. Durante algum tempo eles chamaram um ao outro de Crake e Thickney, de brincadeira. Depois que Crake percebeu que Jimmy não estava participando com seriedade do jogo e eles pararam de jogar Extinctathon, Thickney deixou de ser usado como nome. Mas Crake pegou.

Quando não estavam jogando, estavam navegando na internet – revendo velhos favoritos, vendo o que existia de novo. Eles assistiam a cirurgias de coração aberto em tempo real, ou então ao noticiário nudista, que era bom por poucos minutos porque as pessoas no programa tentavam fingir que não estava acontecendo nada de extraordinário e evitavam cuidadosamente olhar para os penduricalhos uns dos outros.

Ou percorriam sites de destruição de animais, Felicia Espreme Sapo e outros semelhantes, embora eles logo se tornassem repetitivos: um sapo pisado, um gato esquartejado à mão, era tudo igual. Ou então assistiam ao dirtysockpuppets.com, um show de marionetes com líderes políticos mundiais. Crake dizia que com a alteração genética digital você não podia saber se alguns daqueles generais e congêneres continuavam a existir, e caso existissem, se tinham mesmo dito o que você estava ouvindo. De todo modo, eles eram derrubados e substituídos com tanta rapidez que isso não importava.

Ou então eles viam o Cabeças Cortadas, que cobria ao vivo as execuções na Ásia. Lá eles podiam ver inimigos do povo sendo decapitados com espadas em um lugar que parecia a China, enquanto milhares de espectadores aplaudiam. Ou assistiam ao alibubu.com, com diversos supostos ladrões tendo suas mãos decepadas e mulheres adúlteras e que usavam batom sendo apedrejadas até a morte por multidões aos berros, em lugares sujos que supostamente ficavam localizados em países fundamentalistas do Oriente Médio. A cobertura normalmente era ruim nesse site: diziam que era proibido filmar, então era apenas um pobre miserável com uma minicâmera de vídeo escondida, arriscando a vida por um punhado de dinheiro ocidental. Você via principalmente as costas e as cabeças dos espectadores, então era como estar preso dentro de um enorme cabide, a menos que o cara com a câmera fosse apanhado, aí haveria uma confusão de mãos e panos antes que a tela ficasse preta. Crake dizia que esses festivais de sangue estavam provavelmente acontecendo num fundo de quintal da Califórnia, com um punhado de extras apanhados nas ruas.

Melhores do que esses eram os sites americanos, com seus comentários do gênero evento esportivo – "Lá vem ele! Sim! É Joe 'Catraca' Ricardo, o mais votado por vocês internautas!" Depois um resumo dos crimes, com imagens apavorantes das vítimas. Esses sites tinham anúncios de coisas como baterias de carro e tranquilizantes, e logotipos pintados de amarelo brilhante nas paredes do fundo. Pelo menos os americanos põem um certo estilo na coisa, Crake dizia.

Havia também sites com nomes como Cérebro Frito, Curto-circuito, Corredor da Morte; eram os melhores; eles mostravam eletrocuções e injeções letais. Depois que legalizaram a cobertura em tempo real, os caras que estavam sendo executados passaram a fazer encenações para as câmeras. Eram na maioria homens, com uma mulher de vez em quando, mas Jimmy não gostava de assistir a esses: uma mulher sendo executada era uma coisa solene, lacrimosa, e as pessoas costumavam ficar em volta com velas acesas e retratos dos filhos, ou aparecer com poemas de sua própria autoria. Mas com os caras era um tumulto. Você podia vê-los fazendo caretas, fazendo gestos obscenos para os guardas, contando piadas, e de vez em quando se soltando e sendo caçados pela sala, arrastando as correntes e gritando palavrões.

Crake dizia que esses incidentes eram uma tapeação. Dizia que os homens eram pagos para fazer isso, ou então suas famílias. Os patrocinadores exigiam que eles fizessem um bom espetáculo porque senão as pessoas ficavam entediadas e desligavam. Os espectadores queriam ver as execuções sim, mas depois de algum tempo elas ficavam monótonas, então uma última oportunidade de rebelião tinha que ser acrescentada, ou um elemento surpresa. Ele apostava que era tudo ensaiado.

Jimmy disse que essa era uma teoria medonha. *Medonho* era outra palavra antiga, como *espúrio*, que ele tinha extraído dos arquivos em DVD. – Você acha que eles estão mesmo sendo executados? – ele disse. – Muitas das execuções parecem simulações.

– Nunca se sabe – disse Crake.

– Nunca se sabe o quê?

– O que é *realidade*?

– Espúrio!

Havia também um site de suicídio ao vivo, o Durma Bem, que tinha um componente de essa-era-a-sua-vida: álbuns de família, entrevistas com parentes, grupos corajosos de amigos assistindo à façanha ao som de música de órgão. Depois que o médico de olhar triste declarava que a

Cérebro frito

vida acabou, ouviam-se declarações gravadas dos próprios participantes, expondo as razões pelas quais tinham decidido morrer. As estatísticas de suicídio ao vivo aumentaram muito depois que esse espetáculo foi criado. Diziam haver uma longa fila de pessoas dispostas a pagar um dinheirão para ter a chance de aparecer no site e morrer cobertas de glória, e havia sorteios para a escolha dos participantes.

Crake ria um bocado assistindo a esse site. Por algum motivo, ele o achava hilário, mas Jimmy não via a menor graça naquilo. Ele não conseguia imaginar-se fazendo uma coisa dessas, ao contrário de Crake, que dizia que era uma demonstração de sensatez saber que não dava mais para continuar. Mas a relutância de Jimmy significava que ele era um covarde ou apenas que a música tocada no órgão era um saco?

Essas partidas planejadas deixavam-no inquieto: elas o faziam lembrar de Alex, o papagaio, dizendo *Estou indo embora agora*. Havia um limite muito tênue entre Alex, o papagaio, os suicídios ao vivo e sua mãe e o bilhete que ela deixou para ele. Todos os três anunciavam suas intenções, depois desapareciam.

Ou então eles assistiam ao Em Casa com Anna K. Anna K. era uma mulher com peitões que se autodenominava artista de instalações porque havia instalado câmeras por todo o seu apartamento para que cada momento de sua vida fosse transmitido ao vivo para milhões de *voyeurs*. "Eu sou Anna K., estou sempre pensando na minha felicidade e na minha infelicidade", era o que ouvíamos quando entrávamos no site. Em seguida você podia vê-la arrancando as sobrancelhas, depilando a virilha, lavando as calcinhas. Às vezes ela lia cenas de peças de teatro antigas em que fazia todos os papéis, sentada na privada com seu jeans de look retrô em volta dos tornozelos. Foi assim que Jimmy tomou conhecimento de Shakespeare pela primeira vez – através da leitura de *Macbeth* feita por Anna K.

> Amanhã, amanhã e amanhã.
> Arrasta-se de mansinho dia a dia,
> Até a última sílaba do livro da memória;
> E todos os nossos ontens guiaram os tolos
> No caminho da enfadonha morte,

lê Anna K. Ela era uma péssima atriz, mas o Homem das Neves sempre fora grato a ela por ter sido uma espécie de portal. Pensem no que ele poderia ter deixado de conhecer se não fosse por ela. Pensem nas palavras. Nos versos.

– Que merda é essa? – dizia Crake. – Mudar de canal!

– Não, não, espera – dizia Jimmy, que estava hipnotizado por... pelo quê? Por algo que ele queria escutar. E Crake esperava, porque às vezes ele fazia concessões a Jimmy.

Ou então eles assistiam ao Engole Rápido, que mostrava competições para ver quem comia animais e pássaros vivos, cronometradas, tendo como prêmios alimentos difíceis de encontrar. Era impressionante o que as pessoas faziam por um par de costeletas de carneiro ou por uma fatia de brie verdadeiro.

Ou então eles assistiam a shows pornôs. Havia uma porrada deles.

Quando foi que o corpo começou a buscar as suas próprias aventuras?, pensa o Homem das Neves; depois de ter-se livrado de suas velhas companheiras de viagem, a mente e a alma, por quem ele um dia havia sido considerado um mero receptáculo corrupto ou uma marionete encenando seus dramas, ou então uma má companhia, que desencaminhava as outras duas. Ele deve ter se cansado das constantes implicâncias e lamentos da alma e das elucubrações ansiosas da mente, atrapalhando-o toda vez que ele estava enfiando os dentes em algo suculento ou os dedos em algo macio. Ele tinha largado as duas em algum lugar, deixando-as perdidas em algum santuário úmido ou em algum salão abafado de conferências enquanto seguia direto para os bares de topless, e tinha largado junto a cultura: música, pintura, poesia, teatro. Sublimação, tudo isso; nada além de sublimação, de acordo com o corpo. Por que não partir para a caça?

Mas o corpo tinha os seus próprios padrões culturais. Tinha a sua própria arte. As execuções eram as suas tragédias, a pornografia, seu romance.

Para acessar os sites mais revoltantes e proibidos – aqueles que exigiam que você tivesse mais de dezoito anos e para os quais você precisava de uma senha – Crake usava o código particular do seu tio Pete, através de um método complicado que ele chamava de labirinto nenúfar. Ele construía um caminho sinuoso pela Web, invadindo aleatoriamente sites de empresas comerciais de fácil acesso, depois saltando de uma para outra, apagando seu rastro pelo caminho. Assim, quando tio Pete recebesse a conta, não conseguiria descobrir quem tinha usado o código.

Crake também tinha localizado o estoque de maconha do tio, guardado em latas de suco de laranja no freezer; ele tinha tirado cerca de um quarto das latas, completando-as com pó de carpete de baixa octanagem que se podia comprar na cantina da escola por cinquenta pratas o saco. Ele disse que tio Pete jamais saberia porque nunca fumava, a não ser quando queria fazer sexo com a mãe de Crake, o que considerando o número de latas de suco de laranja e a velocidade com que elas estavam sendo consumidas – não acontecia com muita frequência. Crake disse que tio Pete tinha prazer mesmo era no escritório, dando ordens às pessoas, maltratando os assalariados. Ele tinha sido um cientista, mas agora era um grande executivo na administração da HelthWyzer, cuidando da parte financeira.

Então eles apertavam uns baseados e fumavam enquanto assistiam às execuções e à pornografia – partes do corpo movimentando-se pela tela em câmera lenta, um balé subaquático de carne e sangue sob estresse, duro e mole se juntando e separando, gemidos e gritos, close-ups de olhos apertados e dentes trincados, jorros disso ou daquilo. Se você passasse de um para o outro bem depressa, tudo parecia fazer parte do mesmo show. Às vezes eles viam as duas coisas ao mesmo tempo, uma em cada tela.

Essas sessões transcorriam quase sempre em silêncio, exceto pelos efeitos sonoros que vinham dos computadores. Era Crake quem decidia ao que assistir e quando parar. Era justo, afinal, os computadores eram dele. Às vezes ele dizia "Chega disso?", antes de mudar. Ele não parecia ser afetado por nada do que via, exceto quando achava engraçado. Também nunca parecia ficar doidão. Jimmy desconfiava que ele não tragava.

Jimmy, por outro lado, ia para casa trocando as pernas, ainda tonto da droga e com a sensação de ter participado de uma orgia em que ele não tinha tido nenhum controle sobre o que acontecia com ele. Sobre o que faziam com ele. Ele também se sentia muito leve, como se fosse feito de ar; um ar rarefeito e estonteante, no alto de algum Everest coberto de lixo. De volta a sua casa, suas unidades familiares – supondo que estivessem lá, e no andar de baixo – nunca pareciam notar nada.

– Está comendo direito? – Ramona às vezes perguntava. Ela interpretava o seu resmungo como sendo um sim.

NINFETINHAS

Os finais de tarde eram a melhor hora para fazer essas coisas na casa de Crake. Ninguém os interrompia. A mãe de Crake estava sempre fora, ou então com pressa; ela trabalhava como diagnosticista no complexo hospitalar. Era uma mulher ativa, de rosto quadrado e cabelos escuros, quase sem peito. Nas raras ocasiões em que Jimmy esteve lá ao mesmo tempo que a mãe de Crake, ela não tinha dito muita coisa. Ela examinava os armários da cozinha atrás de alguma coisa que servisse como lanche para "vocês, garotos", como ela chamava os dois. Às vezes ela parava no meio dos preparativos – encher de bolachas velhas um prato, cortar pedaços de um queijo borrachudo e rançoso – e ficava imóvel, como se estivesse vendo mais alguém na cozinha. Jimmy tinha a impressão de que ela não se lembrava do nome dele; não só isso, que também não se lembrava do nome de Crake. Às vezes ela perguntava a Crake se o quarto dele estava arrumado, embora nunca entrasse lá.

– Ela acredita que se deve respeitar a privacidade de um filho – Crake disse, com um ar sério.

– Aposto que é por causa das suas meias – Jimmy disse. – Nem todos os perfumes da Arábia são capazes de adoçar aquelas delicadas meias. – Ele havia descoberto recentemente as delícias das citações.

– Para isso nós temos sprays de ambientes – disse Crake.

Quanto ao tio Pete, raramente ele chegava em casa antes das sete. A Helth-Wyzer estava se expandindo como hélio, e portanto ele tinha cada vez mais responsabilidades. Ele não era tio de verdade de Crake, era apenas o segundo marido da mãe dele. Ele adquiriu esse status quando Crake estava com doze anos, um pouco velho demais para aceitar de bom grado o rótulo de "tio". Entretanto, Crake acabou aceitando o *status quo*, pelo menos aparentemente. Ele sorria, dizia *Claro, tio Pete* e *Está certo, tio Pete* quando o homem estava por perto, embora Jimmy soubesse que Crake não gostava dele.

* * *

Um dia em – quando mesmo? Março, deve ter sido, porque já estava fazendo um calor danado do lado de fora – os dois estavam vendo pornografia no quarto de Crake. Isso já tinha algo de nostálgico para eles – algo que eles já estavam crescidos demais para fazer, como caras de meia-idade percorrendo os clubes de adolescentes da plebelândia. Mesmo assim, eles acenderam um baseado, usaram o cartão digital do tio Pete para acessar um novo labirinto e começaram a navegar. Eles entraram no Gostosuras do Dia, que exibia convidativos doces nos orifícios habituais, depois foram para as Superengolidoras; depois para um site russo que empregava ex-acrobatas, bailarinas e contorcionistas.

– Quem foi que disse que um cara não consegue chupar o próprio pau? – foi o comentário de Crake. O número na corda bamba com seis tochas acesas era muito bom, mas eles tinham visto coisas assim antes.

Depois eles foram para o Ninfetinhas, um site de turismo sexual. "Quase tão bom quanto estar lá", dizia o anúncio. Eles afirmavam estar mostrando turistas sexuais de verdade, filmados fazendo coisas que os levariam para a cadeia em seus próprios países. Os rostos deles não eram visíveis, seus nomes não eram mencionados, mas as possibilidades de chantagem, o Homem das Neves percebe agora, devem ter sido enormes. As locações eram supostamente países onde a vida era barata e havia muitas crianças, e onde você podia comprar tudo o que quisesse.

Foi assim que eles viram Oryx pela primeira vez. Ela só tinha uns oito anos, ou parecia ter. Eles nunca conseguiram descobrir quantos anos ela tinha na época. O nome dela não era Oryx, ela não tinha nome. Era apenas mais uma garotinha em um site pornô.

Nenhuma daquelas garotinhas jamais tinham parecido reais para Jimmy – elas sempre davam a impressão de ser clones digitais –, mas por alguma razão Oryx foi tridimensional desde o começo. Ela era pequena e delicada e estava nua como todas as outras, usava apenas uma guirlanda de flores e um laço cor-de-rosa, como era comum em sites de pornografia infantil. Ela estava de joelhos, com uma garotinha de cada lado, posicionada em frente ao enorme torso masculino de praxe – um homem de tamanho real que sobrevive a um naufrágio e se vê numa ilha cheia de deliciosas pigmeias, ou então que foi sequestrado e obrigado a experimentar prazeres agonizantes por um trio de duendes desalmados.

As feições do cara estão ocultas – saco com buracos na altura dos olhos enfiado na cabeça, esparadrapo cobrindo tatuagens e cicatrizes: poucos daqueles caras gostariam de ser identificados pelo pessoal da terra deles, embora a possibilidade de serem presos devesse fazer parte do prazer.

O ato envolvia creme batido e muitas lambidinhas. O efeito era ao mesmo tempo inocente e obsceno: as três estavam lambendo o cara com suas linguinhas de gato e esfregando-o com seus dedinhos, fazendo um serviço completo ao som de risinhos e gemidos. Os risinhos devem ter sido gravados, porque não vinham das três meninas: elas pareciam assustadas e uma delas estava chorando.

Jimmy conhecia a manobra. Elas tinham que dar essa impressão, ele pensou; se elas parassem com o que estavam fazendo, uma bengala surgiria para cutucá-las. Essa era uma característica do site. Havia pelo menos três camadas de simulações contraditórias, uma por cima da outra. *Eu quero fazer, eu quero não fazer, eu quero fazer.*

Oryx fez uma pausa em suas atividades. Ela abriu um sorriso seco que a fez parecer muito mais velha, e limpou o creme da boca. Depois olhou por cima do ombro diretamente para os olhos do espectador – diretamente para dentro dos olhos de Jimmy, para a pessoa secreta dentro dele. *Estou vendo você,* dizia aquele olhar. *Estou vendo você assistindo. Eu conheço você. Eu sei o que você quer.*

Crake congelou a imagem e depois salvou-a para o seu computador. De vez em quando ele congelava imagens; ele já tinha um pequeno arquivo delas. Às vezes ele imprimia alguma e dava uma cópia para Jimmy. Isso podia ser perigoso – podia deixar alguma pista que permitisse rastrear o caminho percorrido através do labirinto –, mas Crake fazia isso assim mesmo. Então ele preservou aquele momento, o momento em que Oryx olhou.

Jimmy sentiu-se queimado por aquele olhar – corroído por dentro, como que por um ácido. Ela tinha mostrado tanto desprezo. O baseado que ele estava fumando deve ter sido malhado com mato: se fosse mais forte, ele teria conseguido desviar-se da culpa. Mas pela primeira vez ele sentiu que o que eles estavam fazendo era errado. Antes, tinha sido sempre um divertimento, ou então algo muito além do seu controle, mas agora ele se sentia culpado. Ao mesmo tempo, ele foi totalmente fisgado: se tivessem oferecido a ele um teletransporte para onde Oryx estava, ele o teria tomado, sem hesitar. Teria implorado para ir. Tudo era muito complicado.

– Quer uma cópia? – Crake disse.

– Quero – Jimmy disse. Ele mal conseguiu pronunciar a palavra. O que ele mais queria era ter soado casual.

Então Crake imprimiu a imagem de Oryx olhando, e o Homem das Neves guardou-a consigo. Ele a mostraria para Oryx muitos anos depois. – Não acho que seja eu – foi o que ela disse a princípio.

– Tem que ser! – disse Jimmy. – Veja! São seus olhos!

– Muitas garotas têm olhos – ela disse. – Muitas garotas fizeram essas coisas. – Depois, ao ver a decepção dele, ela disse: – Pode ser que seja eu. Talvez seja. Isso o deixaria feliz, Jimmy?

– Não – disse Jimmy. Estaria ele mentindo?

– Por que você guardou isso?

– Em que você estava pensando? – o Homem das Neves disse, em vez de responder.

Outra mulher no lugar dela teria amassado a foto, chorado e o denunciado, teria dito que ele não sabia nada da vida dela, teria feito uma cena em regra. Em vez disso, ela alisou o papel, passando delicadamente os dedos pelo rosto macio e desdenhoso da criança que – com certeza – um dia tinha sido ela.

– Você acha que eu estava pensando? – ela disse. – Ah, Jimmy! Você sempre acha que todo mundo está pensando. Talvez eu não estivesse pensando em nada.

– Eu sei que você estava – ele disse.

– Você quer que eu minta? Quer que eu invente alguma coisa?

– Não. Apenas me diga.

– Por quê?

Jimmy teve que pensar a respeito. Ele lembrou de si mesmo assistindo à cena. Como ele pôde fazer isso com ela? E no entanto aquilo não a havia ofendido. – Porque eu preciso de você. – Isso não era exatamente um motivo, mas foi tudo o que ele conseguiu pensar.

Ela suspirou. – Eu estava pensando – ela disse, desenhando um pequeno círculo na pele dele com a unha – que se algum dia eu tivesse a chance, não seria eu que estaria de joelhos.

– Seria outra pessoa? – disse Jimmy. – Quem? Que outra pessoa?

– Você quer saber de tudo – disse Oryx.

5

TORRADA

O Homem das Neves, enrolado no seu lençol imundo, está agachado perto das árvores, onde a vegetação se encontra com a areia. Agora que o ar está mais fresco ele se sente menos desanimado. E também está com fome. Há algo de bom na fome: pelo menos ela faz você saber que ainda está vivo.

Uma brisa sacode as folhas sobre sua cabeça; insetos zumbem; a luz vermelha do sol poente bate nas torres dentro d'água, iluminando uma janela de vidro aqui e ali, como se algumas luzes tivessem sido acesas. Muitos dos prédios costumavam ter jardins na cobertura e agora estão cobertos de vegetação. Centenas de pássaros voam pelo céu na direção deles, em busca de abrigo. Íbis? Garças? Os pretos são cormorões, disso ele tem certeza. Eles pousam na folhagem, grasnando ruidosamente. Se ele um dia precisar de guano já sabe onde encontrar.

Do outro lado da clareira, vem um coelho, saltando, escutando, parando para comer a grama com seus dentes gigantescos. Ele brilha no escuro, um brilho esverdeado roubado das células iridescentes de uma medusa em um experimento realizado muitos anos antes. À meia-luz, o coelho parece macio e quase transparente, como um pedaço de doce sírio; como se você pudesse lamber o seu pelo feito açúcar. Quando o Homem das Neves era criança já existiam coelhos verdes e luminosos, embora não fossem tão grandes e não tivessem ainda fugido das gaiolas e cruzado com a população selvagem e se tornado uma praga.

Aquele não tem medo nenhum dele, embora o faça ter desejos carnívoros: ele tem vontade de abatê-lo com uma pedra, destroçá-lo com as próprias mãos e enfiá-lo na boca, com pelo e tudo. Mas os coelhos são Filhos de Oryx e são consagrados à própria Oryx, e não seria boa ideia ofender as mulheres.

A culpa é dele mesmo. Ele devia estar completamente bêbado quando estabeleceu as leis. Ele devia ter feito os coelhos comestíveis, pelo menos por ele, mas agora não pode mais mudar isso. Ele parece estar ouvindo Oryx rindo dele, com um prazer indulgente, um tanto malicioso.

Os Filhos de Oryx, os Filhos de Crake. Ele tinha sido obrigado a pensar em alguma coisa. Conte a sua história direito, não a complique e não titubeie: esse costumava ser o conselho dado pelos advogados para os criminosos que estavam sendo julgados. *Crake fez os ossos dos Filhos de Crake com os corais da praia, e sua carne com uma manga. Mas os Filhos de Oryx nasceram de um ovo, um ovo gigante posto pela própria Oryx. Na verdade ela pôs dois ovos: um cheio de animais e pássaros e peixes, e o outro cheio de palavras. Mas o ovo cheio de palavras foi chocado primeiro, e nessa altura os Filhos de Crake já tinham sido criados, e eles comeram todas as palavras porque estavam com fome, então não sobrou nenhuma palavra quando o segundo ovo foi chocado. E é por isso que os animais não falam.*

Coerência interna é o mais indicado. O Homem das Neves aprendeu isso mais cedo em sua vida, quando mentir tinha sido um desafio para ele. Agora, mesmo quando é apanhado em alguma contradição, ele consegue sair-se bem porque essas pessoas confiam nele. Ele é a única pessoa viva que conheceu Crake pessoalmente, então ele pode reivindicar o conhecimento do caminho interior. Sobre sua cabeça tremula a bandeira invisível do Reino de Crake, da Crakedade, da Craketude, santificando tudo o que ele faz.

A primeira estrela aparece. – Estrela de luz, estrela brilhante – ele diz. Alguma professora primária. Sally popozão. *Agora fechem bem os olhos. Mais apertados! Bem apertados mesmo! Pronto! Estão vendo a estrela mágica? Agora vamos todos pedir aquilo que mais desejamos no mundo. Mas shhh – não contem a ninguém, se não o desejo não se realiza!*

O Homem das Neves fecha os olhos, aperta-os com os punhos fechados, franze a cara inteira. Lá está a estrela mágica: ela é azul. – Eu desejo poder, eu desejo conseguir – ele diz. – Eu desejo conseguir aquilo que estou desejando esta noite.

Pois sim.

– Homem das Neves, por que você está falando sozinho? – diz uma voz. O Homem das Neves abre os olhos: três das crianças mais velhas estão paradas a certa distância dele, olhando-o com interesse. Elas devem ter se aproximado devagarinho no escuro.

– Estou falando com Crake – ele diz.

– Mas você fala com Crake através daquela coisa brilhante! Ela está quebrada?

O Homem das Neves ergue o braço esquerdo e mostra o relógio.

– Isto aqui serve para *ouvir* o que Crake diz. Falar com ele é diferente.

– Por que você está falando com ele sobre estrelas? O que você está dizendo a Crake, ó Homem das Neves?

O que mesmo? Pensa o Homem das Neves. *Quando estiver lidando com indígenas,* diz o livro em sua cabeça – um livro mais moderno dessa vez, do final do século vinte, a voz de uma mulher cheia de confiança –, *você deve tentar respeitar suas tradições e limitar suas explicações a conceitos simples que possam ser entendidos no contexto dos seus conjuntos de crenças.* Alguma assistente social usando roupa cáqui de safári, com tela debaixo dos braços e uma centena de bolsos. Uma vaca hipócrita e condescendente, que pensa que sabe todas as respostas. Ele tinha conhecido garotas desse tipo na faculdade. Se ela estivesse aqui, teria que rever todos os seus conceitos a respeito dos *indígenas*.

– Eu estava dizendo a ele – diz o Homem das Neves – que vocês fazem perguntas demais. – Ele encosta o relógio no ouvido. – E ele está dizendo que se vocês não pararem de fazer isso vão virar torrada.

– Por favor, ó Homem das Neves, o que é torrada?

Outro erro, o Homem das Neves pensa. Ele devia evitar metáforas enigmáticas. – Torrada – ele diz – é uma coisa muito ruim. É tão ruim que eu nem posso descrever. Agora está na hora de vocês dormirem. Vão embora.

– O que é torrada? – o Homem das Neves diz para si mesmo, assim que as crianças desaparecem. *Torrada é quando você pega um pedaço de pão – O que é pão? Pão é quando você pega um pouco de farinha – O que é farinha? Vamos pular esta parte, é muito complicada. Pão é uma coisa que se come, feita de uma planta moída e que tem forma de pedra. Você o cozinha... Por favor, por que você o cozinha? Por que não come simplesmente a planta? Esqueçam esta parte – Prestem atenção. Você cozinha e depois corta em fatias, e põe uma fatia na torradeira, que é uma caixa de metal que esquenta com a eletricidade – O que é eletricidade? Não se preocupem com isso. Enquanto a fatia de pão está na torradeira, você apanha a manteiga – manteiga é uma gordura amarela, feita das glândulas mamárias de – pulem a manteiga.*

Então, a torradeira escurece a fatia de pão dos dois lados e solta fumaça, e aí essa "torradeira" atira a fatia de pão para o ar, e ela cai no chão...

– Esqueça – diz o Homem das Neves. – Vamos tentar de novo. – *Torrada foi uma invenção inútil da Idade Média. Torrada era um instrumento de tortura que fazia com que todos aqueles que fossem submetidos a ele regurgitassem em forma verbal os pecados e crimes cometidos em vidas passadas. Torrada era um artigo ritualístico devorado por feitichistas que acreditavam que ele ampliaria seus poderes cinéticos e sexuais. Torrada não pode ser explicada de forma racional.*

Torrada sou eu.

Eu sou torrada.

PEIXE

O céu escurece e passa de ultramarino para índigo. Deus abençoe aqueles que deram nome às tintas a óleo e à roupa de baixo sofisticada das mulheres, pensa o Homem das Neves. Rosa-pétala, Carmesim, Névoa Diáfana, Terra Queimada, Ameixa Madura, Índigo, Ultramarino – são fantasias em si mesmas essas palavras e expressões. É reconfortante lembrar que o *Homo sapiens* foi um dia tão criativo com a linguagem, e não só com a linguagem. Foi criativo com tudo ao mesmo tempo.

Cérebros de macaco, tinha sido a opinião de Crake. Patas de macaco, curiosidade de macaco, o desejo de desmontar, virar pelo avesso, cheirar, apalpar, medir, melhorar, quebrar, jogar fora – tudo ligado ao cérebro de macaco, um modelo avançado de cérebro de macaco, mas cérebro de macaco mesmo assim. Crake não tinha em alta conta a criatividade humana, apesar de possuí-la em grande quantidade.

Há um murmúrio de vozes vindo da cidade, ou de onde existiria uma cidade caso houvesse casas. Bem na hora prevista, surgem os homens, carregando suas tochas, e atrás deles as mulheres.

Toda vez que as mulheres aparecem, o Homem das Neves se admira. Elas são de todas as cores, do preto mais preto ao branco mais branco, têm alturas variadas, mas cada uma delas é extremamente bem proporcionada. Todas têm dentes fortes e pele macia. Não têm pneus de gordura na cintura, nem gorduras localizadas, nem celulite nas coxas. Não têm nenhum tipo de pelo no corpo. Elas parecem modelos de fotos retocadas, ou anúncios de sofisticados programas de condicionamento físico.

Talvez seja por isso que essas mulheres não provoquem o menor desejo no Homem das Neves. Eram as marcas da imperfeição humana que costumavam atraí-lo, as falhas de projeto: o sorriso torto, a verruga perto do umbigo, o sinal, o hematoma. Esses eram os lugares que ele preferia e onde encostava a boca. Será que sua intenção era consolar, beijar a ferida para melhorá-la? Havia sempre um elemento de melancolia no sexo. Depois da sua adolescência indiscriminada, ele havia preferido mulheres tristes, delicadas e vulneráveis, mulheres que haviam sido maltratadas e que precisavam dele. Ele gostava de confortá-las, de acariciá-las delicadamente antes, de tranquilizá-las. Tomá-las mais felizes, mesmo que só por um momento. Ele também ficava, é claro; essa era a recompensa. Uma mulher agradecida ultrapassa qualquer limite.

Mas aquelas novas mulheres não são nem tortas nem tristes: elas são plácidas, como estátuas animadas. Elas o deixam gelado.

As mulheres estão carregando o seu peixe semanal, grelhado do jeito que ele ensinou e embrulhado em folhas. Ele sente o cheiro do peixe e começa a salivar. Elas colocam o peixe no chão, diante dele. Deve ser um peixe de litoral, uma espécie ordinária e insossa demais para ter sido vendida e exterminada, ou então um peixe do fundo do mar, um limpa-trilho cheio de toxinas, mas o Homem das Neves não está ligando para isso, ele é capaz de comer qualquer coisa.

– Aqui está o seu peixe, Homem das Neves – diz um dos homens, aquele que se chama Abraham. Como Abraham Lincoln: Crake divertia-se em dar aos seus crakers nomes de importantes figuras históricas. Na época, isso tudo parecia muito inocente.

– Este aqui é o peixe que escolheram para você esta noite – diz a mulher que o carrega; Imperatriz Josefina ou então Madame Curie ou Sojoumer Truth. Como ela está na sombra, ele não sabe de qual se trata. – Este é o peixe que Oryx dá para você.

Ah, bom, pensa o Homem das Neves. Pesca do Dia.

Toda semana, de acordo com as fases da lua – nova, quarto crescente, cheia, quarto minguante –, as mulheres entram nas piscinas formadas pela maré e chamam o infeliz peixe pelo nome – apenas *peixe*, nada mais específico. Em seguida elas o apontam, e os homens o matam com pedras e paus. Assim, essa tarefa desagradável é dividida entre todos e ninguém carrega sozinho a culpa por derramar o sangue do peixe.

Se tudo tivesse acontecido do jeito que Crake queria, não haveria mais esse tipo de matança – não haveria mais predação humana –, mas ele não contava com o Homem das Neves e seus apetites animais. O Homem das

Neves não pode viver de mato. As pessoas jamais comeriam um peixe, mas têm que levar um peixe para ele toda semana porque ele disse a elas que Crake havia ordenado isso. Elas aceitaram a monstruosidade do Homem das Neves, elas sabiam desde o início que ele pertencia a uma espécie diferente, então não se surpreenderam com isso.

Idiota, ele pensa. Eu devia ter dito que eram três por dia. Ele abre as folhas que embrulham o peixe, tentando evitar que suas mãos tremam. Não devia ficar tão nervoso. Mas sempre fica.

As pessoas se mantêm à distância e baixam os olhos enquanto ele enfia punhados de peixe na boca, arregalando os olhos e gemendo de prazer. Talvez seja como ouvir um leão se empanturrando, no zoológico, no tempo em que havia zoológicos, no tempo em que havia leões – abocanhar e mastigar, devorar e engolir – e, como aqueles visitantes de zoológicos há muito extintos, os crakers não conseguiam deixar de espiar. O espetáculo de depravação interessa até mesmo a eles, ao que parece, embora purificados pela clorofila.

Quando o Homem das Neves termina de comer, ele lambe os dedos e limpa-os no lençol, depois coloca as espinhas de volta nas folhas, para serem devolvidas ao mar. Ele lhes disse que Oryx deseja isso – ela precisa dos ossos dos seus filhos para poder criar outros a partir deles. Eles aceitaram isso sem discussão, assim como tudo o mais que ele diz a respeito de Oryx. Na realidade, essa é uma das suas mentiras mais inteligentes: não faz sentido deixar os restos rolando pela terra, para atrair guaxitacas e lobocães e porcões e outros carniceiros.

As pessoas chegam mais perto, homens e mulheres, juntando-se em volta dele, com seus olhos verdes luminescentes na semiescuridão, exatamente como o coelho: algum gene de alga marinha. Sentados assim todos juntos, eles cheiram como um caixote de frutas cítricas – um atributo acrescentado por Crake, que achou que aqueles produtos químicos afastariam mosquitos. Talvez estivesse certo, porque todos os mosquitos em volta parecem estar mordendo o Homem das Neves. Ele resiste à vontade de esmagá-los: o sangue fresco só serviria para excitá-los ainda mais. Ele chega mais para a esquerda, para ficar mais perto da fumaça das tochas.

– Homem das Neves, por favor, fale-nos a respeito das façanhas de Crake.

Uma história é tudo o que eles querem em troca de cada peixe abatido. Bem, eu devo isso a eles, o Homem das Neves pensa. Deus da Enrolação, não me abandone.

– Que parte vocês gostariam de ouvir hoje? – ele diz.

– No princípio – diz uma voz. Eles adoram repetições, eles aprendem as coisas decorando.

– No princípio havia o caos – ele diz.

– Mostre-nos o caos, por favor, ó Homem das Neves!

– Mostre-nos um retrato do caos!

Eles tiveram dificuldade com os retratos, a princípio – flores em frascos de loção jogados na praia, frutas em latas de suco. *Isso é real? Não, não é real. O que é isso não real? O não real pode nos ensinar sobre o real.* E assim por diante. Mas agora eles parecem ter entendido o conceito.

– Sim! Sim! Um retrato do caos! – eles dizem.

O Homem das Neves sabia que este pedido seria feito – todas as histórias principiam com o caos – e, portanto, ele está preparado. De trás do seu esconderijo na laje de concreto, ele tira um dos seus achados – um balde de plástico cor de laranja, que desbotou e ficou cor-de-rosa, mas que fora isso continua inteiro. Ele tenta não imaginar o que aconteceu com a criança a quem ele um dia pertenceu. – Tragam um pouco de água – ele diz, estendendo o balde. Há certa confusão ao redor do círculo de tochas: mãos são estendidas, pés arrastam-se apressadamente no escuro.

– No caos, estava tudo misturado – ele diz. – Havia gente demais, então as pessoas estavam todas misturadas com a sujeira. – O balde surge de volta, cheio de água, e é colocado no meio do círculo de luz. Ele coloca lá dentro um punhado de terra, mexe com um pedaço de pau. – Pronto – ele diz. – Caos. Não se pode beber...

– Não! – Um coro.

– Não se pode comer...

– Não, não se pode comer! – Risos.

– Não se pode nadar, não se pode ficar em pé...

– Não! Não! – Eles adoram essa parte.

– As pessoas no caos estavam elas mesmas cheias de caos, e o caos as levava a fazer coisas ruins. Elas estavam matando outras pessoas. E estavam devorando todos os Filhos de Oryx, contra a vontade de Oryx e Crake. Todos os dias elas os devoravam. Elas os estavam matando sem parar, devorando-os sem parar. Elas os comiam mesmo quando estavam sem fome.

Respiração ofegante, olhos arregalados: esse é sempre um momento dramático. Quanta maldade! Ele continua: – E Oryx tinha um único desejo – ela queria que o povo fosse feliz, vivesse em paz, e parasse de comer os seus filhos. Mas o povo não podia ser feliz, por causa do caos. E então Oryx disse a Crake, *Vamos nos livrar do caos*. Então Crake pegou o caos e jogou-o fora.

– O Homem das Neves demonstra, jogando fora a água e virando o balde de cabeça para baixo. – Pronto. Vazio. E foi assim que Crake fez a Grande Mudança e criou o Grande Vazio. Ele limpou a sujeira, ele abriu espaço...

– Para os seus filhos! Para os Filhos de Crake!

– Certo. E para...

– E para os Filhos de Oryx também!

– Certo – diz o Homem das Neves. Será que ele não tem vergonha de inventar tanta coisa? Ele sente vontade de chorar.

– Crake criou o Grande Vazio... – dizem os homens.

– Por nós! Por nós! – dizem as mulheres. Já se transformara em uma liturgia. – Ó bondoso e amável Crake!

Aquela adulação em relação a Crake irrita o Homem das Neves, embora tenha sido provocada por ele. O Crake que eles estão louvando é uma fabricação dele, uma fabricação que tem muito de vingança: Crake era contrário à noção de Deus, ou de deuses de qualquer tipo, e sem dúvida ficaria aborrecido com o espetáculo da sua própria deificação.

Se estivesse ali. Mas não está, e é irritante para o Homem das Neves escutar toda aquela bajulação deslocada. Por que eles não glorificam o Homem das Neves? O bom e amável Homem das Neves, que merece ser glorificado – merece muito mais – pois quem foi que os salvou, que os levou para lá, que tem tomado conta deles esse tempo todo? Bem, tomado conta de certa forma. Com toda a certeza não foi Crake. Por que o Homem das Neves não pode revisar a mitologia? *Agradeçam a mim, não a ele! Acariciem o meu ego e não o dele!*

Mas por enquanto ele tem que engolir a amargura. – Sim – ele diz. – Bom e amável Crake. – Ele entorta a boca tentando abrir um sorriso gentil e benevolente.

No início ele tinha improvisado, mas agora eles estão exigindo dogmas: ele iria desviar-se da ortodoxia por sua conta e risco. Talvez ele não perdesse a vida – aquelas pessoas não são violentas nem inclinadas a atos sanguinários de vingança, pelo menos não até agora –, mas ele perderia sua plateia. Elas virariam as costas para ele, se afastariam. Ele agora é o profeta de Crake, goste ou não disso; e o profeta de Oryx também. É isso ou nada. E ele não suportaria ser nada, saber que não era nada. Ele precisa ser ouvido, precisa de atenção. Precisa ter pelo menos a ilusão de ser compreendido.

– Homem das Neves, conte-nos sobre o nascimento de Crake – diz uma das mulheres. Esse é um pedido novo. Ele não está pronto para isso, embora devesse ter previsto que poderia acontecer: essas mulheres têm muito interesse por crianças. Cuidado, ele diz a si mesmo. Se ele inventar uma mãe e um nascimento e um bebê para elas, elas irão querer conhecer os detalhes. Vão querer saber quando nasceu o primeiro dente de Crake e quando ele pronunciou sua primeira palavra e comeu sua primeira raiz, e outras bobagens do gênero.

– Crake nunca nasceu – diz o Homem das Neves. – Ele desceu do céu, como um trovão. Agora vão embora, eu estou cansado. – Ele aperfeiçoará essa fábula mais tarde. Talvez invente chifres e asas de fogo para Crake, e o adorne com um rabo para contrabalançar.

GARRAFA

Depois que os Filhos de Crake se afastam, levando as tochas com eles, o Homem das Neves sobe na sua árvore e tenta dormir. Os ruídos o cercam: ondas batendo, insetos zumbindo, pássaros assoviando, sapos coaxando, folhas farfalhando. Seus ouvidos o enganam: parece ouvir o som de um trompete, e mais ao fundo o ritmo da bateria, como se viessem de uma boate distante. De algum lugar na praia vem um estrondo, um grito: o que é isso agora? Ele não consegue pensar em nenhum animal que possa emitir um som desses. Talvez seja um crocodilo, fugindo de uma ex-fazenda cubana de bolsas e seguindo pela praia na direção norte. Seria arriscado para os garotos que gostam de nadar. Ele fica escutando, mas o som não se repete.

Da cidade, chega um murmúrio distante e tranquilo: vozes humanas. Se é que se pode chamá-las de humanas. Contanto que não comecem a cantar. O canto deles é diferente de tudo o que já ouviu em sua vida passada: está acima do nível humano, ou abaixo dele. Como se cristais estivessem cantando; mas também não é isso. Parece mais com samambaias se desenrolando – algo antigo, pré-histórico, mas ao mesmo tempo acabando de nascer, perfumado, verdejante. Ele o oprime, provoca emoções indesejadas. Ele se sente excluído, como de uma festa para a qual jamais será convidado. Tudo o que teria que fazer era se aproximar da luz do fogo e logo haveria um círculo de rostos inexpressivos olhando para ele. Haveria silêncio, como nas tragédias de antigamente quando o infeliz protagonista entrava em cena, envolto em sua capa de más notícias contagiantes. Em algum nível inconsciente, o Homem das Neves deve trazer más lembranças para essas pessoas: ele é o que elas podem ter sido um dia. *Eu sou o seu passado,* ele poderia dizer. *Eu sou o seu ancestral, vindo da terra dos mortos. Agora estou perdido, não posso voltar, estou preso aqui, estou sozinho. Deixem-me entrar!*

Ó Homem das Neves, como podemos ajudá-lo? Os sorrisos brandos, a surpresa bem-educada, a boa vontade cheia de perplexidade.

Esqueçam, ele diria. Na verdade, não há como eles possam ajudá-lo.

Está soprando um vento gelado; o lençol está úmido; ele estremece. Se ao menos esse lugar tivesse um termostato. Talvez ele possa dar um jeito de fazer uma pequena fogueira, ali em cima da árvore.

– Vá dormir – ele ordena a si mesmo. Sem resultado. Depois de se revirar e se coçar por muito tempo, ele desce da árvore para pegar a garrafa de uísque no esconderijo. O brilho das estrelas permite que ele enxergue o caminho, mais ou menos. Ele já percorreu esse trajeto diversas vezes no passado: no primeiro mês e meio, depois que adquiriu segurança suficiente para relaxar sua vigilância, ele passou a se embebedar toda noite. Não foi uma atitude inteligente nem madura da parte dele, é verdade, mas de que lhe adiantariam a inteligência e a maturidade agora?

E assim toda noite tinha sido uma festa, uma festa de um só. Ou pelo menos toda noite em que ele conseguia a matéria-prima, sempre que achava outro estoque de álcool nos prédios abandonados da plebelândia ao seu alcance. Ele primeiro percorreu os bares próximos, depois os restaurantes, depois as casas e os trailers. Tomou xarope, loção de barba, álcool para massagem; ele já tinha acumulado um monte de garrafas vazias atrás da árvore. De vez em quando, encontrava um estoque de maconha e usava também, embora quase sempre estivesse mofada; mesmo assim, ele conseguia curtir uma onda com ela. Ou então ele encontrava alguns comprimidos. Mas não cocaína, crack ou heroína – isso já tinha sido usado antes, enfiado em veias e narinas numa última explosão de *carpe diem*; qualquer coisa por umas férias da realidade, naquelas circunstâncias. Havia recipientes vazios de BlyssPluss por todo lado, tudo o que você teria precisado para uma orgia ininterrupta. Os farristas não tinham conseguido acabar com tudo, embora muitas vezes, em suas caçadas, ele tenha descoberto que outras pessoas haviam estado lá antes dele e que não haviam deixado nada além de vidros quebrados. Deve ter havido todo tipo de devassidão, até por fim não sobrar mais ninguém.

Ao nível do chão, está escuro como breu. Uma lanterna viria a calhar. Ele precisa estar atento. Ele vai tropeçando e se agarrando no caminho, tentando enxergar algum sinal daqueles horríveis caranguejos de terra brancos que saem das tocas e andam por ali depois que escurece – a mordida deles dói um bocado – e depois de um pequeno desvio num conjunto de arbustos, ele localiza o seu esconderijo de cimento dando uma topada nele. Ele reprime um palavrão: não há como saber quem mais pode estar rondando por ali no escuro. Ele abre o esconderijo, enfia a mão lá dentro e tira o seu terço de garrafa de uísque.

Ele tem economizado a bebida, resistindo à vontade de beber, guardando-a como uma espécie de talismã – só de saber que ela ainda estava ali tornava mais fácil resistir. Talvez aquela seja a última dose. Ele tem certeza de ter explorado todos os locais prováveis a um dia de distância da sua árvore. Mas está se sentindo impaciente. Por que guardar a bebida? Por que esperar? De que vale mesmo a sua vida, e quem se importa? Apaga, apaga, vela efêmera. Ele já cumpriu o seu propósito evolutivo, conforme o maldito Crake sabia que ele faria. Ele tinha salvado os filhos.

– *Maldito* Crake! – ele não consegue deixar de gritar. Agarrando a garrafa com uma das mãos, tateando para encontrar o caminho com a outra, ele volta para a sua árvore. Ele precisa das duas mãos para subir, então amarra a garrafa no lençol. Lá em cima, ele se senta em sua plataforma, engolindo o uísque e uivando para as estrelas – *Aúú, aúú* – até ser surpreendido por um coro de respostas vindo de bem perto da árvore.

São olhos brilhando ali? Ele pode ouvir a respiração.

– Olá, meus amigos peludos – ele diz. – Quem quer ser o melhor amigo do homem? – Em resposta, ele ouve um ganido suplicante. Essa é a pior parte dos lobocães, eles ainda se parecem com cachorros, ainda se comportam como cachorros, levantando as orelhas, saltando como cachorros, abanando os rabos. Eles fazem você de bobo e depois atacam. Não foi preciso muito para reverter cinquenta mil anos de interação homem-cão. Quanto aos cachorros de verdade, eles nunca tiveram nenhuma chance: os lobocães simplesmente mataram e devoraram todos aqueles que haviam demonstrado vestígios de domesticação. Ele tinha visto um lobocão aproximar-se de um filhote de pequinês de uma maneira amigável, cheirar o traseiro dele e depois pular na sua garganta, sacudi-lo como se fosse um pano de chão e atirá-lo longe.

Durante algum tempo, ainda restaram uns poucos animais de estimação rondando por ali, magros e capengas, com o pelo sujo e sem brilho, implorando com olhos perplexos para serem adotados por algum ser humano, qualquer um. Os Filhos de Crake não tinham se encaixado em seus planos – um cachorro devia achar o cheiro deles esquisito, especialmente ao anoitecer, quando predominava o cheiro de repelente de inseto – e de todo modo eles não haviam demonstrado o menor interesse pelo conceito de cachorros, como animais de estimação, e assim os animais abandonados voltaram-se para o Homem das Neves. Ele quase havia cedido umas duas vezes, tinha achado difícil resistir aos agrados deles, aos seus ganidos de dar dó, mas não podia alimentá-los; e de qualquer maneira eles eram inúteis para ele. – É afundar ou nadar – ele tinha dito a eles. – Sinto muito, meu velho. – Ele os havia afugentado com pedras e se sentiu um merda por isso; ultimamente não tem aparecido mais nenhum.

Ele foi um idiota. Desperdiçou a chance. Devia tê-los comido. Ou adotado um e o treinado para caçar coelhos. Ou para defendê-lo. Ou para qualquer outra coisa.

Lobocães não sobem em árvores, o que é um ponto positivo. Se eles ficarem muito numerosos e persistentes, ele vai ter que saltar de galho em galho, igual ao Tarzan. É uma ideia engraçada, e ele ri.

– Tudo o que vocês querem é o meu corpo! – ele grita na direção deles. Depois esvazia a garrafa e a atira para baixo. Ele ouve um ganido e uma correria: eles ainda respeitam mísseis. Mas quanto tempo isto pode durar? Eles são espertos; muito em breve vão perceber sua vulnerabilidade e vão começar a caçá-lo. Quando começarem, nunca mais ele vai poder ir a lugar algum, pelo menos a lugares sem árvores. Tudo o que terão que fazer será cercá-lo em um espaço aberto e partir para o ataque. Não há muito que se possa fazer com pedras e paus afiados. Ele realmente precisa encontrar outra pistola pulverizadora.

Depois que os lobocães vão embora, ele se deita de costas na plataforma, olhando para as estrelas através das folhas que se agitam suavemente. Elas parecem próximas, as estrelas, mas estão muito longe. Sua luz está milhões, bilhões de anos atrasada. Mensagens sem emissário.

O tempo passa. Ele quer cantar uma canção, mas não consegue pensar em nenhuma. Uma música antiga cresce dentro dele, desaparece; ele só consegue escutar a percussão. Talvez pudesse fabricar uma flauta com um galho de árvore ou a haste de alguma coisa, se ao menos ele conseguisse encontrar uma faca.

— Luz de estrela, estrela brilhante – ele diz. O que vem depois? Saiu completamente da cabeça dele.

Não há lua, hoje é lua nova, embora a lua esteja lá e deva estar erguendo-se agora, uma bola de pedra enorme e invisível, um pedaço gigantesco de gravidade, morto mas poderoso, atraindo o sol para si. Drenando todos os fluidos. *O corpo humano tem noventa e oito por cento de água,* diz o livro em sua cabeça. Dessa vez é uma voz de homem, uma voz de enciclopédia; ninguém que ele conheça ou tenha conhecido. *Os outros dois por cento são formados de minerais, dos quais os mais importantes são o ferro no sangue e o cálcio que compõe o esqueleto e os dentes.*

— Quem está ligando para isso? – diz o Homem das Neves. Ele não se importa com o ferro do seu sangue nem com o cálcio do seu esqueleto; ele está cansado de ser ele mesmo, ele quer ser outra pessoa. Livrar-se de todas as suas células, fazer um transplante de cromossomas, trocar a sua cabeça por outra, uma que tenha coisas melhores dentro. Dedos movendo-se sobre ele, por exemplo, dedos pequenos com unhas ovais, pintadas de ameixa madura ou lago vermelho ou pétala de rosa. *Eu quero poder, eu queria poder, realizar o desejo que desejo esta noite.* Dedos, uma boca. Ele começa a sentir uma dor incômoda na base da espinha.

— Oryx – ele diz – eu sei que você está aí. – Ele repete o nome. Esse nem é o nome verdadeiro dela, que aliás ele nunca soube; é só uma palavra. É um mantra.

Às vezes ele consegue invocá-la. A princípio ela é só uma sombra, mas se ele continuar repetindo o seu nome, talvez ela deslize para dentro do seu corpo e se incorpore à sua carne, e a mão dele se torne a mão dela tocando em seu corpo. Mas ela sempre foi evasiva, nunca se conseguia prendê-la. Esta noite ela não se materializa e ele fica sozinho, gemendo ridiculamente, ejaculando sozinho no escuro.

6

ORYX

O Homem das Neves desperta subitamente. Será que alguém tocou nele? Mas não tem ninguém lá, nada.

Está totalmente escuro, sem estrelas. As nuvens devem ter chegado.

Ele se vira, se cobre com o lençol. Está tremendo: é o vento da noite. É provável que ele ainda esteja bêbado; às vezes é difícil dizer. Ele fica olhando para a escuridão, imaginando quando vai chegar a manhã, torcendo para voltar a dormir.

Uma coruja pia em algum lugar. Uma vibração forte, longe e perto ao mesmo tempo, como a nota mais baixa de uma flauta basca. Talvez ela esteja caçando. Caçando o quê?

Agora ele pode sentir Oryx flutuando na sua direção pelo ar, como se ela tivesse asas macias. Ela está pousando agora; ela está muito perto dele, deitada de lado, quase encostando nele. Milagrosamente, ela cabe na plataforma ao lado dele, embora não seja uma palataforma grande. Se ele tivesse uma vela ou uma lanterna, poderia vê-la, o contorno delicado do seu corpo, um brilho pálido na escuridão. Se ele estendesse a mão, poderia tocá-la; mas isso a faria desaparecer.

– Não era o sexo – ele diz para ela. Ela não responde, mas ele percebe a sua incredulidade. Ele a está deixando triste porque está tirando parte do seu conhecimento, do seu poder. – Não era só o sexo. Ela dá um sorriso amargo: assim é melhor. – Você sabe que eu te amo. Você é a única para mim. – Ela não é a primeira mulher para quem ele disse isso. Ele não deveria ter usado essas palavras tão cedo na vida, não deveria tê-las usado como uma ferramenta, uma chave para abrir as mulheres. Quando ele soube que era de verdade, as palavras soaram falsas aos seus ouvidos e ele teve vergonha de pronunciá-las. – É verdade – ele diz para Oryx.

Nenhuma resposta, nenhuma reação. Ela nunca foi muito acessível nessas horas.

* * *

– Conte-me só uma coisa – ele costumava dizer quando ainda era Jimmy.
– Faça uma pergunta – ela respondia.
Então ele perguntava, e aí ela dizia – Eu não sei. Esqueci. – Ou então – Jimmy, você é tão mau, isso não é da sua conta. – Uma vez ela disse – Você tem um monte de fotografias na cabeça, Jimmy. Onde foi que você as conseguiu? Por que você acha que são fotografias minhas?
Ele achou que compreendia a sua indefinição, a sua ambiguidade. Está tudo bem – ele dizia, acariciando o cabelo dela. – Nada disso foi culpa sua.
– Nada disso o quê, Jimmy?

Quanto tempo ele levou para reunir os pedaços dela que ele tinha catado e juntado com tanto cuidado? Havia a história que Crake contava a respeito dela, e havia também a história de Jimmy, uma versão mais romântica; e havia a história contada por ela própria, que era diferente das outras duas, e nada romântica. O Homem das Neves revê as três histórias em sua mente. Um dia deve ter havido outras versões dela: a versão de sua mãe, a versão do homem que a havia comprado, a versão do homem que a havia comprado em seguida, e a versão do terceiro homem – o pior de todos, aquele de San Francisco, um artista de merda; mas Jimmy nunca as tinha ouvido.
Oryx era tão delicada. Uma filigrana, ele pensava, imaginando os ossos dentro do seu pequeno corpo. Ela tinha um rosto triangular – olhos grandes, queixo pequeno –, um rosto de himenóptero, um rosto mantídeo, o rosto de um gato siamês. Pele amarelo-clara, lisa e translúcida, como porcelana antiga e valiosa. Olhando para ela, você sabia que uma mulher de tanta beleza, tão delicada e que havia sido tão pobre devia ter tido uma vida difícil, mas que esta vida não havia sido de esfregar chãos.
– Você alguma vez esfregou chão? – Jimmy perguntou a ela uma vez.
– Chão? – Ela pensou um pouco. – Nós não tínhamos chãos. Quando eu consegui ter chão, não era eu que o esfregava. – Uma coisa ela disse sobre esses tempos, os tempos sem chão: as superfícies de terra eram varridas diariamente. Elas eram usadas para sentar para comer e para dormir, então isso era importante. Ninguém queria encostar o corpo em comida velha. Ninguém queria ter pulgas.

* * *

Quando Jimmy tinha sete ou oito ou nove anos, Oryx havia nascido. Onde exatamente? Em algum lugar distante, estrangeiro.

Mas era uma aldeia, segundo Oryx. Uma aldeia com árvores em volta e plantações próximas, possivelmente plantações de arroz. As cabanas tinham telhado de algum tipo de palha – folhas de palmeira? –, embora as melhores cabanas tivessem telhado de zinco. Uma aldeia na Indonésia, ou então em Myanmar? Não nesses lugares, Oryx disse, mas ela não tinha certeza. Também não era na Índia. Vietnã? Jimmy arriscou. Camboja? Oryx baixou os olhos e examinou as unhas. Isso não importava.

Ela não conseguia se lembrar do idioma que falava quando criança. Ela não tinha idade suficiente para guardar aquela primeira língua: as palavras foram todas apagadas de sua cabeça. Mas não era a mesma língua da cidade para onde ela foi levada em primeiro lugar, ou o mesmo dialeto, porque ela teve que aprender uma forma diferente de falar. Ela se lembrava disso: da estranheza das palavras em sua boca, da sensação de ter perdido a fala.

A aldeia era um lugar onde todos eram pobres e onde havia muitas crianças, disse Oryx. Ela própria era muito pequena quando foi vendida. Sua mãe tinha vários filhos, dentre eles dois filhos mais velhos que logo estariam aptos a trabalhar no campo, o que era bom porque o pai estava doente. Ele tossia sem parar; essa tosse pontuava as suas lembranças mais remotas.

Algo errado com os pulmões, Jimmy supôs. É claro que todos eles provavelmente fumavam feito loucos quando conseguiam cigarros: fumar aliviava a pressão. (Ele cumprimentara a si mesmo pelo insight.) Os moradores da aldeia atribuíam a doença do pai ao mau tempo, à má sorte, aos maus espíritos. A doença para eles tinha uma conotação vergonhosa; ninguém queria ser contaminado pela doença de outra pessoa. Então eles tinham pena do pai de Oryx, mas também o acusavam e evitavam. A esposa cuidava dele com um ressentimento silencioso.

Entretanto, penduraram sinos. Fizeram orações. Queimaram pequenas imagens no fogo. Mas tudo isso foi inútil, porque o pai morreu. Todos na aldeia sabiam o que ia acontecer em seguida, porque se não havia um homem para trabalhar no campo ou nas plantações de arroz, então as matérias-primas da vida teriam que vir de outro lugar.

Oryx era a caçula, normalmente negligenciada, mas de repente ela se tornou importante, passou a comer melhor do que antes, e ganhou um casaco azul especial, porque as outras mulheres da aldeia estavam ajudando e queriam que ela tivesse uma aparência bonita e saudável. Crianças feias ou deformadas, ou que não fossem inteligentes ou não soubessem falar direito – essas crianças valiam menos ou não conseguiam ser vendidas. As mulheres da aldeia poderiam precisar vender seus próprios filhos um dia e, se não colaborassem, não poderiam contar com o troco.

Na aldeia, essa transação não era chamada de "venda". Falava-se em aprendizagem. As crianças estavam sendo treinadas para ganhar a vida no mundo lá fora: era assim que douravam a pílula. Além disso, se elas ficassem onde estavam, que futuro teriam? Especialmente as meninas, disse Oryx. Elas se casariam e teriam mais filhos, que por sua vez teriam que ser vendidos. Vendidos ou atirados no rio, para desaparecer no mar; porque a comida existente mal dava para eles sobreviverem.

Um dia um homem chegou na aldeia. Era o mesmo homem de sempre. Geralmente ele chegava de carro, sacolejando pela estrada de terra, mas desta vez tinha chovido muito e a estrada estava um lamaçal. Cada aldeia tinha um homem desses, que fazia aquela viagem perigosa de tempos em tempos, embora sempre se soubesse de antemão quando ele estava a caminho.

– De que cidade ele vinha? – Jimmy perguntou.

Mas Oryx apenas sorriu. Falar sobre isso deixava-a com fome, ela disse. Por que Jimmy não ligava para pedir uma pizza? Cogumelos, alcachofras, anchovas, sem pepperoni. – Você também quer? ela disse.

– Não – disse Jimmy. – Por que você não me conta?

– Por que você se importa com isso? – disse Oryx. – Eu não me importo. Eu nunca penso nisso. Já faz muito tempo.

Esse homem – disse Oryx, contemplando a pizza como se ela fosse um quebra-cabeça, depois tirando os cogumelos, que ela gostava de comer primeiro – trazia mais dois homens com ele, que eram seus empregados e que carregavam rifles para espantar os bandidos. Ele usava roupas caras, e exceto pela lama e pela poeira – todo mundo ficava empoeirado e enlameado no caminho para a aldeia – ele era limpo e bem tratado. Ele tinha um relógio, um relógio dourado que consultava frequentemente, erguendo a manga da camisa para exibi-lo; o relógio era reconfortante, como um selo de qualidade. Talvez o relógio fosse de ouro verdadeiro. Algumas pessoas diziam que era.

Esse homem não era considerado um criminoso, e sim um negociante honrado que não trapaceava, pelo menos não muito, e que pagava à vista. Portanto, ele era bem recebido e tratado com respeito, porque ninguém na aldeia queria cair em desgraça com ele. E se ele deixasse de ir lá? E se uma família precisasse vender uma criança e ele não a comprasse porque havia sido ofendido numa viagem anterior? Ele era o banco dos aldeões, sua apólice de seguro, uma espécie de tio rico, o único talismã que eles possuíam contra o azar. E ele era cada vez mais necessário, porque o tempo tinha ficado esquisito e não podia mais ser previsto – chuva demais ou chuva de menos, vento demais, calor demais – e as plantações estavam sofrendo.

O homem sorria muito, cumprimentava diversos aldeões pelo nome. Ele sempre fazia um pequeno discurso, o mesmo todas as vezes. Dizia que queria ver todo mundo feliz. Ele queria que ambas as partes ficassem satisfeitas. Ele não queria desagradar a ninguém. Ele não havia feito sacrifícios por eles, aceitando crianças feias e estúpidas e que eram um peso em suas mãos, somente para agradá-los? Se eles tivessem alguma crítica acerca da maneira como ele estava conduzindo os seus negócios, deveriam dizer. Mas nunca havia nenhuma crítica, embora reclamassem dele pelas costas: ele nunca pagava mais do que era obrigado a pagar, eles diziam. Entretanto, ele era admirado por isso: isso mostrava que ele era um bom negociante, e as crianças estariam em boas mãos.

Cada vez que o homem do relógio de ouro ia à aldeia, ele levava embora com ele diversas crianças, para vender flores aos turistas nas ruas da cidade. O trabalho era fácil e as crianças seriam bem tratadas, ele garantia às mães: ele não era um bandido nem um mentiroso, ele não era um cafetão. Elas seriam bem alimentadas e teriam um lugar seguro para dormir, seriam cuidadosamente vigiadas e receberiam uma quantia em dinheiro, que poderiam ou não enviar para as suas famílias, ficaria a critério delas. Esta quantia seria uma porcentagem do que ganhariam, descontadas as despesas com casa e comida. (Nunca foi enviado nenhum dinheiro à aldeia. Todo mundo sabia que não seria.) Em troca do aprendiz, ele pagaria aos pais, ou então às mães viúvas, um bom preço, ou o que ele dizia ser um bom preço; e era um preço decente, considerando o que as pessoas estavam acostumadas a ganhar. Com este dinheiro, as mães que vendiam os filhos poderiam proporcionar aos outros filhos uma chance melhor na vida. Pelo menos era o que eles diziam uns aos outros.

Jimmy ficou revoltado da primeira vez que ouviu esse relato. Isso foi na época em que ele se revoltava. E também na época em que ele fazia papel de bobo a respeito de tudo o que se relacionasse com Oryx.

– Você não entende – disse Oryx. Ela ainda estava comendo pizza na cama; junto com a pizza, ela tornava uma Coca e comia uma porção de batatas fritas. Ela tinha terminado de comer os cogumelos e agora estava comendo as alcachofras. Ela nunca comia a massa. Dizia que o fato de jogar comida fora a fazia sentir-se muito rica. – Muita gente fazia isso. Era o costume.

– Um costume babaca – disse Jimmy. Ele estava sentado numa cadeira ao lado da cama, observando sua língua cor-de-rosa de gato lambendo os dedos.

– Jimmy, você é mau, não xingue. Quer um pepperoni? Você não pediu, mas puseram assim mesmo. Acho que não entenderam direito o que você disse.

– *Babaca* não é palavrão, é apenas uma descrição gráfica.

– Bem, eu acho que você não devia falar assim. – Ela agora estava comendo as anchovas: ela sempre as deixava para o fim.

– Eu gostaria de matar esse cara.

– Que cara? Você quer esta Coca? Eu não aguento mais.

– Esse cara que você falou.

– Ah, Jimmy, você ficaria mais satisfeito se todos nós tivéssemos morrido de fome? – disse Oryx com um riso abafado. Era esse o riso que ele mais temia, porque disfarçava um certo desprezo bem-humorado. Ele o deixava gelado: era como um vento frio sobre um lago enluarado.

É claro que ele tinha passado esta revolta para Crake. Ele tinha socado os móveis: era o seu tempo de socar móveis. E Crake teve de dizer a respeito: – Jimmy encare isso de uma forma realista. Não dá para garantir indefinidamente um mínimo acesso à comida com uma população em expansão. O *Homo sapiens* não parece ser capaz de limitar o fornecimento. Ele é uma das poucas espécies que não limita a reprodução diante da escassez de recursos. Em outras palavras – e até certo ponto, é claro –, quanto menos a gente come, mais a gente trepa.

– Como você explica isso? – disse Jimmy.

– Imaginação – disse Crake. – Os homens podem imaginar a própria morte, podem perceber sua aproximação, e a simples ideia da morte iminente age como um afrodisíaco. Um cachorro ou um coelho não se comportam assim. Veja as aves, por exemplo – em épocas de escassez elas diminuem o número de ovos ou não põem nenhum ovo. Elas colocam toda a sua energia em se manterem vivas até os tempos melhorarem. Mas o ser humano tem esperança de passar sua alma para outra pessoa, uma nova versão de si mesmo, e viver para sempre.

– Então, como espécie, nós estamos condenados pela esperança?

– Você pode chamar de esperança. Ou então de desespero.

– Mas nós estamos condenados sem esperança também – disse Jimmy.

– Somente como indivíduos – Crake respondeu animadamente.

– Que saco.

– Jimmy, cresça.

Crake não foi a primeira pessoa a dizer isso a Jimmy.

O homem do relógio passava a noite na aldeia com seus dois empregados e suas armas, e comia e bebia com os homens. Ele distribuía cigarros, em maços inteiros de papel dourado e prateado ainda com o celofane em volta. De manhã, ele examinava as crianças em oferta e fazia perguntas a respeito delas – elas tiveram alguma doença, eram obedientes? E examinava os dentes delas. Ele dizia que precisavam ter bons dentes porque precisariam sorrir muito. Depois fazia a sua escolha e o dinheiro trocava de mãos, e ele se despedia das pessoas, que se curvavam educadamente diante dele. Ele levava três ou quatro crianças, nunca mais do que isso; esse era o número que ele podia administrar. O que significava que ele podia escolher as melhores. Ele fazia o mesmo em outras aldeias do seu território. Ele era conhecido pelo seu bom gosto e discernimento.

Oryx disse que era horrível para uma criança não ser escolhida. A situação dela na aldeia piorava muito, ela perdia o valor, ganhava menos comida. Ela própria fora a primeira a ser escolhida.

Às vezes as mães choravam, e as crianças também, mas as mães diziam às crianças que o que elas estavam fazendo era bom, que estavam ajudando suas famílias, e que deviam ir com o homem e fazer tudo o que ele mandasse. As mães diziam que depois de trabalharem por algum tempo na cidade as crianças poderiam voltar para a aldeia. (Nenhuma criança jamais voltou.)

Tudo isso era compreendido, e mesmo que não fosse aprovado, era pelo menos perdoado. No entanto, depois que o homem partia, as mães que haviam vendido seus filhos sentiam-se vazias e tristes. Elas tinham a sensação de que aquele ato, cometido livremente por elas (ninguém as havia obrigado, ninguém as havia ameaçado), não havia sido cometido voluntariamente. Elas também se sentiam enganadas, como se o preço tivesse sido muito baixo. Por que elas não tinham pedido mais? E no entanto, as mães diziam a si mesmas, elas não tiveram escolha.

A mãe de Oryx vendeu dois filhos ao mesmo tempo, e não apenas por estar precisando de dinheiro. Ela achou que os dois poderiam fazer companhia um ao outro, cuidar um do outro. O outro era um menino, um ano mais velho que Oryx. Eram vendidos menos meninos do que meninas, mas nem por isso eles eram mais valorizados.

(Para Oryx, essa venda dupla foi uma prova de que sua mãe a amava. Ela não tinha nenhuma imagem desse amor. Nenhuma descrição que pudesse fazer a respeito dele. Esse amor era mais uma crença do que uma lembrança.)

O homem disse que estava fazendo um favor especial à mãe de Oryx, uma vez que os meninos davam mais trabalho, não obedeciam e fugiam com mais frequência, e aí quem pagaria a ele por este transtorno? Além disso, o menino não tinha uma atitude correta, dava para ver só de olhar, e ele tinha um dente da frente escuro, o que lhe conferia um ar criminoso. Mas como sabia que ela estava precisando do dinheiro, ele ia ser generoso e ficaria com o menino.

PIO DE PÁSSARO

Oryx disse que não se lembrava da viagem até a cidade, mas se lembrava de algumas das coisas que tinham acontecido. Era como se fossem quadros pendurados numa parede, com uma moldura branca em volta. Era como olhar pela janela da casa de outra pessoa. Era como se fossem sonhos.

O homem do relógio disse que o nome dele era tio Ene, e que eles deveriam chamá-lo assim se não quisessem ter problemas.

– Era Ene como um nome ou N como uma inicial? – Jimmy perguntou.

– Eu não sei – disse Oryx.

– Algum dia você o viu por escrito?

– Ninguém na nossa aldeia sabia ler – disse Oryx. – Jimmy, abre a boca. Toma esse último pedaço.

Ao lembrar-se disto, o Homem das Neves quase que sente o gosto. Da pizza, e depois dos dedos de Oryx em sua boca.

Depois a lata de Coca rolando pelo chão. Depois a alegria, esmagando todo o seu corpo com seu abraço de jiboia.

Ó piqueniques secretos. Ó doce prazer. Ó clara lembrança, ó dor. Ó noite sem fim.

Este homem – Oryx continuou, mais tarde naquela noite ou em alguma outra noite –, este homem disse que seria tio deles dali em diante. Agora que estavam longe da aldeia, ele não estava mais sorrindo tanto. Ele disse que eles tinham que andar muito depressa porque a floresta estava cheia de animais selvagens com olhos vermelhos e dentes longos e afiados, e que se eles corressem por entre as árvores ou andassem muito devagar os animais viriam destroçá-los. Oryx ficou com medo e quis andar de mãos dadas com o irmão, mas isso não foi possível.

– Havia tigres? – Jimmy perguntou.

Oryx fez que não com a cabeça. Não havia nenhum tigre.

– Então que animais eram esses? – Jimmy quis saber. Ele achou que assim poderia achar alguma pista sobre o local. Ele poderia consultar a lista de hábitats, isto poderia ajudar.

– Eles não tinham nomes – Oryx disse –, mas eu sabia o que eram.

A princípio eles caminharam pela estrada lamacenta em fila indiana, andando do lado da estrada onde era mais alto, atentos às cobras. Um dos homens armados ia na frente, depois tio Ene, depois o irmão, depois as outras duas crianças que também tinham sido vendidas – ambas meninas, ambas mais velhas – e depois Oryx. No fim vinha o outro homem armado. Eles pararam para almoçar – arroz frio, embrulhado para eles pelos aldeões – e depois caminharam mais um pouco. Quando chegaram a um rio, um dos homens armados carregou Oryx até o outro lado. Ele disse que ela era tão pesada que ele ia ter que jogá-la na água e aí um peixe iria comê-la, mas era brincadeira. Ele cheirava a suor e fumaça, e a algum perfume ou brilhantina que usava no cabelo. A água batia nos joelhos dele.

Depois disso o sol inclinou-se e bateu nos seus olhos – então eles deviam estar indo para oeste, pensou Jimmy – e ela estava muito cansada.

À medida que o sol ia descendo, os pássaros começaram a cantar e a chamar, invisíveis, escondidos nos galhos e trepadeiras da floresta: grasnados roucos e assovios, e quatro sons límpidos em sequência, como um sino. Esses eram os mesmos pássaros que sempre piavam assim quando escurecia, e de madrugada, pouco antes de o sol nascer, e Oryx sentiu-se consolada com aquele som. Os pios dos pássaros eram familiares, faziam parte daquilo que ela conhecia. Ela imaginou que um deles – aquele que parecia um sino – era o espírito da sua mãe, enviado na forma de um pássaro para velar por ela, e que ele estava dizendo *Você vai voltar*.

Na aldeia, ela contou a ele, algumas pessoas conseguiam enviar seu espírito dessa forma, mesmo antes de estarem mortas. Isso era bem conhecido. Você podia aprender a fazer isso, as mulheres mais velhas podiam ensinar, e dessa forma você podia voar para onde quisesse, você podia ver o que iria acontecer no futuro, e mandar mensagens, e aparecer nos sonhos de outras pessoas.

O pássaro piou, piou e depois emudeceu. Aí o sol se pôs e ficou escuro. Naquela noite eles dormiram em um abrigo. Talvez fosse um abrigo para animais de criação, pois ele tinha aquele cheiro. Eles tiveram que urinar no mato, todos juntos em fila, com um dos homens armados montando guarda. Os homens fizeram uma fogueira do lado de fora e conversaram e riram, e a fumaça entrou, mas Oryx não se importou porque adormeceu. Jimmy perguntou se eles dormiram no chão, em redes ou em camas, mas ela disse que isso não era importante. Seu irmão estava ali do seu lado. Ele nunca tinha prestado muita atenção nela antes, mas agora queria estar perto dela.

Na manhã seguinte, eles andaram mais um pouco e chegaram ao lugar onde o tio Ene tinha deixado o carro, sob a proteção de vários homens, em uma pequena aldeia: menor que a aldeia deles, e mais suja. Mulheres e crianças ficaram olhando para eles das portas das casas, mas não sorriram. Uma das mulheres fez um gesto contra mau-olhado.

Tio Ene certificou-se de que não estava faltando nada no carro e depois pagou os homens, e mandou as crianças entrarem. Oryx nunca estivera dentro de um carro antes e não gostou do cheiro. Não era um carro movido a energia solar, era um carro a gasolina, e não era novo. Um dos homens foi guiando, com tio Ene sentado ao lado; o outro homem foi sentado atrás, com as quatro crianças apertadas ao lado dele. Tio Ene estava de mau humor e disse às crianças para não fazerem perguntas. A estrada era cheia de buracos e estava quente dentro do carro. Oryx ficou enjoada e achou que ia vomitar, mas acabou cochilando.

Eles devem ter viajado por muito tempo; quando pararam já era noite outra vez. Tio Ene e o homem que estava na frente entraram em um prédio baixo, uma espécie de hospedaria talvez; o outro homem esticou-se no banco da frente e começou a roncar. As crianças dormiram no banco de trás, o melhor que puderam. As portas de trás estavam trancadas: elas não poderiam sair do carro sem passar por cima do homem, e ficaram com medo de fazer isso porque ele poderia pensar que estavam tentando fugir. Alguém molhou as calças durante a noite, Oryx pôde sentir o cheiro, mas não foi ela. De manhã, foram levadas até os fundos do prédio onde havia uma latrina ao ar livre. Um porco que estava do outro lado ficou olhando-as agachadas ali.

Depois de mais algumas horas de estradas esburacadas, eles pararam em frente a um portão com dois soldados. Tio Ene disse aos soldados que as crianças eram seus sobrinhos: que a mãe delas tinha morrido e que ele as estava levando para morar em sua casa, com sua família. Ele estava sorrindo de novo.

– Você tem um bocado de sobrinhos e sobrinhas – disse um dos soldados, rindo.

– Essa é a minha desgraça – disse tio Ene.

– E as mães deles morrem todas.

– Essa é a triste verdade.

– Não sei se devemos acreditar em você – disse o outro soldado, também rindo.

– Olha aqui – disse tio Ene. Ele tirou Oryx do carro. – Qual é o meu nome? – ele perguntou a ela, aproximando o seu rosto sorridente.

– Tio Ene – ela disse. Os dois soldados riram e tio Ene também riu. Ele deu um tapinha no ombro de Oryx e disse a ela para tornar a entrar no carro, e apertou a mão dos soldados, tendo antes posto a mão no bolso, e aí os soldados abriram o portão. Quando retomaram a viagem, tio Ene deu uma bala dura para Oryx, na forma de um pequeno limão. Ela a chupou por algum tempo, depois tirou-a da boca para guardá-la. Como não tinha bolso, ficou segurando-a com os dedos melados. Naquela noite, ela se consolou lambendo a própria mão.

As crianças choravam de noite, baixinho. Elas choravam para si mesmas. Estavam assustadas: não sabiam para onde estavam indo, e tinham sido levadas embora do ambiente que conheciam. Além disso, disse Oryx, elas não tinham mais amor, supondo que antes tivessem algum. Mas tinham um valor monetário: elas representavam lucro para outros. Elas devem ter percebido isso – percebido que valiam alguma coisa.

É claro (disse Oryx) que ter um valor monetário não era um substituto para o amor. Toda criança devia ter amor, toda pessoa devia ter. Ela própria preferiria ter tido o amor da sua mãe – o amor em que ela continuava a acreditar, o amor que a havia acompanhado pela selva na forma de um pássaro para que ela não se sentisse assustada ou sozinha demais –, mas o amor não era confiável, ele vinha e depois ia embora, então era bom ter um valor monetário, porque então, pelo menos, aqueles que quisessem lucrar com você teriam que cuidar para que você tivesse comida suficiente e não fosse maltratada demais. Também havia muita gente que não tinha nem amor nem valor monetário, e ter uma dessas coisas era melhor do que não ter nada.

ROSAS

A cidade estava um caos, cheia de gente, de carros, de barulho, de cheiros desagradáveis e de uma língua difícil de compreender. As quatro crianças novas ficaram chocadas a princípio, como se tivessem sido mergulhadas em um caldeirão de água quente – como se a cidade lhes fizesse um mal físico. Entretanto, tio Ene tinha experiência: ele tratou as crianças novas como se fossem gatos, deu tempo para que se acostumassem com as coisas. Ele as instalou em um pequeno quarto de um prédio de três andares, no terceiro andar, com uma janela com grades de onde elas podiam olhar para fora, mas não podiam sair, e então começou a sair com elas aos poucos, distâncias curtas a princípio e uma hora de cada vez. Já havia cinco crianças no quarto, depois ele ficou lotado; mas havia espaço suficiente para um colchão fino para cada criança, estendido à noite, de modo que o chão inteiro ficava coberto de crianças e colchões, que eram enrolados durante o dia. Esses colchões estavam gastos e manchados, e cheiravam a urina; mas enrolá-los direito era a primeira coisa que as crianças novas tinham que aprender.

Com as outras crianças, mais experientes, elas aprenderam mais coisas. A primeira delas foi que o tio Ene estaria sempre vigiando-as, mesmo quando elas achassem que haviam sido deixadas sozinhas na cidade. Ele sempre saberia onde elas estavam: tudo o que ele tinha que fazer era encostar o relógio no ouvido e o relógio diria a ele, porque havia uma vozinha lá dentro que sabia tudo. Isso era reconfortante, uma vez que mais ninguém poderia machucá-las. Por outro lado, tio Ene veria se você não estivesse trabalhando bastante, ou se tentasse fugir, ou se guardasse para si todo o dinheiro que conseguisse com os turistas. Aí você seria castigado. Os homens do tio Ene bateriam em você e você ficaria todo machucado. Eles poderiam queimá-lo também. Algumas das crianças diziam que tinham passado por esses castigos, e se orgulhavam disso: tinham cicatrizes. Se você fizesse essas coisas proibidas muitas vezes – preguiça, roubo, fuga –, você seria vendido para alguém muito pior – diziam – do que tio Ene. Ou então seria morto e atirado no lixo, e ninguém se importaria porque ninguém saberia onde você estava.

Oryx disse que tio Ene sabia o que estava fazendo, porque em matéria de castigos as crianças acreditavam muito mais umas nas outras do que em adultos. Adultos ameaçavam fazer coisas que nunca faziam, mas crianças contavam o que iria acontecer. Ou o que elas temiam que fosse acontecer. Ou então o que já tinha acontecido com elas ou com outras crianças que elas tinham conhecido.

Uma semana depois da chegada de Oryx e seu irmão no quarto dos colchões, três das crianças mais velhas foram levadas. Elas iam para outro país, tio Ene explicou. Esse país se chamava San Francisco. Era porque elas tinham sido más? Não, tio Ene disse, era uma recompensa por terem sido boas. Todos que fossem obedientes e aplicados poderiam um dia ir para lá. Oryx não queria ir para nenhum outro lugar exceto para casa, mas "casa" era um lugar que estava se tornando nebuloso para ela. Ela ainda podia escutar o espírito da mãe dizendo *Você vai voltar,* mas aquela voz estava se tornando mais fraca e mais indistinta. Não soava mais como um sino, era como um sussurro. Era uma pergunta agora, mais do que uma afirmação; uma pergunta sem resposta.

Oryx e seu irmão e as outras duas recém-chegadas foram levados para observar crianças mais experientes vendendo flores. As flores eram rosas vermelhas, brancas e cor-de-rosa; elas eram apanhadas de manhã bem cedo no mercado de flores. Os espinhos tinham sido arrancados das hastes para que as rosas pudessem passar de mão em mão sem machucar ninguém. Você tinha que ficar próximo à entrada dos melhores hotéis – os bancos onde se podia trocar moeda estrangeira e as lojas caras também eram bons locais – e você tinha que ficar de olho na polícia. Se um policial se aproximasse ou olhasse firme para você, você devia se afastar depressa. Vender flores para turistas não era permitido a não ser que você tivesse uma autorização oficial, e essas autorizações eram muito caras. Mas não havia com o que se preocupar, tio Ene disse: a polícia sabia tudo a respeito, só que tinha que fingir que não sabia.

Quando você via um estrangeiro, especialmente um com uma mulher estrangeira ao lado, você tinha que se aproximar e oferecer as rosas, e tinha que sorrir. Você não devia ficar olhando ou rindo do cabelo e dos olhos cor de água deles. Se eles pegassem uma flor e perguntassem o preço, você devia sorrir ainda mais e estender a mão. Se eles falassem com você, fazendo perguntas, você devia fingir que não estava entendendo. Essa parte era muito fácil. Eles sempre pagavam mais – às vezes muito mais – do que valia a flor.

O dinheiro tinha que ser colocado em uma bolsinha que ficava pendurada por dentro das suas roupas; isso era uma proteção contra batedores de carteira e assaltos de moleques de rua, aqueles infelizes que não tinham um tio Ene para cuidar deles. Se qualquer pessoa especialmente algum homem – tentasse pegar a sua mão e levar você para algum lugar, você tinha que puxar a mão. Se ele segurasse com muita força, você tinha que sentar. Isso seria um sinal, e um dos homens do tio Ene viria, ou o próprio tio Ene. Você jamais deveria entrar em um carro ou em um hotel. Se um homem pedisse para você fazer isso, você devia contar ao tio Ene o mais rápido possível.

O tio Ene tinha dado um nome novo para Oryx. Todas as crianças recebiam nomes novos. Elas eram instruídas a esquecer seus nomes velhos, e em pouco tempo esqueciam. Oryx agora era SuSu. Ela era boa para vender rosas. Ela era tão pequena e frágil, suas feições tão francas e puras. Ela ganhou um vestido grande demais que fazia com que parecesse uma boneca angelical. As outras crianças a mimavam, porque ela era a menorzinha. Elas se revezavam para dormir ao lado dela durante a noite; ela era passada de um colo para outro.

Quem podia resistir a ela? Poucos estrangeiros conseguiam. Seu sorriso era perfeito – nem atrevido, nem agressivo, mas hesitante, tímido, inseguro. Era um sorriso que não tinha nenhuma negatividade: ele não continha nem ressentimento, nem inveja, apenas a promessa de uma gratidão sincera. "Adorável", as senhoras estrangeiras murmuravam, e os homens que as acompanhavam compravam uma rosa e entregavam para a mulher, e assim os homens se tornavam adoráveis também; e Oryx guardava as moedas na bolsa que carregava sob o vestido e se sentia segura por mais um dia, porque tinha vendido a sua quota.

Mas o irmão dela não. Ele não tinha sorte. Ele não queria vender flores como uma menina, e odiava sorrir; e quando sorria, o efeito não era bom por causa do seu dente escuro. Então Oryx pegava algumas flores dele e tentava vendê-las. A princípio o tio Ene não se importou – dinheiro era dinheiro –, mas depois ele disse a Oryx que ela não devia ser muito vista nos mesmos lugares porque não ia ser bom se as pessoas se cansassem dela.

Teriam que encontrar alguma outra coisa para o seu irmão – alguma outra ocupação. Ele ia ter que ser vendido para outro lugar. As crianças mais velhas do quarto sacudiram a cabeça: o irmão ia ser vendido para um cafetão, elas disseram; um cafetão a serviço de homens estrangeiros, brancos e cabeludos, ou homens marrons e barbados, ou homens amarelos e gordos, qualquer tipo de homem que gostasse de meninos. Elas descreveram em detalhe o que esses homens iriam fazer; elas riram disso. Ele ia ser um menino bunda de melão, elas disseram: era assim que chamavam os meninos como ele. Firme e redondo por fora, macio e doce por dentro; uma bela bunda de melão, para qualquer um que quisesse pagar. Ou isso ou então ele seria colocado para trabalhar como mensageiro, iria de rua em rua, prestando serviço a jogadores, e esse era um trabalho duro e muito perigoso, porque os jogadores rivais poderiam matá-lo. Ou então ele ia ser as duas coisas, um mensageiro e um menino melão. Isso era o mais provável.

Oryx viu o rosto do irmão endurecer e fechar, e não ficou surpresa quando ele fugiu; e nunca soube se ele foi apanhado e castigado. E nem perguntou, porque perguntar – ela já tinha descoberto isso – não adiantaria.

Um dia um homem pegou a mão de Oryx e quis que ela fosse para o hotel com ele. Ela abriu o seu sorriso tímido e olhou para ele de esguelha e não falou nada, e puxou a mão e contou para o tio Ene depois. Aí o tio Ene disse uma coisa surpreendente. Se o homem tornasse a pedir, ele disse, ela deveria ir para o hotel com ele. Ele iria querer levá-la para o quarto dele, e ela deveria ir. Ela deveria fazer tudo o que o homem pedisse, mas não deveria preocupar-se, porque o tio Ene estaria vigiando e iria buscá-la. Nada de ruim aconteceria com ela.

– Eu vou ser um melão? – ela perguntou. – Uma menina bunda de melão? – e o tio Ene riu e perguntou onde ela tinha ouvido aquela expressão. Mas ele disse que não. Que não era isso que iria acontecer.

No dia seguinte, o homem apareceu e perguntou a Oryx se ela gostaria de ganhar algum dinheiro, muito mais dinheiro do que poderia ganhar vendendo rosas. Ele era um homem alto, branco e cabeludo, com um forte sotaque, mas ela compreendeu o que ele disse. Dessa vez Oryx foi com ele. Ele segurou na mão dela e eles entraram em um elevador – essa foi a parte mais assustadora, um quartinho apertado com portas que se fechavam, e quando as portas se abriam você estava em um lugar diferente, e tio Ene não tinha explicado nada a respeito disso. Ela sentiu o coração batendo forte. "Não tenha medo", o homem disse, achando que ela estava com medo dele. Mas era o contrário, ele é que estava com medo dela, porque a mão dele estava tremendo. Ele abriu a porta com uma chave e eles entraram, e ele trancou a porta, e eles estavam em um quarto lilás e dourado, com uma cama gigantesca, uma cama para gigantes, e o homem pediu a Oryx para tirar o vestido.

Oryx era obediente e fez o que ele mandou. Ela tinha uma vaga ideia do que o homem poderia querer – as outras crianças já sabiam dessas coisas, e falavam livremente a respeito, e riam delas. As pessoas pagavam um bocado de dinheiro pelo tipo de coisas que aquele homem queria, e havia lugares especiais na cidade para homens como ele; mas alguns não iam a esses lugares porque eram muito públicos e eles tinham vergonha, então, tolamente, eles tentavam arranjar as coisas sozinhos, e aquele homem era um desses. Então Oryx sabia que o homem ia tirar a roupa, ou parte dela, e foi o que ele fez, e pareceu satisfeito quando ela olhou para o seu pênis, que era comprido e cabeludo como ele, com uma curva como se fosse um cotovelo. Então ele se ajoelhou para ficar com o rosto na mesma altura do dela.

Como era o rosto dele? Oryx não conseguia lembrar. Ela se lembrava da singularidade do pênis dele, mas não da singularidade do seu rosto. – Era diferente de qualquer outro rosto – ela disse. – Era todo mole, como um pudim. E tinha um nariz grande no meio dele, um nariz de cenoura. Um nariz branco e comprido como um pênis. – Ela riu, tapando a boca com as mãos. – Não era parecido com o seu nariz, Jimmy – ela acrescentou, para não ofendê-lo. – O seu nariz é lindo. É um nariz delicado, acredite.

"Eu não vou machucá-la", disse o homem. O sotaque dele era tão ridículo que Oryx teve vontade de rir, mas ela sabia que isso seria errado. Ela abriu o seu sorriso tímido, e o homem pegou na mão dela e colocou-a sobre ele. Ele fez isso com delicadeza, mas ao mesmo tempo pareceu zangado. Zangado e apressado.

Foi então que o tio Ene entrou subitamente no quarto – como? Ele devia ter uma chave, ele deve ter pego uma chave com alguém do hotel. Ele pegou Oryx no colo e abraçou-a e chamou-a de seu tesouro, e gritou com o homem, que parecia muito assustado e tentava vestir suas roupas. Ele se atrapalhou com as calças e ficou pulando em um pé só enquanto tentava explicar alguma coisa com aquele sotaque, e Oryx teve pena dele. Aí o homem deu dinheiro para o tio Ene, um bocado de dinheiro, todo o dinheiro que tinha na carteira, e tio Ene saiu do quarto carregando Oryx como se ela fosse um jarro precioso, ainda resmungando e praguejando. Mas na rua ele riu, e fez piadas sobre o homem pulando com as calças no meio das pernas, e disse a Oryx que ela era uma boa menina e perguntou se ela não gostaria de fazer aquela brincadeira de novo.

Então essa se tornou a brincadeira dela. Ela sentia um pouco de pena dos homens: embora tio Ene dissesse que eles mereciam aquilo e que tinham sorte por ele nunca ter chamado a polícia, ela de certa forma lamentava o papel que tinha que fazer. Mas ao mesmo tempo ela gostava. Saber que os homens pensavam que ela era indefesa, quando não era, fazia-a sentir-se poderosa. Eles é que eram indefesos, eles é que iam ser obrigados a gaguejar desculpas com seus sotaques idiotas e pular em um pé só pelo quarto dos seus hotéis luxuosos, com as calças enroladas nas pernas e a bunda de fora, bundas lisas e bundas cabeludas, bundas de diferentes tamanhos e cores, enquanto tio Ene os insultava. De vez em quando eles choravam. Quanto ao dinheiro, eles esvaziavam os bolsos, entregavam todo o dinheiro que tinham para o tio Ene, depois agradeciam a ele por aceitar. Eles não queriam ir para a cadeia, não naquela cidade, onde as cadeias não eram hotéis e os processos e os julgamentos demoravam muito tempo. Eles queriam entrar em um táxi, o mais rápido possível, e embarcar em grandes aviões, e voar para bem longe.

– Pequena SuSu – tio Ene dizia, assim que colocava Oryx no chão do lado de fora do hotel. – Você é uma garota esperta! Eu gostaria de poder casar com você. Você gostaria disso?

Isso era o mais perto do amor que Oryx poderia chegar naquele momento, então sentiu-se feliz. Mas qual era a resposta certa, sim ou não?

Ela sabia que aquela não era uma pergunta séria, era uma brincadeira: ela só tinha cinco anos, ou seis, ou sete, então não podia se casar. Além disso, as outras crianças tinham dito que o tio Ene tinha uma esposa adulta que morava em uma casa em outro lugar, e que tinha outros filhos também. Seus filhos de verdade. Eles iam à escola.

– Posso ouvir o seu relógio? – Oryx disse com seu sorriso tímido. *Em vez de,* foi o que ela quis dizer. *Em vez de me casar com você, em vez de responder à sua pergunta, em vez de ser sua filha de verdade.* E ele riu e deixou que ela ouvisse o seu relógio, mas ela não escutou nenhuma vozinha lá dentro.

PIXIELAND JAZZ

Um dia apareceu um homem diferente, que eles nunca tinham visto antes – um homem alto e magro, mais alto do que o tio Ene, malvestido e com o rosto esburacado – e disse que todos eles teriam que ir embora com ele. Tio Ene tinha vendido o seu comércio de flores, o homem disse; as flores, os vendedores de flores, e tudo o mais. Ele tinha ido embora, tinha se mudado para outra cidade. Então esse homem alto era o novo patrão.

Um ano mais tarde, Oryx soube – por uma garota que estivera com ela nas primeiras semanas que ela passou no quarto dos colchões, e que tinha surgido de novo em sua nova vida, sua vida de fazer filmes – que essa não era a história verdadeira. A história verdadeira era que o tio Ene tinha sido encontrado boiando em um dos canais da cidade, com a garganta cortada.

A garota o tinha visto. Não, não era isso – ela não o tinha visto, mas conhecia alguém que tinha. Não havia dúvida de que era ele. A barriga dele estava estufada como um travesseiro, seu rosto estava inchado, mas era mesmo o tio Ene. Ele estava sem roupas – alguém devia tê-las levado. Talvez uma outra pessoa, não a que tinha cortado a garganta dele, ou talvez a mesma, porque de que adiantava um cadáver vestido com roupas boas como as dele? Ele também estava sem o relógio. – E sem dinheiro – a garota tinha dito, e ela tinha rido. – Sem bolso, portanto sem dinheiro.

– Havia canais nessa cidade? – Jimmy perguntou. Ele achou que talvez essa informação pudesse fornecer-lhe uma pista sobre a cidade. Naquela época ele queria saber tudo o que fosse possível a respeito de Oryx, sobre qualquer lugar onde ela tivesse estado. Ele queria descobrir e surrar pessoalmente qualquer pessoa que tivesse feito mal a ela ou a deixado infeliz. Ele se torturava colecionando informações dolorosas. Quanto mais doía – ele estava convencido disso –, mais ele a amava.

– Ah, sim, havia canais – Oryx disse. – Os agricultores e os cultivadores de flores os usavam para ir aos mercados. Eles amarravam seus barcos e vendiam o que traziam ali mesmo, no cais. Era uma visão bonita, de longe. Tantas flores. – Ela olhou para ele: geralmente ela conseguia adivinhar o que ele estava pensando. – Mas muitas cidades têm canais – ela disse. – E rios. Os rios são tão úteis, para o lixo e os mortos e os bebês que são jogados fora, e a merda. – Embora ela não gostasse de que ele dissesse palavrões, às vezes ela gostava de dizer o que chamava de *palavras de baixo calão*, porque isso o chocava. Ela possuía um grande estoque de palavras de baixo calão. – Não fique tão preocupado, Jimmy – ela acrescentou mais delicadamente. – Isso já foi há muito tempo. – Normalmente ela agia como se quisesse protegê-lo da imagem de si mesma... de si mesma no passado. Ela gostava de mostrar a ele apenas o lado luminoso de si mesma. Ela gostava de brilhar.

Então o tio Ene tinha acabado em um canal. Ele deu azar. Não dera dinheiro para as pessoas certas, ou então não pagou a elas o suficiente. Ou talvez elas tenham tentado comprar o negócio dele e tenham oferecido um valor muito baixo e ele não tenha concordado. Ou então seus homens podem tê-lo vendido. Havia muitas coisas que podiam ter acontecido com ele. Ou talvez não tenha sido nada planejado – apenas um acidente, um assassinato casual, apenas um ladrão. Tio Ene tinha sido descuidado, tinha saído sozinho. Embora ele não fosse um homem descuidado.

– Eu chorei quando soube – disse Oryx. – Pobre tio Ene.
– Por que você o está defendendo? – Jimmy perguntou. – Ele era um verme, era uma barata!
– Ele gostava de mim.
– Ele gostava do dinheiro!
– É claro, Jimmy – disse Oryx. – Todo mundo gosta disso. Mas ele poderia ter feito coisas muito piores comigo, e não fez. Eu chorei quando soube que ele estava morto. Chorei muito.
– Que coisas piores? O que poderia ter sido muito pior?
– Jimmy, você se preocupa demais.

As crianças foram retiradas do quarto de colchões cinzentos e Oryx nunca mais tornou a vê-lo. Ela nunca mais viu a maioria das crianças. Elas foram separadas, e umas foram para um lado, outras para outro. Oryx foi vendida para um homem que fazia filmes. Ela foi a única a ir embora com o homem dos filmes. Ele disse que ela era uma menina bonita e perguntou quantos anos tinha, mas ela não soube responder. Ele perguntou se ela gostaria de aparecer em um filme. Ela nunca tinha visto um filme, então não soube dizer se gostaria ou não; mas aquilo soou como um convite para uma festa, então ela disse que sim. A essa altura ela já sabia muito bem quando a resposta esperada era um *sim*.

O homem levou-a de carro junto com outras garotas, três ou quatro, que ela não conhecia. Elas passaram a noite em uma casa, uma casa grande. Era uma casa de gente rica; tinha um muro alto em volta, com cacos de vidro e arame farpado em cima, e eles entraram por um portão. Lá dentro, havia um cheiro de riqueza.

– O que você quer dizer com cheiro de riqueza? – Jimmy perguntou, mas Oryx não soube dizer. *Riqueza* era simplesmente algo que você aprendia a perceber. A casa cheirava melhor do que os melhores hotéis em que ela havia estado: diferentes comidas sendo preparadas, móveis de madeira, polidores e sabão, todos esses cheiros misturados. Devia haver flores, árvores floridas ou arbustos ali por perto, porque parte do cheiro vinha deles. Havia tapetes no chão, mas as crianças não pisaram neles; os tapetes ficavam num salão e elas passaram pela porta aberta, olharam para dentro e os viram. Eles eram azuis e cor-de-rosa e vermelhos, uma beleza.

O quarto em que foram colocadas era perto da cozinha. Talvez fosse uma despensa, ou tivesse sido: cheirava a arroz e a sacos de arroz, embora não houvesse nenhum arroz lá dentro. Elas foram alimentadas – comida melhor do que o normal, disse Oryx, com galinha – e recomendaram que não fizessem barulho. Depois elas foram trancadas lá dentro. Havia cachorros naquela casa; você podia ouvi-los latindo no quintal.

No dia seguinte, algumas delas foram levadas de caminhão, na caçamba do caminhão. Havia outras duas crianças, ambas meninas, ambas pequenas como Oryx. Uma delas tinha acabado de chegar de uma aldeia e sentia saudades da família, e chorava um bocado, silenciosamente, com o rosto escondido. Elas foram colocadas na caçamba do caminhão e trancadas lá dentro, e estava escuro e quente e elas ficaram com sede, e tiveram que urinar dentro do caminhão porque ele não parou. Mas havia uma janelinha no alto, então entrava um pouco de ar.

Foram apenas umas duas horas, mas pareceu mais por causa do calor e da escuridão. Quando chegaram aonde tinham que chegar, elas foram entregues a outro homem, diferente, e o caminhão partiu.

– Havia alguma coisa escrita no caminhão? – Jimmy perguntou, atrás de pistas.

– Sim. Estava escrito em vermelho.

– O que dizia?

– Como eu poderia saber? – Oryx disse.

Jimmy sentiu-se um tolo. – Havia alguma figura, então?

– Sim, havia – Oryx disse, depois de pensar por um momento.

– O que era?

– Era um papagaio. Um papagaio vermelho.

– Voando ou parado?

– Jimmy, você é muito esquisito!

Jimmy fixou-se nisso, no papagaio vermelho. Guardou-o na memória. Às vezes ele aparecia em sonhos, cheio de mistérios e significados ocultos, um símbolo fora de qualquer contexto. Devia ser uma marca, um logotipo. Ele procurou na internet, em Papagaio, Marca Papagaio, Papagaio cia., Papagaiovermelho. Ele achou Alex, o papagaio noz-de-cortiça, que tinha dito *Estou indo embora agora*, mas que não ajudou em nada porque Alex não tinha a cor certa. Ele queria que o papagaio vermelho fosse uma ligação entre a história que Oryx havia contado e o chamado mundo real. Ele queria estar caminhando por uma rua ou navegando na internet e, eureca, lá estaria ele, o papagaio vermelho, o código, a senha, e então muitas coisas se tornariam claras.

O prédio onde os filmes eram produzidos ficava em outra cidade, ou talvez em uma parte diferente da mesma cidade, porque a cidade era muito grande, disse Oryx. O quarto em que ela ficou com as outras meninas também era nesse prédio. Elas quase nunca saíam, exceto para ir até um telhado plano quando o filme estava sendo feito lá. Alguns dos homens que vinham até o prédio queriam ficar ao ar livre durante a filmagem. Queriam ser vistos e ao mesmo tempo ficar ocultos: o telhado tinha um muro em volta. – Talvez eles quisessem ser vistos por Deus – disse Oryx. – O que você acha, Jimmy? Eles estavam se mostrando para Deus? Eu acho que sim.

Todos aqueles homens tinham ideias sobre o que deveria haver em seus filmes. Eles queriam coisas no fundo, como cadeiras ou árvores, ou então cordas, ou gritos, ou sapatos. Às vezes eles diziam, *Façam o que estou dizendo, eu estou pagando*, ou coisas assim, porque tudo nesses filmes tinha um preço. Cada arco de cabelo, cada flor, cada objeto, cada gesto. Se os homens inventassem algo novo, haveria uma discussão para saber quanto essa coisa nova iria custar.

– Então eu aprendi sobre a vida – disse Oryx.

– Aprendeu o quê? – disse Jimmy. Ele não devia ter comido a pizza, e ainda por cima tinham fumado maconha. Ele estava se sentindo um pouco enjoado.

– Que tudo tem um preço.

– Nem tudo. Isso não pode ser verdade. Você não pode comprar o tempo. Você não pode comprar... – Ele queria dizer *amor*, mas hesitou. Era piegas demais.

– Você não pode comprar o tempo, mas ele tem um preço – disse Oryx. – Tudo tem um preço.

– Eu não – disse Jimmy, tentando brincar. – Eu não tenho preço.

Errado, como sempre.

Trabalhar em um filme, disse Oryx, significava fazer o que mandassem. Se eles quisessem que você sorrisse, você tinha que sorrir, se quisessem que chorasse, tinha que chorar. Você tinha que fazer o que quer que fosse, e fazia porque tinha medo de não fazer. Você fazia o que eles mandavam você fazer com os homens que vinham, e às vezes esses homens faziam coisas com você. Fazer um filme era isso.

– Que tipo de coisas? – disse o Homem das Neves.

– Você sabe – disse Oryx. – Você viu. Você tem a foto disso.

– Eu só vi aquele – disse o Homem das Neves. – Só um, com você.

– Aposto que você viu mais filmes comigo. Você não se lembra. Eu podia ficar diferente, eu podia usar roupas e perucas diferentes, eu podia ser outra pessoa, fazer outras coisas.

– Como o quê? O que mais eles faziam você fazer?

– Eles eram todos iguais, aqueles filmes – disse Oryx. Ela tinha lavado as mãos, estava pintando as unhas, suas unhas ovais e delicadas, de forma tão perfeita. Cor de pêssego, para combinar com o roupão estampado que estava usando. Ela não tinha máculas. Mais tarde ela iria pintar as unhas dos pés.

Era menos entediante para as crianças fazer os filmes do que fazer o que faziam o resto do tempo, que era quase nada. Elas viam desenhos animados no velho DVD que havia num dos quartos, camundongos e pássaros sendo caçados por outros animais que nunca conseguiam agarrá-los; ou escovavam e trançavam os cabelos umas das outras, ou comiam e dormiam. Às vezes outras pessoas vinham usar o espaço, para fazer outros tipos de filmes. Vinham mulheres, mulheres com peitos, e homens – atores. As crianças podiam ficar assistindo às filmagens se não atrapalhassem. Embora às vezes os atores se opusessem porque as meninas riam dos seus pênis – tão grandes, e às vezes, de repente, tão pequenos – e aí elas tinham que voltar para o quarto.

Elas se lavavam um bocado – isso era importante. Elas tomavam banhos com um balde. Elas tinham que ter um ar de pureza. Nos piores dias, quando não havia trabalho, ficavam cansadas e agitadas, e aí discutiam e brigavam. Às vezes davam a elas um baseado ou uma bebida para se acalmarem – cerveja talvez –, mas nenhuma droga pesada, essas as deixariam embotadas; e elas não podiam fumar. O chefão – o que mandava, não o homem com a câmera – dizia que elas não deviam fumar para não ficar com os dentes escuros. Mas às vezes elas fumavam, quando o homem com a câmera dava um cigarro para elas dividirem.

O homem com a câmera era branco, o nome dele era Jack. Era ele que elas viam mais. O cabelo dele parecia corda desfiada e ele tinha um cheiro muito forte, porque era um comedor de carne. Ele comia tanta carne! Não gostava de peixe. Também não gostava de arroz, mas gostava de macarrão. Macarrão com um monte de carne.

Jack dizia que no lugar de onde ele vinha os filmes eram mais longos e melhores, os melhores do mundo. Ele vivia dizendo que queria voltar para sua terra. Dizia que só não estava morto por pura sorte – que não sabia como aquele maldito país ainda não o tinha matado com sua comida horrorosa. Ele dizia que quase tinha morrido de uma doença que pegou da água e o que o salvou foi ficar bêbado, mas bêbado mesmo, porque o álcool matou os germes. Aí ele teve que explicar o que eram germes. As garotinhas riram porque não acreditaram nos germes; mas acreditaram na doença, porque já tinham visto isso acontecer. Todo mundo sabia que as doenças eram causadas pelos espíritos. Espíritos e azar. Jack não tinha rezado as orações certas.

Jack dizia que não sabia como não ficava doente mais vezes com a comida podre e a água; era porque ele tinha um estômago muito forte.

Ele dizia que era preciso ter estômago forte naquele trabalho. Dizia que a câmera de vídeo era uma antiguidade que não valia nada e que a luz era ruim e que era por isso que tudo ficava uma porcaria. Dizia que queria ter um milhão de dólares, mas que iria jogar todo o dinheiro fora. Dizia que não conseguia guardar dinheiro, que o dinheiro escorregava entre seus dedos como se fosse água. "Não sejam como eu quando crescerem", ele dizia. E as meninas riam, porque o que quer que acontecesse elas jamais seriam como ele, um gigante com cabelos de corda e um pinto que parecia uma cenoura murcha.

Oryx disse que teve muitas oportunidades de ver de perto aquela cenoura murcha porque Jack queria fazer coisas de filme com ela quando não havia nenhum filme. Aí ele ficava triste e pedia desculpas a ela. Isso a deixava confusa.

– Você fazia de graça? – Jimmy disse. – Pensei que você tivesse dito que tudo tem um preço. – Ele ainda não tinha vencido a discussão sobre dinheiro, ele queria outra rodada.

Oryx parou, com o pincel do esmalte na mão. Ela olhou para a própria mão. – Eu fiz uma troca com ele.

– Que troca? O que um fracassado ridículo como ele tinha para oferecer?

– Por que você acha que ele é mau? – perguntou Oryx. – Ele nunca fez nada comigo que você não faça. Muito menos até!

– Eu não faço nada contra a sua vontade – disse Jimmy. – E aliás agora você já é uma pessoa adulta.

Oryx riu. – E qual é a minha vontade? – ela disse. Então ela deve ter visto a expressão de tristeza dele porque parou de rir. – Ele me ensinou a ler – ela disse depressa. – A falar inglês e a ler palavras em inglês. Primeiro a falar, depois a ler, não muito bem a princípio, e eu ainda não falo muito bem, mas você sempre tem que começar por algum lugar, não acha, Jimmy?

– Você fala perfeitamente – disse Jimmy.

– Você não precisa mentir para mim. Então foi assim. Levou muito tempo, mas ele foi muito paciente. Ele tinha um único livro, eu não sei onde ele o conseguiu, mas era um livro para crianças. Nele, tinha uma menina de tranças e meias que corria, pulava e fazia tudo o que queria. Era isso que nós líamos. Foi uma boa troca porque, Jimmy, se eu não tivesse feito isso não estaria aqui falando com você, não é?

– Feito o quê? – disse Jimmy. Ele não conseguia suportar aquilo. Se esse Jack, esse monte de lixo, estivesse ali no quarto ele o esmagaria como se fosse um verme. – O que você fazia com ele? Chupava ele?

– Crake tem razão – Oryx disse friamente. – Você não tem uma mente elegante.

Mente elegante era apenas um jargão eufemístico que os fanáticos por matemática usavam, mas aquilo magoou Jimmy assim mesmo. Não. O que doeu foi a ideia de que Oryx e Crake fizessem comentários sobre ele daquele jeito, pelas suas costas.

– Desculpe – ele disse. Ele devia saber que não adiantava ser grosseiro com ela.

– Agora talvez eu não fizesse isso, mas na época eu era uma criança – Oryx disse mais delicadamente. – Por que você está tão zangado?

– Eu não acredito nisso – disse Jimmy. Onde estava a raiva dela, onde estava enterrada, o que ele precisava fazer para desenterrá-la? – Você não acredita em quê?

– Na porra dessa história. Em toda essa doçura, aceitação, tudo conversa fiada.

– Se você não quer acreditar nisso, Jimmy – Oryx disse, olhando para ele com ternura –, no que você gostaria de acreditar?

Jack tinha um nome para o prédio onde os filmes eram feitos. Ele o chamava de Pixieland. Nenhuma das crianças sabia o que aquilo significava – *Pixieland* – porque era uma palavra inglesa e uma ideia inglesa, e Jack não sabia explicá-la. Ele comprava balas para elas, às vezes. "Quer um doce, docinho?", ele dizia. Isso também era uma brincadeira, mas elas também não entendiam o que ele estava dizendo.

Ele as deixava ver os filmes em que trabalhavam quando estava com vontade, ou se estivesse drogado. Elas sabiam quando ele tinha se picado ou cheirado pó porque ele ficava mais alegre. Ele gostava de escutar música pop enquanto elas estavam trabalhando, algo bem ritmado. Bem *pra cima*, como ele dizia. Elvis Presley, coisas assim. Ele dizia que gostava dos sucessos do passado, do tempo em que as canções tinham letra. "Podem me chamar de sentimental", ele dizia, causando perplexidade. Ele também gostava de Frank Sinatra e Doris Day: Oryx sabia toda a letra de "Love Me or Leave Me" antes mesmo de compreender o significado das palavras.

"Cante para nós um *pixieland jazz*", Jack dizia, e era isso que Oryx cantava. Ele sempre ficava contente.

– Como era o nome desse cara? – disse Jimmy. Que babaca, esse Jack. Jack o babaca. Xingar ajudava, pensou Jimmy. Ele queria arrancar a cabeça do cara.

– O nome dele era Jack. Eu já disse a você. Ele recitou para nós um poema sobre isso, em inglês. *Jack be nimble, Jack be quick, Jack has got a big candlestick.*

– Eu quero saber o outro nome.

– Ele não tinha outro nome.

Trabalho era como Jack chamava o que elas faziam. *Meninas trabalhadoras*, ele as chamava. *Assoviem enquanto trabalham*. Ele costumava dizer, *Trabalhem com mais afinco*. Ele costumava dizer, *Ponham um pouco de jazz nisso*. Ele costumava dizer, *Ponham sentimento nisso, ou estão querendo apanhar?* Ele costumava dizer, *Vamos, anãs sexuais, vocês podem fazer melhor*. Ele costumava dizer, *Só se é jovem uma vez*.

– Isso é tudo – disse Oryx.

– O que você quer dizer com isso é tudo?

– Era só isso – ela disse. – Não há mais nada a dizer.

– Alguma vez eles...

– Eles o quê?

– Não. Vocês eram muito pequenas. Eles não podem ter feito isso.

– Jimmy, por favor, me explica o que você está falando. – Ah, com toda a calma. Ele teve vontade de sacudi-la.

– Eles estupraram você? – Ele mal conseguiu perguntar. Qual era a resposta que ele estava esperando, o que estava querendo?

– Por que você fala de coisas feias? – ela disse. A voz dela soava como uma caixinha de música. Ela sacudiu uma das mãos para secar as unhas. – Nós só devemos pensar em coisas bonitas, na medida do possível. Tem tanta beleza no mundo se você olhar em volta. Você só está olhando para a sujeira debaixo dos seus pés, Jimmy. Isso não é bom para você.

Ela jamais contaria a ele. Por que isso o deixava tão louco? – Não era sexo de verdade, era? – ele perguntou. – Nos filmes. Era só encenação. Não era?

– Mas, Jimmy, você devia saber. Todo sexo é real.

7

SVELTANA

O Homem das Neves abre os olhos, torna a fechá-los, abre de novo, fica com os olhos abertos. Ele teve uma noite horrível. Ele não sabe o que é pior, um passado que não pode recuperar ou um presente que irá destruí-lo se ele o olhar com bastante clareza. E ainda existe o futuro. Pura vertigem.

O sol está acima do horizonte, erguendo-se firmemente como se estivesse numa roldana; nuvens achatadas, cor-de-rosa e púrpura em cima e douradas embaixo, estão paradas no céu em volta dele. As ondas sobem e descem. Só de pensar nelas ele fica tonto. Ele está morto de sede, com dor de cabeça e com um espaço oco entre as orelhas. Ele custa um pouco para compreender que está de ressaca.

– A culpa é toda sua – ele diz para si mesmo. Ele se comportou ridiculamente na noite anterior: bebeu, berrou, praguejou, lamuriou-se inutilmente. Antes ele não ficava de ressaca depois de beber tão pouco, mas agora está sem prática e fora de forma.

Pelo menos ele não caiu da árvore. – Amanhã é outro dia – ele proclama para as nuvens cor-de-rosa e púrpura. Mas se amanhã é outro dia, o que é hoje? O mesmo dia de sempre, só que ele tem a sensação de que todo o seu corpo está coberto de saburra.

Uma longa fileira de pássaros voa das torres vazias – gaivotas, garçotas, garças, saindo para pescar ao longo da praia. A uns dois quilômetros para o sul, um charco salino está se formando onde antes havia uma extensão de terra pontilhada de casas semi-inundadas. É para lá que estão indo todos os pássaros: cidade de ciprinídeos. Ele os observa cheio de ressentimento: está tudo bem com eles, não se preocupam com nada. Comer, trepar, cagar, gritar, é tudo o que fazem. Em uma vida anterior, talvez ele os tivesse estudado através de binóculos, atraído por sua graça. Não, ele nunca teria feito isso, aquele não tinha sido o estilo dele. Alguma professora primária, uma bisbilhoteira da natureza Sally Qualquercoisa –, levava-os em bando para o que ela chamava de trabalho de campo. O campo de golfe do Complexo e os lagos tinham sido o campo de pesquisa. *Olhem! Estão vendo os patos? Aqueles são os patos-do-mato!* O Homem das Neves já achava os pássaros chatos desde aquela época, mas ele não faria mal a eles. Enquanto agora o que ele queria mesmo era ter um enorme estilingue.

Ele desce da árvore, com mais cautela do que habitualmente: ainda está um pouco tonto. Ele examina o seu boné de beisebol, tira uma borboleta lá de dentro – atraída pelo sal, sem dúvida – e mija nos gafanhotos, como sempre. Eu tenho uma rotina diária, ele pensa. Rotinas são boas. A cabeça dele está se tornando um grande depósito de ímãs de geladeira obsoletos.

Em seguida ele abre o seu esconderijo na laje, coloca seus óculos escuros de uma lente só, bebe a água estocada na garrafa de cerveja. Se ao menos tivesse cerveja de verdade, ou uma aspirina, ou mais uísque.

– Um gole para curar a ressaca – ele diz para a garrafa de cerveja. Ele não deve beber muita água de uma vez, senão vai vomitar. Ele derrama o resto da água na cabeça, pega outra garrafa e se senta com as costas apoiadas na árvore, esperando o estômago se acalmar. Ele gostaria de ter alguma coisa para ler. Para ler, para ver, para escutar, para estudar, para compilar. Pontas soltas de linguagem flutuam em sua cabeça: *mefítico, metrônomo, mastite, metatarso, maueza.*

– Eu costumava ser erudito – ele diz em voz alta. *Erudito.* Uma palavra inútil. O que eram todas aquelas coisas que um dia ele achou que sabia, e para onde elas foram?

Após algum tempo, ele percebe que está com fome. O que tem para comer no esconderijo? Não devia ter uma manga? Não, isso foi ontem. Só o que restou dela foi um saco plástico melado, coberto de formigas. Tem a barra energética de chocolate, mas ele não está com vontade de comer isso, então abre a lata de Salsichas sem Carne Sveltana com seu abridor de latas enferrujado. Ele estava precisando de um melhor. As salsichas são dietéticas, amareladas e desagradavelmente moles – como cocô de bebê, ele pensa –, mas consegue comê-las assim mesmo. Sveltanas são sempre melhores se você não olhar.

É proteína, mas não é suficiente para ele. Não tem calorias suficientes. Ele bebe a água morna das salsichas, que – ele diz a si mesmo – deve estar cheia de vitaminas. Ou de minerais, pelo menos. Ou de alguma coisa. Ele costumava saber. O que está acontecendo com sua mente? Ele tem uma visão da parte de cima do seu pescoço, abrindo-se em sua cabeça como um esgoto de banheiro. Fragmentos de palavras descem girando por ele, mergulhados em um líquido cinzento que ele percebe ser o seu cérebro dissolvido.

Hora de encarar a realidade. Falando curto e grosso, ele está morrendo aos poucos de fome. Um peixe por semana, é só com isso que ele pode contar, e as pessoas levam isso ao pé da letra: pode ser um peixe decente ou então um bem pequeno, cheio de ossos e espinhas. Ele sabe que, se não equilibrar a proteína com gorduras e aquela outra coisa – carboidratos, ou isso é o mesmo que gordura? –, vai começar a dissolver a própria gordura, o que restou dela, e depois disso os músculos. O coração é um músculo. Ele imagina seu coração, encolhendo até ficar do tamanho de uma noz.

No início ele conseguia alguma fruta, não só nas latas de suco que tinha roubado, mas também no jardim botânico abandonado que ficava a uma hora de distância, a pé, na direção norte. Ele tinha um mapa, sabia o caminho, mas o mapa desapareceu havia muito tempo, levado durante uma tempestade. Frutas do Mundo tinha sido o setor escolhido por ele. Havia bananas amadurecendo na área dos Trópicos, e diversas outras coisas, redondas, verdes e nodosas, que ele não quis comer porque poderiam ser venenosas. Havia algumas uvas também, numa treliça, na zona temperada. O ar refrigerado a energia solar ainda estava funcionando, dentro da estufa, embora um dos painéis estivesse quebrado. Havia também alguns damascos plantados em espaldeiras contra um muro; mas eram poucos, já marrons nos lugares em que tinham sido comidos pelas vespas e começando a apodrecer. Ele os havia devorado assim mesmo; e também alguns limões. Eles eram muito azedos, mas ele se forçou a tomar o suco: ele conhecia o escorbuto de antigos filmes sobre naufrágios. Gengivas sangrando, dentes caindo. Isso ainda não tinha acontecido com ele.

Frutas do Mundo está vazio agora. Quanto tempo até que mais frutas do mundo apareçam e amadureçam? Ele não tem ideia. Deveria haver amoras selvagens. Ele vai perguntar aos garotos sobre isso, da próxima vez que eles aparecerem: eles devem saber a respeito de frutas silvestres. Mas embora possa ouvi-los ao longe na praia, rindo e chamando uns pelos outros, não parece que vão aparecer por lá esta manhã. Talvez estejam ficando cansados dele, cansados de buscar respostas que ele não quer dar ou que não fariam sentido para eles. Talvez ele seja um chapéu velho, um brinquedo que perdeu a graça. Talvez tenha perdido o seu carisma, como um pop star careca e barrigudo do passado. Ele devia ficar contente com a possibilidade de ser deixado em paz, mas essa ideia parece-lhe desanimadora.

Se tivesse um barco, poderia remar até as torres, subir nelas, roubar alguns ovos, caso tivesse uma escada. Não, má ideia: as torres são muito instáveis, nesses meses em que ele permaneceu ali, muitas delas desmoronaram. Poderia andar até a área dos chalés e trailers, caçar ratos, cozinhá-los sobre carvão em brasa. Isso é algo a ser considerado. Ou podia tentar ir até o Módulo mais próximo, opção melhor do que os trailers, porque lá as guloseimas eram mais abundantes. Ou uma das colônias de aposentados, as comunidades cercadas, ou algo assim. Mas ele não tinha mais nenhum mapa e não podia arriscar-se a ficar perdido vagando no escuro sem proteção e sem uma árvore adequada. Com certeza os lobocães viriam atrás dele.

Ele poderia apanhar um porcão, matá-lo com um pedaço de pau, trinchá-lo em segredo. Ele teria que ocultar a sujeira: desconfia que a visão do sangue e das entranhas do animal poderia deixá-lo numa posição insustentável com os Filhos de Crake. Mas um banquete de porcão faria um bem enorme a ele.

Porcões têm gordura, e gordura é carboidrato. Ou não é? Ele vasculha a mente atrás de alguma aula ou informação perdida que possa esclarecer isso: houve um tempo em que ele sabia dessas coisas, mas não adianta, os arquivos estão vazios.

– Tragam o bacon – ele diz. Ele quase podia sentir o cheiro do bacon, na frigideira, com um ovo, para ser servido com torrada e uma xícara de café... *Quer creme para acompanhar?*, sussurra uma voz de mulher. Alguma garçonete atrevida e anônima, personagem de uma farsa pornô do tipo avental branco e espanador. Ele começa a salivar.

Gordura não é carboidrato. Gordura é gordura. Ele franze a testa, ergue os ombros, estende as mãos. – E então, sabichão – ele diz. Qual é a próxima pergunta?

Não ignore uma rica fonte de nutrição que pode estar bem perto dos seus pés, diz outra voz, num tom chato e professoral que ele identifica como pertencendo a um manual de sobrevivência que um dia folheou no banheiro de alguém. Quando saltar de uma ponte, aperte bem as nádegas para que a água não entre pelo seu ânus. Quando estiver afundando em areia movediça, agarre um bastão de esqui. Grande conselho! Esse é o mesmo cara que disse que você podia apanhar um jacaré com um pau de ponta afiada. Vermes e minhocas era o que ele recomendava como tira-gosto. Você podia torrá-los se preferisse.

O Homem das Neves pode imaginar-se revirando toras de madeira, mas ainda não. Tem outra coisa que ele vai tentar primeiro: ele vai voltar ao Complexo RejoovenEsense. É uma distância longa, mais longa do que as que já percorreu até agora, mas vai valer o esforço se ele conseguir chegar até lá. Ele tem certeza de que sobrou muita coisa por lá: não apenas comida enlatada, mas bebida também. Assim que os moradores do Complexo perceberam o que estava acontecendo, eles largaram tudo e fugiram. Não ficaram tempo suficiente para esvaziar os supermercados.

Mas o que ele precisa mesmo é de uma pistola pulverizadora – com ela poderia matar porcões, manter os lobocães à distância – e, Ideia! A lâmpada se acende! – ele sabe exatamente onde encontrar uma. A casa-bolha de Crake contém todo um arsenal, que deve estar exatamente onde ele o deixou. *Paradice*, era como chamavam o lugar. Ele tinha sido um dos anjos encarregados de guardar o portão, por assim dizer, então sabe onde está tudo, e vai poder pôr as mãos nos itens necessários. Uma visita rápida, entrar e sair. Aí sim estará equipado para qualquer coisa.

Mas você não quer voltar lá, quer?, sussurra uma voz macia.

– Não especialmente.

Por quê?

– Por nada.

Vamos, diga.

– Esqueci.

Não, não esqueceu. Você não esqueceu nada.

– Eu sou um homem doente – ele se lamuria. – Estou morrendo de escorbuto! Vai embora!

O que ele precisa fazer é concentrar-se. Priorizar. Reduzir tudo ao essencial. E o essencial é: *se você não comer, morre*. Não existe nada mais essencial do que isso.

O Complexo Rejoov fica muito distante para uma excursão só durante o dia: precisa de uma expedição. Ele vai ter que passar a noite fora. Isso não é uma coisa que agrade a ele – onde é que vai dormir? –, mas, se for cuidadoso, é possível que dê certo.

Com a lata de salsichas Sveltana na barriga e um objetivo em vista, o Homem das Neves está começando a se sentir quase normal. Ele tem uma missão: está até ansioso para realizá-la. É possível que consiga todo o tipo de coisas. Cerejas ao conhaque; amendoins torrados; uma lata preciosa de presunto temperado, se tiver sorte. Um caminhão de bebidas. Os Complexos não tinham feito nenhum tipo de economia; mesmo quando as coisas começaram a faltar em outros lugares, lá dentro você podia obter toda uma gama de produtos e serviços.

Ele fica em pé, se espreguiça, coça em volta das feridas que tem nas costas – elas parecem unhas do pé tortas –, depois volta pelo caminho que dá atrás de sua árvore, apanha a garrafa vazia de uísque que havia atirado nos lobocões na noite anterior. Cheira a garrafa, depois a joga fora, junto com a lata de Sveltana, na pilha de latas e garrafas vazias, onde uma multidão de moscas está se banqueteando. Às vezes, à noite, ele pode ouvir as guaxitacas andando no meio do seu lixo, procurando algo para comer entre os despojos da catástrofe, como ele mesmo já fez tantas vezes, e está prestes a fazer de novo.

Em seguida ele começa a se preparar. Torna a amarrar o lençol, passando-o por cima dos ombros, enfiando uma ponta no meio das pernas, amarrando-o na cintura e prendendo num canto a sua última barra energética de chocolate. Ele procura um galho de árvore comprido e reto para servir de cajado. Resolve levar apenas uma garrafa de água: é provável que encontre água pelo caminho. Se não encontrar, ele pode armazenar água de chuva do temporal da tarde.

Ele vai ter que contar aos Filhos de Crake que está indo. Não quer que descubram que ele sumiu e saiam atrás dele. Eles poderiam enfrentar perigos ou então se perder. Apesar de suas qualidades irritantes – dentre elas ele lista seu otimismo ingênuo, sua cordialidade, sua calma e seu vocabulário limitado –, ele deseja protegê-los. Intencionalmente ou não, eles foram deixados aos seus cuidados, e simplesmente não fazem a menor ideia. Não fazem ideia, por exemplo, do quanto os cuidados dele são inadequados.

Com o galho na mão, ensaiando a história que vai contar, ele caminha na direção do acampamento deles. Eles chamam esse caminho de Caminho do Peixe do Homem das Neves, porque carregam o peixe dele por ali todas as semanas. Ele margeia a praia, mas fica na sombra; mesmo assim, ele o acha claro demais, e abaixa o seu boné de beisebol para proteger-se dos raios. Ele assovia ao se aproximar deles, como sempre faz para que saibam que está chegando. Ele não quer surpreendê-los, abusar de sua gentileza, invadir seus domínios sem ser convidado – aparecer de repente do meio do mato como um tarado grotesco expondo-se para um grupo de escolares.

Seu assovio é como o sino de um leproso: todos aqueles que se perturbam com a visão de aleijados podem afastar-se. Não que ele seja contagioso: o que ele tem eles jamais pegarão. Eles são imunes a ele.

RONRONANDO

Os homens estão realizando o seu ritual matutino, parados a uma distância de cerca de dois metros uns dos outros numa longa curva que vai dar no caminho de árvores. Eles estão virados para fora como nas fotografias de bois almiscarados, mijando ao longo da linha invisível que marca seu território. Eles têm no rosto uma expressão grave, compatível com a seriedade da sua tarefa. Eles fazem o Homem das Neves lembrar do seu pai saindo de casa todas as manhãs, com a pasta na mão e o cenho franzido de preocupação com o alcance de seus objetivos.

Os homens fazem isso duas vezes por dia, como foram ensinados a fazer: é necessário manter o volume constante, o cheiro renovado. O modelo de Crake tinha sido os canídeos e os mustelídeos, e algumas outras famílias e espécies também. Marcação pelo cheiro era uma estratégia muito usada entre os mamíferos, ele tinha dito, mas não se restringia a eles. Certos répteis, diversos lagartos...

– Esqueça os lagartos – Jimmy disse.

Segundo Crake – e o Homem das Neves não viu nada desde então que desmentisse isso – as substâncias químicas colocadas na urina dos homens são eficazes contra lobocães e guaxitacas, e em menor proporção contra minilinces e porcões. Os lobocães e os minilinces reagem ao cheiro da sua própria espécie e devem imaginar um enorme lobocão ou minilince do qual é mais prudente que eles mantenham distância. As guaxitacas e os porcões imaginam grandes predadores. Esta era a teoria.

Crake reservou esse mijo especial apenas para os homens; ele dizia que eles precisavam ter algo importante para fazer, algo que não envolvesse a criação de filhos, para não se sentirem marginalizados. Carpintaria, caça, finanças, guerra e golfe não seriam mais opções, ele tinha brincado.

Existem algumas desvantagens nesse plano, na sua operacionalização – o limite estabelecido pelo círculo de mijo fede como um zoológico que raramente é limpo –, mas o círculo é suficientemente grande, de modo que tem bastante espaço livre de fedor dentro dele. De todo modo, o Homem das Neves já se acostumou com o cheiro.

Ele espera educadamente que os homens terminem. Eles não o convidam para se juntar a eles: já sabem que o mijo dele é inútil. Também têm por hábito não dizer nada enquanto estão realizando sua tarefa: eles precisam concentrar-se, para ter certeza de que sua urina está caindo exatamente no lugar certo. Cada um tem sessenta centímetros de terra sob sua responsabilidade. É uma visão e tanto: como as mulheres, esses homens – de pele lisa e músculos bem desenvolvidos – parecem estátuas, e agrupados daquele jeito parecem uma fonte barroca. Algumas sereias e golfinhos e o cenário estaria completo. Vem à cabeça do Homem das Neves a imagem de um círculo de mecânicos de automóveis nus, cada um segurando uma chave inglesa. Um esquadrão de encanadores. A página central de uma revista gay. Assistindo à sua rotina sincronizada, ele quase espera que eles comecem a apresentar uma coreografia típica de uma das boates mais populares.

Os homens se sacodem, rompem o círculo, olham para o Homem das Neves com seus olhos uniformemente verdes, sorriem. Eles são sempre tão cansativamente afáveis.

– Seja bem-vindo, Homem das Neves – diz o que se chama Abraham Lincoln. – Você gostaria de entrar em nossa casa? – Esse aí está se tornando uma espécie de líder. *Cuidado com os líderes,* Crake costumava dizer. *Primeiro os líderes e os liderados, depois os tiranos e os escravos, depois os massacres. Sempre foi assim.*

O Homem das Neves passa por cima da linha molhada no chão, acompanha os homens. Ele acabou de ter uma ideia brilhante: e se levasse um pouco daquela terra saturada com ele na sua viagem, como uma medida de proteção? Isto poderia afastar os lobocães. Mas, pensando melhor, os homens encontrariam a falha em suas defesas e saberiam que tinha sido ele. Um ato desses poderia ser mal interpretado: ele não gostaria que suspeitassem que ele tivesse minado sua fortaleza, pondo em risco as crianças.

Ele vai ter que inventar uma nova diretriz de Crake, apresentá-la para eles mais tarde. *Crake me disse que vocês precisam recolher uma oferenda do seu cheiro.* Fazer com que todos eles mijassem dentro de uma lata. Despejar o mijo ao redor da sua árvore. Criar um círculo mágico. Desenhar a sua própria linha na areia.

Eles chegam ao espaço aberto que fica no centro do círculo territorial. De um lado, três mulheres e um homem estão cuidando de um garotinho, que parece estar machucado. Essas pessoas não são imunes a feridas – as crianças caem ou batem com a cabeça em árvores, as mulheres queimam os dedos no fogo, eles sofrem cortes e arranhões –, mas até agora os ferimentos têm sido sem gravidade, e facilmente curáveis pelo rom-rom.

Crake tinha trabalhado durante anos no rom-rom. Quando ele descobriu que o gato da família ronronava na mesma frequência que o ultrassom usado em fraturas e lesões de pele e que, portanto, estava equipado com o seu próprio mecanismo de cura, ele tinha se esforçado ao máximo para instalar essa característica. O truque era conseguir modificar o mecanismo hioideo e conectar os feixes nervosos e adaptar os sistemas de controle do neocórtex sem prejudicar a fala. Tinha havido várias experiências malsucedidas, como lembra o Homem das Neves. Um dos grupos de crianças que serviram de cobaia tinha manifestado uma tendência em apresentar longos bigodes de gato e em escalar as cortinas; outros apresentaram dificuldades de expressão vocal; um deles só verbalizava substantivos, verbos e rugidos.

Mas Crake conseguiu, pensa o Homem das Neves. Basta olhar para aqueles quatro agora, com as cabeças abaixadas próximas da criança, ronronando como um motor de carro.

– O que houve com ele? – pergunta.

– Ele foi mordido – diz Abraham. – Um dos Filhos de Oryx mordeu-o. Isso é novidade. – Que tipo?

– Um minilince. Sem nenhum motivo.

– Foi do lado de fora do nosso círculo, foi na floresta – diz uma das mulheres. – Eleanor Roosevelt? Imperatriz Josefina? – O Homem das Neves nem sempre consegue lembrar os nomes deles.

– Nós tivemos que atirar pedras nele para afugentá-lo – diz Leonardo da Vinci, o homem do quarteto do rom-rom.

Então os minilinces estão caçando crianças agora, pensa o Homem das Neves. Talvez estejam ficando com fome – tanto quanto ele. Mas eles têm um monte de coelhos para escolher, então não pode ser simplesmente fome. Talvez eles vejam os Filhos de Crake, os menores pelo menos, como outra espécie de coelho, mais fácil de apanhar.

– Hoje à noite nós vamos nos desculpar com Oryx – diz uma das mulheres, Sacajawea? – pelas pedras. E vamos pedir a ela para dizer aos seus filhos para não nos morder.

Ele nunca viu as mulheres fazerem isso – essa comunhão com Oryx –, embora refiram-se frequentemente a isso. Que forma terá essa comunhão? Elas devem fazer algum tipo de prece ou invocação, uma vez que é difícil que acreditem que Oryx possa aparecer para elas em pessoa. Talvez elas entrem em transe. Crake achou que tinha acabado com tudo isso, eliminado o que ele chamava de ponto G do cérebro. *Deus é um conjunto de neurônios,* ele afirmava. Tinha sido um problema difícil, entretanto: se você retirasse coisas demais nessa área, produzia um zumbi ou um psicopata. Mas aquelas pessoas não eram nem uma coisa nem outra.

No entanto, eles estão aprontando alguma coisa, alguma coisa que Crake não antecipou: eles estão conversando com o invisível, desenvolveram a veneração. Bom para eles, pensa o Homem das Neves. Ele gosta quando fica provado que Crake errou. Entretanto, ele ainda não os pegou esculpindo imagens.

– A criança vai ficar boa? – ele pergunta.

– Vai – a mulher responde calmamente. – Os furos feitos pelos dentes já estão cicatrizando. Está vendo?

As outras mulheres estão fazendo as coisas que costumam fazer de manhã. Algumas cuidam da fogueira central; outras estão agachadas em volta dela, aquecendo-se. Os termostatos dos seus corpos estão ajustados para condições tropicais, de modo que elas às vezes sentem frio antes de o sol estar bem alto no céu. O fogo é alimentado com gravetos e galhos, mas principalmente com fezes, com formato de hambúrgueres e colocadas para secar ao sol do meio-dia. Como os Filhos de Crake são vegetarianos e comem principalmente mato, folhas e raízes, esse material queima muito bem. Pelo que o Homem das Neves sabe, cuidar do fogo é a única coisa que as mulheres fazem que pode ser considerada um tipo de trabalho. Quer dizer, além de ajudar a pegar o seu peixe semanal. E de cozinhá-lo. Elas não cozinham nada para o grupo.

– Saudações, Homem das Neves – diz a segunda mulher que ele encontra. Sua boca está verde por causa do café da manhã que ela está mastigando. Ela está amamentando um menino de um ano, que olha para o Homem das Neves, larga o bico do seio e começa a chorar. – É apenas o Homem das Neves! – ela diz. – Ele não vai machucá-lo.

O Homem das Neves ainda não se acostumou com a taxa de crescimento daquelas crianças. O menino parece ter cinco anos. Aos quatro anos ele vai ser um adolescente. Gastava-se tempo demais cuidando de crianças, Crake costumava dizer. Cuidando de crianças e sendo criança. Nenhuma outra espécie empregava dezesseis anos nisso.

Algumas das crianças mais velhas o tinham avistado; elas se aproximaram, entoando "Homem das Neves, Homem das Neves!". Então ele ainda não perdeu o seu carisma. Agora todos estão olhando para ele com curiosidade, imaginando o que estaria fazendo ali. Ele nunca chega sem motivo. Em suas primeiras visitas, eles acharam – a julgar pela aparência – que ele devia estar com fome, e tinham oferecido comida para ele – folhas, mato e raízes, e diversos cecotrofos que haviam guardado especialmente para ele – e ele teve que explicar cuidadosamente que a comida deles não era a mesma que ele comia.

Ele acha esses cecotrofos nojentos. São ervas semidigeridas, expelidas pelo ânus e engolidas duas ou três vezes por semana. Esse tinha sido outro conceito genial da parte de Crake. Ele tinha usado o apêndice vermiforme como base para a construção do órgão necessário, raciocinando que em um estágio evolutivo anterior, quando a dieta ancestral tinha sido mais rica em substâncias não digeríveis, o apêndice deveria ter desempenhado uma função semelhante. Mas ele tinha roubado essa ideia dos *leporídeos*, lebres e coelhos, que se valiam dos cecotrofos em vez de contar com diversos estômagos como os ruminantes. Talvez essa seja a razão pela qual os minilinces tenham começado a caçar os pequenos crakers, o Homem das Neves pensa: por baixo da camada cítrica, eles podem sentir o cheiro dos cecotrofos.

Jimmy tinha discutido com Crake por causa dessa característica. Não importa o modo como você encare isto, ele tinha dito, em última instância você está comendo sua própria merda. Mas Crake tinha simplesmente sorrido. Para animais com uma dieta que consistia em grande parte de substâncias vegetais não refinadas, ele tinha observado, esse mecanismo era necessário para quebrar a celulose, e sem ele as pessoas morreriam. Também, como ocorria com os *leporídeos*, os cecotrofos eram enriquecidos com vitamina B1, e com outras vitaminas e minerais, em um nível quatro ou cinco vezes maior do que ocorria com fezes normais. Cecotrofos eram simplesmente uma parte da alimentação e da digestão, uma forma de maximizar o uso dos nutrientes disponíveis. Qualquer objeção ao processo seria simplesmente estética.

Mas a questão era exatamente esta, Jimmy tinha dito.

Crake tinha respondido que, se a questão era essa, não tinha validade.

Agora o Homem das Neves está cercado por um círculo atento. – Saudações, Filhos de Crake – ele diz. – Eu vim dizer a vocês que vou fazer uma viagem. – Os adultos já deviam ter deduzido isso, por causa do seu longo cajado e da forma como ele havia amarrado o seu lençol: ele já fez viagens antes, pelo menos foi assim que chamou suas incursões em trailers e territórios adjacentes.

– Você vai ver Crake? – pergunta uma das crianças.

– Sim – diz o Homem das Neves. – Vou tentar vê-lo. Se ele estiver lá, eu o verei.

– Por quê? – pergunta uma das crianças mais velhas.

– Existem coisas que eu preciso perguntar a ele – o Homem das Neves diz cautelosamente.

– Você precisa contar a ele sobre os minilinces – diz a Imperatriz Josefina. – Aquele que mordeu.

– Isso é assunto para Oryx – diz Madame Curie. – Não para Crake. – As outras mulheres concordam.

– Nós também queremos ver Crake – as crianças dizem. – Nós também, nós também! Nós também queremos ver Crake! – Essa é uma de suas ideias favoritas, encontrar com Crake. O Homem das Neves se sente culpado: ele não devia ter contado a eles mentiras tão excitantes no início. Ele fez com que Crake ficasse parecido com Papai Noel.

– Não amolem o Homem das Neves – diz Eleanor Roosevelt gentilmente. – Sem dúvida ele está fazendo essa viagem para nos ajudar. Temos que agradecer a ele.

– Crake não é para crianças – diz o Homem das Neves com o máximo possível de severidade.

– Deixe-nos ir também! Nós queremos ver Crake!

– Só o Homem das Neves pode ver Crake – Abraham Lincoln diz serenamente. Isto parece resolver a questão.

– Vai ser uma viagem mais longa – o Homem das Neves diz. Mais longa do que as outras. Talvez eu fique dois dias fora. – Ele ergue dois dedos. – Ou três – acrescenta. – Então vocês não devem preocupar-se. Mas enquanto eu estiver fora não saiam de casa, e façam tudo do jeito que Crake e Oryx ensinaram.

Um coro de sins, muito balançar de cabeças. O Homem das Neves não menciona os riscos que poderá correr. Talvez isto não seja algo que se deva considerar, nem um tema a ser abordado – quanto mais invulnerável ele for considerado, melhor.

– Nós vamos com você – diz Abraham Lincoln. Vários outros homens olham para ele e depois concordam.

– Não! – diz o Homem das Neves, surpreso. – Quer dizer, vocês não podem ver Crake, isto não é permitido. – Ele não quer tê-los em sua cola, de jeito nenhum! Ele não quer que testemunhem nenhuma fraqueza ou fracasso da parte dele. Além disso, algumas das visões ao longo do caminho podem ser ruins para o estado de espírito deles. Eles iriam enchê-lo de perguntas, inevitavelmente. Além do que, um dia na companhia deles iria deixá-lo de saco cheio.

Mas você não tem nenhum saco, diz uma voz em sua cabeça – uma vozinha desta vez, uma triste vozinha infantil. *Brincadeira, brincadeira! Não me mate!*

Por favor, agora não, pensa o Homem das Neves. Não quando ele tem companhia. Tendo companhia, ele não pode responder.

– Nós iríamos com você para protegê-lo – diz Benjamin Franklin, olhando para o longo cajado do Homem das Neves. – Dos minilinces que mordem, dos lobocães.

– O seu cheiro não é muito forte – acrescenta Napoleão.

O Homem das Neves acha isto muito ofensivo. E também meio eufemístico: como todos sabem, o cheiro dele é bem forte, só que não é do tipo certo. – Eu vou ficar bem – ele diz. – Vocês fiquem aqui.

Os homens ficam na dúvida, mas ele acha que irão obedecer. Para reforçar sua autoridade, ele encosta o relógio no ouvido. – Crake diz que vai estar zelando por vocês – ele diz. – Para mantê-los em segurança. – *Vigiar, zelar,* diz a vozinha infantil. *É um jogo de palavras, sua noz-de-cortiça.*

– Crake zela por nós durante o dia, e Oryx zela por nós durante a noite – diz Abraham Lincoln. Ele não parece muito convencido.

– Crake sempre zela por nós – diz Simone de Beauvoir calmamente. Ela é uma mulher de um marrom-amarelado que faz o Homem das Neves lembrar de Dolores, sua velha babá filipina; ele às vezes tem que se conter para não pular no colo dela e abraçá-la.

– Ele toma conta de nós muito bem – diz Madame Curie. – Você precisa dizer a ele que somos muito gratos.

O Homem das Neves retoma pelo Caminho do Peixe do Homem das Neves. Ele se sente piegas: nada o perturba mais do que a generosidade daquelas pessoas, sua vontade de ajudar. E também sua gratidão em relação a Crake. É tão tocante, e tão mal-empregada.

– Crake, seu cabeça de merda! – ele diz. Ele sente vontade de chorar. Aí ouve uma voz – a dele! – dizendo *búú*; ele vê a palavra, como se ela estivesse impressa em um balão de história em quadrinhos. Escorre água pelo seu rosto.

– Não de novo – ele diz. Qual é a sensação? Não é exatamente raiva; é vexação. Uma palavra antiga mas útil. *Vexação* é mais abrangente do que Crake, e, realmente, por que culpar apenas Crake?

Talvez ele esteja só com inveja. Com inveja mais uma vez. Ele também gostaria de ser invisível e adorado. Também gostaria de estar em outro lugar. Não há a mínima esperança de isso acontecer: ele está até o pescoço no aqui e agora.

Ele vai diminuindo o passo até parar. *Ó búú!* Por que ele não consegue se controlar? Por outro lado, para que se incomodar, uma vez que não tem ninguém vendo? Ainda assim, o barulho que está fazendo parece o choro exagerado de um palhaço – a tristeza encenada para ser aplaudida.

Para de choramingar, filho, diz a voz do seu pai. *Controle-se. Você é o homem por aqui.*

– Certo! – o Homem das Neves grita. – E o que é que você sugere? Você foi um exemplo e tanto!

Mas as árvores não entendem a ironia. Ele limpa o nariz e continua a andar.

AZUL

São nove horas da manhã, pelo relógio do sol, quando o Homem das Neves sai do Caminho do Peixe e começa a se afastar da costa. Assim que fica fora do alcance da brisa do mar, a umidade aumenta e ele atrai um bando de insetos verdes. Ele está descalço – seus sapatos se desintegraram faz algum tempo, e de todo modo eles eram muito quentes e úmidos –, mas ele não precisa mais deles agora porque as solas dos seus pés estão duras como borracha velha. Mesmo assim ele caminha com cuidado: pode haver vidro quebrado ou pedaços de metal. Ou então cobras, ou outros bichos que poderiam mordê-lo, e ele não tem nenhuma outra arma além do cajado.

A princípio ele caminha sob as árvores, onde antes havia um parque. Ao longe ele ouve o rugido de um minilince. Esse é o som que eles fazem como alerta: talvez seja um macho e ele tenha encontrado outro minilince macho. Vai haver uma luta, e o vencedor ficará com tudo – todas as fêmeas e o território – e matará os filhotes, se conseguir, para abrir espaço para o seu próprio pacote genético.

Essas coisas foram introduzidas como forma de controle depois que os grandes coelhos verdes começaram a proliferar e se tornaram uma verdadeira praga. Menores que os linces, menos agressivos – essa era a história oficial dos minilinces. Eles supostamente eliminariam os gatos-do-mato, ajudando assim a aumentar a população quase extinta de pássaros canoros. Os minilinces não ligariam muito para os pássaros, uma vez que não teriam nem a leveza nem a agilidade necessárias para agarrá-los. Essa era a teoria.

Tudo isso se confirmou, só que os minilinces, por sua vez, também fugiram ao controle. Cachorros pequenos começaram a sumir de quintais, bebês de berços; pequenos maratonistas foram atacados. Não nos Complexos, é claro, e raramente nos Módulos, mas houve muita queixa dos moradores da plebelândia. Ele tinha que ficar atento a pegadas, e tomar cuidado com os galhos: ele não gosta da ideia de ter uma dessas coisas caindo sobre sua cabeça.

Os lobocães são sempre uma preocupação. Mas lobocães são caçadores noturnos: no calor do dia eles tendem a dormir, como a maioria das coisas peludas.

De vez em quando aparece um espaço mais aberto – remanescentes de algum camping, com uma mesa de piquenique e uma churrasqueira, embora ninguém fizesse muito uso delas depois que o clima esquentou demais e começou a chover todas as tardes. Ele encontra um desses lugares, com cogumelos crescendo na mesa apodrecida e a churrasqueira coberta de erva-de-passarinho.

De um lado, onde as barracas e os trailers costumavam ser armados, vem o barulho de risos e cantoria e gritos de admiração e incentivo. Deve estar acontecendo um acasalamento, uma ocasião rara entre as pessoas: Crake tinha calculado os números e tinha decretado que uma vez a cada três anos por mulher era mais do que suficiente.

Deveria ser o quinteto padrão, quatro homens e a mulher no cio. Seu estado deve estar claro para todos por causa da cor azul brilhante de suas nádegas e abdome – um truque de pigmentação variável roubado dos babuínos, com uma contribuição dos cromóforos do polvo. Como Crake costumava dizer, *Pense em uma adaptação, qualquer adaptação, e algum animal, em algum lugar, já terá pensado nela primeiro.*

Já que apenas o tecido azul e os feromônios segregados por ele estimulam os machos, não existe mais amor não correspondido hoje em dia, nem desejo contrariado; não existe mais sombra entre o desejo e o ato. O namoro começa com a primeira cheirada, com a primeira tonalidade de azul, com os machos oferecendo flores para as fêmeas – da mesma forma que os pinguins machos oferecem pedras redondas, dizia Crake, ou que o peixe prateado oferece um saco de esperma. Ao mesmo tempo, eles têm rompantes musicais, como pássaros canoros. Seus pênis ficam azuis para combinar com o abdome azul das fêmeas, e eles fazem uma espécie de dança do pênis azul, com os membros eretos sacudindo-se em uníssono, no mesmo compasso dos movimentos dos pés e da cantoria: uma característica que foi sugerida a Crake pela sinalização sexual dos caranguejos.

Dentre os tributos florais, a fêmea escolhe quatro flores, e o ardor sexual dos candidatos malsucedidos arrefece imediatamente, sem deixar nenhum rancor. Então, quando o azul de seu abdome alcança o tom mais escuro de azul, a fêmea e seu quarteto procuram um local reservado e copulam até a mulher engravidar e seu colorido azul desaparecer. E é isso aí.

Nada desse papo de *Não quer dizer sim*, pensa o Homem das Neves. Não há mais prostituição, nem abuso sexual de crianças, nem barganha de preços, nem cafetões, nem escravas sexuais. Não existe mais estupro. Os cinco vão trepar durante horas, com três dos homens montando guarda e cantando e gritando, enquanto o quarto trepa, e depois se revezam. Crake dotou essas mulheres de vaginas super-resistentes camadas extras de pele, músculos extras – para poderem aguentar estas maratonas. Não importa mais quem é o pai da criança que irá inevitavelmente ser concebida, uma vez que não há mais propriedade para ser herdada, nem a lealdade pai-filho necessária para as guerras. O sexo não é mais um rito misterioso, visto com ambivalência ou puro ódio, realizado no escuro e inspirando suicídios e assassinatos. Agora ele é mais como uma demonstração atlética, uma brincadeira alegre e espontânea.

Talvez Crake estivesse certo, pensa o Homem das Neves. Na antiga disposição do mundo, a competição sexual tinha sido impiedosa e cruel: para cada par de amantes felizes havia um espectador abatido, aquele que havia sido excluído. O amor era como uma bolha transparente: você podia ver os dois lá dentro, mas não conseguia entrar.

Essa tinha sido a forma mais leve: o homem solitário na janela, bebendo até esquecer, ouvindo os acordes melancólicos de um tango. Mas essas coisas podiam acabar em violência. Emoções extremas podiam ser letais. *Se eu não posso ter você, ninguém mais terá,* e assim por diante. O resultado poderia ser a morte.

– Quanta infelicidade – Crake disse um dia no almoço, isso deve ter sido quando eles tinham vinte e poucos anos e Crake já estava no Instituto Watson-Crick –, quanto desespero inútil tem sido causado por uma série de combinações biológicas malfeitas, por um desalinhamento dos hormônios e feromônios? Resultando no fato de que a pessoa que você ama tão apaixonadamente não quer ou não pode amar você. Como espécie nós somos patéticos nesse aspecto: imperfeitamente monogâmicos. Se pudéssemos formar um par para a vida toda, como os gibões, ou então optar por uma total promiscuidade, livre de culpa, não haveria mais tormento sexual. Melhor ainda – tornar isso cíclico e também inevitável, como ocorre com outros mamíferos. Você jamais desejaria alguém que não pudesse ter.

– É verdade – Jimmy respondeu. Ou Jim, como ele agora insistia que o chamassem, sem resultado: todo mundo continuava chamando-o de Jimmy. – Mas pense no que estaríamos perdendo.

– O quê, por exemplo?

– O comportamento de fazer a corte. No seu plano, nós seríamos um bando de robôs carregados de hormônios. – Jimmy achou que devia colocar as coisas nos termos de Crake, e foi por isso que falou em *comportamento de fazer a corte*. O que ele queria dizer era o desafio, a excitação, a caça. – Não haveria livre escolha.

– Existe comportamento de fazer a corte no meu plano – disse Crake –, só que ele seria sempre bem-sucedido. E nós somos mesmo robôs carregados de hormônios, só que funcionamos mal.

– Bem, e quanto à arte? – Jimmy disse, meio desesperado. Afinal de contas, ele era aluno da Academia Martha Graham, então achou necessário defender a praia da arte e criatividade.

– Qual o problema? – Crake disse, com seu sorriso calmo.

– Todas essas combinações erradas que você mencionou. Isso tem servido de inspiração, pelo menos é o que dizem. Pense em toda a poesia, pense em Petrarca, em John Donne, na *Vita Nuova*, pense...

– Arte – disse Crake. – Acho que ainda existe muita conversa fiada quando se fala em arte. O que foi que Byron disse? "Quem iria escrever se pudesse não fazê-lo?" Ou algo parecido.

– É isso que eu quero dizer – disse Jimmy. Ele estava alarmado com a referência a Byron. Que direito tinha Crake de se meter na sua seara? Crake devia restringir-se à ciência e deixar o pobre Byron para Jimmy.

– Mas o que é que você *quer* dizer? – Crake disse, como se estivesse ensinando a um gago.

– Estou querendo dizer, quando você não pode deixar de fazê-lo, então...

– Você não preferiria estar trepando? – disse Crake. Ele não estava incluindo a si mesmo nessa pergunta: o tom dele era de um interesse distanciado, como se estivesse realizando uma pesquisa acerca dos hábitos pessoais menos atraentes das pessoas, como tirar melecas, por exemplo.

Jimmy percebeu que o seu rosto ia ficando mais vermelho e sua voz mais esganiçada à medida que Crake ia se tomando mais revoltado. Ele odiava isso. – Quando uma civilização se transforma em cinzas – ele disse –, tudo o que resta é a arte. Imagens, palavras, música. Estruturas imaginativas. O significado... quer dizer, o significado humano... é definido por elas. Você tem que admitir isso.

– Isso não é tudo o que resta – disse Crake. – Os arqueólogos se interessam na mesma medida por ossos quebrados e tijolos velhos e merda ossificada. Às vezes se interessam até mais. Eles acham que o significado humano é definido também por essas coisas.

Jimmy gostaria de ter dito *Por que você está sempre me derrubando?* Mas teve medo das possíveis respostas, *porque é muito fácil* poderia ser uma delas. Então, em vez disso, ele perguntou: – O que você tem contra isso?

– Contra o quê? Merda ossificada?

– Arte.

– Nada – Crake disse calmamente. – As pessoas podem divertir-se da maneira que quiserem. Se quiserem fazer brincadeiras em público, se quiserem exibir-se com rabiscos, garatujas e frivolidades, por mim tudo bem. De todo modo, isso atende a um objetivo biológico.

– De que tipo? – Jimmy sabia que tudo dependia de que ele mantivesse a calma. Essas discussões tinham que ser levadas como um jogo: se ele ficasse irritado, Crake venceria.

– O sapo macho, na época do acasalamento – disse Crake –, faz o máximo de barulho possível. As fêmeas são atraídas pelo macho que tiver a voz mais alta e mais grave porque isto sugere um macho mais poderoso, com genes de maior qualidade. Sapos machos pequenos... isso foi documentado... perceberam que, quando se posicionam dentro de canos vazios, o cano age como um amplificador de voz, e o sapo parece ser muito maior do que é na realidade.

– E daí?

– A arte para o artista é isso – disse Crake. – Um cano vazio. Um amplificador. Uma forma de conseguir trepar.

– A sua analogia cai por terra quando se trata de mulheres artistas – disse Jimmy. – Elas não fazem isso para trepar. Elas não ganham nenhuma vantagem biológica com o fato de se amplificarem, uma vez que os machos potenciais ficariam assustados e não atraídos por esse tipo de amplificação. Homens não são sapos, eles não querem mulheres que sejam dez vezes maiores do que eles.

– As mulheres artistas são biologicamente confusas – disse Crake. – Você já deve ter percebido isso. – Isso foi uma alfinetada no romance atual de Jimmy com uma poeta morena que havia adotado o nome de Morgana e que se recusava a contar a ele o seu verdadeiro nome, e que atualmente estava participando de um festival de vinte e oito dias de sexo em homenagem à Grande Deusa-Lua Oestre, padroeira da soja e dos coelhos. Martha Graham atraía esse tipo de garotas. Tinha sido um erro contar isso a Crake.

Pobre Morgana, pensa o Homem das Neves. O que será que aconteceu com ela? Ela nunca vai saber o quanto foi útil para mim, ela e sua conversa oca. Ele se sente um tanto canalha por ter passado a conversa fiada de Morgana para os crakers como cosmogonia. Mas parece que eles estão bem satisfeitos com isso.

O Homem das Neves se encosta em uma árvore, escutando os ruídos em volta. Meu amor é como uma rosa azul. Lua cheia, de equinócio. Então Crake conseguiu o que queria, ele pensa. Parabéns para ele. Não existe mais ciúme, nem envenenadoras de marido. Tudo é admiravelmente afável: sem puxões e empurrões, como deuses cabriolando com ninfas em uma escultura da Grécia antiga.

Por que ele se sente tão abatido, tão desolado? Porque não entende esse tipo de comportamento? Porque está além da sua compreensão? Porque ele não pode aderir?

E o que aconteceria se ele tentasse? Se ele saltasse dos arbustos com seu lençol imundo, fedido, cabeludo, tumescente, como um sátira lascivo e diabólico ou um bucaneiro de tapa-olho saído de um filme antigo de piratas e tentasse juntar-se à escaramuça amorosa de traseiros azuis? Ele pode imaginar o assombro – como se um orangotango tivesse invadido um baile de gala e começasse a agarrar uma tímida princesa. Ele pode imaginar o seu próprio assombro também. Que direito ele tem de impor seu corpo e sua alma, pustulentos e gangrenados, a essas inocentes criaturas?

Azul

– Crake! – ele diz, choroso. – Por que eu estou nesta terra? Por que estou sozinho? Onde está a minha Noiva de Frankenstein?

Ele precisa livrar-se desse circuito mórbido, desse cenário desanimador. *Ah, benzinho,* sussurra uma voz de mulher, *Anime-se! Veja o lado bom disto! Você tem que pensar positivamente!*

Ele avança obstinadamente, resmungando para si mesmo. A floresta oblitera a sua voz, as palavras saindo dele numa série de bolhas sem cor e sem som, como ar da boca dos afogados. As gargalhadas e a cantoria vão ficando mais abafadas. Em pouco tempo ele não consegue mais ouvi-las.

8

LEILÃO DE ALUNOS

⁂

Jimmy e Crake graduaram-se na escola HelthWyzer em um dia quente e úmido de fevereiro. A cerimônia costumava acontecer em junho e o tempo costumava estar ensolarado, com uma temperatura moderada. Mas agora junho era a estação das chuvas, de lá até a costa leste, e não dava para realizar nenhum evento ao ar livre com todas aquelas tempestades. Mesmo no início de fevereiro foi arriscado: eles escaparam de um tornado por um dia apenas.

A escola HelthWyzer gostava de fazer as coisas à moda antiga, com tendas e mães com chapéus floridos e pais com panamás, e ponche de frutas, com ou sem álcool, e café Happicuppa, e pequenos tubos plásticos de sorvete SoYummie, uma marca exclusiva da HelthWyzer, de chocolate de soja, manga de soja e dente-de-leão torrado de soja e chá verde. Era um cenário festivo.

Crake foi o primeiro da classe. A disputa por ele por parte do rival ComplexoEdu no Leilão de Alunos foi acirrada, e ele foi arrematado por um alto preço pelo Instituto Watson-Crick. Se você estudasse lá, o seu futuro estaria assegurado. Era como ir para Harvard antigamente, bem antes de Harvard ter se afundado.

Jimmy, por outro lado, era um aluno mediano, bom em palavras, mas ruim em números. Mesmo aquelas notas medíocres em matemática tinham sido conseguidas com a ajuda de Crake, que dera aulas para Jimmy nos fins de semana, dedicando-lhe horas que deveriam ter sido empregadas em seus próprios estudos. Não que ele precisasse se esforçar, ele era uma espécie de mutante, conseguia resolver equações diferenciais enquanto dormia.

– Por que você está fazendo isso? – Jimmy perguntou no meio de uma aula exasperante. (*Você precisa ver isso de outra forma. Precisa enxergar a beleza que existe aqui. É como xadrez. Olha só, tente isto. Está vendo?*

Percebe o padrão? Agora fica tudo muito claro. Mas Jimmy não via, e nada ficava claro.) – Por que está me ajudando?

– Porque eu sou um sádico – Crake disse. – Gosto de ver você sofrer.

– De qualquer maneira, estou muito grato – disse Jimmy. Ele estava mesmo grato, por diferentes razões, sendo que a principal delas era que, pelo fato de Crake o estar ensinando, o pai de Jimmy não tinha desculpa para aborrecê-lo.

Se Jimmy tivesse estudado em uma escola de Módulo, ou – melhor ainda – em um daqueles lixos que ainda chamavam de "o sistema público", ele teria brilhado como um diamante no esgoto. Mas as escolas dos Complexos estavam cheias de genes brilhantes, coisas que ele não havia herdado dos seus pais, tolos e sem graça. E nem tinha ganho pontos extras por ser engraçado. De qualquer maneira, ele agora era menos engraçado: tinha perdido o interesse pela plateia.

Depois de uma espera humilhante, enquanto os gênios eram disputados pelos melhores Complexos Educacionais e os históricos escolares dos medíocres eram manuseados sem interesse, manchados de café e atirados no chão por engano, Jimmy foi aceito finalmente pela Academia Martha Graham; e mesmo assim só depois de um período longo e humilhante de negociação. Para não falar numa certa pressão – Jimmy suspeitava – por parte do seu pai, que havia conhecido o reitor da Martha Graham na colônia de férias há muito desaparecida que ambos frequentavam e que provavelmente conhecia os podres dele. Assediando meninos menores, vendendo drogas. Pelo menos era disso que Jimmy suspeitava, considerando o mal-estar e a força excessiva com que sua mão foi apertada.

– Bem-vindo à Martha Graham, filho – o reitor disse com um sorriso falso como o de um vendedor de suplementos vitamínicos.

Quando é que eu vou poder parar de ser um filho?, pensou Jimmy.

Ainda não. Ah, ainda não. – Grande garoto – seu pai disse na festa que se seguiu, dando-lhe o tradicional soco no braço. Ele estava com uma mancha de soja sabor chocolate na gravata estampada de porcos com asas. Por favor, não me abrace, Jimmy rezou baixinho.

– Querido, estamos tão orgulhosos de você – disse Ramona, vestida como um abajur de puteiro, com uma roupa decotada com babados cor-de-rosa. Jimmy tinha visto algo parecido uma vez no Ninfetinhas, só que estava sendo usada por uma garota de oito anos. Os seios de Ramona, suspensos pelo sutiã, eram sardentos de tanto sol, mas Jimmy não estava mais muito interessado neles. Ele agora já conhecia bem a estrutura de cantilever dos suportes das glândulas mamárias, e a essa altura achava repelente o ar matronal de Ramona. Estavam surgindo pequenas rugas de cada lado de sua boca, apesar das injeções de colágeno; seu relógio biológico estava correndo, como ela gostava de dizer. Em pouco tempo ela iria precisar do Tratamento BeauToxique da NooSkins – Rugas Paralisadas para Sempre, Metade do Preço para Funcionários – e depois, digamos em cinco anos, do Mergulho Total na Fonte da Juventude, que raspava fora toda a sua epiderme. Ela o beijou ao lado do nariz, deixando uma marca de batom cereja; ele podia sentir o batom no seu rosto como se fosse graxa de bicicleta.

Ela podia dizer *nós* e beijá-lo porque agora era oficialmente sua madrasta. Sua mãe verdadeira tinha se divorciado de seu pai *in absentia,* por "abandono", e o casamento espúrio do seu pai tinha sido celebrado, se essa era a palavra para ele, logo depois. Não que sua mãe verdadeira fosse ligar a mínima, pensou Jimmy. Ela não teria ligado. Ela estava longe, vivendo suas aventuras excitantes, muito distante das dolorosas comemorações. Havia meses que ele não recebia um cartão dela; o último mostrava um dragão Komodo e tinha um selo da Malásia, e tinha provocado outra visita do CorpSeCorps.

No casamento, Jimmy ficou completamente bêbado. Encostou-se em uma parede e ficou sorrindo estupidamente enquanto o feliz casal partia o bolo, feito com Ingredientes Verdadeiros, como Ramona anunciou. Um monte de cacarejos por causa dos ovos frescos. A qualquer momento agora Ramona iria planejar um bebê, um bebê mais satisfatório do que Jimmy jamais havia sido.

"Quem se importa, quem se importa", ele tinha murmurado para si mesmo. Ele não queria mesmo ter um pai, nem ser um pai, nem ter um filho, nem ser um filho. Ele queria ser ele mesmo, sozinho, único, autocriado e autossuficiente. De agora em diante ia ser completamente livre, fazer o que quisesse, colher frutos maduros das árvores da vida, dar uma ou duas mordidas, chupar o sumo e jogar fora o bagaço.

Foi Crake quem o levou de volta para o seu quarto. Nessa altura, Jimmy estava lerdo, mal conseguia andar. – Durma até passar a bebedeira – Crake disse com aquele seu jeito amigável. – Eu ligo para você de manhã.

* * *

Agora ali estava Crake na festa de formatura, destacando-se no meio da multidão, brilhando com seus resultados. Não, não era verdade, o Homem das Neves corrige. É preciso dar-lhe crédito pelo menos por isso. Ele nunca foi um triunfalista.

– Parabéns – Jimmy forçou-se a dizer. Foi mais fácil porque ele era o único ali que já conhecia bem Crake havia algum tempo. Tio Pete estava lá, mas ele não contava. Além disso, ele estava se mantendo o mais longe possível de Crake. Talvez tivesse finalmente descoberto quem estava usando a sua conta da internet. Quanto à mãe de Crake, ela tinha morrido um mês antes.

Foi um acidente, pelo menos foi o que disseram. (Ninguém gostava de usar a palavra *sabotagem*, que era notoriamente ruim para os negócios.) Ela deve ter-se cortado no hospital – embora Crake tenha dito que o trabalho dela não envolvia bisturis –, ou se arranhado, ou talvez ela tenha sido descuidada e tenha tirado as luvas de látex e tenha sido tocada em algum local em carne viva por algum paciente infectado. Isso era possível: ela roía as unhas, poderia ter o que eles chamavam de um ponto de entrada tegumentário. De qualquer modo, ela fora contaminada por uma bioforma que a havia devorado como se fosse um cortador de grama. Era um estáfilo transgênico, disse um laboratorista, misturado com um gene inteligente da família dos moluscos; mas quando eles conseguiram identificá-lo e começaram o que acreditavam ser um tratamento eficaz, ela já estava no Isolamento e se deteriorando rapidamente. Crake não pôde entrar para vê-la, é claro – ninguém podia, tudo lá era feito com braços robóticos, como em procedimentos com material nuclear –, mas ele pôde vê-la através da janela de observação.

– Foi impressionante – Crake contou a Jimmy. – Saía espuma de dentro dela.

– Espuma?

– Você já jogou sal numa lesma?

Jimmy disse que não.

– Tudo bem. Então igual a quando você escova os dentes.

Sua mãe ia dizer suas últimas palavras para ele através do sistema de microfones, disse Crake, mas houve uma falha digital; então, embora ele pudesse ver os lábios dela se movendo, não pôde ouvir o que ela estava dizendo. – Em outras palavras, nada diferente do que sempre foi – disse Crake. Ele disse que de qualquer maneira não tinha perdido muito porque naquele estágio ela já estava incoerente.

Jimmy não entendia como ele podia ser tão insensível com relação a isso – era horrível a ideia de Crake vendo sua mãe dissolver-se daquele jeito. Ele próprio não teria sido capaz de fazer isso. Mas provavelmente era só encenação. Era Crake preservando sua dignidade, porque a alternativa teria sido perdê-la.

HAPPICUPPA

Nas férias, logo após a formatura, Jimmy foi convidado para a Comunidade de Férias Moosonee HelthWyzer, na costa ocidental da Baía de Hudson, para onde os diretores da HelthWyzer iam para fugir do calor. Tio Pete tinha uma casa simpática lá, "casa simpática" era a expressão que ele usava. Na verdade, era uma combinação de mausoléu com motel – muito azulejo, camas king-size, bidês em todos os banheiros –, embora fosse difícil imaginar o tio Pete fazendo algo interessante ali. Jimmy tinha sido convidado, ele tinha certeza disso, para que tio Pete não tivesse que ficar sozinho com Crake. Tio Pete passava a maior parte do tempo no campo de golfe e o resto do tempo na banheira quente, e Jimmy e Crake estavam livres para fazer o que quisessem.

Eles provavelmente teriam voltado para as cafungadas interativas e patrocinadas pelo governo, e para a pornografia, como forma de relaxar depois dos exames finais, mas aquele foi o verão em que começaram as guerras contra o café geneticamente modificado, então eles preferiram assistir a elas. As guerras eram contra o grão Happicuppa, desenvolvido por uma subsidiária da HelthWyzer. Até então, os grãos de café de cada arbusto amadureciam em momentos diferentes e precisavam ser colhidos a mão e processados e embarcados em pequenas quantidades, mas o pé do café Happicuppa foi concebido de tal modo que todos os seus grãos amadureciam ao mesmo tempo, e o café podia ser cultivado em enormes plantações e colhido com máquinas. Isso levou à falência os pequenos produtores, os reduziu à miséria e à fome, junto com os seus trabalhadores.

O movimento de resistência foi mundial. Houve conflitos, safras foram queimadas, cafés Happicuppa foram saqueados, funcionários da Happicuppa foram sequestrados ou sofreram atentados à bomba ou foram mortos a tiros ou surrados até a morte por multidões enfurecidas; e, por outro lado, camponeses foram massacrados pelo exército. Ou pelos exércitos, diversos exércitos; vários países estavam envolvidos. Mas os soldados e os camponeses mortos pareciam muito uns com os outros onde quer que estivessem. Eles pareciam empoeirados. Era incrível a quantidade de poeira levantada durante eventos desse tipo.

– Esses caras deviam ser espancados – Crake disse.

– Qual deles? Os camponeses? Ou os caras que estão matando os camponeses?

– Os últimos. Não por causa dos camponeses mortos, sempre houve camponeses mortos. Mas eles estão arrasando as florestas para plantar essa coisa.

– Os camponeses também fariam isso se tivessem chance.

– Claro, mas eles não têm a mínima chance.

– Você está tomando partido?

– Não há nenhum partido a tomar nessa situação.

Não havia muito a dizer quanto a isso. Jimmy pensou em gritar *espúrio,* mas achou que poderia não se aplicar à situação. De todo modo, esta palavra já estava gasta. – Vamos mudar de canal – ele disse.

Mas parecia que todos os canais estavam cobrindo a questão do Happicuppa. Havia protestos e manifestações, com gás lacrimogêneo e pancadaria; depois mais manifestações, mais demonstrações, mais gás lacrimogêneo, mais tiros, mais pancadaria. Isso continuou dia após dia. Não tinha havido nada parecido com aquilo desde a primeira década do século. Crake disse que a história estava sendo feita.

Não Beba Morte!, diziam os cartazes. Sindicatos de portuários na Austrália, onde ainda havia sindicatos, recusavam-se a descarregar os carregamentos de Happicuppa; nos Estados Unidos, surgiu um Partido do Café de Boston. Houve um evento preparado para a mídia, chato porque não teve nenhuma violência – apenas homens carecas com tatuagens retrôs ou marcas brancas onde elas haviam sido retiradas, e mulheres de cara fechada e peitos caídos, e diversos membros de grupos religiosos fanáticos e marginais, obesos ou esqueléticos, usando camisetas com anjos sorridentes voando junto com pássaros ou Jesus de mãos dadas com um camponês ou Deus É Verde escrito na frente. Eles foram filmados jogando produtos Happicuppa na baía, mas nenhuma das caixas afundou. Então a logomarca da Happicuppa, um monte de cópias dela, ficou o tempo todo passando pela tela. Parecia um comercial.

– Isso me dá sede – Jimmy disse.
– Cérebros de merda – Crake disse. – Eles se esqueceram de colocar pedras.

Via de regra eles assistiam aos desdobramentos dos eventos na Noodie News, o noticiário nudista da internet, mas às vezes ficavam vendo os comentaristas vestidos na tela gigante de plasma da sala de TV cheia de estofados de couro sintético do tio Pete. Os temos e camisas e gravatas pareciam bizarros para Jimmy, especialmente se ele estivesse ligeiramente drogado. Era estranho imaginar como aqueles locutores de caras sérias iriam ficar sem suas roupas elegantes, de nu frontal na Noodie News.

Tio Pete às vezes assistia também, de noite, depois que voltava do campo de golfe. Ele se servia de uma bebida, depois fazia seus comentários. – O tumulto de sempre – ele dizia. – Eles vão se cansar disso, vão desistir. Todo mundo quer pagar menos por uma xícara de café, não tem como lutar contra isso.

– Não mesmo – Crake dizia amavelmente. Tio Pete tinha um lote de ações da Happicuppa no seu portfólio, e não era um lote pequeno. Que salafrário – Crake costumava dizer ao examinar os lucros de tio Pete no computador.

– Você podia negociar as ações dele – Jimmy disse. – Vender a Happicuppa e comprar alguma coisa que ele deteste. Compre energia eólica. Não, melhor ainda, compre gado sul-americano no mercado de futuros.

– Não – disse Crake. – Não posso arriscar-me a fazer isso com um labirinto. Ele iria descobrir que eu tive acesso.

As coisas pioraram depois que uma facção de fanáticos anti-Happicuppa bombardeou o Lincoln Memorial, matando cinco estudantes japoneses que faziam parte de um Tour da Democracia. *Deixem de Hipocrissia*, dizia o bilhete deixado a uma distância segura.

– Isso é patético – Jimmy disse. – Eles nem sabem escrever.
– Mas conseguiram marcar uma posição – Crake disse.
– Que se fodam – disse tio Pete.

Jimmy não respondeu, porque agora eles estavam olhando para o bloqueio da sede da Happicuppa em Maryland. No meio da multidão aos berros, segurando um cartaz que dizia Happicup É um Lixo, com uma faixa verde cobrindo o nariz e a boca, estava – não estava? – a sua mãe. Por um momento, a faixa escorregou e Jimmy a viu claramente – suas sobrancelhas franzidas, seus inocentes olhos azuis, sua boca determinada. Ele sentiu uma onda súbita e dolorosa de amor, seguida de ódio. Foi como se tivesse levado um chute: ele deve ter soltado um gemido. Então houve um ataque por parte do CorpSeCorps e uma nuvem de gás lacrimogêneo e uma rajada de tiros, e quando Jimmy tornou a olhar sua mãe tinha desaparecido.

– Congele a imagem! – ele disse. – Volte! – Ele queria ter certeza. Como ela poderia estar se arriscando daquele jeito? Se eles a agarrassem, ela desapareceria de verdade, desta vez para sempre. Mas depois de lançar-lhe um breve olhar, Crake tinha trocado de canal.

Eu não devia ter dito nada, Jimmy pensou. Eu não devia ter chamado a atenção deles. Ele agora estava gelado de medo. E se o tio Pete percebesse e ligasse para os homens do Corps? Eles iriam atrás dela e a matariam.

Mas tio Pete não parecia ter notado. Ele estava se servindo de outro uísque. – Deviam matar todos eles – ele disse. – Depois que destruíssem aquelas câmeras. Aliás, quem foi que filmou isso? Às vezes eu me pergunto quem é que está por trás disso tudo.

– O que foi que aconteceu? – Crake perguntou quando ficaram sozinhos.

– Nada – Jimmy disse.

– Eu congelei a imagem – Crake disse. – Peguei toda a sequência.

– É melhor você apagar – disse Jimmy. Ele já tinha ultrapassado a fase do medo e entrara em total depressão. Com certeza, neste exato momento, o tio Pete estava ligando o seu celular e digitando os números; daqui a algumas horas ele ia ser interrogado de novo pelo CorpSeCorps. Sua mãe isso, sua mãe aquilo. Ele ia ter que dar um jeito de passar por isso.

– Está tudo bem – disse Crake, o que Jimmy tomou como: *Você pode confiar em mim*. Aí ele disse: – Deixe-me adivinhar. Phylum Chordata, Classe dos Vertebrados, Ordem dos Mamíferos, Família dos Primatas, Gênero *Homo*, Espécie *sapiens sapiens*, subespécie sua mãe.

– Que ideia – Jimmy disse com indiferença.

– Sem erro – disse Crake. – Eu a reconheci imediatamente, com aqueles olhos azuis. Era ela ou então um clone.

Se Crake a havia reconhecido, quem mais poderia tê-lo feito? Eles deviam ter mostrado fotos dela para todo mundo do Complexo HelthWyzer: *Você viu esta mulher?* A história de sua mãe dissidente tinha seguido Jimmy por toda parte como um cachorro indesejado, e era provavelmente responsável por seu péssimo desempenho no Leilão de Alunos. Ele não era confiável, era um risco para a segurança, tinha uma mancha.

– Meu pai fez a mesma coisa – disse Crake. – Ele também deu o fora.

– Eu achei que tivesse morrido – disse Jimmy. Era só isso que ele tinha arrancado de Crake até então: papai morreu, ponto final, vamos mudar de assunto. Crake não queria falar sobre isso.

– Foi isso que eu quis dizer. Ele atravessou uma ponte na plebelândia. Era hora do rush, então quando conseguiram alcançá-lo ele tinha virado picadinho.

– Ele pulou ou o quê? – disse Jimmy. Crake não parecia muito abalado com isso, então ele achou que não fazia mal perguntar.

– Essa foi a opinião geral – disse Crake. – Ele era um pesquisador importante na HelthWyzer West, então teve um belo enterro. Foram de um tato impressionante. Ninguém usou a palavra *suicídio*. Eles se referiam ao "acidente do seu pai".

– Sinto muito – disse Jimmy.

– Tio Pete ficou o tempo todo na nossa casa. Minha mãe disse que ele foi um grande *apoio*. – Crake disse a palavra *apoio* como se fosse uma citação. – Ela disse que além de ser o patrão e o melhor amigo do meu pai, ele estava se tornando um grande amigo da família, não que eu costumasse vê-lo por lá antes. Ele queria que as coisas se *resolvessem*, ele disse que estava muito ansioso para que isso acontecesse. Ele ficava tentando conversar comigo, explicar que meu pai tinha *problemas*.

– Queria dizer que o seu pai era biruta – disse Jimmy.

Crake olhou para Jimmy com seus olhos verdes enviesados. – É. Mas ele não era. Ele andava preocupado nos últimos tempos, mas não tinha *problemas*. Eu teria sabido.

– Você acha que ele pode ter caído?

– Caído?

– Da ponte. – Jimmy queria perguntar o que ele estava fazendo numa ponte na plebelândia, mas não pareceu certo perguntar isso. – Havia alguma grade?

– Ele era um tanto desajeitado – Crake disse, com um sorriso estranho. – Nem sempre ele olhava para onde estava indo. Tinha a cabeça nas nuvens. Ele acreditava que podia contribuir para a melhoria da raça humana.

– Você se dava bem com ele?

Crake fez uma pausa. – Ele me ensinou a jogar xadrez. Antes do acidente.

– Bem, não poderia ser *depois* – disse Jimmy, tentando desanuviar o ambiente, porque estava com pena de Crake, e não estava gostando nada daquilo.

Como eu pude deixar de perceber?, o Homem das Neves pensa. O que ele estava me contando. Como eu pude ser tão burro?

Não, burro não. Ele não sabe descrever como ele era antes. Não que ele não tivesse marcas – os acontecimentos o haviam marcado, ele tinha as suas cicatrizes, as suas tristezas. Ignorante, talvez. Desinformado, rudimentar.

Existia algo de voluntário, entretanto, naquela ignorância. Ou não exatamente voluntário, mas estruturado. Ele tinha crescido em espaços confinados, e então tornou-se um deles. Ele tinha excluído coisas.

RETÓRICA APLICADA

No fim daquelas férias, Crake foi para Watson-Crick e Jimmy para Martha Graham. Eles se despediram na estação do trem-bala.

– A gente se vê – Jimmy disse.

– Vamos trocar e-mails – disse Crake. Depois, notando a decepção de Jimmy, ele disse: – Vamos, você se deu bem, o lugar é famoso.

– Era famoso – disse Jimmy.

– Não vai ser tão ruim assim.

Excepcionalmente, Crake se enganou. Martha Graham estava caindo aos pedaços. Era cercado – Jimmy observou quando o trem parou – pelo tipo mais miserável de plebelândia: armazéns vazios, edifícios incendiados, estacionamentos abandonados. Aqui e ali havia casebres feitos de materiais arranjados – folhas de zinco, tábuas de madeira – e habitados sem dúvida por invasores. Como aquelas pessoas viviam? Jimmy não fazia ideia. No entanto, lá estavam elas, do outro lado do arame farpado. Dois deles ergueram o dedo médio para o trem, gritando alguma coisa que o vidro à prova de bala do trem abafou.

A segurança no portão da Martha Graham era uma piada. Os guardas estavam cochilando, os muros – todos cobertos de pixações – poderiam ser escalados por um anão perneta. Do lado de dentro, os prédios rachados de concreto estilo Bilbao eram cheios de goteiras, os gramados eram um lamaçal, com a lama dura ou mole dependendo da estação, e não havia nenhuma área de lazer exceto uma piscina que parecia uma gigantesca lata de sardinha e que fedia como uma. Metade do tempo o ar-condicionado dos dormitórios não funcionava; havia um problema crônico de fornecimento de energia elétrica; a comida na cafeteria era quase toda bege e parecia cocô de guaxitaca. Havia artrópodes nos quartos, famílias e gêneros variados, mas a metade deles era de baratas. Jimmy achou o lugar deprimente, assim como – ao que parecia – todos lá, que tinham tantos neurônios quanto uma tulipa. Mas era isso que a vida tinha reservado para ele, como seu pai havia dito no momento sem jeito da despedida, e agora Jimmy teria que fazer o melhor que pudesse.

Certo, papai, Jimmy tinha pensado. Eu sempre soube que podia contar com você para me dar conselhos sábios.

A Academia Martha Graham tinha esse nome em homenagem a alguma velha deusa da dança do século vinte que aparentemente havia batalhado um bocado no tempo dela. Havia uma estátua horrorosa dela em frente ao prédio da administração, no papel – conforme explicava a placa de bronze – de Judite, decepando a cabeça de um cara chamado Holofernes, usando uma vestimenta histórica. Uma merda feminista retrô, na opinião dos alunos. De vez em quando, decoravam os seios da estátua ou colavam palha de aço na sua região pubiana – o próprio Jimmy já tinha feito isso –, e a direção era tão apática que os enfeites geralmente ficavam ali durante meses sem que eles notassem. Os pais estavam sempre criticando aquela estátua – péssimo modelo de comportamento, eles diziam, agressivo demais, sanguinário demais, blá-blá-blá – e os alunos corriam em sua defesa. A velha Martha era o mascote deles, diziam, a carranca, a cabeça sangrando e tudo o mais. Ela representava a vida, ou a arte, ou algo assim. Tirem as mãos de Martha. Deixem-na em paz.

A Academia tinha sido criada na segunda metade do século vinte por um bando já falecido de liberais abastados da Velha Nova York para ser uma faculdade de Artes e Humanidades, com ênfase especial em Artes Dramáticas e Musicais – teatro, canto, dança e assim por diante. A isso tinha sido acrescentado Cinema nos anos 1980 e Videoartes depois. Essas coisas ainda eram ensinadas na Martha Graham – ainda encenavam peças, e foi lá que Jimmy assistiu a *Macbeth* e concluiu que Anna K. e seu site na web para *voyeurs* tinham feito uma Lady Macbeth mais convincente sentada em seu vaso sanitário.

Os estudantes de canto e dança continuavam a cantar e a dançar, embora não houvesse mais energia nessas atividades e as turmas fossem pequenas. Shows ao vivo tinham sofrido com o pânico dos atentados do início do século vinte e um – ninguém nessa época quis fazer parte de um grupo grande em um evento público, em um lugar fechado, escuro e facilmente destrutível, pelo menos ninguém interessante. Os eventos teatrais haviam se reduzido a cantorias e batalhas de tomate. E embora formatos mais antigos tivessem persistido – os sitcoms da TV, os vídeos de rock –, seu público era idoso e seu apelo principalmente nostálgico.

Então muito do que acontecia na Martha Graham era como estudar latim ou encadernação de livros: agradável a seu modo, mas sem nenhuma utilidade, embora de vez em quando o reitor da faculdade os submetesse a uma palestra chata sobre as artes vitais e seu lugar reservado no grande anfiteatro de veludo vermelho do palpitante coração humano.

Quanto a Cinema e Videoartes, quem precisava deles? Qualquer um com um computador podia montar o que quisesse, ou alterar digitalmente material antigo ou criar nova animação. Você podia baixar um enredo padrão e acrescentar novos rostos e corpos também. O próprio Jimmy tinha feito um *Orgulho e preconceito* e um *Rumo ao farol* com todo mundo nu, só para se divertir, e em Artes Visuais no último ano da HelthWyzer ele tinha feito *O falcão maltês,* com guarda-roupa de Kate Greenaway e iluminação sombria estilo Rembrandt. Tinha ficado bom. Uma tonalidade sombria, um grande claro-escuro.

Com esse tipo de atrito acontecendo – essa erosão do seu antigo território intelectual –, Martha Graham tinha ficado sem um pacote convincente para oferecer. À medida que os fundadores foram morrendo e o entusiasmo pelas artes diminuiu e os recursos foram sendo direcionados para um terreno mais concreto, a ênfase curricular foi direcionada para outras arenas. Arenas *contemporâneas,* elas eram chamadas. Dinâmica de Jogos de Computador, por exemplo; ainda se podia ganhar dinheiro com isso. Ou Apresentação de Imagem, listada no calendário como um ramo de Artes Plásticas e Pictóricas. Com um diploma em Artes Plásticas e Pictóricas, você podia trabalhar em publicidade, sem problemas.

Ou Problemática. Problemática era para pessoas que gostavam de palavras, então foi isso que Jimmy escolheu. Como tudo o mais na Martha Graham, ele tinha objetivos utilitários. Nossos Alunos se Formam com Técnicas de Empregabilidade, dizia o lema por baixo do lema latino original, que era *Ars Longa Vita Brevis.*

Jimmy tinha poucas ilusões. Ele sabia o tipo de mercado que estaria aberto para ele quando saísse do curso de Problemática com seu diploma ridículo. Na melhor das hipóteses, o que ele estaria fazendo seria vitrinismo – decorando o duro, frio e numérico mundo real com a elegante verbosidade 2D. Dependendo do seu desempenho nas disciplinas do curso de Problemática – Lógica Aplicada, Retórica Aplicada, Ética e Terminologia Médicas, Semântica Aplicada, Relativismo e Descaracterização Avançada, Psicologia Cultural Comparada, e o resto –, ele poderia escolher entre um emprego bem remunerado de vitrinista de uma grande empresa ou um mal pago de uma empresa deficitária. A perspectiva de sua vida futura estendia-se à sua frente como uma sentença; não uma sentença de prisão, mas uma sentença prolongada com um monte de cláusulas subordinadas desnecessárias, como ele logo começou a debochar a respeito durante os happy hours nos bares e pubs do campus. Ele não podia dizer que estava ansioso por isso, por esse resto de sua vida.

Entretanto, ele se enterrou na Martha Graham como em uma trincheira, e ficou agachado lá dentro o tempo todo. Ele dividia o quarto com uma vegetariana xiita chamada Bernice, que tinha o cabelo duro preso atrás com um pregador em forma de tucano e usava uma sucessão de camisetas dos Jardineiros de Deus, que – devido à sua aversão a produtos químicos tais como desodorantes – fediam mesmo depois de lavadas.

Bernice mostrou a ele o quanto desaprovava seus modos carnívoros roubando suas sandálias de couro e incinerando-as no gramado. Quando ele protestou dizendo que elas não eram de couro verdadeiro, ela disse que elas tinham fingido sê-lo e portanto mereceram aquele fim. Depois de ele ter recebido algumas garotas no quarto – o que não era da conta de Bernice, e elas tinham sido bem silenciosas, fora algumas risadinhas farmaceuticamente induzidas e um bocado de gemidos bastante compreensíveis –, ela manifestou sua opinião a respeito de sexo consensual fazendo uma fogueira com todas as cuecas de Jimmy.

Ele tinha reclamado disso junto ao Serviço de Atendimento ao Aluno e após algumas tentativas – o Serviço de Atendimento ao Aluno da Martha Graham era notoriamente mal-humorado, uma vez que quem trabalhava lá eram atores decadentes de séries de TV que não perdoavam o mundo pela perda de sua fama marginal – conseguiu um quarto só para ele. *(Primeiro minhas sandálias, depois minhas cuecas. Em seguida serei eu. A mulher é uma piromaníaca, deixem-me dizer de outra forma, ela nega completamente a realidade. Vocês querem ver a prova concreta do seu auto de fé de cuecas? Olhem dentro deste envelope. Se vocês me virem dentro de uma urna, transformado em um monte de cinzas, com uns dois dentes no meio, querem ser responsáveis por isso? Ei, eu sou o Aluno aqui, e quero o Serviço de Atendimento. Está escrito aqui, nesta placa, estão vendo? Eu passei um e-mail para o reitor a respeito disso.)*

(Não foi exatamente isso que ele disse, é claro. Ele não era bobo. Ele sorriu, apresentou-se como sendo um ser humano equilibrado, apelou para a solidariedade deles.)

Depois disso, depois de conseguir o seu novo quarto, as coisas melhoraram um pouco. Pelo menos ele ficou livre para prosseguir com sua vida social sem ser incomodado. Ele tinha descoberto que projetava uma forma de melancolia que era atraente para certo tipo de mulher, o tipo semiartístico, sabichão, que havia em grande quantidade na Martha Graham. Mulheres generosas, afetuosas, idealistas, é como o Homem das Neves se lembra delas agora. Elas tinham algumas cicatrizes que estavam tentando curar. A princípio Jimmy se apressava em ajudá-las: ele era carinhoso, disseram a ele, até mesmo cavalheiresco. Ele extraía delas suas histórias de mágoas, grudava nelas como se fosse um cataplasma. Mas logo o processo se revertia, e Jimmy passava de enfaixador para enfaixado. Essas mulheres começavam a ver o quanto ele estava fraturado, elas queriam ajudá-lo a adquirir uma perspectiva de vida e a acessar os aspectos positivos da sua espiritualidade. Elas o viam como um projeto criativo: o material bruto, Jimmy na sua forma sombria atual; o produto final, um Jimmy feliz.

Jimmy deixava-as trabalhar nele. Isso o alegrava, fazia com que se sentisse útil. Era comovente, o esforço que elas faziam. Isso aqui o deixaria feliz? E isso? Bem, e quanto a *isso*? Mas ele tomava cuidado para nunca se mostrar menos melancólico do que devia. Se fizesse isso, elas esperariam algum tipo de recompensa, ou pelo menos um resultado; elas exigiriam um novo passo, e depois um compromisso. Mas por que ele seria estúpido o bastante para abandonar o seu ar sombrio – a essência crepuscular, a auréola carregada de nuvens, exatamente aquilo que as havia atraído para ele em primeiro lugar?

– Eu sou uma causa perdida – ele costumava dizer a elas. – Eu sou emocionalmente disléxico. – Ele também dizia que elas eram lindas e que o excitavam. O que era verdade, não havia nenhuma falsidade nisso, ele estava sempre sendo sincero. Ele também dizia que qualquer investimento da parte delas seria desperdiçado nele pois ele era um vazadouro emocional, e portanto elas deveriam simplesmente desfrutar o aqui e agora.

Mais cedo ou mais tarde elas reclamavam que ele se recusava a levar a sério as coisas. Isso depois de terem começado dizendo que ele precisava pegar mais leve. Quando finalmente a energia delas se esgotava e a choradeira começava, ele dizia que as amava. Tinha o cuidado de dizer isso num tom de voz desanimado: ser amada por ele era um veneno, era espiritualmente tóxico, poderia arrastá-las para as profundezas escuras onde ele mesmo estava aprisionado, e isso porque ele as amava tanto que queria salvá-las do perigo, isto é, afastá-las de sua vida condenada. Algumas percebiam o jogo dele – *Cresça, Jimmy!* –, mas de forma geral, isso era muito forte.

Ele sempre ficava triste quando elas levantavam acampamento. Não gostava da parte em que elas ficavam zangadas com ele, ficava nervoso com a ira de qualquer mulher, mas depois que elas perdiam a paciência com ele, ele sabia que estava acabado. Detestava ser abandonado, embora ele próprio tivesse manobrado as coisas para que isso acontecesse. Mas outra mulher com interessantes vulnerabilidades logo aparecia. Era uma época de grande fartura.

Mas ele não estava mentindo, pelo menos não o tempo todo. Ele realmente amava aquelas mulheres, de certa maneira. Ele realmente queria fazer com que elas se sentissem melhor. Só que ele tinha uma curta capacidade de atenção.

– Seu canalha – o Homem das Neves diz em voz alta. Esta é uma bela palavra, *canalha;* umas das palavras de ouro de antigamente.

Essas mulheres sabiam sobre sua mãe escandalosa, é claro. A desgraça corre mundo. O Homem das Neves fica envergonhado ao lembrar da forma como havia usado aquela história – uma insinuação aqui, uma hesitação ali. E logo as mulheres o estavam consolando, e ele deitava e rolava na compaixão delas, encharcava-se dela, massageava-se com ela. Era uma experiência que valia por um spa.

Mas a essa altura sua mãe atingira a condição de um ser mítico, algo que transcendeu o humano, com asas negras e olhos que queimavam como a Justiça e uma espada. Quando ele chegava à parte em que ela fora embora levando a guaxitaca dele, geralmente conseguia espremer algumas lágrimas, não dele, mas da plateia.

Retórica Aplicada

O que foi que você fez? (Olhos arregalados, um tapinha no braço, um olhar de compaixão.)

Ah, sei lá. (Um dar de ombros, um olhar distante, mudança de assunto.)

Nem tudo era fingimento.

Apenas Oryx não tinha se impressionado com essa mãe horrenda e alada. *E daí, Jimmy, que sua mãe foi embora? Que pena. Talvez ela tivesse bons motivos para isso. Já pensou nisso?* Oryx não tinha pena dele nem pena de si mesma. Ela não era insensível: ao contrário. Mas se recusava a sentir o que ele queria que ela sentisse. Será que essa era a isca – o fato de ele nunca conseguir obter dela o que as outras tinham dado a ele com tanta liberalidade? Será que era esse o segredo dela?

ASPERGES

Crake e Jimmy mantinham contato por e-mail. Jimmy se queixava da Martha Graham de um jeito que esperava ser divertido, usando adjetivos incomuns e depreciativos para descrever professores e colegas. Ele descrevia a dieta de botulismo e salmonela reciclados, enviava listas das diferentes criaturas de múltiplas patas que havia encontrado no quarto, reclamava da qualidade inferior das substâncias alucinógenas à venda na lúgubre loja dos alunos. Como medida de autoproteção, ocultava os meandros da sua vida sexual, exceto por algumas leves insinuações. *(Essas garotas podem não ser capazes de contar até dez, mas e daí, quem precisa de números no saco? Desde que elas pensem que é dez, ha-ha, brincadeira.)*

Ele não podia deixar de se mostrar um pouco, porque este parecia ser – a partir de todas as indicações que tivera até então – o único campo de realizações em que ele levava vantagem sobre Crake. Na HelthWyzer, Crake não tinha sido o que se costuma chamar de sexualmente ativo. As garotas o achavam intimidante. É verdade que ele havia atraído umas poucas obsessivas que achavam que ele podia caminhar sobre as águas, e que o seguiam por toda parte e enviavam e-mails ardentes para ele e ameaçavam cortar os pulsos por causa dele. Talvez ele tenha até dormido com elas de vez em quando; mas jamais havia perdido a cabeça. Apaixonar-se, embora resultasse de uma alteração da química do corpo e fosse, portanto, uma coisa real, era um estado ilusório hormonalmente induzido, segundo ele. Além disso, era humilhante, porque deixava você em desvantagem, dava poder demais ao objeto do amor. Quanto ao sexo propriamente dito, ele não apresentava nem um desafio nem uma novidade, e de forma geral era uma solução profundamente imperfeita para o problema da transferência genética intergeracional.

As garotas que Jimmy acumulou tinham achado Crake muito esquisito, e isso tinha feito Jimmy sair em defesa dele, por sentir-se superior. "Ele é legal, só que vive em outro planeta", era o que ele costumava dizer.

Mas como saber a respeito das circunstâncias atuais de Crake? Crake dava poucas notícias de si mesmo. Ele tinha um companheiro de quarto, uma namorada? Ele nunca mencionava nenhum dos dois, mas isso não queria dizer nada. Suas descrições eram acerca das instalações do campus, que eram fantásticas – uma caverna de Aladim de instrumentos de pesquisa biológica – e, bem, de que mais? O que Crake dizia mesmo nas suas breves mensagens iniciais do Instituto Watson-Crick? O Homem das Neves não consegue lembrar.

Entretanto, eles jogavam arrastadas partidas de xadrez, dois lances por dia. Jimmy a essa altura já jogava melhor; era mais fácil sem a presença perturbadora de Crake, com aquele jeito de tamborilar os dedos e cantarolar para si mesmo, como se já estivesse enxergando trinta jogadas à frente e estivesse esperando pacientemente que a mente de tartaruga de Jimmy se arrastasse para o sacrifício da próxima torre. Além disso, Jimmy podia consultar grandes mestres e partidas famosas do passado em diversos programas da internet, entre uma jogada e outra. Não que Crake não estivesse fazendo o mesmo.

Depois de cinco ou seis meses, Crake se soltou um pouco. Ele escreveu dizendo que estava tendo que trabalhar mais do que na escola HelthWyzer, porque havia uma competição muito mais acirrada. Os alunos da Watson-Crick chamavam-na de Asperges por causa da alta porcentagem de esquisitões brilhantes saltando de emboscadas nos corredores. Semiautistas, geneticamente falando; mentes com visão afunilada, um acentuado grau de inépcia social – nada a ver com seus vitrinistas elegantes – e, felizmente para todos aqui, um alto grau de tolerância em relação a comportamentos públicos um tanto fora dos padrões.

Mais do que na HelthWyzer?, Jimmy perguntou.

Comparada com este lugar, a HelthWyzer era uma plebelândia, Crake respondeu. *Só tinha NTs.*

NTs?

Neurotípicos.

Que significa?

Sem o gene da genialidade.

Então você é um neurotípico?, Jimmy perguntou na semana seguinte, depois de ter tido tempo de pensar um pouco sobre o assunto. E também de imaginar se ele também era um neurotípico e, se fosse o caso, se isso seria ruim agora na gestalt de Crake. Ele suspeitava que era, e que seria.

Mas Crake nunca respondeu. Ele era assim: quando havia uma pergunta que não queria responder, ele fingia que ela não havia sido feita.

Você devia vir aqui ver esta espelunca, ele disse a Jimmy no final de outubro do segundo ano de faculdade. *Seria uma experiência única. Posso fingir que você é um primo de uma normalidade obtusa. Venha na semana de Ação de Graças.*

A alternativa para Jimmy era comer peru com o peru da unidade familiar, *brincadeira, hehe,* Jimmy disse, e ele não estava a fim disso; então seria um prazer aceitar. Ele disse a si mesmo que estava sendo amigo e fazendo um favor a Crake, pois quem o solitário Crake teria para visitar no feriado além do seu velho e chato australopitecino pseudotio, o tio Pete? Mas ele percebeu também que estava com saudade de Crake. Fazia mais de um ano que não o via. Ele ficou imaginando se Crake teria mudado.

Jimmy tinha alguns trabalhos para terminar antes do feriado. Ele poderia tê-los comprado pela internet, é claro – Martha Graham era notoriamente relapsa com relação a registros, e o plágio era uma indústria florescente lá –, mas ele tinha tomado uma posição em relação a isso. Ele prepararia os seus próprios trabalhos, por mais excêntrico que pudesse parecer; uma linha de conduta que pegava bem com o tipo de mulher que havia na Martha Graham. Elas gostavam de um traço de originalidade, de alguém que assumia riscos e que possuía rigor intelectual.

Pela mesma razão, ele adquiriu o hábito de passar horas nas regiões mais obscuras da biblioteca, desencavando histórias antigas. Bibliotecas melhores, em instituições mais ricas, já haviam queimado seus livros fazia muito tempo e guardavam tudo em CD-ROM, mas a Martha Graham estava atrasada nisso, assim como em tudo o mais. Usando uma máscara para se proteger do mofo, Jimmy vasculhava as estantes cheias de papel velho, escolhendo a esmo.

Parte do que o impelia era teimosia; ressentimento até. O sistema o havia classificado como rejeito, e o que ele estava estudando era considerado – nas instâncias de decisão, nas instâncias de poder – velharia e perda de tempo. Pois bem, ele iria perseguir o supérfluo como um fim em si mesmo. Ele iria ser seu defensor e guardião. Quem foi mesmo que disse que toda arte era completamente inútil? Jimmy não se lembrava, mas merecia aplausos, não importa quem fosse. Quanto mais obsoleto fosse o livro, mais ardorosamente Jimmy o acrescentaria à sua coleção particular.

Ele também compilava listas de palavras antigas – palavras de uma precisão e de uma capacidade de sugestão que não tinham mais aplicação no *mundo atural,* como Jimmy às vezes escrevia propositalmente nos seus trabalhos. (*Erro de digitação,* os professores anotavam, o que mostrava como eles eram alertas.) Ele decorava essas expressões arcaicas, usava-as de vez em quando em conversas: *adamantino, saturnino, lôbrego, sapatranca.* Ele tinha desenvolvido uma estranha ternura em relação a essas palavras, como se elas fossem crianças abandonadas na floresta e ele tivesse o dever de resgatá-las.

Um dos seus trabalhos finais – para o curso de Retórica Aplicada – intitulava-se "Livros de autoajuda do século vinte: explorando a esperança e o medo" e forneceu a ele muita munição para usar nos pubs estudantis. Ele citava trechos aleatoriamente – *Melhore a sua autoimagem; O plano de doze passos para o suicídio ao vivo; Como fazer amigos e influenciar pessoas; Você pode conseguir tudo; Como receber sem empregada; Administração da tristeza para mudos; Como perder a barriga em cinco semanas* – e o círculo em volta dele morria de rir.

Ele agora tinha outra vez um círculo em volta dele: havia redescoberto esse prazer. Ah, Jimmy, *faz* Cirurgia Cosmética para todos! *Faz* Acesse a sua criança interior! *Faz* Feminilidade Total! *Faz* Criando Nútria por Prazer e Dinheiro! *Faz* o Manual de Sobrevivência do Namoro e do Sexo! E Jimmy, o homem sempre pronto para cantar e dançar, atendia. Às vezes ele inventava livros que não existiam – *Curando a diverticulite com cânticos e orações* era uma de suas melhores criações – e ninguém percebia a mentira.

Ele introduziria esse tema na sua dissertação de fim de curso, mais tarde. Conseguiu um A.

Havia uma conexão de trem-bala entre a Martha Graham e o Watson-Crick, com apenas uma baldeação. Jimmy passou boa parte da viagem de três horas olhando pela janela para a plebelândia que estavam atravessando. Fileiras de casas miseráveis; prédios com pequenas varandas e roupa secando nas grades; fábricas com fumaça saindo das chaminés; pedreiras. Uma enorme pilha de lixo, ao lado do que ele supôs ser um incinerador. Um shopping como os que havia na HelthWyzer, só que havia carros nos estacionamentos, em vez de carrinhos elétricos. Uma área iluminada a néon, com bares e espeluncas e o que parecia ser um cinema arqueológico. Ele avistou algumas vagas para trailers e imaginou como seria morar em um deles: essa simples ideia deixou-o um pouco tonto, como ele imaginava que o deserto o deixaria, ou o mar. Tudo na plebelândia parecia tão sem limites, tão poroso, tão penetrável, tão aberto. Tão sujeito ao acaso.

Era uma verdade aceita nos Complexos que nada de interessante acontecia na plebelândia, fora comprar e vender: não havia vida inteligente. Comprar e vender, mais um monte de atividades criminosas; mas para Jimmy o que acontecia do outro lado das barreiras de segurança parecia ser misterioso e excitante. E também perigoso. Ele não saberia como agir por lá, não saberia como se comportar. Não saberia nem mesmo como arranjar garotas. Elas o virariam de cabeça para baixo na mesma hora, elas o deixariam pirado. Elas ririam dele. Ele viraria forragem.

A segurança no Watson-Crick era muito rígida, ao contrário do que acontecia na Martha Graham: deviam ter medo de que algum fanático entrasse e explodisse as melhores cabeças daquela geração, prejudicando assim uma coisa ou outra. Havia dezenas de homens do CorpSeCorps, portando armas de pulverização e cassetetes de borracha; eles usavam a insígnia do Watson-Crick, mas dava para ver quem eram de verdade. Eles tiraram a impressão da íris de Jimmy e a verificaram no sistema, em seguida dois truculentos pesos-pesados levaram-no para ser interrogado. Ele adivinhou imediatamente o motivo.

– Tem visto a sua mãe foragida ultimamente?
– Não – ele disse com sinceridade.
– Teve notícias dela? Recebeu algum telefonema, outro cartão-postal?
– Então eles ainda estavam rastreando a sua correspondência. Todos os cartões-postais deviam estar guardados em seus computadores; além do seu paradeiro atual, razão pela qual eles não perguntaram de onde ele estava vindo.

Não de novo, ele disse. Ele estava conectado ao monitor de impulso neural, portanto sabiam que não estava mentindo; devem ter sabido também que essa pergunta o deixava nervoso. Ele estava quase dizendo *E se tivesse recebido não diria para você, cara de macaco,* mas já tinha idade suficiente para saber que isso não adiantaria nada, e que provavelmente isso o poria de volta no próximo trem-bala para Martha Graham ou coisa pior.

– Sabe o que ela anda fazendo? Com quem tem andado?

Jimmy não sabia, mas teve a impressão de que eles sabiam de alguma coisa. Mas não mencionaram os protestos contra a Happicuppa em Maryland, então talvez estivessem menos informados do que ele pensava.

– Por que você está aqui, filho? – Agora eles estavam entediados. A parte importante havia terminado.

– Vim passar o feriado de Ação de Graças com um velho amigo – disse Jimmy. – Um amigo da escola HelthWyzer. Ele estuda aqui. – Ele deu o nome e o número de autorização de visitante que Crake tinha dado a ele.

– Que tipo de estudante? Que curso ele está fazendo?

Transgênica, Jimmy disse a eles.

Eles verificaram a ficha, pareceram um tanto impressionados. Em seguida fizeram uma ligação do telefone celular, como se não estivessem acreditando muito nele. O que um servo como ele estava fazendo visitando a nobreza?, foi o que o comportamento deles deu a entender. Mas por fim eles o deixaram passar, e lá estava Crake, com suas indescritíveis roupas pretas, parecendo mais velho e mais magro e também mais inteligente do que nunca, recostado na grade da barreira, sorrindo.

– Olá, noz-de-cortiça – disse Crake, e Jimmy foi tomado por uma onda de nostalgia semelhante a uma fome súbita. Ele ficou tão contente de ver Crake que quase chorou.

LOBOCÃES

Comparado com Martha Graham, Watson-Crick era um palácio. Na entrada havia uma estátua de bronze da mascote do instituto, a arabraf cabranha – uma das primeiras combinações bem-sucedidas, feita em Montreal na virada do século, cruzamento de cabra com aranha para produzir filamentos elásticos de aranha no leite. Atualmente, a principal aplicação disso era nos coletes à prova de balas. O CorpSeCorps confiava muito neles.

O enorme terreno que ficava dentro dos muros de segurança tinha um belo leiaute: obra, disse Crake, da Faculdade de Paisagismo em Recorte. Os estudantes de Transgênica Botânica (Divisão Ornamental) tinham criado uma grande variedade de misturas tropicais resistentes a secas e inundações, com flores ou folhas em tons pálidos de amarelo e vermelho flamejante e azul fosforescente e roxo néon. As alamedas, ao contrário das calçadas rachadas de cimento de Martha Graham, eram lisas e largas. Alunos e professores trafegavam por elas nos seus carrinhos elétricos.

Enormes pedras falsas, feitas a partir de uma matriz de garrafas plásticas recicladas e material vegetal de cactos gigantes e diversos litoides – espécies de mesembriantemáceas –, estavam espalhados por toda parte. Era um processo patenteado, disse Crake, desenvolvido originalmente no Watson-Crick e agora um negócio bastante lucrativo. As pedras falsas pareciam de verdade, mas pesavam menos; e não só isso, elas absorviam água durante os períodos de umidade e soltavam água durante os períodos de seca, então agiam como reguladores naturais de gramado. O nome comercial delas era Pedruladores. Mas você tinha que ficar longe delas durante temporais, porque às vezes explodiam.

Mas a maioria dos defeitos já tinha sido corrigida, disse Crake, e novas variedades estavam aparecendo a cada mês. A equipe de estudantes estava pensando em desenvolver algo chamado o Modelo Moisés, para fornecer água potável em tempos de crise. O slogan proposto foi Bata Nela com uma Varinha.

– Como é que essas coisas funcionam? – Jimmy perguntou, tentando não parecer impressionado.

– Não me pergunte – disse Crake. – Eu não estudo Neogeologia.

– E as borboletas... elas são recentes? – Jimmy perguntou após algum tempo. Aquelas que ele estava vendo tinham asas do tamanho de panquecas e eram rosa-choque, e estavam pousadas em um dos arbustos roxos.

– Você quer saber se elas acontecem na natureza ou se foram criadas pela mão do homem? Em outras palavras, se são verdadeiras ou falsas?

– Hum – disse Jimmy. Ele não queria entrar nessa conversa de *o que é real* com Crake.

– Sabe quando as pessoas pintam o cabelo ou melhoram os dentes? Ou quando as mulheres aumentam os peitos?

– Sim?

– Depois que isso acontece, essa fica sendo a aparência delas em tempo real. O processo deixa de ser importante.

– Peitos falsos nunca se parecem com peitos de verdade – disse Jimmy, que achava que entendia um pouco disso.

– Se você perceber que são falsos – Crake disse –, é porque o trabalho foi malfeito. Essas borboletas voam, elas se acasalam, elas põem ovos, nascem lagartas.

– Hum – Jimmy tornou a dizer.

Crake não tinha nenhum colega de quarto. Ele tinha uma suíte, toda em tons de madeira, com venezianas automáticas e ar-condicionado que funcionava de verdade. A suíte consistia em um quarto grande, um banheiro com chuveiro de vapor, uma sala de estar com um sofá-cama – era lá que Jimmy ia acampar, segundo Crake –, e um escritório com sistema de som e o que havia de mais moderno em termos de informática. Tinha também serviço de arrumadeira e de lavanderia. (Jimmy ficou deprimido com essa notícia, uma vez que tinha que lavar a própria roupa na Martha Graham, usando a máquina de lavar barulhenta e a máquina de secar que fritava as suas roupas. Você tinha que inserir moedas de plástico nelas porque as máquinas tinham sido arrombadas regularmente quando funcionavam com moedas de verdade.)

Crake tinha também uma simpática cozinha. – Não que eu use muito o micro-ondas – disse Crake. – Exceto para um lanche rápido. A maioria de nós come nos refeitórios. Tem um para cada faculdade. – Que tal a comida? – Jimmy perguntou. Ele estava se sentindo um verdadeiro troglodita. Morando numa caverna, tentando livrar-se de parasitas, roendo um osso de vez em quando.

– É comida – Crake disse com indiferença.

No primeiro dia, eles visitaram algumas das maravilhas do Watson-Crick. Crake mostrava-se interessado em tudo – em todos os projetos que estavam sendo desenvolvidos. Ele ficava dizendo "Onda do futuro", o que começou a irritar depois da terceira vez.

Primeiro eles visitaram o Botânica Decorativa, onde um grupo de cinco alunos do último ano desenvolvia o Papel de Parede Inteligente, capaz de mudar a cor das paredes do seu quarto de acordo com o seu humor. Esse papel de parede – disseram a Jimmy – tinha uma forma modificada de algas sensíveis à energia, junto com uma camada de nutrientes de algas, mas ainda havia algumas falhas a serem corrigidas. O papel de parede durava pouco em climas úmidos porque consumia todos os nutrientes e aí ficava cinzento; além disso, ele não conseguia captar a diferença entre desejo sexual e ódio assassino, e ficava de um rosa erótico quando o que você precisava realmente era de um lúgubre vermelho-esverdeado.

Esse grupo também trabalhava em uma linha de toalhas de banheiro que funcionariam da mesma forma, mas ainda não havia solucionado questões básicas da vida marinha: quando as algas ficavam molhadas, elas inchavam e começavam a crescer, e as pessoas que faziam parte dos testes não tinham gostado de ver as toalhas que haviam usado na noite anterior inchando como marshmallows retangulares e se estendendo pelo chão do banheiro.

– Onda do futuro – disse Crake.

Depois eles seguiram para o setor de Neoagricultura. Tiveram que colocar roupas biológicas antes de entrar no prédio e máscaras de proteção, porque o que iam ver ainda não era à prova de organismos biológicos. Uma mulher com uma gargalhada igual à do pica-pau conduziu-os pelos corredores.

– Este aqui é o mais recente – disse Crake.

Eles avistaram um objeto grande, bulbiforme, que parecia coberto por uma pele amarelo-esbranquiçada. Saíam dele vinte tubos grossos, e no final de cada tubo havia outro bulbo crescendo.

– Que diabo é isso? – perguntou Jimmy.

– São frangos – disse Crake. – Partes de frangos. Só peitos, neste aqui. Eles têm alguns que se especializam em coxas também, doze por unidade.

– Mas eles não têm cabeça – disse Jimmy. Ele entendeu o conceito, afinal de contas ele havia crescido com os *sus multiorganíferes,* mas aquilo já era um pouco demais. Pelo menos os porcões da sua infância tinham cabeça.

– Aquilo no meio é a cabeça – a mulher disse. – Tem uma boca no alto, é por ali que são jogados os nutrientes. Eles não têm olhos nem bicos nem nada disso, porque não precisam.

– Isso é horrível – disse Jimmy. A coisa toda era um pesadelo. Parecia um tubérculo de proteína animal.

– Imagine o corpo da anêmona-do-mar – disse Crake. – Isso ajuda.

– Mas o que ele pensa? – disse Jimmy.

A mulher deu sua gargalhada de pica-pau e explicou que tinham removido todas as funções cerebrais não relacionadas com a digestão, a assimilação e o crescimento.

– É como se fosse um frango ancilóstomo – disse Crake.

– Ele não precisa de hormônios de crescimento – disse a mulher. – A alta taxa de crescimento já faz parte do projeto. Você consegue peitos de frango em duas semanas, é uma melhoria de três semanas na mais eficiente operação de criação de frangos de baixa caloria e alta densidade feita até hoje. E os fanáticos defensores dos animais não vão poder dizer nada, porque essa coisa não sente dor.

– Esses garotos vão se dar bem – Crake disse depois que eles saíram. Os alunos do Watson-Crick ficavam com metade dos *royalties* de tudo que inventavam lá. Crake disse que isto era um enorme incentivo. – Eles estão pensando em chamá-lo de ChickieNob.

– Eles já estão à venda? – Jimmy perguntou desanimado. Ele não se imaginava comendo um frango sem cabeça. Seria como comer uma enorme verruga. Mas como acontecia com os implantes de seios... os bons... talvez ele não notasse a diferença.

– Eles já iniciaram o processo de franquia – disse Crake. – Os investidores estão fazendo fila na porta. Eles podem vender mais barato que todo mundo.

Jimmy estava começando a se aborrecer com o modo de Crake apresentá-lo, "Este é Jimmy, o neurotípico", porém ele era inteligente o bastante para não demonstrar. Era como se ele o estivesse chamando de homem paleolítico ou algo assim. Daqui a pouco o estariam colocando numa jaula, alimentando-o com bananas e dando-lhe choques elétricos.

Jimmy também não achou grande coisa as mulheres disponíveis no Watson-Crick. Talvez elas nem mesmo estivessem disponíveis: elas pareciam ter outros interesses em mente. As poucas tentativas de flerte por parte de Jimmy provocaram olhares de surpresa – surpresa e nenhum agrado, como se ele tivesse sujado o tapete delas.

Considerando o relaxamento daquelas mulheres, sua falta de cuidado com a aparência e a higiene pessoal, elas deveriam ter desmaiado diante da atenção dele. Camisas xadrez eram sua roupa mais elegante, os cabelos não eram o seu forte: muitas delas pareciam tê-los cortado com tesouras de cozinha. Em conjunto, elas o fizeram lembrar de Bernice, a piromaníaca vegetariana dos Jardineiros de Deus. O modelo Bernice era uma exceção na Martha Graham, onde as garotas tentavam dar a impressão de que eram, tinham sido, ou poderiam vir a ser bailarinas ou atrizes ou cantoras ou intérpretes ou fotógrafas conceituais ou outra coisa artística. Flexibilidade era o seu objetivo, estilo, o seu jogo, quer elas o jogassem bem ou não. Mas ali o gênero Bernice era a regra, exceto pelas poucas camisetas religiosas. A maioria delas eram estampadas com complicadas equações matemáticas que causavam ataques de riso naqueles que conseguiam decifrá-las.

– O que diz a camiseta? – Jimmy perguntou, depois de ter visto isso acontecer diversas vezes: os outros rindo e ele parado com o ar apatetado de quem acabou de ser vítima de um batedor de carteira.

– Aquela garota é física – disse Crake, como se isso explicasse tudo.
– E daí?
– E daí que a camiseta dela é sobre a décima primeira dimensão.
– Qual é a piada?
– É complicada – disse Crake.
– Explica.

– Você tem que entender de dimensões e que elas supostamente estão todas enroscadas dentro das dimensões que nós conhecemos.

– E daí?

– É tipo assim: eu posso tirar você deste mundo, mas o caminho para isso são apenas alguns nanossegundos, e a forma de medir esses nanossegundos não existe no nosso espaço.

– Tudo isso em símbolos e números?

– Não tão explicado.

– Ah.

– Eu não disse que era *engraçado* – disse Crake. – Eles são físicos. Só é engraçado para eles. Mas você perguntou.

– Então o que ela quer dizer é que eles poderiam trepar se ao menos ele tivesse o tipo certo de pau, coisa que ele não tem? – disse Jimmy, que tinha feito um grande esforço de raciocínio.

– Jimmy, você é um gênio – disse Crake.

– Aqui é a Biodefesa – disse Crake. – Última parada, eu prometo. – Ele sabia que Jimmy estava cansado. A verdade era que aquilo tudo trazia muitas recordações. Os laboratórios, as estranhas bioformas, os cientistas socialmente espásticos... tudo isso era muito parecido com sua vida anterior, com sua vida na época da infância. O último lugar ao qual ele desejaria voltar. Até a Martha Graham era preferível.

Eles estavam parados diante de uma série de jaulas, cada uma guardando um cachorro. Havia diferentes raças e tamanhos, mas todos olhavam para Jimmy com amor, todos estavam abanando os rabos.

– É um canil – disse Jimmy.

– Não exatamente – disse Crake. – Não passe da grade de proteção, não ponha a mão na jaula.

– Eles parecem bem amigáveis – disse Jimmy. Seu velho desejo de possuir um animal de estimação tomou conta dele. – Eles estão à venda?

– Eles não são cachorros, apenas parecem cachorros. Eles são lobocães, criados para enganar. Se você estender a mão para fazer festa, eles arrancam a sua mão. Eles têm um grande componente de pit-bull.

– Por que fazer um cachorro assim? – disse Jimmy, dando um passo para trás. – Quem ia querer um?

– Isso é coisa do CorpSeCorps – disse Crake. – Trabalho encomendado. Grande financiamento. Eles querem colocá-los em fossos, ou algo do tipo.

– Fossos?

– É. Melhor do que um sistema de alarme, não há como desarmar esses caras. Nem como fazer amizade com eles, não são cachorros de verdade.

– E se eles escaparem? Ficarem à solta? Começarem a se multiplicar indiscriminadamente como aqueles coelhos verdes enormes?

– Esse é o problema – disse Crake. – Mas eles não vão fugir. A natureza está para os zoológicos assim como Deus está para as igrejas.

– O que quer dizer? – disse Jimmy. Ele não estava prestando muita atenção, estava preocupado com os frangos sem cabeça e os lobocães. Por que ele tinha a sensação de que uma linha fora cruzada, uma barreira fora ultrapassada? Tudo não teria ido longe demais?

– Essas paredes e barras de ferro estão aqui por uma razão – disse Crake. – Não para nos manter do lado de fora, mas para mantê-los do lado de dentro. A humanidade precisa de barreiras, em ambos os casos.

– Para se defender de quê?

– Da Natureza e de Deus.

– Pensei que você não acreditasse em Deus – disse Jimmy.

– Eu também não acredito na Natureza – disse Crake. – Não com N maiúsculo.

HIPOTÉTICO

— E aí, arranjou uma namorada? – Jimmy disse no quarto dia. Ele tinha guardado a pergunta para o momento certo. – Quer dizer, tem um bocado de garotas aqui para escolher. – Ele pretendia ser irônico. Não conseguia imaginar a si mesmo com aquelas garotas que davam gargalhadas de pica-pau ou as que tinham fórmulas cobrindo os peitos, mas também não conseguia imaginar Crake com nenhuma delas. Crake era doce demais para isso.

– Não exatamente – Crake disse laconicamente.

– O que quer dizer com *não exatamente*? Você tem uma namorada, mas ela não é um ser humano?

– A formação de pares neste estágio não é encorajada – disse Crake, parecendo um manual de instruções. – Nós devemos nos concentrar no trabalho.

– Isso faz mal à saúde – disse Jimmy. – Você devia arranjar alguém.

– É fácil para você dizer isso – disse Crake. – Você é o gafanhoto, eu sou a formiga. Não posso perder tempo em buscas improdutivas.

Pela primeira vez Jimmy imaginou – seria possível? – se Crake não teria inveja dele. Embora Crake talvez estivesse apenas sendo um imbecil afetado; ou o Watson-Crick estivesse tendo um efeito negativo sobre ele. *Então qual seria a missão ultravital do supercerebelo?* Jimmy teve vontade de dizer. *Digna-se a divulgar?* Mas em vez disso ele brincou.

– A não ser que você não consiga faturar ninguém.

– Se você tiver muita necessidade, pode conseguir esse tipo de coisa pelo Serviço de Atendimento ao Aluno – Crake disse, com muita formalidade. – Eles deduzem o preço da sua bolsa, do mesmo modo que quarto e comida. As trabalhadoras vêm da plebelândia, são profissionais treinadas. Naturalmente, passam antes por um exame de saúde.

– Serviço de Atendimento ao Aluno? Você está sonhando! Eles fazem *o quê*?

– Faz sentido – disse Crake. – Como sistema, evita a dispersão de energias em canais improdutivos, e problemas de curto-circuito. As alunas têm igual acesso, é claro. Você pode conseguir gente de qualquer cor e qualquer idade... bem, quase. Qualquer tipo físico. Eles providenciam tudo. Se você for gay ou algum tipo de fetichista, eles cuidam disso também.

A princípio Jimmy achou que Crake estivesse brincando, mas ele não estava. Jimmy teve vontade de perguntar o que ele havia experimentado – se ele tinha trepado com uma amputada das duas pernas, por exemplo. Mas de repente a pergunta pareceu invasiva. E também poderia ser confundida com zombaria.

A comida no refeitório da faculdade de Crake era fantástica – camarões de verdade em vez dos de soja que eles comiam na Martha Graham, e frango de verdade, Jimmy achou, embora o evitasse porque não conseguia esquecer das aberrações que tinha visto; e algo muito parecido com queijo de verdade, embora Crake dissesse que vinha de um legume, uma nova espécie de abóbora que eles estavam testando.

As sobremesas carregavam no chocolate, chocolate de verdade. O café era mesmo café. Nada de derivados de grãos, nada de melaço. Era Happicuppa, mas quem se importava? E cerveja de verdade. Sem dúvida que a cerveja era de verdade.

Então tudo isso foi uma agradável mudança com relação à Martha Graham, embora os colegas de Crake costumassem esquecer dos talheres e comiam com as mãos, limpando a boca na manga da camisa. Jimmy não era metido a fino, mas aquilo beirava a falta de educação. Eles também falavam o tempo todo, quer alguém estivesse ouvindo ou não, sempre sobre ideias que estavam desenvolvendo. Assim que descobriam que Jimmy não trabalhava em um *espaço* – que frequentava na verdade uma instituição que claramente consideravam um lixo –, eles perdiam todo o interesse nele. Eles se referiam aos outros alunos de suas próprias faculdades como seus coespecíficos, e a todos os demais seres humanos como não específicos. Era uma piada corrente.

E assim Jimmy não sentiu nenhuma vontade de fazer algum programa noturno com eles. Ele se contentou em ficar com Crake, deixando-o vencê-lo no xadrez e no Three-Dimensional Waco, ou tentando decodificar os ímãs de geladeira de Crake, aqueles que não tinham números nem símbolos. O Watson-Crick era uma cultura de ímã de geladeira: as pessoas os compravam, trocavam e fabricavam.

Sem Cérebro, Sem Sofrimento (com um holograma verde de um cérebro).
Siliconsciência.
Vagando de Espaço em Espaço.
Quer Comer da Minha Máquina de Carne?
Administre o Seu Tempo, Deixe o Meu em Paz.
Arabra/cabranha, quem que te criou?
Experimentos vivos em ação.
Penso, logo invado.
O verdadeiro estudo de A Humanidade É Tudo.

Às vezes eles viam TV ou navegavam na internet, como nos velhos tempos. Faziam pipoca no micro-ondas, fumavam a maconha modificada que os alunos de Botânica Transgênica cultivavam numa das estufas; e depois Jimmy capotava no sofá. Depois que ele se acostumou com a sua posição naquela hierarquia de cérebros, que equivalia à de uma ameba, as coisas melhoraram. Ele só precisava relaxar e controlar a respiração, como se estivesse malhando. Ele sairia dali dentro de poucos dias. Enquanto isso, era sempre interessante ouvir o que Crake tinha a dizer, quando Crake estava sozinho e disposto a dizer alguma coisa.

Na penúltima noite, Crake disse: – Deixe-me apresentar-lhe um cenário hipotético.

– Estou ouvindo – disse Jimmy. Na verdade, ele estava com sono: tinha comido muita pipoca e bebido muita cerveja, mas endireitou o corpo e fez sua cara de atenção, a mesma que havia aperfeiçoado na escola. Cenários hipotéticos era um dos temas favoritos de Crake.

– Premissa: a doença não é produtiva. Em si mesma, ela não gera nenhum benefício e, portanto, nenhum dinheiro. Embora seja uma desculpa para diversas atividades, tudo o que ela faz realmente em termos de dinheiro é fazer a riqueza fluir dos doentes para os sadios. Dos pacientes para os médicos, dos clientes para os curandeiros. Osmose monetária, por assim dizer.

– Certo – disse Jimmy.

– Agora, suponha que você seja um empreendimento chamado HelthWyzer. Suponha que você ganhe dinheiro com drogas e procedimentos que curem pessoas doentes, ou então... melhor... que impeçam as pessoas de adoecer.

– Sim? – disse Jimmy. Não havia nada de hipotético ali: era isso mesmo que a HelthWyzer fazia.

– Do que é que você vai precisar, mais cedo ou mais tarde?

– Mais curas?

– Depois disso.

– O que você quer dizer com depois disso?

– Depois que você já tiver curado tudo.

Jimmy fingiu que estava pensando. Não adiantava pensar de verdade: era óbvio que Crake já tinha uma solução para o seu problema.

– Você se lembra do problema dos dentistas depois que foi fabricado o novo antisséptico bucal? Aquele que substituía a placa bacteriana por outras amigáveis, que preenchiam o mesmo nicho ecológico, isto é, a sua boca? Ninguém nunca mais precisou de uma obturação, e a maioria dos dentistas foi à falência.

– E daí?

– E daí que você precisaria de mais doentes. Ou então... e seria a mesma coisa... de mais doenças. Novas e diferentes. Certo?

– Parece lógico – Jimmy disse após alguns instantes. E parecia mesmo. – Mas não estão sempre descobrindo novas doenças?

– Descobrindo não – disse Crake. – Estão *criando*, isso sim.

– Quem está criando? – perguntou Jimmy. Sabotadores, terroristas, era isso que Crake estava querendo dizer? Todo mundo sabia que eles faziam essas coisas, ou tentavam fazer. Até agora não tinham tido muito sucesso: suas doenças tinham sido insignificantes, em termos do Complexo, e muito fáceis de conter.

– A HelthWyzer – disse Crake. – Eles vêm fazendo isso há anos. Tem uma unidade secreta que só trabalha nisso. E tem também o setor de distribuição. Presta atenção, isso é brilhante. Eles põem os organismos hostis em comprimidos de vitamina, aquela marca famosa da HelthWyzer que é vendida no varejo, sabe? Eles têm um sistema de contágio realmente sofisticado, inserem um vírus dentro de uma bactéria do tipo E. coli, que não é digerida, explode no piloro e bingo! Inserção randômica, é claro, e eles não têm que continuar fazendo isso, se continuassem acabariam sendo apanhados, porque mesmo na plebelândia tem gente capaz de perceber. Mas depois que você consegue inserir um organismo hostil na população plebeia, do jeito que as pessoas vivem ali, naquela promiscuidade, ele se propaga sozinho. É lógico que eles desenvolvem os antídotos na mesma hora em que estão criando os micróbios, mas os mantêm guardados, eles praticam a economia da escassez, garantindo assim altos lucros.

– Você está inventando isso?

– As melhores doenças, sob o ponto de vista comercial – continuou Crake –, seriam aquelas que causassem enfermidades prolongadas. O ideal – isto é, para se obter o máximo de lucro – é que o paciente fique curado ou morra antes de o seu dinheiro acabar completamente. É um cálculo refinado.

– Isso seria realmente uma maldade – disse Jimmy.

– Era isso que o meu pai pensava – disse Crake.

– Ele *sabia*? – Agora Jimmy estava realmente prestando atenção.

– Ele descobriu. Foi por isso que eles o jogaram da ponte.

– Quem jogou? – disse Jimmy.

– Para ser atropelado.

– Você está ficando paranoico?

– Nem um pouco – disse Crake. – Essa é a mais pura verdade. Eu li os e-mails do meu pai antes que eles limpassem o seu computador. As provas que ele estava reunindo estavam todas lá. Os testes que estava fazendo com os comprimidos de vitaminas. Tudo.

Jimmy sentiu um frio na espinha. – Quem sabe que você sabe?

– Adivinha para quem mais ele contou? – disse Crake. – Para a minha mãe e o tio Pete. Ele ia revelar tudo através de um site da internet, essas coisas têm muita penetração, ele iria derrubar as vendas de todos os suplementos vitamínicos da HelthWyzer e destruir todo o esquema. Isto causaria um caos financeiro. Pense nos empregos perdidos. Ele quis avisá--los primeiro. – Crake fez uma pausa. – Ele achou que o tio Pete não sabia.

– Uau... Então um dos dois...

– Pode ter sido os dois. Tio Pete não ia querer ver os lucros ameaçados. Minha mãe pode ter ficado com medo, pode ter achado que se o meu pai caísse ela também cairia. Ou pode ter sido o CorpSeCorps. Talvez ele estivesse agindo de modo estranho no trabalho. Talvez o estivessem vigiando. Ele criptografou tudo, mas se eu consegui decifrar, eles também conseguiriam.

– Isso é tão estranho – disse Jimmy. – Então eles assassinaram o seu pai?

– Executaram – disse Crake. – Esse é o termo que teriam usado. Devem ter dito que ele estava prestes a destruir um conceito elegante e que a empresa estava agindo pelo bem comum.

Os dois ficaram ali sentados. Crake olhando para o teto, quase como se o estivesse admirando. Jimmy não sabia o que dizer. Palavras de consolo seriam supérfluas.

Finalmente, Crake disse: – Por que a sua mãe fugiu daquele jeito?

– Não sei – disse Jimmy. – Uma porrada de motivos. Não quero falar sobre isso.

– Aposto que o seu pai estava metido em alguma coisa parecida. Alguma sujeira como a da HelthWyzer. Aposto que ela descobriu.

– Ah, acho que não – disse Jimmy. – Acho que ela se envolveu com os Jardineiros de Deus, uns fanáticos ambientalistas. Algum bando de doidos. De qualquer maneira, meu pai não teria...

– Aposto que ela sabia que eles estavam começando a saber que ela sabia.

– Eu estou cansado – disse Jimmy. Ele bocejou, e de repente viu que estava mesmo cansado. – Acho que vou dormir.

EXTINCTATHON

Na última noite, Crake disse: – Quer jogar Extinctathon?
– Extinctathon? – disse Jimmy. Ele custou um pouco, mas então lembrou: aquele jogo interativo chato da internet com todos aqueles animais e aquelas plantas mortas. – Quando era mesmo que nós jogávamos isso? Não pode estar rolando ainda.

– Ele nunca parou – disse Crake. Jimmy entendeu o que estava subentendido: Crake nunca tinha parado. Ele deve ter jogado sozinho durante todos aqueles anos. Bem, Crake era compulsivo, não havia nenhuma novidade nisso.

– Então, quantos pontos já tem? – ele perguntou para ser delicado.

– Quando você chega a três mil, passa a ser um Grande Mestre. O que significava que Crake era um, porque ele não teria mencionado isso se não fosse.

– Ah, beleza. Aí você ganha um prêmio? O rabo e as duas orelhas?

– Deixe-me mostrar-lhe uma coisa – disse Crake. Ele entrou na internet e acessou o site. Lá estava o portal: *EXTINCTATHON, Monitorado por MaddAddão. Adão deu nome aos animais vivos, MaddAddão dá nome aos mortos. Você quer jogar?*

Crake clicou Sim e entrou com o seu codinome: *Rednecked Crake*. O pequeno símbolo de celacanto apareceu em cima do nome dele, indicando Grande Mestre. Em seguida algo novo, uma mensagem que Jimmy nunca tinha visto antes: *Bem-vindo Grande Mestre Rednecked Crake. Quer jogar uma partida geral ou quer jogar com outro Grande Mestre?*

Crake clicou a segunda opção. *Ótimo. Encontre a sua sala de jogos. MaddAddão irá encontrá-lo lá.*

– MaddAddão é uma pessoa? – Jimmy perguntou.

– É um grupo – disse Crake. – Ou grupos.

– E o que é que eles fazem? – Jimmy estava se sentindo um idiota. Era como assistir a um velho DVD de espionagem, tipo James Bond ou algo parecido. – Quer dizer, além de contar os crânios e peles.

–Veja isto. – Crake saiu do Extinctathon, invadiu um banco local e de lá foi para o que parecia ser um fabricante de autopeças. Ele clicou na imagem de uma calota, que abriu a janela Pin-ups Ninfetinhas. Os arquivos tinham datas e não nomes; ele escolheu um deles, transferiu-o para sua pasta, apagou seu rastro, abriu seu arquivo e baixou uma imagem.

Era a foto de Oryx, com sete ou oito anos de idade, nua exceto por suas fitas e flores. A foto do olhar que ela havia lançado para ele, o olhar direto, desdenhoso, inteligente, que o havia abalado tanto quando ele tinha uns... catorze anos? Ele ainda tinha a cópia em papel, dobrada, bem guardada. Era uma coisa particular aquela foto. O que ele tinha de mais particular: a sua própria culpa, a sua própria vergonha, o seu próprio desejo. Por que Crake a tinha guardado? *Roubado*.

Jimmy sentiu-se acossado. *O que ela está fazendo aqui?* Ele teve vontade de gritar. *Isso é meu! Me devolve!* Ele estava numa fila de reconhecimento; dedos apontavam para ele, rostos zangados o fitavam, enquanto um clone furioso de Bernice punha fogo nas suas cuecas. O castigo estava a caminho, mas por quê? O que ele tinha feito? Nada. Ele só tinha olhado.

Crake moveu o cursor até o olho esquerdo da garota, clicou na íris. Era um portal: a sala de jogos apareceu.

Olá, Grande Mestre Crake. Entre com sua senha.

Crake fez isso. Uma nova frase apareceu: *Adão deu nome aos animais. MaddAddão os customiza.*

Havia uma série de boletins, com lugares e datas – enviados pelo CorpSeCorps e marcados com a inscrição Apenas para Endereços Protegidos.

Uma pequena mosca parasita tinha invadido diversas instalações da ChickieNobs, carregando uma forma modificada de catapora, específica e fatal para o frango. As instalações tiveram que ser incineradas para que a epidemia pudesse ser controlada.

Uma nova forma de camundongo doméstico viciado em fita isolante de fiação elétrica tinha invadido Cleveland, causando um número sem precedentes de incêndios em residências. Medidas de controle ainda estavam sendo testadas.

As plantações do café Happicuppa estavam ameaçadas por um novo caruncho que estava se mostrando resistente a todos os pesticidas conhecidos.

Um pequeno roedor, contendo elementos tanto do porco-espinho quanto do castor, tinha aparecido na região nordeste, enfiando-se por baixo dos capôs dos carros estacionados e destruindo suas correias de ventilador e seus sistemas de transmissão.

Um micróbio que comia o piche do asfalto transformara diversas rodovias interestaduais em areia. Todas as rodovias estavam em alerta, e um cinturão de quarentena havia sido providenciado.

– O que está acontecendo? – Jimmy perguntou. – Quem está colocando isso aí?

Os boletins desapareceram e apareceu uma nova tela. *MaddAddão precisa de novas iniciativas. Tem uma ideia inteligente? Compartilhe conosco.*

Crake digitou: *Desculpe, interrupção. Tenho que ir.*

Certo, Grande Mestre Rednecked Crake. Conversamos mais tarde. Crake fechou o programa.

Jimmy teve uma sensação estranha, uma sensação que o fez se lembrar da época em que sua mãe sumiu de casa: a mesma impressão de algo proibido, de uma porta aberta que deveria estar trancada, de uma corrente de vidas secretas correndo pelos subterrâneos, na escuridão, por baixo dos seus pés. – O que significa isso? – ele disse. Talvez não fosse nada, ele disse a si mesmo. Talvez fosse apenas Crake se mostrando. Talvez fosse um cenário bem montado, uma invenção de Crake, uma brincadeira para assustá-lo.

– Não estou bem certo – disse Crake. – Achei, a princípio, que eles fossem apenas mais uma organização maluca de preservação dos animais. Mas tem mais coisa aí. Acho que estão atrás de toda a maquinaria. Eles estão atrás de todo o sistema, querem acabar com ele. Até agora, não se meteram com pessoas, mas é óbvio que poderiam fazê-lo.

– Você não devia se envolver nisso! – disse Jimmy. – Você corre o risco de o associarem a isso! Alguém pode achar que você faz parte disso. E se você for apanhado? Vai acabar com o cérebro frito! – Ele agora estava assustado.

– Eu não vou ser apanhado – disse Crake. – Estou apenas navegando. Mas me faz o favor de não mencionar isso quando me mandar um e-mail.

– Claro – disse Jimmy. – Mas por que se arriscar?

– Estou curioso, só isso – disse Crake. – Eles me deixaram entrar na sala de espera, e só. Eles têm que pertencer a algum Complexo, ou pelo menos têm que ter sido treinados em um deles. Esses organismos que estão criando são sofisticados; não acho que gente da plebelândia fosse capaz de fazer isso. – Ele lançou um olhar de esguelha para Jimmy com seus olhos verdes... um olhar (o Homem das Neves acha agora) que significava confiança. Crake confiava nele. Senão não teria mostrado a ele a sala de jogos secreta.

– Pode ser uma armadilha do CorpSeCorps – disse Jimmy. Os caras de lá tinham o hábito de armar esses esquemas, para apanhar subversivos com a boca na botija. Diziam que os Complexos estavam minados com esses túneis potencialmente letais. – Você tem que prestar atenção onde pisa.

– Claro – disse Crake.

O que Jimmy queria mesmo saber era: *dentre todas as possibilidades que você tinha, dentre todos os portais, por que escolheu a ela?*

Mas ele não podia perguntar. Ele não podia trair-se.

Outra coisa aconteceu durante aquela visita; uma coisa importante, embora Jimmy não tenha percebido na hora.

Na primeira noite, enquanto estava dormindo no sofá-cama do apartamento de Crake, tinha ouvido gritos. Ele achou que os gritos vinham de fora – na Martha Graham, teriam sido estudantes baderneiros –, mas na verdade eles vinham do quarto de Crake. Vinham do próprio Crake.

Mais do que gritos, berros. Sem palavras. Isso aconteceu todas as noites em que ele lá esteve.

– Foi alguma coisa que você sonhou – Jimmy disse na manhã seguinte, depois da primeira vez que isso aconteceu.

– Eu nunca sonho – disse Crake. Ele estava com a boca cheia e olhava pela janela. Para um homem tão magro, ele comia muito. Era a velocidade, a alta taxa de metabolismo: Crake queimava tudo.

– Todo mundo sonha – Jimmy disse. – Lembra o estudo sobre sono-REM na escola em HelthWyzer?

– Aquele em que nós torturávamos gatos?

– Gatos virtuais, esse mesmo. E os gatos que não podiam sonhar enlouqueciam.

– Eu nunca me lembro dos meus sonhos – disse Crake. – Coma mais uma torrada.

– Mas você deve ter sonhos mesmo assim.

– Tudo bem, eu me expressei mal. Eu não quis dizer *Eu nunca sonho*. Eu não sou maluco, logo devo sonhar. Hipótese, demonstração, conclusão. Está bem assim? – Crake sorriu, serviu-se de mais café.

Então Crake nunca se lembrava dos seus sonhos. É o Homem das Neves quem se lembra deles. Pior do que lembrar: ele está imerso neles, está se debatendo neles, está preso neles. Cada momento que ele viveu nos últimos meses foi primeiro sonhado por Crake. Não é de espantar que Crake berrasse tanto.

9

MARCHA

Depois de andar por uma hora, o Homem das Neves sai do antigo parque. Ele continua a se afastar da costa, caminhando pelas avenidas, ruas e estradas da plebelândia devastada. São muitos os carros solares destruídos, alguns empilhados em colisões envolvendo diversos veículos, outros queimados, outros intactos, como se estivessem temporariamente estacionados. Há também caminhões e vans, modelos termelétricos e outros movidos a diesel ou gasolina, e ATVs. Umas poucas bicicletas, umas poucas motocicletas – uma boa opção, considerando o tráfego caótico que deve ter durado dias. Com um veículo de duas rodas, você poderia costurar no meio de veículos maiores até alguém atirar em você ou atropelá-lo, ou então até você cair.

Esse costumava ser um setor semirresidencial – lojas no térreo, totalmente destruídas agora; pequenos apartamentos em cima. A maioria das placas ainda estava no lugar, apesar dos buracos de bala. As pessoas tinham guardado as balas de chumbo da época anterior às armas de pulverizar, apesar da proibição de que os plebeus tivessem qualquer tipo de arma. O Homem das Neves não conseguiu achar nenhuma bala; e ele não tinha mesmo nenhum revólver enferrujado em que elas pudessem servir.

Os prédios que não pegaram fogo nem explodiram continuam de pé, embora a vegetação esteja se infiltrando por cada rachadura. Daqui a algum tempo, ela irá rachar o asfalto, cobrir as paredes, levantar os telhados. Um tipo de trepadeira está crescendo por toda parte, cobrindo parapeitos de janelas, entrando por janelas quebradas e se enroscando em grades. Em pouco tempo, este bairro vai estar coberto pela vegetação. Se ele tivesse adiado por mais tempo esta viagem, o caminho de volta estaria intransponível. Não vai demorar muito para que todos os traços visíveis de moradia humana tenham desaparecido.

* * *

Mas suponha – apenas como suposição, pensa o Homem das Neves que ele não seja o último da sua espécie. Suponha que haja outros. Ele materializa esses possíveis remanescentes que podem ter sobrevivido em bolsões isolados, excluídos pela paralisação das redes de comunicação, mantendo-se vivos de alguma forma. Monges em lugares desertos, longe do contágio; pastores de cabras vivendo nas montanhas que nunca se misturaram com o povo do vale; tribos perdidas nas florestas. Preservacionistas que haviam se conscientizado mais cedo, eliminado todos os recém-chegados e se fechado nos seus bunkers subterrâneos. Matutos, eremitas; vagabundos dementes, protegidos por suas alucinações. Bandos de nômades, vivendo de acordo com seus costumes ancestrais.

Como foi que isso aconteceu? Os descendentes deles irão perguntar, ao se depararem com as provas, as ruínas. As provas arruinantes. *Quem fez essas coisas? Quem morou nelas? Quem as destruiu?* O Taj Mahal, o Louvre, as Pirâmides, o Empire State Building – coisas que ele viu na TV, em velhos livros, em cartões-postais, na internet. Imagine dar de cara com elas, em 3D, em tamanho verdadeiro, sem nenhuma preparação – você ficaria apavorado, sairia correndo, e depois disso precisaria de uma explicação. A princípio dirão tratar-se de gigantes ou deuses, porém mais cedo ou mais tarde eles irão querer saber a verdade. Como ele, eles terão o cérebro curioso de macaco.

Talvez eles digam: *Essas coisas não são reais. São fantasmas. São criadas pelos sonhos, e agora que não há mais ninguém sonhando com elas, elas estão desmoronando.*

– Vamos supor – disse Crake uma noite – que a civilização assim como nós a conhecemos seja destruída. Quer um pouco de pipoca?

– Isso é manteiga de verdade? – disse Jimmy.

– Só temos o melhor em Watson-Crick – disse Crake. – Uma vez destruída, ela nunca mais poderia ser reconstruída.

– Por quê? Tem sal aí?

– Porque todos os metais existentes na superfície já foram explorados – disse Crake. – Sem eles, nada de idade do ferro, do bronze, do aço e assim por diante. Tem metal mais no fundo da terra, mas a tecnologia avançada necessária para extraí-lo teria sido destruída.

– Ela poderia ser restaurada – disse Jimmy, mastigando. Já fazia muito tempo que ele não comia uma pipoca tão boa. – Eles ainda teriam as instruções.

– Na verdade, não – disse Crake. – Não é como a roda, é complexo demais agora. Vamos supor que as instruções sobreviveram, vamos supor que sobraram pessoas com o conhecimento necessário para entendê-las. Essas pessoas seriam poucas e estariam separadas umas das outras, e não teriam as ferramentas. Lembre-se, não haveria eletricidade. Então, depois que essas pessoas morressem, seria o fim. Elas não teriam nem aprendizes nem sucessores. Quer uma cerveja?

– Está gelada?

– Tudo o que é preciso é a eliminação de uma geração – disse Crake. – Uma geração de qualquer coisa. Besouros, árvores, micróbios, cientistas, falantes de francês, seja o que for. Quebrando o elo temporal entre uma geração e a seguinte, o jogo estará terminado.

– Por falar em jogo – disse Jimmy –, é a sua vez de jogar.

O caminho tornou-se uma corrida de obstáculos para o Homem das Neves: em diversos lugares ele precisou fazer desvios. Agora está em uma ruela estreita, coberta de trepadeiras; elas passam de telhado em telhado, cobrindo a rua. Por entre os espaços entre os galhos ele pode ver um punhado de aves de rapina voando em círculos no céu. Elas também podem vê-lo, seus olhos são como lentes de aumento, essas criaturas podem contar o troco que você tem no bolso. Ele entende um pouco de aves de rapina. – Ainda não – ele grita para elas.

Mas por que desapontá-las? Se ele tropeçasse ou caísse, se se machucasse, desmaiasse, e depois fosse atacado por lobocães ou porcões, que diferença isto faria para qualquer pessoa a não ser ele mesmo? Os crakers estão indo bem, não precisam mais dele. Por algum tempo eles irão imaginar para onde ele terá ido, mas ele já providenciou uma resposta para isso: ele foi para perto de Crake. Ele irá tornar-se um personagem secundário em sua mitologia, uma espécie de demiurgo de reserva. Ele será falsamente lembrado. Sua morte não será lamentada.

* * *

O sol está subindo, intensificando seus raios. Ele sente uma tontura. Um galho grosso se afasta, balançando a língua, quando pisa ao lado dele. Precisa prestar mais atenção. Algumas das cobras são venenosas? Aquele rabo em que quase pisou tinha um corpo peludo na frente? Ele não o viu direito. Ele espera que não. Disseram que todos os cobratos tinham sido destruídos, mas bastava ter sobrado um casal. Um casal, o Adão e Eva dos cobratos, e um doido revoltado, ordenando que eles crescessem e se multiplicassem, adorando a ideia daquelas coisas se esgueirando pelos canos. Ratos com longos rabos verdes e escamosos e presas de cascavel. Ele resolve não pensar sobre isso.

Então ele começa a cantarolar, para ficar mais animado. Qual é a canção? "Winter Wonderland." Eles costumavam reciclar essa canção nos shoppings todo Natal, muito depois de ter nevado pela última vez. A letra falava sobre brincadeiras com um boneco de neve antes que ele virasse mingau.

Talvez ele não seja o Abominável Homem das Neves afinal de contas. Talvez seja o outro tipo de homem de neve, o idiota risonho que construíam e destruíam para se divertirem, seu sorriso de pedrinhas e seu nariz de cenoura um convite para o deboche. Talvez esse seja realmente ele, o último *Homo sapiens* – uma ilusão branca de homem, que hoje está aqui e amanhã não está mais, tão facilmente derrubado, abandonado para derreter ao sol, ficando cada vez mais magro até virar água e desaparecer. Como o Homem das Neves está fazendo agora. Ele para, enxuga o suor do rosto, bebe metade da sua garrafa de água. Ele torce para haver mais água em algum lugar, logo.

Mais adiante, as casas vão escasseando até desaparecer. Há uma área de estacionamentos e depósitos, depois arame farpado esticado entre postes de cimento, um portão elegante todo quebrado. Fim do perímetro urbano e dos limites da plebelândia, começo do reino gramado dos Complexos. Aqui fica a última estação do trem-bala, com suas cores de floresta plastificada. *Nenhum perigo aqui*, as cores estão dizendo. *Apenas divertimento.*

Mas essa é a parte perigosa. Até aqui ele teve sempre alguma coisa em que subir ou se esconder atrás em caso de ataque, mas agora vem um espaço aberto sem abrigos e com poucas coisas verticais. Ele puxa o lençol por cima do boné de beisebol para se proteger do brilho do sol, cobrindo-se como um árabe, e continua a andar, apertando o passo o mais que pode. Ele sabe que vai se queimar um pouco, mesmo através do lençol, se ficar muito tempo ali: sua única esperança é andar depressa. Ele vai precisar encontrar abrigo antes do meio-dia, quando o asfalto estará quente demais para se pisar.

Agora ele chegou aos Complexos. Ele passa pelo desvio que vai dar no CrioGênio, um dos menores prédios: ele gostaria de ter sido uma mosquinha na hora em que as luzes se apagaram e duas mil cabeças congeladas de milionários aguardando ressurreição começaram a derreter no escuro. Em seguida vem o Gnomos-Gênios, com o elfo mascote pondo a sua cabeça de orelhas pontudas para dentro e para fora de um tubo de ensaio. O néon estava aceso, notou: a conexão solar ainda devia estar funcionando, embora não de forma perfeita. Essas placas só deveriam acender de noite.

E, finalmente, o RejoovenEsense. Onde ele tinha cometido tantos erros, se enganado tanto, participado da sua última viagem de recreio. Maior do que as Fazendas OrganInc, maior do que a HelthWyzer. O maior de todos.

Ele passa pela primeira barricada com seus periscópios abandonados e holofotes queimados, depois pela cabine de segurança. Um guarda está caído, com o corpo metade para dentro e metade para fora. O Homem das Neves não fica surpreso pela ausência de uma cabeça: em tempos de crise, a emoção corre solta. Ele verifica se o sujeito ainda tem sua arma de pulverizar, mas nada feito.

Depois vem um espaço sem prédios. Terra de Ninguém, como Crake costumava chamar. Não tem nenhuma árvore aqui: eles derrubaram tudo que pudesse servir para alguém se esconder, dividiram o território em quadrados com linhas de sensores de calor e movimento. O efeito sinistro de tabuleiro de xadrez já desapareceu; a superfície plana está toda coberta de ervas daninhas. O Homem das Neves fica alguns minutos examinando o espaço, mas fora um grupo de aves pretas bicando algum objeto no chão, nada se move. Então segue adiante.

Agora está no caminho de acesso à propriedade. Ao longo da estrada há um rastro de objetos que as pessoas devem ter deixado cair durante a fuga, como uma caça ao tesouro ao contrário. Uma mala, uma mochila com roupas saindo para fora, uma valise aberta, e ao lado dela uma escova de dentes cor-de-rosa. Uma pulseira; um enfeite de cabelo em forma de borboleta; um caderno, com as folhas molhadas, a caligrafia ilegível.

Os fugitivos a princípio deviam ter alguma esperança. Devem ter pensado que aquelas coisas teriam uma utilidade mais tarde. Depois mudaram de ideia e largaram tudo.

REJOOVENESENSE

Ele está sem fôlego e suando em bicas quando chega ao muro do Complexo RejoovenEsense, ainda com quatro metros de altura, mas não mais eletrificado, com seus espigões de ferro enferrujando. Ele atravessa o portão externo, que parece ter sido explodido, parando na sua sombra para comer a barra energética de chocolate e beber o resto da água. Depois continua, atravessa o fosso, passa pelos abrigos das sentinelas, onde guardas armados do CorpSeCorps costumavam ficar, e pelos cubículos de vidro de onde monitoravam o equipamento de segurança, depois pela torre de vigilância com a porta de aço – aberta agora –, onde um dia ele fora obrigado a fornecer sua impressão digital e a impressão da sua íris.

Mais adiante está a vista de que se lembra tão bem: as residências dispostas como em um condomínio ajardinado, com casas grandes em estilo georgiano e Tudor e francês rústico, as ruas sinuosas indo dar no campo de golfe dos funcionários e nos seus restaurantes e boates e clínicas e shoppings e quadras de tênis cobertas e em seus hospitais. À direita ficam os prédios de isolamento de organismos radioativos, de um laranja brilhante, e as fortalezas negras em forma de cubo, de vidros blindados, que eram o núcleo comercial de tudo. Ao longe está o seu objetivo – o parque central, e o alto da charmosa abóbada de Crake visível acima das árvores, redonda e branca e brilhante, como uma bolha de gelo. Ao olhar para ela, ele estremece.

Mas não há tempo para lamentações inúteis. Ele marcha rapidamente pela rua principal, evitando os montes de roupas e as carcaças humanas. Quase só restam ossos: os carniceiros fizeram o seu trabalho. Quando ele saiu dali, o lugar parecia uma cena de massacre e fedia como um matadouro, mas agora tudo está quieto e o fedor quase desapareceu. Os porcões destruíram os gramados: as marcas de seus cascos estão por toda parte, embora, felizmente, não sejam muito frescas.

Seu primeiro objetivo é comida. O lógico seria ele se dirigir para o final da rua, onde ficam os shoppings – há mais chances de encontrar o que comer lá –, mas ele está faminto demais para isso. Além disso, precisa sair do sol imediatamente.

Então ele entra na segunda rua à esquerda, que vai dar em um dos setores residenciais. O capim já está alto ao longo do meio-fio. A rua é circular; na ilha que fica no meio, um conjunto de arbustos, sem tratamento nem poda, cobertos de flores vermelhas e roxas. Algum híbrido exótico: dali a poucos anos morrerão. Ou então se espalharão, de forma invasiva, matando as espécies nativas. Quem pode dizer qual dos dois caminhos? O mundo inteiro é hoje um grande experimento fora de controle – como sempre foi, Crake teria dito – e a doutrina das consequências involuntárias está em franca expansão.

A casa que ele escolhe é de tamanho médio, estilo Queen Anne. A porta da frente está trancada, mas uma janela em forma de losango foi quebrada: algum saqueador deve ter estado ali antes dele. O Homem das Neves imagina o que o infeliz estaria procurando: comida, dinheiro inútil ou apenas um lugar para dormir? O que quer que fosse, não deve ter adiantado muito.

Ele bebe um pouco da água de uma banheira de pássaros de pedra, enfeitada com sapos de aparência estúpida e ainda cheia com a chuvarada da véspera, e não muito suja de cocô de passarinho. Quais as doenças transmitidas pelos pássaros, e elas ficam em seus cocôs? Ele vai ter que arriscar. Depois de molhar o rosto e o pescoço, ele enche a sua garrafa. Depois examina a casa, atento a sinais, a movimentos. Ele não consegue livrar-se da impressão de que alguém – alguém como ele – está à espreita, em algum canto, atrás de alguma porta entreaberta.

Ele tira os óculos escuros, enrola-os no lençol. Depois entra pela janela quebrada, uma perna, depois a outra, atirando primeiro o seu cajado para dentro. Agora está na obscuridade. Os pelos dos seus braços ficam eriçados: claustrofobia e energia negativa já o estão oprimindo. O ar está pesado, como se o pânico estivesse condensado ali dentro e ainda não tivesse tido tempo de se dissipar. O cheiro é de mil esgotos vazando.

– Olá! – ele diz. – Alguém em casa? – Ele não consegue evitar: qualquer casa anuncia potenciais moradores. Ele tem vontade de virar as costas e voltar; sente um gosto de vômito na boca. Mas tapa o nariz com uma ponta do lençol imundo – pelo menos é o seu próprio cheiro – e começa a atravessar o tapete mofado, passando pelos vultos dos móveis. Ele ouve uma correria e uns guinchos: os ratos tomaram conta do lugar. Ele caminha com cuidado. Ele sabe que aparência tem para os ratos: um cadáver ambulante. Mas eles parecem ser ratos de verdade, não cobratos. Cobratos não guincham, eles sibilam.

Guinchavam, sibilavam, ele corrige a si mesmo. Eles foram exterminados, foram extintos, ele precisa insistir nisso.

Uma coisa de cada vez. Ele localiza o armário de bebidas na sala de jantar e o examina rapidamente. Meia garrafa de bourbon; nada mais, só um monte de garrafas vazias. Nenhum cigarro. Devia ser uma casa de não fumantes, ou então o saqueador que esteve lá antes dele roubou os cigarros. – Foda-se – ele diz para o aparador de carvalho.

Então ele sobe devagarinho a escada até o segundo andar. Por que tanto cuidado, como se ele fosse um ladrão de verdade? Ele não pode evitar. Sem dúvida há gente lá, dormindo. Sem dúvida irão ouvi-lo e irão acordar. Mas ele sabe que isso é bobagem.

Tem um homem no banheiro, esparramado nos ladrilhos marrons, usando – o que restou dele – um par de pijamas listrados de azul e marrom. Estranho, pensa o Homem das Neves, como numa emergência tanta gente corre para o banheiro. Banheiros são o que existe de mais parecido com santuários nessas casas, lugares onde você pode ficar sozinho para meditar. E também para vomitar, para sangrar pelos olhos, para pôr os intestinos para fora de tanto cagar, para procurar desesperadamente no armário de remédios alguma pílula que possa salvá-lo.

É um belo banheiro. Uma Jacuzzi, cerâmica mexicana com estampas de sereias na parede, suas cabeças coroadas de flores, seus cabelos louros compridos e ondulados, seus bicos pintados de um rosa forte em seios pequenos mas redondos. Ele bem que gostaria de tomar uma chuveirada – este lugar provavelmente tem uma bomba de pressão de água –, mas há alguma coisa na banheira que parece uma gosma endurecida. Ele pega um sabonete e procura sem sucesso um protetor solar no armário. Um vidro de BlyssPluss pela metade; um vidro de aspirina, que ele guarda. Ele pensa em apanhar uma escova de dente, mas tem nojo de usar a escova de um morto, então apanha só a pasta. Para um Sorriso Mais Branco, ele lê. Está ótimo, ele precisa mesmo de um sorriso mais branco, embora não consiga pensar para quê.

O espelho do armário de remédios está quebrado: algum ato final de raiva inútil, de protesto cósmico – *Por que isso? Por que eu?* Ele pode entender isso, ele teria feito o mesmo. Teria quebrado alguma coisa; transformado em fragmentos sua última visão de si mesmo. A maior parte do vidro está dentro da pia, mas ele toma cuidado ao pisar: como um cavalo, sua vida agora depende dos seus pés. Se ele não puder andar, vira comida de rato.

Ele vai para o corredor. A dona da casa está no quarto, deitada debaixo de uma colcha cor-de-rosa e dourada, com um braço e um ombro para fora da coberta, ossos e tendões numa camisola de oncinha. Seu rosto está virado para o outro lado, felizmente, mas seu cabelo está intacto, parecendo uma peruca: raiz escura, mechas arrepiadas, um estilo que poderia ser atraente na mulher certa.

Em uma época da sua vida, ele costumava examinar as gavetas dos outros sempre que tinha uma chance, mas naquele quarto ele não tem vontade de fazer isso. Além do que não haveria nenhuma novidade. Roupas íntimas, acessórios eróticos, bijuterias, misturados com tocos de lápis, moedas, alfinetes e, se ele tivesse sorte, um diário. Quando ele estava na escola, gostava de ler os diários das meninas, com suas letras maiúsculas e múltiplos pontos de exclamação e expressões exageradas – *amor amor amor, ódio ódio ódio* – e seus sublinhados coloridos, como as cartas doentias que ele costumava receber, mais tarde, no trabalho. Ele esperava a garota entrar no chuveiro e fazia uma busca apressada. É claro que era o seu próprio nome que ele estava procurando, embora nem sempre tivesse gostado do que havia encontrado.

Uma vez ele tinha lido, *Jimmy seu intrometido eu sei que você está lendo isto, que ódio, só porque eu transei com você não significa que eu goste que você faça isso,* DÁ O FORA!!! Duas linhas vermelhas debaixo de *ódio*, três debaixo de *dá o fora*. O nome dela era Brenda. Bonitinha, vivia mascando chiclete, sentava na frente dele na aula de Técnicas Vitais. Tinha um robocão movido a energia solar, em cima da cômoda, que latia, pegava um osso de plástico e levantava a perna para urinar um líquido amarelo. Ele sempre se espantou com o fato de que as garotas mais duronas e rebeldes tivessem os brinquedinhos mais infantis e esquisitos em seus quartos.

A penteadeira tem a coleção padrão de cremes de beleza, tratamentos de hormônio, ampolas e injeções, cosméticos, perfumes. Na luminosidade que entra pelas frestas da persiana, essas coisas têm um brilho opaco, como uma natureza-morta coberta de verniz. Ele se borrifa com o produto de um dos frascos, um cheiro almiscarado que espera que possa se sobrepor aos outros cheiros do quarto. *Crack Cocaine,* diz o rótulo em letras douradas em alto-relevo. Ele pensa em bebê-lo, mas se lembra que tem o bourbon.

Depois ele se inclina para se olhar no espelho oval. Ele não consegue resistir aos espelhos dos lugares que saqueia, ele dá uma olhada em si mesmo sempre que pode. E é cada vez mais um choque. Quem o encara de volta é um estranho, de olhos turvos, rosto encovado, todo marcado de picadas de insetos. Ele pisca, sorri para si mesmo, mostra a língua: o efeito é realmente sinistro. Atrás dele no vidro, o vulto da mulher na cama parece o de uma mulher de verdade; como se a qualquer momento ela fosse virar-se para ele, abrir os braços, chamá-lo para junto dela. Ela e seu cabelo eriçado.

Oryx tem uma peruca como aquela. Ela gostava de se fantasiar, de mudar de aparência, de fingir que era outra mulher. Ela desfilava pelo quarto, fazia um *strip,* rebolava e fazia poses. Ela dizia que os homens gostavam de variar.

– Quem foi que disse isso a você? – Jimmy perguntou.

– Ah, alguém. – Aí ela riu. Isso foi um minuto antes de ele tomá-la nos braços e a peruca cair... *Jimmie!* Mas ele não podia pensar em Oryx naquele momento.

Ele se vê parado no meio do quarto, com os braços pendurados, a boca aberta. – Eu fui um burro – ele diz em voz alta.

Ao lado há um quarto de criança, com um computador de plástico vermelho, uma prateleira de ursinhos, um papel de parede de girafas e uma pilha de CDs contendo – a julgar pelas capas – alguns jogos de computador extremamente violentos. Mas não tem nenhuma criança, nenhum corpo de criança. Talvez tenha morrido e sido cremada naqueles primeiros dias em que ainda estavam ocorrendo cremações; ou talvez ela tenha ficado assustada quando seus pais desmaiaram e começaram a cuspir sangue, e tenha fugido para outro lugar. Talvez ela fosse um daqueles pacotes de panos e ossos pelos quais ele passou nas ruas. Alguns deles eram bem pequenos.

Ele localiza o roupeiro no corredor e troca o seu lençol imundo por um limpo, dessa vez não um liso, mas um estampado de arabescos e flores. Isso vai impressionar os garotos crakers. "Olha", eles vão dizer. "O Homem das Neves está criando folhas!" Eles não duvidariam que ele fosse capaz disso. Há uma pilha de lençóis limpos no armário, dobrados e arrumados, mas ele só pega um. Ele não quer voltar mais carregado do que o estritamente necessário. Se for preciso, ele pode voltar para pegar mais.

Ele ouve a voz de sua mãe dizendo a ele para colocar o lençol sujo na cesta de roupa – os velhos caminhos neurológicos são persistentes –, mas ele larga o lençol no chão e torna a descer, entrando na cozinha. Ele tem esperança de achar alguma comida enlatada, ensopado de soja ou feijão e salsichas falsas, qualquer coisa que contenha proteína – até mesmo uns legumes seriam bem-vindos, substitutos ou não, ele aceita qualquer coisa –, mas quem quebrou a janela também limpou o armário. Avista um punhado de cereais secos dentro de um pote de plástico, que ele come; é um papelão de genes-lixo e ele tem que mastigar muito e beber um pouco de água para forçá-lo a descer. Ele encontra três pacotes de castanhas, distribuídos no trem-bala, e devora um deles imediatamente; não estão muito velhas. Tem também uma lata de sardinhas de soja. Além disso, só tem um vidro de ketchup pela metade, marrom-escuro e fermentado.

Ele nem se atreve a abrir a geladeira. Parte do fedor da cozinha vem de lá.

Em uma das gavetas da bancada encontra uma lanterna que funciona. Ele leva a lanterna e dois pedaços de vela, e alguns fósforos. Encontra um saco de lixo, exatamente onde deveria estar, e coloca tudo lá dentro, inclusive as sardinhas e os outros dois pacotes de castanhas, e o bourbon, o sabonete e a aspirina. Vê algumas facas, não muito amoladas; ele escolhe duas, e uma panela pequena. Será útil se ele encontrar algo para cozinhar.

No final do corredor, espremido entre a cozinha e a despensa, há um pequeno escritório. Uma mesa com um computador, um fax, uma impressora; também um pote com canetas de plástico, uma estante com livros de referência – um dicionário, uma enciclopédia, um Bartlett's, a *Norton Anthology of Modern poetry*. O cara de pijama listrado lá em cima deve ter sido uma pessoa de palavras, então: um redator de discursos do

RejoovenEsense, um encanador ideológico, um detalhista de aluguel. Pobre infeliz, pensa o Homem das Neves.

Ao lado de um vaso de flores murchas e de uma foto emoldurada de pai e filho – a criança então era um menino, de uns sete ou oito anos tem uma agenda de telefone. Na página de cima está escrito em letras bem grandes CORTAR A GRAMA. Depois, com letras menores e mais fracas, *Ligar para a clínica...* A caneta esferográfica ainda está em cima do papel, como se tivesse sido largada ali: então o mal-estar deve ter sido súbito, tanto o mal-estar como a compreensão dele. O Homem das Neves pode imaginar o sujeito se dando conta do que está acontecendo enquanto contempla a própria mão escrevendo. Ele deve ter sido um dos primeiros casos, senão não estaria preocupado com a grama.

Ele sente um arrepio na nuca. Por que ele tem a sensação de ter invadido a sua própria casa? A sua casa de vinte e cinco anos atrás, sendo ele a criança desaparecida.

TORNADO

O Homem das Neves atravessa a sala escurecida pelas cortinas fechadas e vai até a frente da casa, planejando o que fazer em seguida. Ele terá de procurar uma casa mais abastecida de comida enlatada, ou então um shopping. Ele poderia acampar lá fora para passar a noite, no alto de uma das ruínas; assim teria mais tempo, poderia escolher apenas o melhor para levar. Quem sabe? Ainda pode achar algumas barras de chocolate. Depois, quando ele souber que cuidou do aspecto nutricional, pode ir para a casa-bolha, saquear o arsenal. Assim que tiver uma arma de pulverização funcionando nas mãos, vai se sentir bem mais seguro.

Ele atira o cajado para fora pela janela quebrada, depois sai pelo mesmo caminho, tomando cuidado para não rasgar seu novo lençol florido nem se cortar ou rasgar o saco plástico no vidro quebrado. Bem na sua frente, no meio do gramado, impedindo o acesso à rua, estão cinco porcões fuçando um monte de lixo que ele espera que só contenha roupas. Um macho, duas fêmeas, dois filhotes. Quando eles o escutam, param de comer e erguem a cabeça: eles o veem. Ele ergue o galho que lhe serve de cajado e o sacode na direção deles. Geralmente eles recuam quando ele faz isso – porcões têm boa memória, cajados ou bengalas se parecem com sovelas elétricas –, mas dessa vez eles não se mexem. Estão farejando, como se estivessem intrigados; talvez estejam sentindo o cheiro do perfume que ele borrifou em si mesmo. Talvez o material contivesse feromônios sexuais análogos aos dos mamíferos, para seu azar. Encurralado e morto por porcões lascivos. Que fim idiota.

O que fazer se eles atacarem? Só existe uma opção: tornar a entrar pela janela. Será que ele tem tempo para isso? Apesar das pernas gordas que suportam o corpo enorme, os desgraçados correm muito rápido. As facas de cozinha estão no saco de lixo; de todo modo, elas são pequenas e frágeis demais para causar estrago em um porcão adulto. Seria como tentar enfiar uma faquinha de descascar em pneu de caminhão.

O macho abaixa a cabeça, arqueando seu enorme pescoço e seus ombros e se balançando, nervoso, para a frente e para trás, decidindo o que fazer. Mas os outros já começaram a se afastar, então o macho decide acompanhá-los, indicando o seu desprezo e o seu desafio soltando um monte de bosta ao ir embora. O Homem das Neves fica imóvel até eles desaparecerem, depois avança com cautela, olhando frequentemente para trás. Há muitas pegadas de porcões por ali. Esses bichos são suficientemente espertos para simular uma retirada e depois ficar à espreita na próxima esquina. Eles o derrubariam, pisariam nele, depois rasgariam sua barriga e comeriam primeiro os seus órgãos. Ele sabe do que eles gostam. O porcão é um animal inteligente e onívoro. Alguns deles podem até ter tecido de neocórtex humano crescendo em suas cabeças engenhosas e malvadas.

Sim: lá estão eles, ali adiante. Atrás de um arbusto, todos os cinco; não, todos os sete. Eles estão olhando na direção dele. Seria um erro dar as costas, ou correr. Ele ergue o cajado e caminha de lado, voltando para onde veio. Se necessário, poderia refugiar-se no posto de controle e ficar lá até eles irem embora. Depois ele teria de encontrar um caminho alternativo até a casa-bolha, andando por ruas laterais, onde a fuga é possível.

Mas no tempo que ele leva para cobrir a distância, escorregando de lado como numa dança grotesca, com os porcões ainda olhando para ele, nuvens negras aproximam-se vindas do sul, cobrindo o sol. Essa não é a tempestade habitual da tarde: ainda é muito cedo, e o céu mostra uma ameaçadora coloração amarelo-esverdeada. É um tornado, e dos grandes. Os porcões desapareceram, foram procurar abrigo.

Ele fica do lado de fora do posto de controle, vendo a tempestade se aproximar. É um espetáculo grandioso. Uma vez viu um documentarista amador ser sugado para dentro de um tornado como esse. Ele imagina como os Filhos de Crake estariam se virando, lá na praia. Será horrível para Crake se os resultados vivos de suas teorias fossem levados pelo vento ou lançados ao mar por uma onda gigantesca. Mas não vai acontecer: no caso de o mar invadir, os quebra-mares formados pelas ruínas dos prédios irão protegê-los. Quanto ao tornado, eles já enfrentaram um antes. Todos se refugiarão na caverna central no meio de blocos de concreto a que chamam de casa de tempestade e vão esperar o tornado passar.

Os ventos avançam, levantando poeira e entulho no espaço aberto. Relâmpagos cruzam o céu. Ele pode ver o cone escuro e fino ziguezagueando na direção da terra; em seguida vem a escuridão. Felizmente, os postos de controle são anexos incorporados aos prédios da segurança, e essas coisas são como *bunkers,* construções grossas e sólidas. Ele corre para dentro assim que a chuva começa a cair.

Ouve-se o ruído do vento, o estrondo de um trovão, um som vibrante quando tudo o que ainda está no chão range como a engrenagem de um motor gigantesco. Um objeto grande bate na parede. Ele entra no prédio, passa por uma porta, depois outra, remexendo o saco de lixo em busca da lanterna. Ele a encontra e está tentando acendê-la quando há outro estrondo e as luzes se acendem. Algum circuito solar previamente danificado deve ter sido reativado.

Ele quase deseja que as luzes não tivessem voltado a funcionar: ele vê dois trajes de proteção biológica no canto, e o que restou dentro deles está em péssimo estado. Há arquivos abertos, papel espalhado por toda parte. Tem-se a impressão de que os guardas foram dominados. Talvez estivessem tentando impedir que as pessoas saíssem pelos portões; ele recorda que houve uma tentativa de impor uma quarentena. Mas elementos antissociais, que praticamente poderiam ser qualquer um naquela altura, devem ter entrado e destruído os arquivos secretos. Como eles foram otimistas em acreditar que aquela papelada e aqueles disquetes ainda pudessem ter alguma utilidade para alguém.

Ele se obriga a examinar os trajes; vasculhando com a ponta do cajado, vira-os ao contrário. A situação não está tão ruim quanto ele imaginava, não está fedendo tanto, só há umas poucas baratas; o que era mole desapareceu. Mas ele não consegue encontrar nenhuma arma. Os antissociais devem ter fugido com elas, como ele mesmo teria feito. Como ele realmente fez.

Ele volta para a área da recepção, a parte com o balcão e a mesa. De repente sente-se muito cansado. Ele se senta na cadeira ergonômica. Já faz muito tempo que ele não se senta numa cadeira, e a sensação é estranha. Ele resolve arrumar seus fósforos e seus tocos de vela para o caso de as luzes se apagarem de novo; enquanto está fazendo isso, toma um gole da água da banheira de pássaros e come o segundo pacote de castanhas. Do lado de fora vem o barulho do vento, um som medonho, como um enorme animal furioso à solta. O vento entra pelas portas que ele fechou, levantando a poeira; tudo chacoalha. Suas mãos estão tremendo. Isso o está deixando nervoso, mais do que ele gostaria de admitir.

E se houver ratos ali dentro? Deve haver ratos. E se houver uma inundação? Eles vão subir por suas pernas! Ele levanta as pernas, apoia-as num dos braços da cadeira ergonômica, prende o lençol florido em volta delas. Nem adianta tentar ouvir algum guincho revelador, o barulho da tempestade é ensurdecedor.

Um grande homem deve enfrentar os desafios de sua vida, diz uma voz. Quem será dessa vez? Um palestrante motivacional da RejoovTV, algum palhaço vaidoso vestindo terno. Um tagarela de aluguel. *Essa é sem dúvida a lição que a história nos ensinou. Quanto maior o obstáculo, maior o salto. Ter que enfrentar uma crise nos faz crescer como pessoa.*

– Eu não cresci como pessoa, seu cretino – o Homem das Neves grita. – Olhe para mim! Eu encolhi! Meu cérebro está do tamanho de uma passa!

Mas ele não sabe se está maior ou menor porque não há ninguém que possa servir de comparação. Ele está perdido na neblina. Não existe nenhum ponto de referência.

As luzes se apagam. Agora ele está sozinho no escuro.

– E daí? – diz para si mesmo. – Você estava sozinho na luz. Não faz muita diferença. – Mas faz.

Entretanto, ele está preparado. Ele toma coragem. Acende a lanterna, risca um fósforo e consegue acender uma vela. A chama oscila por causa do vento, mas fica acesa, lançando um pálido círculo amarelo na mesa, transformando a sala numa caverna, escura mas protetora.

Ele mexe no saco plástico, encontra o terceiro pacote de castanhas, abre-o e come as castanhas. Ele tira a garrafa de bourbon, pensa um pouco, depois desatarraxa a tampa e bebe. *Glub glub glub,* ele imagina o quadrinho em sua cabeça. *Aguardente.*

Ah, benzinho, uma voz de mulher diz do canto da sala. *Você vai indo muito bem.*

– Não vou não – ele diz.

Um sopro de ar – uuff! – atinge suas orelhas, apaga a vela. Ele não se dá ao trabalho de tornar a acendê-la porque o bourbon está fazendo efeito. Prefere ficar no escuro. Pode sentir Oryx flutuando na direção dele com suas asas macias. A qualquer momento ela estará com ele. Senta-se agachado na cadeira, com a cabeça pousada na mesa e os olhos fechados, num estado de infelicidade e paz.

10

VULTURINAS

Após quatro conturbados anos, Jimmy deixou a Martha Graham com o seu diplomazinho vagabundo em Problemática. Ele não esperava conseguir emprego imediatamente, e nisso não se enganou. Durante semanas enviou currículos, recebeu-os de volta depressa demais, às vezes com manchas de gordura e impressões digitais de algum subalterno que os havia examinado durante o almoço. Aí ele substituía as páginas sujas e tornava a enviá-los.

Ele tinha conseguido um emprego de verão na biblioteca da Martha Graham, examinando livros velhos e marcando-os para destruição enquanto decidia o que deveria permanecer na Terra em forma digital, mas perdeu esse posto no meio do período porque não suportava jogar nada fora. Depois disso foi morar com sua namorada do momento, uma artista conceitual, uma morena de cabelos compridos chamada Amanda Payne. Esse nome era uma invenção, como quase tudo nela: seu verdadeiro nome era Barb Jones. Ela precisara reinventar a si mesma, ela disse a Jimmy, uma vez que a Barb original fora tão massacrada por sua família branca, abusiva e viciada em açúcar, que ela não passava de um objeto rejeitado de liquidação, como um carrilhão quebrado ou uma cadeira de três pernas.

Isso é que a havia tornado atraente aos olhos de Jimmy, para quem "liquidação" era em si mesmo um conceito exótico: ele queria consertá-la, refazer sua pintura. Deixá-la como nova. "Você tem um bom coração", ela disse a ele, da primeira vez que o havia deixado entrar em suas defesas. Revisão: cama.

Amanda tinha um apartamento caindo aos pedaços em um dos Módulos, dividido com dois outros artistas, ambos homens. Todos os três vinham da plebelândia, frequentaram a Martha Graham com bolsas de estudo e se consideravam superiores aos privilegiados, fracos e degenerados rebentos dos Complexos, como Jimmy. Eles tiveram que brigar por seu espaço. Alegavam uma clareza de visão que só podia ter vindo do fato de ter sido amolada na pedra da realidade. Um dos homens tinha tentado o suicídio, o que lhe dava – ele dava a entender uma vantagem especial. O outro tinha usado muita heroína e traficado também, antes de trocá-la pela arte, ou possivelmente as duas coisas juntas. Depois das primeiras semanas, durante as quais ele os havia achado carismáticos, Jimmy chegou à conclusão de que os dois eram uns artistas de merda, além de serem uns nojentos metidos a besta.

Os dois que não eram Amanda toleravam Jimmy, mas só marginalmente. A fim de agradá-los, ele ia de vez em quando para a cozinha – os três artistas desprezavam micro-ondas e gostavam de preparar seu próprio espaguete –, mas ele não cozinhava muito bem. Cometeu o erro de levar para casa uma noite um ChickieNobs, o frango sem cabeça – abriram uma franquia na esquina e o troço não era assim tão ruim desde que você esquecesse tudo o que sabia sobre sua origem – e depois disso, os dois que não eram Amanda mal falavam com ele.

Isso não os impedia de falar um com o outro. Eles tinham muito a dizer sobre todo tipo de lixo que diziam conhecer, e falavam sem parar, de uma forma instigante, arengando e fazendo sermões que na verdade – segundo Jimmy – eram dirigidos a ele. Segundo eles, o jogo tinha acabado no momento em que a agricultura foi inventada, seis ou sete mil anos antes. Depois disso, o experimento humano ficou condenado, primeiro ao gigantismo decorrente de um fornecimento de comida exagerado e, em seguida, à extinção, uma vez que todos os nutrientes disponíveis foram sugados.

– Vocês têm as respostas? – disse Jimmy. Ele passou a gostar de provocá-los, pois quem eram eles para julgar? Os artistas, que não eram sensíveis a ironia, disseram que uma análise correta era uma coisa e soluções corretas são outra muito diferente, e que a falta de soluções não invalidava a análise.

De todo modo, talvez não houvesse nenhuma solução. A sociedade humana, segundo eles, era uma espécie de monstro, e seus principais subprodutos eram cadáveres e entulho. Ela jamais aprendeu, cometeu os mesmos erros idiotas vezes sem conta, trocando lucro a curto prazo por sofrimento a longo prazo. A sociedade humana era como uma lesma gigante devorando incansavelmente todas as outras bioformas do planeta, mastigando a vida do planeta e defecando-a na forma de peças manufaturadas e logo obsoletas de lixo plástico.

– Como os seus computadores? – Jimmy murmurou. – Aqueles que vocês usam para produzir arte?

Em pouco tempo, disseram os artistas, ignorando-o, não sobraria nada a não ser uma série de longos tubos subterrâneos cobrindo a superfície do planeta. O ar e a luz dentro deles seriam artificiais, já que as camadas de ozônio e oxigênio do planeta teriam sido completamente destruídas. As pessoas iriam arrastar-se por esse tubo, em fila indiana, completamente nuas, e a única visão que teriam ia ser do cu da pessoa da frente, com sua urina e excrementos caindo por aberturas no chão, até que elas fossem escolhidas ao acaso por um mecanismo digitalizado e fossem sugadas para um túnel secundário, moídas e usadas para alimentar os outros através de uma série de apêndices em forma de bicos de seio na parte interna do tubo. O sistema seria autossustentável e perpétuo, e atenderia a todos corretamente.

– Então, imagino eu, isto iria acabar com as guerras – disse Jimmy – e todos nós teríamos joelhos bem grossos. Mas e quanto ao sexo? Não seria nada fácil, amontoados em um tubo como esse. – Amanda lançou-lhe um olhar zangado. Zangado, mas cúmplice: dava para notar que a mesma pergunta havia ocorrido a ela.

A própria Amanda não era de falar muito. Ela era uma pessoa de imagens, não de palavras, segundo ela: dizia pensar por imagens. Isso estava bom para Jimmy, porque um pouco de sinestesia era sempre oportuno.

– Então o que é que você vê quando eu faço isso? – ele costumava perguntar a ela nos primeiros e mais ardentes dias.

– Flores – ela dizia. – Duas ou três. Cor-de-rosa.

– E isto aqui? O que é que você vê?

– Flores vermelhas. Vermelhas e roxas. Cinco ou seis.

– E quanto a isso? Ah, benzinho, eu te amo!

– Néon! – Depois, ela suspirava e dizia a ele: – Isso foi um buquê inteiro.

Jimmy era suscetível àquelas flores invisíveis dela: afinal de contas, elas eram um tributo aos seus talentos. Ela também tinha uma bunda muito bonita, e os peitos eram de verdade, mas – e ele tinha notado isso desde o início – tinha a pele um tanto esticada em volta dos olhos.

Amanda era do Texas; ela dizia que era capaz de se lembrar do local antes de ele ter secado e desaparecido, e nesse caso ela teria mais dez anos do que alegava ter. Tinha passado algum tempo trabalhando em um projeto chamado Esculturas Vulturinas. A ideia era levar um caminhão cheio de pedaços de grandes animais mortos para terrenos baldios ou estacionamentos de fábricas abandonadas e arrumá-los na forma de palavras, esperar até os abutres descerem e começar a devorá-los e aí fotografar toda a cena de helicóptero. Ela atraíra um bocado de publicidade a princípio, bem como um monte de cartas ofensivas e ameaças de morte da parte dos Jardineiros de Deus, e de fanáticos isolados. Uma das cartas foi da antiga companheira de quarto de Jimmy, Bernice, que aumentara consideravelmente o volume de sua retórica.

Depois, um patrocinador corrupto, velho e enrugado, que tinha feito alguma fortuna com a fabricação de próteses cardíacas, concedeu uma verba alta para ela, na ilusão de que o que ela estava fazendo era sarcástico e impiedoso. Isso foi bom, disse Amanda, porque sem aquela grana ela teria que abandonar o seu trabalho artístico: helicópteros custam muito dinheiro, e é claro que havia também o acerto com a segurança. Os seguranças eram maníacos com o espaço aéreo, ela disse; eles achavam que todo mundo estava querendo atirar coisas lá de cima, e você praticamente era obrigada a deixar que eles se enfiassem dentro das suas calcinhas antes que deixassem você voar para qualquer lugar num helicóptero alugado, a menos que você fosse um príncipe cultivado em estufa em um dos Complexos.

As palavras vulturinas – termo empregado por ela – tinham que ter quatro letras. Ela dava muita atenção a elas: cada letra do alfabeto tinha uma vibração, uma carga positiva ou negativa, então as palavras tinham que ser escolhidas com cuidado. A Vulturinização dava vida a elas, esta era a sua teoria, e depois as matava. Era um processo poderoso: "Como ver Deus pensando", ela disse em um Q&A na internet. Até então ela fizera PAIN – um jogo de palavras com seu sobrenome, como ela destacou em uma entrevista numa sala de bate-papo da rede – e QUEM e depois MEDO. Ela estava passando por uma fase difícil naquele verão com Jimmy pois se sentia bloqueada com relação à palavra seguinte.

Finalmente, quando Jimmy achou que não aguentava mais comer espaguete, e a visão de Amanda fitando o espaço enquanto mastigava uma mecha de cabelo deixou de causar-lhe um ataque de desejo e êxtase, ele arranjou um emprego. Foi num lugar chamado AnooYoo, um complexo secundário situado tão próximo a uma das mais dilapidadas plebelândias que parecia fazer parte dela. Ninguém trabalharia lá se pudesse escolher, foi a impressão que teve ao fazer a entrevista; o que poderia explicar o jeito um tanto abjeto dos entrevistadores. Ele podia apostar que eles haviam sido rejeitados por uma ou duas dezenas de pessoas em busca de emprego antes dele. Bem, ele sinalizou telepaticamente para eles, eu posso não ser o que vocês tinham em mente, mas pelo menos sou barato.

O que os havia impressionado, disseram os entrevistadores – eles eram dois, uma mulher e um homem –, tinha sido a dissertação dele acerca de livros de autoajuda do século vinte. Um dos produtos principais deles eram itens de aperfeiçoamento – não livros, é claro, mas DVDs, CD-ROMs, websites e assim por diante. Não eram esses produtos educativos em si que geravam lucro, eles explicaram: mas o equipamento e os remédios alternativos necessários para se obter um efeito ótimo. Mente e corpo caminhavam juntos, e a tarefa de Jimmy seria trabalhar no campo da mente. Em outras palavras, na promoção.

– O que as pessoas querem é perfeição – disse o homem. – Em si mesmas.

– Mas elas precisam ser orientadas a respeito dos passos necessários para alcançá-la – disse a mulher.

– De maneira simples – disse o homem.

– Com incentivo – disse a mulher. – E uma atitude positiva.

– Elas gostam de ouvir coisas do tipo antes e depois – disse o homem. – É a arte do possível. Mas sem garantias, é claro.

– Você demonstrou uma grande perspicácia do processo em sua dissertação. Nós a achamos muito madura.

– Se você conhece um século, conhece todos.

– Mas os adjetivos mudam – disse Jimmy. – Nada é pior do que os adjetivos do ano passado.

– Exatamente! – disse o homem, como se Jimmy tivesse acabado de solucionar o enigma do universo em um instante de iluminação. Ele recebeu um aperto de mão de quebrar os ossos, do homem; da mulher, ele ganhou um sorriso caloroso, mas vulnerável, que o deixou pensando se ela seria ou não casada. O salário no AnoYoo não era grande coisa, mas talvez houvesse outras vantagens.

Naquela noite ele deu a boa notícia para Amanda Payne. Ela andava se queixando de dinheiro ultimamente – não exatamente se queixando, mas tinha feito algumas observações sobre a necessidade de cada um fazer a sua parte no meio daqueles silêncios prolongados e intensos que eram a sua especialidade –, então ele achou que ela ia ficar satisfeita. As coisas não andavam muito bem ultimamente, desde a gafe do ChickieNobs. Talvez elas melhorassem agora, a tempo de um final sentido, plangente, cheio de ação. Ele já estava ensaiando a sua última fala: *Eu não sou o que você precisa, você merece alguém melhor, eu vou arruinar a sua vida*, e assim por diante. Mas era melhor ir devagar com essas coisas, então ele continuou falando sobre o novo emprego.

– Agora eu vou poder trazer bacon para casa – ele concluiu com um tom que esperava ser encantador e responsável ao mesmo tempo.

Amanda não ficou impressionada. – Onde é que você vai trabalhar? – foi o comentário dela; a questão, conforme se revelou, era que o AnooYoo era um lugar de gente nojenta, que existia apenas para se aproveitar das fobias e esvaziar as contas bancárias dos ansiosos e dos otários. Parecia que Amanda, até recentemente, tinha tido uma amiga que havia comprado um plano de cinco meses do AnooYoo, anunciado como capaz de curar depressão, rugas e insônia, tudo ao mesmo tempo, e que tinha pirado completamente – na verdade, tinha saltado da janela do seu apartamento do décimo andar – por causa de algum tipo de casca de árvore sul-americana.

– Eu posso recusar o emprego – disse Jimmy, depois que soube dessa história. – Posso entrar para o time dos desempregados fixos. Ou então, olha só, eu posso continuar sendo um homem sustentado, como agora. Brincadeira! Brincadeira! Não me mate!

Amanda passou alguns dias mais silenciosa do que nunca. Então ela disse a ele que tinha se desbloqueado artisticamente: tinha achado a próxima palavra-chave para a Escultura Vulturina.

– E qual é? – disse Jimmy, tentando parecer interessado.

Ela olhou para ele especulativamente. – Amor – ela disse.

ANOOYOO

Jimmy mudou-se para o apartamento júnior providenciado para ele dentro do Complexo AnooYoo: quarto e sala conjugados, uma cozinha apertada, mobília estilo anos 1950. Como moradia, ficava apenas um pouco acima do seu dormitório na Martha Graham, mas pelo menos tinha menos insetos. Ele descobriu logo que, corporativamente falando, ele era um burro de carga e um escravo. Ele tinha que quebrar a cabeça e passar dez horas por dia percorrendo labirintos de enciclopédias e produzindo a verborragia. Em seguida, seus superiores avaliavam suas contribuições, devolviam-nas para revisão e tornavam a devolvê-las. *O que nós queremos é mais... é menos... não é exatamente isso.* Mas com o tempo ele melhorou, o que quer que isso signifique.

Cremes cosméticos, equipamentos de ginástica, aparelhos para transformar sua musculatura numa maravilhosa escultura de granito. Comprimidos para deixar a pessoa mais gorda, mais magra, mais cabeluda, mais careca, mais branca, mais morena, mais preta, mais amarela, mais sensual e mais feliz. A tarefa dele era descrever e exaltar, apresentar a visão do que – ah, tão facilmente! – poderia acontecer. Esperança e medo, desejo e repulsa, essas eram as suas mercadorias, com base nelas ele construía as suas frases. De vez em quando, ele inventava uma palavra – *flexibilismo, fibracidade, feromonimal* –, mas nunca foi apanhado. Seus proprietários gostavam desse tipo de palavras na letra miúda das embalagens porque elas soavam científicas e tinham um efeito de convencimento.

Ele deveria ficar feliz com o sucesso desses construtos verbais, mas, ao contrário, sentia-se deprimido com isso. Os memorandos da diretoria dizendo que ele tinha feito um bom trabalho não significavam nada para ele porque haviam sido ditados por semianalfabetos; eles apenas provavam que não havia ninguém no AnooYoo que fosse capaz de apreciar o quanto ele havia sido inteligente. Ele passou a entender por que os assassinos em série enviavam pistas para a polícia.

Sua vida social era – pela primeira vez em muitos anos – um zero: ele não se via perdido em um deserto sexual daqueles desde os oito anos de idade. Amanda Payne cintilava no passado como um lago perdido, seus crocodilos momentaneamente esquecidos. Por que ele a havia abandonado com tanta naturalidade? Porque ele estava na expectativa de encontrar a próxima da fila. Mas a entrevistadora do AnooYoo a respeito da qual ele estava tão esperançoso nunca mais foi vista, e as outras mulheres que ele encontrava, no escritório ou nos bares do AnooYoo, ou eram verdadeiros tubarões prontos para o bote ou tão famintas emocionalmente que Jimmy as evitava como se fossem atoleiros. Ele limitou-se a flertar com garçonetes, e nem mesmo estas davam bola para ele. Já tinham visto jovens falantes como ele antes, e sabiam que ele não tinha nenhum status.

Na cafeteria da empresa ele não passava de um garoto novo, mais uma vez sozinho, recomeçando. Deu para comer hambúrgueres de soja no shopping do Complexo, ou então levava para casa uma caixa gordurosa de ChickieNobs para comer enquanto trabalhava até tarde no computador. Toda semana havia um churrasco no Complexo, uma merda de uma confraternização a que todos os funcionários deveriam comparecer. Essas eram ocasiões terríveis para Jimmy. Ele não tinha energia para se integrar ao grupo, não suportava aquela conversa idiota; ficava pelos cantos mastigando um cachorro-quente de soja queimado e criticando silenciosamente todo mundo que via. *Peito muxiba,* dizia um balãozinho de história em quadrinhos na sua cabeça. *Cara de bunda. Cérebro de tofu. Puxa-saco. Frígida. Esse vende a própria mãe. Bunda mole. Baba-ovo.*

De vez em quando ele recebia um e-mail do pai; um e-card de aniversário talvez, atrasado, ilustrado com porções dançarinos, como se ele ainda tivesse onze anos. *Feliz aniversário, Jimmy, que todos os seus sonhos se realizem.* Ramona escrevia pequenas mensagens: nenhum irmãozinho para ele por enquanto, ela dizia, mas eles ainda estavam "fazendo força para isso". Ele não tinha nenhuma vontade de visualizar os detalhes de tal esforço, carregados de hormônios, estimulados por remédios, besuntados de gel. Se nada de "natural" acontecesse logo, ela disse, eles tentariam "alguma outra coisa" oferecida por uma das agências – Infantade, Fertility, Perfectbabe, uma dessas. As coisas tinham mudado um bocado nesse campo desde a chegada de Jimmy! (*Chegada*, como se ele não tivesse nascido e sim aparecido para uma visita.) Ela estava fazendo a sua "pesquisa" porque, evidentemente, queriam investir no melhor.

Fantástico, pensou Jimmy. Eles fariam algumas tentativas experimentais, e se os bebês não agradassem, eles os reciclariam para utilizar suas peças, até conseguirem algo que correspondesse às suas expectativas – perfeito em todos os sentidos, não só um gênio em matemática, mas também lindo como o pôr do sol. Depois eles jogariam nesse hipotético garoto-maravilha todas as suas expectativas até o infeliz pirar de tanta tensão. Jimmy não o invejava.

(Ele o invejava.)

Ramona convidou Jimmy para os feriados, mas ele não estava com a menor vontade de ir, por isso alegou excesso de trabalho. O que era verdade, de certa forma, uma vez que tinha passado a encarar o emprego como um desafio: até que ponto ele conseguiria se superar no reino dos neologismos idiotas e ainda ser elogiado por isso?

Após algum tempo, ele foi promovido. Então pôde comprar novos brinquedos. Comprou um DVD melhor, uma roupa de ginástica autolimpante graças a bactérias comedoras de suor, uma camisa que exibia seu e-mail na manga e lhe dava um pequeno beliscão toda vez que ele recebia uma mensagem, sapatos que mudavam de cor para combinar com a roupa, uma torradeira falante. Bem, ela fazia companhia a ele. *Jimmy, sua torrada está pronta.* Ele fez jus a um apartamento melhor.

Agora que estava em ascensão, ele encontrou uma mulher, depois outra e mais outra. Ele não pensava mais nessas mulheres como namoradas: agora eram amantes. Elas eram todas casadas ou o equivalente a isso, em busca de uma chance de enganar os maridos ou parceiros para provar que ainda eram jovens ou então para lhes dar o troco. Ou então eram infelizes e precisavam de consolo. Ou simplesmente sentiam-se rejeitadas.

Não havia nenhum motivo para que ele não pudesse andar com diversas ao mesmo tempo, desde que fosse cuidadoso com os horários. No início ele gostou das visitas apressadas e inesperadas, do sigilo, do som das roupas sendo abertas apressadamente, de sua lenta queda ao chão; embora ele soubesse que não passava de um extra para essas amantes – nada para ser levado a sério, mas sim para ser apreciado como um brinde encontrado por uma criança dentro de um pacote de cereais, colorido e encantador, mas inútil: o curinga no baralho. Ele era apenas um passatempo para elas, e vice-versa, apesar de para elas haver mais coisas em jogo: um divórcio, ou um lance inesperado de violência; no mínimo um bate-boca caso fossem flagradas.

Ponto positivo: elas nunca diziam que ele devia crescer. Ele suspeitava que de certa forma elas gostavam de que ele não tivesse crescido.

Nenhuma delas queria deixar o marido e ir viver com ele, ou fugir para a plebelândia com ele, o que aliás não era mais possível. Diziam que as plebelândias tinham se tornado ultraperigosas para aqueles que não sabiam se virar lá fora, e a segurança do CorpSeCorps nos portões do Complexo estava mais severa do que nunca.

GARAGEM

Então era esse o resto da sua vida. Parecia uma festa para a qual fora convidado, só que num endereço que ele não conseguia localizar. Alguém devia estar se divertindo por lá, nessa sua vida; só que, no momento, esse alguém não era ele.

Seu corpo sempre tinha sido fácil de manter, mas agora ele tinha que trabalhar nele. Se não malhasse, da noite para o dia aparecia uma flacidez que não existia antes. Seu nível de energia estava baixando, e ele tinha que tomar cuidado com a sua ingestão de energéticos: esteroides demais podiam fazer o seu pinto encolher, e embora dissesse na embalagem que esse problema tinha sido solucionado com o acréscimo de um composto de nome impronunciável, ele já tinha produzido textos suficientes para embalagens para não acreditar nisso. Seu cabelo estava ficando mais ralo nas têmporas, apesar do curso de seis semanas do AnooYoo sobre crescimento de folículos que ele tinha feito. Devia saber que aquilo era uma enganação – ele é que tinha preparado os anúncios do curso –, mas os anúncios eram tão bons que até ele se convenceu. Ele se pegou imaginando como estariam os cabelos de Crake.

Crake tinha se formado cedo, feito pós-graduação e depois tinha escolhido para onde ir. Ele estava na RejoovenEsense agora – um dos Complexos mais poderosos – e subindo depressa. No início, os dois tinham continuado a manter contato por e-mail. Crake falou vagamente acerca de um projeto especial em que estava trabalhando, algo muito quente. Disse que tinha recebido carta branca; o cartaz dele estava alto entre os figurões. Se Jimmy fosse visitá-lo, ele o levaria para conhecer o lugar. O que era mesmo que Jimmy estava fazendo?

Jimmy respondeu sugerindo que eles jogassem xadrez.

Quando Crake tornou a se manifestar foi para dizer que tio Pete tinha morrido subitamente. Algum vírus. O que quer que tenha sido tomou conta do corpo dele de modo fulminante. Foi como sorvete na brasa, derretimento instantâneo. Suspeitou-se de sabotagem, mas nada foi provado.

Você estava lá?, Jimmy perguntou.

Por assim dizer, disse Crake.

Jimmy ponderou isso; então ele perguntou se alguém mais havia contraído o vírus. Crake disse que não.

Com o tempo, os intervalos entre suas mensagens foram se tornando cada vez maiores, e o elo que os unia foi ficando cada vez mais tênue. O que eles tinham a dizer um ao outro? O trabalho escravo de Jimmy era um tipo de trabalho que Crake seguramente iria desprezar, embora com educação, e os projetos de Crake talvez não pudessem mais ser compreendidos por Jimmy. Ele percebeu que estava pensando em Crake como alguém que havia conhecido no passado.

Ele estava cada vez mais insatisfeito. Até mesmo o sexo já não era mais o mesmo, apesar de continuar tão viciado nele quanto antes. Ele se sentia controlado pelo próprio pau, como se o resto do seu corpo fosse apenas um apêndice sem importância que por acaso estivesse preso nele por uma ponta. Talvez seu pênis fosse mais feliz se pudesse transitar por sua própria conta.

À noite, quando nenhuma de suas amantes conseguia inventar uma mentira para o marido ou equivalente a fim de passar algumas horas com ele, às vezes ele ia ao cinema no shopping só para convencer a si mesmo de que fazia parte de um grupo. Ou então assistia ao noticiário: mais calamidades, mais fome, mais enchentes, mais ataques de insetos ou micróbios ou pequenos mamíferos, mais seca, mais guerras com meninos-soldados em países distantes. Por que tudo era sempre tão igual?

Havia os assassinatos políticos de sempre na plebelândia, os mesmos estranhos acidentes, os desaparecimentos inexplicáveis. Ou então escândalos sexuais: os escândalos sexuais sempre deixavam os apresentadores excitados. Durante algum tempo foram os treinadores esportivos com rapazinhos; depois houve uma onda de meninas adolescentes encontradas trancadas em garagens. Aqueles que as deixavam trancadas alegavam que as meninas estavam trabalhando como empregadas domésticas e que haviam sido trazidas dos seus miseráveis países de origem para o seu próprio bem. Ficavam trancadas na garagem para sua proteção, disseram, em sua defesa, os homens – homens respeitáveis, contadores, advogados, comerciantes de móveis de jardim – que foram arrastados aos tribunais. Frequentemente, eles eram apoiados por suas esposas. Essas meninas, disseram as esposas, tinham sido praticamente adotadas, e eram tratadas quase como se fossem membros da família. Jimmy adorava essas duas palavras: *praticamente, quase.*

As próprias meninas contavam outras versões, nem todas verossímeis. Algumas disseram que foram drogadas. Que foram obrigadas a fazer contorcionismos obscenos em lugares incomuns, como pet shops. Que tinham atravessado o oceano Pacífico em botes de borracha, que tinham sido escondidas em navios cargueiros, no meio de produtos de soja. Que foram obrigadas a cometer atos sacrílegos com répteis. Por outro lado, algumas das meninas pareciam satisfeitas com sua situação. As garagens eram boas, elas disseram, melhores do que suas casas. As refeições eram regulares. O trabalho não era muito pesado. Era verdade que elas não eram pagas e que não podiam sair dali, mas não havia nada de diferente ou de surpreendente nisso para elas.

Uma dessas meninas – encontrada trancada em uma garagem em San Francisco, na casa de um próspero farmacêutico – disse que costumava trabalhar em filmes, mas que estava contente por ter sido vendida para o seu Patrão, que a tinha visto na internet e sentido pena dela, e fora pessoalmente buscá-la, pagando muito dinheiro para resgatá-la, e que atravessara o oceano com ela em um avião, prometendo mandá-la para a escola assim que o seu inglês melhorasse. Ela se recusou a dizer coisas negativas sobre o homem; ela pareceu ser simples, verdadeira e sincera. Quando perguntaram por que a garagem estava trancada, ela disse que era para não entrar ninguém malvado. Quando perguntaram o que ela fazia lá dentro, ela disse que estudava inglês e assistia à TV. Quando perguntaram o que sentia pelo seu captor, ela disse que seria sempre grata a ele. A acusação não conseguiu abalar o seu depoimento, e o sujeito saiu livre, embora recebesse ordens de mandá-la imediatamente para a escola. Ela disse que queria estudar psicologia da criança.

Havia uma foto dela, do seu lindo rostinho de gato, do seu sorriso delicado. Jimmy achou que a conhecia. Ele congelou a imagem, depois pegou a velha foto que havia imprimido, aquela de quando ele tinha catorze anos – ele a havia guardado todo esse tempo, quase como se fosse uma foto de família, escondida mas nunca descartada, conservada no meio dos seus papéis da Academia Martha Graham. Ele comparou os rostos, mas já tinha se passado muito tempo. Aquela menina, que na velha foto impressa devia ter oito anos, já devia estar com dezessete, dezoito, dezenove anos, e a do noticiário parecia bem mais moça. Mas a aparência era a mesma: a mesma mistura de inocência e desprezo e compreensão. Aquilo o deixou tonto, desequilibrado, como se ele estivesse parado na beira de um precipício e fosse perigoso olhar para baixo.

DESCONTROLE

O CorpSeCorps nunca havia perdido Jimmy de vista. Durante o seu período na Martha Graham, eles o haviam convocado regularmente, quatro vezes por ano, para o que chamavam de *pequena conversa*. Eles faziam as mesmas perguntas que já tinham feito uma dezena de vezes, só para ver se recebiam as mesmas respostas. *Eu não sei* era a coisa mais segura que Jimmy conseguia pensar em dizer, o que na maioria das vezes era verdade.

Após algum tempo, eles passaram a mostrar-lhe fotos – instantâneos tirados de câmeras ocultas, ou fotos em preto e branco que pareciam ter sido registradas por câmeras de vídeo do sistema de segurança de algum banco, ou então tiradas do noticiário de manifestações, passeatas, execuções. O jogo era ver se ele reconhecia algum dos rostos. Eles o plugavam, de modo que, mesmo que ele fingisse ignorância, eles veriam os sinais de eletricidade neural impossíveis de controlar. Ele estava sempre esperando pela manifestação em Maryland contra a Happicuppa, aquela em que sua mãe estava presente – ele ficava apavorado com isso –, mas eles nunca a mostraram.

Fazia muito tempo que ele não recebia nenhum cartão-postal.

Depois que ele foi trabalhar no AnooYoo, os homens pareciam tê-lo esquecido. Mas, não, eles só estavam dando corda – para ver se ele, ou então o outro lado, isto é, sua mãe, iria usar o seu novo posto, seu bocado de liberdade extra, para tentar fazer contato de novo. Passado um ano, ele ouviu a batida familiar na porta. Ele sempre sabia que eram eles porque nunca usavam o interfone, deviam ter uma espécie de passagem secundária, para não falar no código da porta. *Olá, Jimmy, como vai, nós só precisamos fazer-lhe algumas perguntas, para ver se você pode nos dar uma ajudinha aqui.*

Claro, com prazer.
Bom garoto.
E assim por diante.

No seu quinto ano no AnooYoo, eles finalmente encontraram ouro. Já fazia umas duas horas que ele estava olhando as fotos deles. Instantâneos de uma guerra em alguma árida cadeia de montanhas do outro lado do oceano, com close-ups de mercenários mortos, homens e mulheres; um bando de socorristas sendo agarrados pelas vítimas da fome numa região distante; uma fileira de cabeças penduradas em postes – isso era na antiga Argentina, os homens do CorpSeCorps disseram, embora não tenham dito de quem eram as cabeças nem como elas chegaram aos postes. Diversas mulheres passando pelo caixa de um supermercado, todas de óculos escuros. Uma dúzia de corpos espalhados no chão depois de um ataque aéreo a uma fortaleza dos Jardineiros de Deus – eles eram ilegais agora –, e um deles se parecia muito com sua ex-colega de quarto, a incendiária Bernice. Ele disse isso, como um bom menino, e ganhou um tapinha nas costas, mas obviamente eles já sabiam, porque não se interessaram. Ele teve pena de Bernice: ela era uma chata, uma maluca, mas não merecia morrer daquele jeito.

Uma fila de reconhecimento de assaltantes em uma prisão em Sacramento. A foto da carteira de motorista de um suicida de um carro-bomba. (Mas se o carro tinha explodido, como é que eles tinham achado a carteira?) Três garçonetes sem calcinhas de um bar pornô – eles puseram isso para se divertir, e causou mesmo uma alteração no monitor neural, e era natural que causasse, e houve risos na sala. Uma cena de manifestação de rua que Jimmy reconheceu de um remake de *Frankenstein*. Eles sempre usavam esse tipo de truque para mantê-lo em alerta.

Depois mais fotos de assaltantes. *Não*, disse Jimmy. *Não, não, nada.*

Depois veio o que pareceu ser uma execução de rotina. Sem brincadeiras de mau gosto, sem prisioneiros tentando fugir, sem xingamentos: com isso, Jimmy soube antes de vê-la que era uma mulher que eles estavam apagando. Depois veio a figura arrastando os pés, usando o uniforme cinzento da cadeia, o cabelo preso para trás, os pulsos algemados, uma policial de cada lado, a venda nos olhos. Ia ser fuzilamento com arma de pulverização. Não havia necessidade de um pelotão, uma única arma de pulverização seria suficiente, mas eles mantinham o velho costume, cinco em fila, para que nenhum dos executores precisasse perder o sono imaginando qual a bala virtual que havia matado o prisioneiro.

Fuzilamento só era usado em casos de traição. Para o resto usava-se gás, ou enforcamento, ou combustão do cérebro.

Uma voz de homem, palavras vindo de fora da cena de fuzilamento: eles tinham tirado o som porque queriam que Jimmy se concentrasse na imagem, mas deve ter havido uma ordem porque agora os guardas estavam retirando a venda. Um close-up: a mulher estava olhando diretamente para ele: um olhar azul, direto, desafiador, paciente, ferido. Mas sem lágrimas. Depois o som foi aumentado subitamente. *Adeus. Lembre-se de Killer. Eu te amo. Não me decepcione.*

Não havia dúvida, era a sua mãe. Jimmy ficou chocado ao ver o quanto ela havia envelhecido: sua pele estava enrugada, sua boca murcha. Seria pela vida difícil por que passou ou por maus-tratos? Quanto tempo ela ficou na prisão, nas mãos deles? O que eles fizeram com ela?

Esperem, ele teve vontade de gritar, mas isso foi tudo, plano médio, olhos vendados de novo, zap zap zap. Pontaria ruim, feridas vermelhas, eles quase arrancaram a cabeça dela. Uma tomada longa dela estirada no chão.

– Alguma coisa aí, Jimmy?

– Não. Sinto muito. Nada. – Como ela podia saber que ele estaria vendo?

Eles devem ter registrado o batimento cardíaco, a onda de energia. Após algumas perguntas neutras – Quer um café? Precisa ir ao banheiro? – um deles disse: – Então, quem era esse Killer?

– Killer – Jimmy disse. Ele começou a rir. – Killer era um gambá. – Pronto, ele tinha falado. Outra traição. Ele não se conteve.

– Um bêbado?

– Não – disse Jimmy, rindo ainda mais. – Vocês não entenderam. Era uma espécie de gambá. Uma guaxitaca. Um animal. – Ele cobriu a cabeça com as mãos, chorando de tanto rir. Por que ela foi meter Killer nisso? Para que ele soubesse que era mesmo ela, só por isso. Para que ele acreditasse nela. Mas o que foi que ela quis dizer com aquela história de não decepcioná-la?

– Desculpe por isso, filho – disse o mais velho dos dois seguranças. – Mas nós tínhamos que ter certeza.

Descontrole

Não ocorreu a Jimmy perguntar quando a execução tinha acontecido. Depois, ele percebeu que poderia ter sido anos antes. E se aquilo tudo fosse armação? Poderia ter sido feito em computador, pelo menos os tiros, o sangue, a queda. Talvez sua mãe ainda estivesse viva, talvez ela até estivesse foragida ainda. Nesse caso, o que ele teria revelado?

As semanas seguintes foram as piores que ele podia lembrar. Muita coisa estava voltando para ele, muito do que ele havia perdido, ou até – o que era mais triste – muito do que ele nunca tivera. Todo aquele tempo desperdiçado, e ele nem mesmo sabia quem o havia desperdiçado.

Ele passava a maior parte do tempo zangado. No início procurou as suas diversas amantes, mas estava mal-humorado com elas, não conseguia ser divertido, e pior, tinha perdido o interesse no sexo. Ele parou de responder aos e-mails delas – *tem alguma coisa errada, foi alguma coisa que eu fiz, como posso ajudar* – e não respondia aos telefonemas: não valia a pena explicar. Em outra época ele teria transformado a morte da mãe em um psicodrama, teria angariado alguma simpatia com a tragédia, mas não era isso que queria agora.

O que ele queria?

Ele ia ao singles bar do Complexo; não havia nada que pudesse alegrá-lo ali, ele conhecia a maioria das mulheres, não estava interessado em suas carências. Ele voltou-se para a pornografia virtual e descobriu que tinha perdido a graça: era repetitiva, mecânica, não tinha mais o velho fascínio. Ele procurou na rede o site Ninfetinhas, na esperança de que algo familiar o ajudasse a se sentir menos isolado, mas o site não existia mais.

Ele agora estava bebendo sozinho à noite, um mau sinal. Não devia estar fazendo isso, só servia para deprimi-lo, mas ele precisava anestesiar a dor. A dor de quê? A dor dos lugares em carne viva, as membranas danificadas pelos golpes causados pela Grande Indiferença do Universo. O universo era uma mandíbula de tubarão. Uma fileira atrás da outra de dentes pontudos e afiados.

Ele sabia que estava fraquejando, perdendo o pé. Tudo na sua vida era temporário, sem raízes. A própria linguagem tinha perdido a sua solidez; tinha se tornado frágil, contingente, escorregadia, uma película viscosa na qual ele deslizava como um globo ocular num prato. Mas um globo ocular que ainda conseguia enxergar. Esse era o problema.

Ele lembrava de si mesmo na juventude como sendo uma pessoa despreocupada. Despreocupada, insensível, saltando alegremente sobre as superfícies, assoviando no escuro, capaz de enfrentar qualquer coisa. Fingindo que não estava vendo. Agora ele estava completamente abalado. Qualquer dificuldade se tornava um problema – uma meia perdida, uma escova de dentes elétrica quebrada. Até mesmo o nascer do sol era ofuscante. Ele estava sendo esfregado com uma lixa. "Segure a onda", dizia a si mesmo. "Controle-se. Não olhe para trás. Siga em frente. Busque um novo eu."

Mensagens tão positivas. Verdadeiros vômitos promocionais. O que ele queria mesmo era vingança. Mas contra quem, e por quê? Mesmo que ele tivesse a energia necessária, mesmo que pudesse mirar e atirar, seria totalmente inútil.

Nas piores noites, ele apelava para Alex, o papagaio, morto havia muito tempo, mas ainda andando e falando na web, e o via executar o seu número. Treinador: *De que cor é a bola redonda, Alex? A bola redonda*? Alex, com a cabeça inclinada de lado, pensando: *Azul*. Treinador: *Bom garoto!* Alex: *Noz-de-cortiça, noz-de-cortiça!* Treinador: *Aqui está!* Aí Alex ganhava uma espiga de milho, que não era o que ele tinha pedido, ele pedira uma amêndoa. Isso deixava Jimmy com os olhos cheios de lágrimas.

Depois ele ficava acordado até tarde, e quando se deitava, ficava olhando para o teto, repetindo suas listas de palavras obsoletas para se consolar. *Sachola. Afasia. Charrua. Enigma. Espingarda.* Se Alex o papagaio, fosse dele, eles seriam amigos, seriam irmãos. Ele ensinaria palavras novas para ele. *Fúnebre. Simplório. Célere.*

Mas as palavras já não serviam de consolo. Não havia mais nada nelas. Jimmy já não se regozijava de possuir essas pequenas coleções de letras que outras pessoas haviam esquecido. Era como ter os seus dentes de leite guardados em uma caixa.

Quando ele estava prestes a adormecer, uma procissão aparecia diante dos seus olhos, saindo das sombras à esquerda, cruzando o seu campo de visão. Meninas esbeltas de mãos pequenas, com fitas nos cabelos, carregando guirlandas de flores coloridas. O campo era verde, mas não se tratava de uma cena pastoral: aquelas meninas estavam em perigo, precisavam ser salvas. Havia algo – uma presença ameaçadora – atrás das árvores.

Ou talvez o perigo estivesse nele. Talvez ele fosse o perigo, um animal selvagem espreitando de dentro da caverna escura do seu crânio.

Ou então as próprias meninas é que eram perigosas. Sempre havia esta possibilidade. Elas podiam ser uma isca, uma armadilha. Ele sabia que elas eram muito mais velhas do que aparentavam ser, e muito mais poderosas. Ao contrário dele, elas tinham uma sabedoria implacável.

As meninas eram calmas, sérias e solenes. Elas olhavam para ele, olhavam dentro dele, elas o reconheciam e aceitavam, aceitavam as suas trevas. Depois sorriam.

Ah, benzinho, eu conheço você. Eu estou vendo você. Eu sei o que você quer.

11

PORÇÕES

Jimmy está na cozinha da casa em que moravam quando ele tinha cinco anos, sentado à mesa. É hora do almoço. Na sua frente há um pão redondo em cima de um prato – uma cabeça chata de manteiga de amendoim com um sorriso alegre de geleia e dentes de passas. Essa coisa o enche de terror. A qualquer momento sua mãe vai entrar na cozinha. Mas não vai não: sua cadeira está vazia. Ela deve ter preparado o almoço e deixado ali para ele. Mas para onde ela foi, onde ela está?

Ele ouve um barulho; está vindo da parede. Tem alguém do outro lado cavando um buraco para entrar. Ele olha para aquele lugar na parede, embaixo do relógio de pássaros diferentes anunciando as horas. *Ru, ru, ru,* diz o tordo. Ele tinha feito aquilo – tinha alterado o relógio –, a coruja diz *có, có,* o corvo diz *xirap, xirap.* Mas esse relógio não estava ali quando ele tinha cinco anos, eles o compraram depois. Tem alguma coisa errada, o tempo está errado, ele não sabe o que é, ele está paralisado de medo. O reboco começa a desmoronar, e ele acorda.

Ele odeia esses sonhos. O presente já é suficientemente ruim sem o passado se misturando com ele. *Viva cada momento.* Ele tinha colocado isso em um calendário de propaganda, de algum produto fraudulento para melhorar o desempenho sexual das mulheres. Por que acorrentar o seu corpo ao relógio, você pode romper os grilhões do tempo e assim por diante. A foto era de uma mulher com asas, levantando voo de uma pilha de roupa suja amassada, ou possivelmente pele.

Então aqui está ele, o momento, este aqui, aquele que ele deveria estar vivendo. Sua cabeça está sobre uma superfície dura, seu corpo está encolhido em uma cadeira, ele é um grande espasmo. Ele se estica, geme de dor.

Ele leva um minuto para se localizar. Ah, sim – o tornado, o posto de controle. Está tudo silencioso, sem vento nem gemidos. Será a mesma tarde, ou noite, ou já é a manhã seguinte? Tem luz no aposento, luz do dia;

está entrando pela janela sobre o balcão, a janela à prova de bala com o intercom, onde uma vez, muito tempo atrás, você tinha que se apresentar. A abertura para seus documentos microfilmados, a câmera de vídeo ligada vinte e quatro horas por dia, a caixa falante sorridente que o interrogava – o mecanismo todo foi literalmente mandado para o inferno. Granadas, provavelmente. Há um bocado de entulho pelo chão.

O barulho continua: tem alguma coisa no canto da sala. A princípio ele não consegue distinguir o que é: parece um crânio. Depois ele vê que é um caranguejo de terra, uma concha redonda amarelada do tamanho de uma cabeça, com uma única garra gigante. Ele está fazendo um buraco no entulho. – Que diabo você está fazendo aqui? – ele pergunta. – Você devia estar lá fora, destruindo os jardins. – Ele atira a garrafa vazia de bourbon no caranguejo, erra; a garrafa se espatifa. Foi uma burrice fazer isso, agora tem caco de vidro no chão. O caranguejo se vira para encará-lo, com a garra para cima, depois recua para o buraco semicavado, de onde fica vigiando-o. Ele deve ter entrado para fugir do tornado, exatamente como ele, e agora não consegue sair.

Ele sai da cadeira, examinando primeiro o chão para não pisar em alguma cobra ou rato ou outra coisa desagradável. Depois guarda o cotoco de vela e os fósforos no seu saco plástico e caminha cuidadosamente até a porta que vai dar na recepção. Ele fecha a porta atrás de si: não quer ser atacado pelas costas por nenhum caranguejo.

Na porta que dá para fora, ele para para fazer um reconhecimento. Nenhum animal à vista, a não ser um trio de corvos pousados no parapeito. Eles trocam alguns grasnidos, provavelmente a respeito dele. O céu tem o tom rosa-acinzentado do amanhecer, e está quase sem nuvens. A paisagem mudou desde a véspera: há mais pedaços de metal espalhados pelo chão, mais árvores arrancadas. Folhas e galhos cobrem o chão enlameado.

Se ele partir agora, terá uma boa chance de chegar ao shopping ainda de manhã. Embora seu estômago esteja roncando, ele vai ter que esperar até chegar lá para tomar café. Ele gostaria de ter ainda algumas castanhas, mas só resta a lata de sardinhas de soja que ele está reservando como um último recurso.

O ar está fresco e agradável, o cheiro das folhas amassadas é maravilhoso depois do cheiro de podre do posto. Ele o respira com prazer, depois parte na direção do shopping. Três quarteirões adiante ele para: sete porcões surgiram do nada. Eles estão olhando para ele, com as orelhas em pé. Serão os mesmos da véspera? Enquanto ele olha, eles começam a andar em sua direção.

Eles têm alguma coisa em mente, sem dúvida. Ele dá a volta e começa a andar na direção do posto, apertando o passo. Eles estão longe, de modo que ele poderá correr se for preciso. Ele olha por cima do ombro: eles agora estão trotando. Ele apressa o passo, começa a correr. Depois avista outro grupo à frente, oito ou nove deles, vindo em sua direção pela Terra de Ninguém. Estão quase chegando ao portão principal, impedindo que ele siga naquela direção. É como se tivessem planejado aquilo, os dois grupos; como se já soubessem que ele estava no posto e estivessem esperando que ele saísse, a uma boa distância para poder cercá-lo.

Ele alcança o posto, entra, fecha a porta. Ela não tranca. A fechadura eletrônica não está funcionando, é claro.

– É claro! – ele grita. Eles vão conseguir abrir a porta, batendo com seus focinhos ou pés. Eles sempre foram uns artistas da fuga, os porcões, se tivessem dedos teriam dominado o mundo. Ele corre para a recepção, batendo a porta atrás de si. A fechadura também não funciona, é claro. Empurra a mesa sobre a qual dormiu contra a porta, olha pela janela blindada: lá vêm eles. Eles abriram a porta, estão na primeira sala agora, vinte ou trinta deles, machos e fêmeas, mas principalmente machos, grunhindo nervosamente, cheirando suas pegadas. Agora um deles o avista pela janela. Mais grunhidos: agora estão todos olhando para ele. O que eles veem é a sua cabeça, presa ao que sabem ser uma deliciosa torta de carne que está esperando para ser devorada. Os dois maiores, dois machos, com – sim – presas afiadas, movem-se lado a lado na direção da porta, batendo nela com os ombros. Jogadores de esportes de equipe, os porcões. Tem muito músculo lá fora.

Se eles não conseguirem entrar, irão manter o cerco. Vão trabalhar em turnos, alguns pastando lá fora, outros vigiando. Eles podem ficar lá para sempre, irão matá-lo de fome. Eles podem sentir o cheiro dele lá dentro, o cheiro da sua carne.

Agora ele se lembra de procurar o caranguejo, mas ele foi embora. Deve ter recuado até sua toca. É disso que ele precisa, de uma toca. Uma toca, uma concha, algumas garras.

– Então – ele diz em voz alta. – E agora?

Benzinho, você está fodido.

RÁDIO

Após um intervalo em que teve um branco e não conseguiu pensar em nada, o Homem das Neves se levanta da cadeira. Ele não se lembra de ter sentado nela, mas deve tê-lo feito. Ele sente cãibras na barriga, deve estar mesmo muito assustado, embora não sinta; ele parece bastante calmo. A porta sacode no ritmo das batidas que vêm do outro lado; em pouco tempo os porcões vão conseguir entrar. Ele tira a lanterna do saco plástico, acende-a, volta para a sala interna onde os dois sujeitos com roupas biológicas estão caídos no chão. Ele ilumina todos os cantos da sala. Há três portas fechadas; deve tê-las visto na noite anterior, mas na noite anterior ele não estava tentando sair.

Duas das portas não se mexem quando ele as experimenta; devem estar trancadas ou bloqueadas pelo outro lado. A terceira se abre com facilidade. Lá, como uma esperança inesperada, existe um lance de escadas. Escadas íngremes. Ele se lembra de que os porcões têm pernas curtas e barrigas grandes. O oposto dele.

Ele sobe a escada tão depressa que tropeça no lençol florido. De trás dele vem um grunhido excitado, e depois uma pancada quando a mesa é derrubada.

Ele emerge em um espaço iluminado. O que é isso? A torre de observação. É claro. Ele devia saber disso. Há uma torre de observação de cada lado do portão principal, e outras torres ao redor do muro de proteção. Dentro das torres ficam os holofotes, os monitores de vídeo, os alto-falantes, os controles para trancar os portões, as máscaras contra gás, as armas de pulverização de longo alcance. Sim, aqui estão as telas, aqui estão os controles: mire no alvo, aperte o botão. Durante o período de caos os guardas provavelmente atiraram na multidão dali de cima enquanto ainda podiam, e enquanto ainda havia uma multidão.

Nenhum desses equipamentos de alta tecnologia está funcionando, é claro. Ele procura algum equipamento reserva operado manualmente – seria ótimo se ele pudesse acabar com os porcões dali de cima –, mas não encontra nada.

Ao lado da parede coberta por monitores apagados tem uma pequena janela: de lá ele tem uma visão de cima dos porcões, do grupo que está postado na porta do posto de controle. Eles parecem à vontade. Se fossem homens, estariam fumando e batendo papo. Alertas, entretanto; vigiando. Ele recua: não quer que o vejam, que vejam que ele está ali em cima.

Não que eles não saibam disso. Eles já devem ter calculado que ele subiu a escada. Mas será que sabem que está encurralado? Porque ele não vê nenhuma saída possível.

Ele não corre nenhum perigo imediato – eles não podem subir a escada, senão já teriam subido. Há tempo para explorar e reagrupar. *Reagrupar*, que ideia. Ele está sozinho.

Os guardas deviam descansar ali, em turnos: há duas camas num quartinho ao lado. Não há ninguém nelas, nenhum corpo. Talvez os guardas tenham tentado sair do RejoovenEsense, como todo mundo. Talvez eles também tivessem tido a esperança de escapar do contágio.

Uma das camas está feita, a outra não. Um despertador digital de voz ainda está piscando ao lado da cama desfeita. – Que horas são? – ele pergunta, mas não recebe resposta. Ele vai ter que reprogramar o relógio, ajustá-lo à sua própria voz.

Os caras eram bem equipados: centros de entretenimento conjugados, com telas, jogadores e fones de ouvido. Roupas penduradas em ganchos, o estilo padrão de vestir nas horas de folga; uma toalha usada no chão, uma meia idem. Uma dúzia de fotos impressas sobre uma das mesinhas de cabeceira. De uma garota magra usando apenas sandálias de salto alto e de cabeça para baixo; de uma loura pendurada em um gancho no teto vestida de couro preto, de olhos vendados, mas com a boca aberta como se estivesse pedindo para apanhar; de uma mulher grande com enormes implantes de silicone nos seios e batom vermelho, inclinada para a frente e com a língua para fora exibindo um piercing. A mesma coisa de sempre.

Os caras devem ter saído de lá com muita pressa. Talvez sejam eles lá embaixo, aqueles com os trajes biológicos. Isso faria sentido. Entretanto, ninguém parece ter subido lá depois que os dois saíram; ou se subiram, não se interessaram em levar nada.

Sobre uma das mesinhas de cabeceira há um maço de cigarros de onde só faltam dois. O Homem das Neves tira um cigarro – úmido, mas neste momento ele seria capaz de fumar até o carpete – e procura alguma coisa que sirva para acendê-lo. Ele tem fósforos no seu saco de lixo, mas onde ele está? Ele deve tê-lo deixado cair na escada na pressa de subir. Ele vai até a beira da escada e olha para baixo. Lá está o saco, a quatro degraus do chão. Ele começa a descer cautelosamente. Quando estende a mão, alguma coisa salta. Ele pula para trás, e vê o porcão escorregar para baixo e tomar a atacar. Os olhos dele brilham na meia-luz; ele tem a impressão de que o porcão está rindo.

Eles estão esperando por ele, usando o saco de lixo como isca. Devem ter percebido que havia algo no saco que ele iria querer, que ele voltaria para buscar. Muito ardiloso. As pernas dele estão tremendo quando alcança o alto da escada.

O quartinho dá para um pequeno banheiro, com um vaso de verdade. Bem na hora: o medo ativou seu intestino. Ele esvazia a barriga – tem papel, uma pequena bênção, não vai precisar de folhas – e está quase dando a descarga quando raciocina que o reservatório deve estar cheio de água, e ele pode precisar de água. Ele levanta a tampa do reservatório: está cheio mesmo, um minioásis. A água é barrenta, mas não cheira mal, então ele enfia a cabeça lá dentro e bebe como se fosse um cachorro. Depois de toda aquela adrenalina ele está seco.

Agora se sente melhor. Não precisa entrar em pânico ainda. Na cozinha, ele encontra fósforos e acende o cigarro. Depois de duas tragadas fica tonto, mas mesmo assim é maravilhoso.

– Se você tivesse noventa anos e tivesse a chance de dar uma última trepada mas soubesse que ela o mataria, você daria assim mesmo? Crake perguntou a ele uma vez.

– Pode apostar que sim – Jimmy disse.

– Viciado – Crake disse.

O Homem das Neves cantarola enquanto examina os armários da cozinha. Chocolate em barra, chocolate de verdade. Um pote de café instantâneo, outro de leite em pó, outro de açúcar. Pasta de camarão para passar em bolachas, artificial, mas comível. Um tubo de requeijão, outro de maionese. Sopa de macarrão com legumes, sabor galinha. Bolachas dentro de um recipiente de plástico. Um estoque de barras energéticas. Que fartura.

Ele toma coragem e abre a geladeira, apostando no fato de que aqueles sujeitos não deviam guardar muita comida de verdade lá dentro, então o fedor não seria tão repulsivo. O pior cheiro é o de carne podre dentro do freezer; ele encontrou um bocado naqueles primeiros tempos de pilhagem.

Não tem nada muito fedorento; só uma maçã murcha, uma laranja coberta de mofo. Duas garrafas de cerveja, fechadas – cerveja de verdade! As garrafas são marrons, com gargalos finos.

Ele abre uma garrafa e bebe a metade. Quente, mas que importa? Depois se senta à mesa e come a pasta de camarão, as bolachas, o requeijão e a maionese, terminando com uma colher cheia de pó de café misturado com leite em pó e açúcar. Ele reserva a sopa de macarrão, o chocolate e as barras energéticas para mais tarde.

Em um dos armários há um rádio. Ele se lembra de quando essas coisas começaram a ser distribuídas, para o caso de tomados ou enchentes ou alguma outra coisa que pudesse avariar os aparelhos eletrônicos. Seus pais tinham um quando ainda eram seus pais; eles costumavam brincar com ele em segredo. Ele tinha uma manivela que girava para recarregar as baterias, e funcionava por meia hora.

Esse aqui parece intacto, então ele o liga. Não espera ouvir nada, mas expectativa não é a mesma coisa que desejo.

Estática, mais estática, mais estática. Ele experimenta as bandas de AM, depois de FM. Nada. Apenas aquele som, como o som da luz das estrelas rangendo no espaço: *kkkkkkkkkkkkkk*. Depois ele tenta ondas curtas. Gira o botão devagar e com cuidado. Talvez existam outros países, países distantes, em que as pessoas possam ter escapado – Nova Zelândia, Madagascar, Patagônia – lugares assim.

Mas elas não devem ter escapado. Pelo menos a maioria delas. Depois de iniciada, a coisa se propagou pelo ar. Desejo e medo eram universais, combinados, eles tinham sido os coveiros.

Kkkkkkkk. Kkkkkkkk. Kkkkkkk.

Ah, fala comigo, ele implora. Diga alguma coisa. Qualquer coisa.

* * *

De repente ele ouve uma resposta. É uma voz, uma voz humana. Infelizmente está falando uma língua que soa como russo.

O Homem das Neves mal pode acreditar em seus ouvidos. Então ele não é o único – mais alguém sobreviveu, alguém da sua própria espécie. Alguém que sabe como usar um transmissor de ondas curtas. E se mais um sobreviveu, é provável que outros também tenham sobrevivido. Mas aquele ali não adianta muito para o Homem das Neves, ele está longe demais.

Cretino! Ele se esqueceu da função CB. A função que foram instruídos a usar em caso de emergência. Se houver alguém perto, deverá estar na função CB.

Ele gira o botão. *Receive,* é o que ele vai tentar.

Kkkkkkk.

Então, uma voz de homem, muito fraca: – Alguém está me ouvindo? Tem alguém aí? Pode me ouvir? Câmbio.

O Homem das Neves se atrapalha com os botões. Como se faz para enviar? Ele esqueceu. Cadê o filho da puta?

– Estou aqui! Estou aqui! – ele berra.

Volta para *Receive.* Nada.

Ele já está ficando arrependido. Será que foi apressado demais? Ele não sabe quem está do outro lado. Provavelmente alguém com quem ele não gostaria de almoçar. Mesmo assim, ele se sente animado, quase exultante. Existem mais possibilidades agora.

MURALHA

O Homem das Neves ficou tão extasiado – pela excitação, pela comida, pelas vozes no rádio – que se esqueceu do corte no pé. Agora o corte se manifesta: ele sente uma pontada, como se fosse um espinho. Ele senta à mesa da cozinha, ergue o pé para examiná-lo. Parece que tem um caco de garrafa de bourbon lá dentro. Ele aperta, espreme e lamenta não ter uma pinça ou então unhas mais compridas. Por fim, ele consegue segurar o pedacinho de vidro e puxa. Dói, mas não sai muito sangue.

Depois que ele retira o caco de vidro, lava o corte com um pouco de cerveja, depois vai pulando até o banheiro e examina o armário de remédios. Nada que possa ser usado, exceto um tubo de protetor solar – não serve para cortes –, uma pomada antibiótica com o prazo de validade vencido, que ele espalha em cima da ferida, e um restinho de loção de barbear com cheiro de limão. Ele também derrama a loção sobre o ferimento porque deve conter álcool. Talvez devesse procurar algum desinfetante de banheiro ou algo semelhante, mas não quer exagerar e correr o risco de queimar toda a sola do pé. Ele vai ter que cruzar os dedos e rezar para ter sorte: um pé infeccionado seria um desastre. Ele não deveria ter negligenciado aquele corte por tanto tempo, o chão do andar de baixo devia estar cheio de germes.

À tardinha ele assiste ao pôr do sol pela estreita janelinha da torre de observação. Como ele deveria ser belo quando todas as dez telas de vídeo estivessem ligadas e se podia ter uma visão panorâmica completa, ajustando o brilho da tela para realçar os tons de vermelho. Abrir, relaxar e viajar. Mas as telas estão apagadas e assim ele tem que se contentar com a realidade, um pedaço dela, cor de tangerina, depois de flamingo, depois de sangue aguado, depois de sorvete de morango, na direção de onde deve estar o sol.

Na luz rosada do entardecer, os porcões que esperam por ele lá embaixo parecem miniaturas de plástico, réplicas bucólicas tiradas de uma caixa de brinquedos. Eles têm o tom rosado da inocência, como muitas coisas vistas à distância. É difícil imaginar que lhe desejem algum mal.

A noite cai. Ele se deita em uma das camas do quarto, a cama que está feita. Onde eu estou deitado agora, um homem morto costumava dormir, ele pensa. Ele nunca percebeu o que estava acontecendo. Não teve a menor pista. Ao contrário de Jimmy, que tinha tido pistas, que deveria ter percebido mas não o fez. Se eu tivesse matado Crake antes, pensa o Homem das Neves, será que teria feito alguma diferença?

O lugar está muito quente e abafado, embora tenha conseguido abrir os respiradouros de emergência. Ele não vai conseguir dormir ainda, então acende uma das velas – ela está dentro de uma lata com tampa, suprimentos de sobrevivência, que supostamente serviria para ferver sopa – e fuma outro cigarro. Dessa vez ele não o deixa tão tonto. Todo hábito que ele teve em sua vida ainda está lá no seu corpo, adormecido, como flores no deserto. Dadas as condições adequadas, todos os seus velhos vícios floresceriam exuberantemente.

Ele folheia os impressos de sites de sexo. As mulheres não fazem o seu tipo – curvilíneas demais, modificadas e óbvias demais. Olhos revirados com excesso de rímel, línguas bovinas. O que ele sente é tristeza e não desejo.

Revisão: desejo triste.

– Como você teve coragem – ele murmura para si mesmo, não pela primeira vez, enquanto trepa em sua imaginação com uma prostituta vestindo um colete vermelho de seda chinesa e salto alto, na bunda um dragão tatuado.

Ah, benzinho.

No quartinho abafado ele sonha outra vez com sua mãe. Não, ele nunca sonha com sua mãe, só com a ausência dela. Ele está na cozinha. Uuff, faz o vento em sua orelha, uma porta fechando. Em um gancho, está pendurado o seu penhoar, magenta, vazio, assustador.

Ele acorda com o coração disparado. Lembra-se agora de que depois que ela foi embora ele vestiu aquele penhoar. Ainda cheirava a ela, ao perfume de jasmim que costumava usar. Ele se olhara no espelho, sua cabeça de menino com aquele olhar de peixe morto no alto de um pescoço que acabava naquele monte de pano cor de mulher. Como ele a odiara naquela hora. Ele mal podia respirar, estava sufocado de ódio, lágrimas de ódio corriam pelo seu rosto. Mas mesmo assim ele tinha abraçado a si mesmo.

Com os braços dela.

Ele ajustou o despertador do relógio digital de voz para uma hora antes do amanhecer, adivinhando quando isto seria. "Levante e brilhe", o relógio diz com uma sedutora voz feminina. "Levante e brilhe. Levante e brilhe."

– Pare – ele diz, e a voz para.

– Você quer música?

– Não – ele diz, porque embora esteja tentado a ficar deitado na cama interagindo com a mulher do relógio (seria quase como uma conversa) ele tem que prosseguir viagem hoje. Há quanto tempo está longe da praia, dos crakers? Ele conta nos dedos: dia um, a caminhada até o Rejooven-Esense, o tomado; dia dois, encurralado pelos porcões. Então este deve ser o terceiro dia.

Do lado de fora da janela há uma luz acinzentada, cor de rato. Ele mija na pia da cozinha, molha o rosto com a água do reservatório da privada. Ele não devia ter bebido aquela água ontem sem antes fervê-la. Agora ele ferve uma panela – ainda tem gás no bico de propano – e lava o pé, um pouco vermelho em volta do corte, mas nada de preocupante, e prepara uma xícara de café instantâneo com um monte de açúcar e leite em pó. Ele mastiga uma barra energética, saboreando o gosto familiar de óleo de banana e verniz adocicado, e sente sua energia aumentar.

Em meio à correria do dia anterior ele perdeu sua garrafa de água, o que não importa se considerarmos o que havia nela. Cocô de passarinho, larvas de mosquito, nematoides. Ele enche uma garrafa vazia de cerveja com água fervida, depois pega no quarto um saco para roupa suja de microfibra onde guarda a água, todo o açúcar que consegue encontrar e meia dúzia de barras de cereal. Passa protetor solar no corpo e guarda o resto do tubo, depois veste uma camisa cáqui. Tem um par de óculos escuros também, então joga fora o velho, de uma lente só. Ele resolve vestir um short, mas este está muito largo na cintura e não protegeria a parte de trás das suas pernas, então ele mantém o lençol florido, dobrando-o e prendendo-o como se fosse um sarongue. Pensando melhor, ele o tira e guarda no saco de roupa suja: poderia ficar preso em algum lugar durante o caminho, então ele deixa para usá-lo mais tarde. Ele repõe as aspirinas perdidas e as velas, e acrescenta seis pequenas caixas de fósforo e uma faquinha, e guarda a sua réplica autêntica do boné de beisebol dos Red Sox. Ele não quer correr o risco de perdê-lo durante a fuga.

Pronto. Não está muito pesado. Hora de partir.

Ele tenta quebrar a janela da cozinha – poderia descer até o muro de proteção do Complexo com a corda de lençol que preparou –, mas não tem sorte: o vidro é à prova de ataques. A janela estreita que dá para o portão está fora de questão, porque mesmo que conseguisse passar por ela, cairia no meio dos porcões famintos. Tem uma pequena janela no banheiro, bem no alto, mas ela também dá para o lado dos porcões.

Depois de três horas de trabalho difícil e com a ajuda – inicialmente – de uma escadinha de cozinha, um saca-rolhas, uma faca e – no fim – de um martelo e de uma chave de fenda movida à pilha que encontrou no fundo do armário, ele consegue desmontar o respiradouro e retirar o mecanismo que existe em seu interior. O respiradouro sobe como se fosse uma chaminé, depois faz uma curva para o lado. Acha que é magro o bastante para caber nele – passar fome tem suas vantagens –, embora, caso fique preso, vá ter uma morte terrível e também ridícula. Cozido num respiradouro, muito engraçado. Ele amarra uma das pontas da corda improvisada na perna da mesa da cozinha – felizmente esta é presa no chão – e enrola o resto na cintura. Ele prende o saco de suprimentos na ponta de uma segunda corda. Prendendo a respiração, se enfia no buraco, torce o corpo, se espreme. Ainda bem que ele não é uma mulher, a bunda grande iria impedi-lo. O espaço é muito apertado, mas agora a sua cabeça está do lado de fora, e em seguida – com uma torção – os seus ombros. É uma queda de quase três metros até a muralha. Ele vai ter que descer de cabeça, e torcer para que a corda improvisada aguente.

Um último impulso, um solavanco quando ele é içado, e ele se vê pendurado no ar. Ele agarra a corda, endireita o corpo, desamarra a ponta que está em volta de sua cintura, e vai descendo devagar. Depois puxa o saco de suprimentos. Moleza.

Merda. Ele esqueceu de trazer o rádio. Bem, não há como voltar.

A muralha tem dois metros de largura, com uma mureta de cada lado. A cada três metros há um par de aberturas, não em frente uma à outra, mas se alternando, feitas para observação, mas úteis também para apoio de armas. A muralha tem seis metros de altura, oito contando com as muretas. Ela cerca todo o Complexo, pontuada em intervalos regulares por uma torre de observação igual à que ele acabou de deixar.

O Complexo tem uma forma alongada, e possui mais cinco portões. Ele conhece a planta, a estudou detalhadamente durante os dias passados em Paradice, que é para onde está indo agora. Ele pode ver a cúpula erguendo-se no meio das árvores, brilhando como uma meia-lua. Seu plano é tirar o que puder de lá, depois voltar pela muralha – ou, se as condições permitirem, ele pode cortar caminho pela galeria do Complexo – e sair por um portão lateral.

O sol está alto. É melhor ele correr, senão vai cozinhar. Ele gostaria de se mostrar para os porcões, de debochar deles, mas resiste a esse impulso: eles o seguiriam ao longo da muralha, impedindo-o de descer. Então, cada vez que chega a uma janela de observação, se agacha, mantendo-se abaixo da abertura.

Na terceira torre de observação ele para. Por cima da muralha pode ver alguma coisa branca – acinzentada e enevoada – mas baixa demais para ser uma nuvem. E também a forma é diferente. É fina, como uma coluna oscilante. Deve estar próxima à praia, alguns quilômetros ao norte do acampamento dos crakers. A princípio ele acha que é névoa, mas névoa não sobe daquela maneira, como se fosse uma coluna, e não dá baforadas. Não há dúvida, é fumaça.

Os crakers fazem muitas fogueiras, mas nunca são grandes, e não soltariam tanta fumaça. Podia ser resultado da tempestade de ontem, um incêndio causado por um raio, molhado pela chuva e que tivesse começado a arder de novo. Ou os crakers podem ter desobedecido as suas ordens e vindo procurá-lo, acendendo uma fogueira para orientá-lo. Isso é improvável – não é assim que eles raciocinam –, mas se for o caso, eles estão muito fora de rota.

Ele come a metade de uma barra de cereais, bebe um pouco de água, continua andando pela muralha. Ele agora está mancando um pouco, consciente do pé, mas não pode parar para cuidar dele, tem que prosseguir o mais rápido que puder. Ele precisa daquela arma de pulverizar, e não apenas por causa dos lobocães e dos porcões. De vez em quando ele olha por cima do ombro. A fumaça ainda está lá, só uma coluna. Ela não se espalhou. Continua subindo.

12

INCURSÃO PLEBEIA

O Homem das Neves segue mancando pela muralha, em direção ao branco leitoso da casa-bolha, que se afasta dele como se fosse miragem. Por causa do pé, ele está indo mais devagar, e por volta das onze horas o concreto fica quente demais para ele andar. Ele está com o lençol cobrindo a cabeça e a maior parte do corpo, por cima do boné de beisebol e da camisa tropical, mas mesmo assim ele pode se queimar, apesar do protetor solar e das duas camadas de roupa. Felizmente os óculos escuros novos têm as duas lentes.

Ele se agacha na sombra da torre de observação seguinte para esperar o calor melhorar, e bebe um pouco de água. Depois que o sol baixar e o calor passar, depois do temporal da tarde, ele talvez tenha mais umas três horas de caminhada. Se tudo der certo, poderá chegar lá antes do cair da noite.

O calor desce, bate no concreto e sobe. Ele relaxa dentro dele, respira nele, sente o suor escorrendo, como centopeias caminhando sobre ele. Ele fecha os olhos, os velhos filmes girando em sua cabeça. – Que diabo ele queria comigo? – ele diz. – Por que não me deixou em paz?

Não adiantava pensar nisso, não nesse calor, com seu cérebro virando queijo derretido. Queijo derretido não: era melhor evitar imagens de comida. Virando massa de vidraceiro, cola, produto de cabelo, em forma de creme, em um tubo. Ele usou isso uma vez. Ele consegue visualizar sua exata posição na prateleira, ao lado do aparelho de barbear: ele gostava de uma prateleira bem arrumada. Ele tem uma súbita visão de si mesmo, logo depois do banho, passando o creme para cabelo no seu cabelo molhado, com as mãos. Em Paradice, esperando por Oryx.

A intenção dele era boa, pelo menos não era má. Ele jamais quis prejudicar ninguém, não seriamente, não no espaço-tempo real. Fantasias não contavam.

* * *

Era um sábado. Jimmy estava deitado na cama. Ele achava difícil levantar-se naquela época; ele tinha chegado atrasado duas vezes ao trabalho na semana anterior, e somando as vezes anteriores a essa e as vezes anteriores àquela, em pouco tempo ele estaria encrencado. Não que estivesse na farra, pelo contrário. Ele vinha evitando o contato humano. Os chefões do AnooYoo ainda não o haviam chutado; provavelmente sabiam sobre sua mãe e a forma de sua morte. Bem, é claro que sabiam, embora esse fosse o tipo de segredo sinistro e público que nunca era mencionado nos Complexos – o infortúnio, o azar podia ser contagioso, melhor fazer-se de idiota etc. e tal. Provavelmente estavam dando um desconto para ele.

Havia pelo menos algo de bom nisso: talvez agora que tinham finalmente apagado sua mãe da lista deles, os caras o deixassem em paz.

– Acorda, acorda, acorda – sua voz disse no relógio. Esse era cor-de-rosa, em forma de falo: um Relógio Pinto, que uma de suas amantes lhe dera de brincadeira. Na época ele tinha achado engraçado, mas nesta manhã ele o achou revoltante. Ele era só isso para ela, para todas elas: uma brincadeira mecânica. Ninguém queria ser assexuado, mas ninguém queria ser apenas sexo, Crake disse uma vez. Ah, sim senhor, pensou Jimmy. Outro enigma humano.

– Que horas são? – ele disse para o relógio. Este encolheu a cabeça e tomou a esticá-la.

– É meio-dia. É meio-dia, é meio-dia, é...
– Cala a boca – disse Jimmy. O relógio murchou. Ele estava programado para obedecer a vozes zangadas.

Jimmy pensou em sair da cama, ir até a cozinha e abrir uma cerveja. Essa era uma boa ideia. Ele tinha dormido tarde. Uma de suas amantes, a mulher que deu o relógio para ele, tinha penetrado no seu muro de silêncio. Ela apareceu por volta das dez com uma comida – frango e fritas, ela sabia do que ele gostava – e uma garrafa de uísque.

– Eu estava preocupada com você – ela dissera. O que ela queria mesmo era dar uma rapidinha e assim ele se esforçou e ela acabou gozando, mas o coração dele não estava ali e isso deve ter ficado óbvio. Depois eles tiveram que passar pelo velho papo do *O que está acontecendo, Você está cansado de mim, Eu gosto de você de verdade,* blá-blá-blá.

– Largue o seu marido – Jimmy tinha dito para fazê-la parar. – Vamos fugir para a plebelândia e morar em um camping.
– Ah, eu acho que... Você não está falando sério.
– E se estiver?
– Você sabe que eu gosto de você. Mas eu também gosto dele e...
– Da cintura para baixo.
– Como? – Ela era uma mulher educada, ela dizia *Como?*, em vez de *O quê?*
– Eu disse, da cintura para baixo. É como você realmente gosta de mim. Quer que eu soletre para você?
– Eu não sei o que deu em você, ultimamente você tem estado tão cruel.
– Não ando nada divertido.
– Bem, na verdade não.
– Então se manda.

Depois disso eles tiveram uma briga, e ela chorou, o que, estranhamente, fizera Jimmy sentir-se melhor. Depois disso eles acabaram com o uísque. Depois treparam de novo, e dessa vez Jimmy gozou, mas sua amante não, porque ele foi rápido demais e muito bruto e não a havia adulado como costumava fazer. *Que bunda gostosa*, e coisa e tal.

Ele não devia ter sido tão ranzinza. Ela era uma boa mulher com seios de verdade e com seus problemas. Ele imaginou se voltaria a vê-la de novo. Provavelmente sim, porque ela estava com aquele olhar de *Eu posso curá-lo* quando saiu.

Depois que Jimmy deu uma mijada e estava tirando uma cerveja da geladeira, seu interfone tocou. Lá vem ela, como ele previra. Ele ficou mal-humorado de estalo. Foi até o interfone e disse: – Vai embora.
– É Crake. Eu estou aqui embaixo.
– Não acredito – disse Jimmy. Ele apertou o botão do vídeo do saguão: era mesmo Crake, fazendo um gesto obsceno para ele e rindo.
– Deixe-me entrar – disse Crake, e Jimmy deixou, porque naquele momento Crake era a única pessoa que ele queria ver.

Crake era o mesmo. Usava a roupa escura de sempre. Não estava nem mesmo mais careca.

– Mas que porra você está fazendo aqui? – disse Jimmy. Depois do entusiasmo do primeiro momento, ele ficou envergonhado por ainda não estar vestido, e pelo fato de que seu apartamento estava coberto de poeira e pontas de cigarro e louça suja e caixas vazias de comida, mas Crake pareceu não notar.

– É bom saber que eu sou bem-vindo – disse Crake.

– Desculpe, as coisas não têm andado bem ultimamente – disse Jimmy.

– É. Eu percebi isso. Sua mãe. Eu mandei um e-mail, mas você não respondeu.

– Eu não tenho baixado meus e-mails.

– É compreensível. Estava no cérebro frito: incitação à violência, membro de organização clandestina, obstrução à divulgação de produtos comerciais, crimes de traição contra a sociedade. Acho que este último se refere às manifestações das quais ela participou. Atirando tijolos ou algo assim. Uma pena, ela era uma senhora simpática.

Nem *simpática* nem *senhora* se adequavam a ela na opinião de Jimmy, mas ele não estava a fim de discutir isso logo de manhã. – Quer uma cerveja? – perguntou.

– Não, obrigado – disse Crake. – Eu vim apenas para vê-lo. Para ver se você estava bem.

– Eu estou bem.

Crake olhou para ele. – Vamos até a plebelândia – ele disse. – Correr alguns bares.

– Isso é uma piada? – disse Jimmy.

– Não é não. Eu tenho os passes. O meu permanente e um para você.

Jimmy percebeu com isso que Crake devia ser realmente importante. Ficou impressionado. Mas muito mais do que isso, ficou comovido pelo fato de Crake preocupar-se com ele, vir de tão longe para visitá-lo. Embora eles não estivessem mantendo contato ultimamente – culpa de Jimmy –, Crake ainda era seu amigo.

Cinco horas depois eles estavam passeando pelas plebelândias ao norte da Nova Nova York. Eles só tinham levado duas horas para chegar lá – de trem-bala até o Complexo mais próximo, depois um carro oficial do Corps com um motorista armado, providenciado por quem quer que estivesse cumprindo as ordens de Crake. O carro os havia levado ao centro do que Crake chamou de ação, e os havia deixado lá. Mas eles seriam seguidos, Crake disse. Seriam protegidos. Então nada de ruim iria lhes acontecer.

Antes de saírem, Crake havia enfiado uma agulha no braço de Jimmy – uma vacina contra tudo, de curto prazo, que ele mesmo havia produzido. As plebelândias, ele disse, eram uma gigantesca cultura de micro-organismos: havia um bocado de sujeira e plasma contagioso espalhado por lá. Se você crescesse ali dentro, ficava mais ou menos imunizado, a menos que um organismo novo atacasse; mas, se você fosse dos Complexos e pusesse os pés na plebe, virava um banquete. Era como ter uma tabuleta na testa dizendo, Me coma.

Crake tinha levado máscaras para eles também, o último modelo, não apenas para filtrar micróbios, mas também para retirar partículas. O ar era pior nas plebelândias, ele disse. Havia mais lixo suspenso na atmosfera, menos torres de purificação de ar espalhadas por lá.

Jimmy nunca tinha estado na plebelândia antes, só a tinha visto por cima do muro. Ele ficou animado por estar finalmente lá, embora não estivesse preparado para ver tantas pessoas tão próximas umas das outras, andando, falando, correndo para algum lugar. Cuspir na calçada era um hábito que ele pessoalmente não apreciava. Moradores ricos em carros de luxo, pobres em motos solares, prostitutas com roupas fluorescentes ou shorts bem curtos, ou – mais atleticamente, exibindo suas coxas firmes – em lambretas, ziguezagueando no meio do tráfego. De todas as cores de pele, de todos os tamanhos. Mas não de todos os preços, disse Crake: aquela era a parte baixa. Então Jimmy podia olhar as vitrines, mas não devia comprar. Ele devia deixar isso para mais tarde.

Os moradores da plebelândia não se pareciam com os deficientes mentais que os moradores dos Complexos gostavam de descrever, pelo menos a maioria deles não se parecia. Após algum tempo Jimmy começou a relaxar e a apreciar a experiência. Havia tanto para ver tanta coisa sendo apregoada, tanto sendo oferecido. Placas em néon, cartazes, anúncios por toda parte. E havia vagabundos de verdade, mendigos de verdade, como nos velhos musicais em DVD: Jimmy se viu esperando que a qualquer momento eles fossem começar a dançar e a cantar. Músicos de verdade nas esquinas, bandos de garotos de rua de verdade. Assimetrias, deformidades: os rostos ali estavam muito distantes da regularidade dos Complexos. Havia até dentes estragados. Ele ficou boquiaberto.

– Cuidado com a carteira – disse Crake. – Não que você vá precisar de dinheiro.
– Por que não?
– Você é meu convidado – disse Crake.
– Não posso deixar que você faça isso.
– Na próxima você paga.
– Combinado – disse Jimmy.
– Aqui estamos. Aqui é o que eles chamam de Rua dos Sonhos.

As lojas ali iam de média a alta sofisticação, as vitrines eram elaboradas. Genes Azuis? Experimente SnipNFix! Acabe com a sua doença. Por que ser baixo? Vire um Golias! Escolha a criança dos seus sonhos. Cure o seu DNA. Fornecedores de Bebês Ltda.

– É aqui que os nossos produtos se transformam em ouro – disse Crake.
– Nossos produtos?
– O que nós estamos produzindo no Rejoov. Nós e os outros Complexos voltados para o corpo.
– Isso tudo funciona? – Jimmy estava impressionado, não tanto pelas promessas quanto pelos slogans: mentes como as dele tinham passado por ali. Seu mau humor da manhã tinha passado, ele estava se sentindo bem animado. Havia tanta coisa nova para ele, tanta informação, que sua cabeça foi inteiramente ocupada.

– Muita coisa sim – disse Crake. – É claro que nada é perfeito. Mas a competição é feroz, especialmente dos russos, dos japoneses e dos alemães. E dos suecos. Mas nós estamos mantendo nossa posição, nossos produtos têm a reputação de serem confiáveis. Gente do mundo inteiro vem para cá, eles compram de tudo. Sexo, orientação sexual, altura, cor de pele e de olhos: tudo isso está disponível, pode ser feito ou refeito. Você não faz ideia do volume de dinheiro que muda de mãos só nesta rua.

– Vamos tomar um drinque – disse Jimmy. Ele estava pensando no seu irmão hipotético, aquele que ainda não tinha nascido. Será que seu pai e Ramona tinham feito compras aqui?

Eles tornaram um drinque, comeram alguma coisa – ostras de verdade, disse Crake, carne de vaca japonesa de verdade, tão raras quanto diamantes. Deve ter custado uma fortuna. Depois eles foram a alguns outros lugares e terminaram em um bar que exibia sexo oral em trapézios, e Jimmy bebeu algo cor de laranja que brilhava no escuro, e repetiu o mesmo drinque duas vezes. Em seguida ele estava contando a Crake a história da sua vida – não, a história da vida de sua mãe – em uma única frase longa e interminável, como se fosse um fio de chiclete que não parava de sair da sua boca. Depois eles estavam em outro lugar, em uma enorme cama de cetim verde, trepando com duas garotas cobertas dos pés à cabeça de lantejoulas grudadas na pele e que brilhavam como escamas de um peixe virtual. Jimmy nunca tinha conhecido uma garota que soubesse contorcer-se daquele jeito.

Foi ali ou em um dos bares, mais cedo, que o assunto do emprego tinha surgido? Na manhã seguinte ele não conseguiu lembrar. Crake tinha dito, *Emprego, Você, Rejoov,* e Jimmy tinha dito, *Para fazer o quê, limpar privadas,* e Crake tinha rido e dito, *Melhor do que isso.* Jimmy não se lembrava de ter respondido que sim, mas deve ter feito isso. Ele aceitaria o emprego, qualquer que fosse ele. Ele queria seguir em frente. Estava pronto para um novo capítulo.

BLYSSPLUSS

Na segunda-feira de manhã, depois do seu fim de semana com Crake, Jimmy apareceu no AnooYoo para outro dia de invenção de palavras. Ele estava um bagaço, mas torceu para ninguém notar. Embora encorajasse todo tipo de experiências químicas por parte da sua clientela pagante, o AnooYoo desaprovava qualquer coisa semelhante por parte dos seus funcionários. Faz sentido, Jimmy pensou: nos velhos tempos, os contrabandistas de bebidas raramente se embriagavam. Pelo menos foi o que ele leu.

Antes de ir para a sua mesa, ele visitou o banheiro dos homens e se olhou no espelho: ele parecia uma pizza regurgitada. Além disso estava atrasado, mas para variar ninguém notou. De repente, lá estava o seu chefe e alguns outros funcionários tão elevados que Jimmy jamais tinha visto antes. Jimmy recebeu apertos de mão, tapinhas nas costas, uma taça de champanhe. *Ah, bom! Um gole para curar a ressaca! Glub-glub-glub,* disse o balãozinho na cabeça de Jimmy, mas ele teve o cuidado de só tomar um golinho.

Depois começaram a dizer que tinha sido um prazer tê-lo no AnooYoo, que ele tinha sido muito importante para a empresa e que desejavam tudo de bom para ele no lugar para onde ele estava indo, e, por falar nisso, ele estava de parabéns! A sua indenização ia ser depositada imediatamente em sua conta no Corpsbank. Seria um valor bastante generoso, mais generoso do que lhe garantia o tempo de serviço prestado, porque, vamos ser francos, seus amigos do AnooYoo queriam que Jimmy se lembrasse deles de uma forma positiva, naquele maravilhoso emprego novo.

Qualquer que seja ele, Jimmy pensou, sentado no trem-bala. O trem tinha sido providenciado para ele, bem como a mudança – uma equipe ia chegar, embalar tudo, eles eram profissionais, não havia com o que se preocupar. Ele mal teve tempo de contactar suas diversas amantes, e quando o fez, descobriu que cada uma delas já havia sido discretamente informada por Crake em pessoa, que – segundo parecia – tinha longos tentáculos. Como ele soube a respeito delas? Talvez ele estivesse entrando na caixa postal de Jimmy, isso era fácil para ele. Mas por que o trabalho?

> *Vou sentir sua falta, Jimmy,* uma delas escreveu no e-mail.
> *Ah, Jimmy, você era tão divertido,* disse outra.
> *Era* foi um tanto sinistro. Afinal, ele não tinha morrido nem nada.

Jimmy passou sua primeira noite no RejoovenEsense em um hotel VIP para convidados. Ele se serviu de um drinque no minibar, uísque puro, o mais verdadeiro possível, depois passou algum tempo contemplando a vista da janela, apesar de só conseguir enxergar luzes. Ele pôde ver a cúpula do Paradice, um enorme semicírculo ao longe, iluminado de baixo, mas ele ainda não sabia do que se tratava. Achou que fosse um rinque de patinação.

Na manhã seguinte, Crake levou-o para uma visita preliminar ao Complexo RejoovenEsense no seu carrinho de golfe elétrico. Jimmy teve que admitir que ele era espetacular sob todos os aspectos. Tudo era impecavelmente limpo, ajardinado, ecologicamente rústico, e muito caro. O ar era livre de partículas, devido às diversas torres de purificação solares, dispostas em locais discretos e disfarçadas de arte moderna. Rochas reguladoras de temperatura garantiam o microclima, borboletas do tamanho de pratos voavam entre os arbustos de cores vivas. Tudo isso fazia com que todos os outros Complexos em que Jimmy estivera, inclusive o Watson-Crick, parecessem pobres e antiquados.

– O que está financiando isso tudo? – ele perguntou a Crake, ao passarem pelo Luxuries MaU, coberto de mármores, colunas, cafés, samambaias, deliveries, pista de skate, lojas de sucos, uma academia de ginástica, onde correr na esteira mantinha as luzes acesas. Fontes romanas com ninfas e deuses marinhos.

– A dor diante da morte inevitável – disse Crake. – O desejo de parar o tempo. A condição humana.

– O que não era muito informativo – disse Jimmy.

– Você verá – disse Crake.

* * *

Eles almoçaram em um dos restaurantes Rejoo cinco estrelas, em uma falsa varanda com ar-condicionado, dando para a principal estufa orgânica do Complexo. Crake pediu um canguru-carneiro, um novo acasalamento australiano que combinava o caráter plácido e o valor proteico do carneiro com a resistência a doenças e a não produção de metano, flatulência destruidora de ozônio, do canguru. Jimmy pediu o frango caipira recheado com passas – frango caipira de verdade, passas verdadeiras ressecadas ao sol, Crake afirmou. Jimmy já estava tão acostumado com ChickieNobs, com sua consistência farinhenta e seu sabor insosso, que estranhou o gosto forte do frango caipira.

– A minha unidade se chama Paradice – disse Crake, enquanto comiam a banana de soja flambada. – O objetivo do nosso trabalho é a imortalidade.

– Todo mundo está trabalhando nisso – disse Jimmy. – Eles mais ou menos conseguiram com ratos.

– *Mais ou menos* é crucial – disse Crake.

– E quanto aos caras da criogenia? – disse Jimmy. – Congele a sua cabeça, mande reconstituir o seu corpo assim que descobrirem como? Eles estão faturando, as ações deles estão lá em cima.

– Claro, e dois anos mais tarde eles jogam você no lixo e dizem aos seus parentes que houve uma falha de energia elétrica. De todo modo, nós estamos descartando o congelamento.

– Como assim?

– Conosco – disse Crake –, você não teria que morrer primeiro.

– Vocês fizeram mesmo isso?

– Ainda não – disse Crake. – Mas pense só na verba de pesquisa e desenvolvimento.

– Milhões?

– Megamilhões – disse Crake.

– Posso tomar outro drinque? – disse Jimmy. Era informação demais para ele digerir.

– Não. Eu preciso que você preste atenção.

– Eu posso ouvir e beber ao mesmo tempo.

– Não muito bem.

– Experimente – disse Jimmy.

* * *

No Paradice, disse Crake – e eles iriam visitar o local depois do almoço –, havia duas grandes iniciativas acontecendo. A primeira – a pílula Blyss-Pluss – era de natureza profilática, e a lógica por trás dela era simples: eliminando as causas externas da morte você já estaria a meio caminho.

– Causas externas? – disse Jimmy.

– Guerra, ou energia sexual mal aplicada, que nós consideramos ser um fator mais importante do que as causas econômicas, raciais e religiosas comumente citadas. Doenças contagiosas, especialmente as sexualmente transmissíveis. Superpopulação, que leva – como vimos aos montes – à degradação ambiental e à desnutrição.

Jimmy disse que isso parecia muito ambicioso: tanto já se tentou nessa área, e tanto havia fracassado. Crake sorriu.

– Se a princípio você não tiver sucesso, leia as instruções – ele disse.

– O que quer dizer?

– O estudo correto da Humanidade é o Homem.

– O que quer dizer?

– Você tem que trabalhar com o que se apresenta.

A pílula BlyssPluss foi planejada para tornar uma série de dados, a saber, a natureza da natureza humana, e guiar esses dados numa direção mais benéfica do que as que foram tornadas até então. Ela estava baseada em estudos realizados com a espécie infelizmente extinta dos chimpanzés pigmeus ou bonobo, parentes próximos do *Homo sapiens sapiens*. Ao contrário dessa espécie, o bonobo não havia sido parcialmente monogâmico com tendências poligâmicas e poliândricas. Ele havia sido inteiramente promíscuo, não formava casais, e havia passado a maior parte do tempo, quando não estava comendo, ocupado em copular. Seu coeficiente de agressividade havia sido muito baixo.

O que havia levado ao conceito de BlyssPluss. O objetivo era produzir uma única pílula que, ao mesmo tempo:

a) protegesse o usuário contra todas as doenças sexualmente transmissíveis conhecidas, fatais, inconvenientes ou meramente repugnantes;
b) fornecesse um suprimento ilimitado de libido e desempenho sexual, combinado com uma sensação generalizada de energia e bem-estar, reduzindo assim a frustração e o bloqueio de testosterona

que levava ao ciúme e à violência, e eliminando sentimentos de baixa autoestima;
c) prolongasse a juventude.

Estas três propriedades seriam os pontos fortes da venda, disse Crake; mas haveria uma quarta, que não seria anunciada. A pílula BlyssPluss também agiria como uma pílula definitiva, de ação instantânea, de controle da natalidade, tanto para homens quanto para mulheres, diminuindo assim, automaticamente, o nível populacional. Esse efeito poderia ser revertido, embora não nos indivíduos, alterando-se os componentes da pílula na medida das necessidades, isto é, se a população de uma determinada região diminuísse demais.

– Então, basicamente, vocês vão esterilizar as pessoas sem que elas saibam, com o pretexto de fornecer-lhes o máximo em termos de orgia?

– Essa é uma forma crua de colocar as coisas – disse Crake.

Uma pílula dessas, ele disse, traria benefícios em larga escala, não só para usuários individuais – embora tivesse que apelar para estes sob risco de se tomar um fracasso no mercado –, mas para a sociedade como um todo; e não só para a sociedade, mas para todo o planeta. Os investidores estavam muito interessados nela, ela ia ser universal. Só havia vantagens nela. Não havia nenhuma desvantagem. Ele, Crake, estava animadíssimo com isso.

– Eu não sabia que você era tão altruísta – disse Jimmy. Desde quando Crake se tomara um entusiasta da raça humana?

– Não é bem altruísmo – disse Crake. – É mais uma questão de sobrevivência. Eu vi os últimos relatórios demográficos confidenciais do Corps. Como espécie, nós estamos muito encrencados, muito mais do que se imagina. Eles estão com medo de liberar as estatísticas porque as pessoas poderiam simplesmente desistir, mas escuta o que eu estou dizendo, o espaço-tempo está se esgotando. A demanda por recursos vem excedendo a oferta há décadas em regiões geopolíticas marginais, por isso a seca e a fome; mas muito em breve a demanda vai exceder a oferta *para todo mundo*. Com a pílula BlyssPluss, a raça humana terá uma chance maior de sobrevivência.

– De que maneira? – Talvez Jimmy não devesse ter tornado aquele drinque extra. Ele estava ficando um tanto confuso.

– Menos gente, portanto mais espaço.

– E se essas pessoas forem muito gananciosas e esbanjadoras? – disse Jimmy. – Isso não está fora de questão.

– Elas não vão ser – disse Crake.

– Você tem essa pílula? – disse Jimmy. Ele estava começando a ver as possibilidades. Sexo ininterrupto, de alta qualidade, sem consequências. Pensando bem, sua libido estava precisando de um revigorante. – Isso faz o seu cabelo tornar a crescer? – Ele quase que disse *Onde eu posso conseguir algumas,* mas parou a tempo.

Era um conceito sofisticado, disse Crake, embora ainda precisasse de alguns ajustes. Eles ainda não tinham conseguido fazê-la funcionar perfeitamente em todas as frentes; ela ainda estava na fase experimental. Algumas pessoas que participaram dos testes tinham literalmente trepado até morrer, muitos atacaram velhinhas e bichos de estimação, e houve alguns casos de priapismo e pênis rompidos. Também, a princípio, o mecanismo de proteção contra doenças sexualmente transmissíveis tinha falhado espetacularmente. Uma das cobaias tinha desenvolvido uma enorme verruga genital que cobria toda a sua epiderme, horrível de ver, mas eles tinham controlado a doença com laser e esfoliação, pelo menos temporariamente. Em resumo, tinha havido erros, desvios, mas eles estavam muito perto de uma solução.

Nem é preciso dizer, Crake continuou, que a coisa ia ser altamente lucrativa. Aquela seria a pílula da moda em todos os países, em todas as sociedades do mundo. É claro que as religiões malucas não iriam gostar dela, uma vez que sua *raison d'être* baseava-se no sofrimento, no adiamento indefinido de uma gratificação e na frustração sexual, mas elas não conseguiriam aguentar muito tempo. A maré do desejo humano, do desejo por mais e melhor, iria vencê-las. Iria assumir o controle e controlar os acontecimentos, como havia feito em todos os momentos de grandes mudanças ao longo da história.

Jimmy disse que a coisa parecia bem interessante. Isto é, desde que os defeitos fossem corrigidos. Um bom nome também – BlyssPluss. Um som sussurrante, sedutor. Ele tinha gostado. Mas não teve mais vontade de experimentá-la nele: ele já tinha problemas suficientes para arriscar que o seu pênis explodisse.

– Onde você consegue as cobaias para os testes clínicos?

Crake riu. – Nos países mais pobres. Basta dar a eles alguns dólares e eles nem sabem o que estão tornando. Clínicas de sexo, é claro. Ficam felizes em ajudar. Prostíbulos. Prisões. E nas fileiras dos desesperados, como sempre.

– Onde é que eu me encaixo?

– Você vai fazer a campanha publicitária – disse Crake.

MADDADDÃO

Depois do almoço eles foram para Paradice. O conjunto arquitetônico ficava na extremidade direita do Complexo da Rejoov, cercado por seu próprio parque, uma densa vegetação de espécies tropicais climaticamente controladas, de onde emergia como um olho cego. Havia instalações de segurança máxima em volta do parque, disse Crake; nem mesmo os seguranças tinham permissão para entrar. Paradice era uma criação dele, e ele tinha imposto essa condição quando concordou em concretizá-la: ele não queria um bando de brutamontes ignorantes se metendo em coisas que não eram capazes de entender.

O crachá de Crake serviu para os dois, é claro. Eles entraram pelo primeiro portão e seguiram por entre as árvores. Depois havia outro posto de controle, com guardas – do Paradice, Crake explicou, e não do Corps – que se materializaram do meio dos arbustos. Depois mais árvores. Depois a parede curva da própria casa-bolha. Ela podia parecer delicada, Crake disse, mas era feita de uma nova liga adesiva/siliconada/dendroide ultrarresistente. Seria necessário ferramentas muito avançadas para rompê-la, uma vez que ela se autorreparava após qualquer pressão e consertava automaticamente qualquer corte. Além disso, tinha a capacidade de filtrar e respirar, como uma casca de ovo, embora necessitasse de energia solar para tanto.

Eles entregaram o carrinho de golfe para um dos guardas e digitaram um código para abrir a porta, que se fechou com um uuff atrás deles.

– Por que ela fez esse barulho? – Jimmy perguntou nervosamente.

– É uma porta hermética – disse Crake. – Como nas espaçonaves.

– Para quê?

– Para o caso de o lugar precisar ser isolado – disse Crake. – Organismos hostis, ataques de toxinas, fanáticos. O de sempre.

A essa altura Jimmy estava se sentindo um pouco estranho. Crake não contara a ele o que realmente acontecia ali, não em detalhes. "Espere para ver", foi tudo o que ele disse.

Depois de atravessar a porta interna, o local era bastante familiar. Corredores, portas, funcionários com quadros digitais, outros debruçados sobre telas; era igual às Fazendas OrganInc, igual à HelthWyzer, igual a Watson-Crick, só que mais novo. Mas plantas físicas eram apenas uma casca, disse Crake: o que contava mesmo num local de pesquisa era a qualidade dos cérebros.

– Estes são o que há de melhor – ele disse, cumprimentando à direita e à esquerda. Em retribuição, recebeu diversos sorrisos respeitosos e – isso não era fingimento – muita reverência. Jimmy nunca tinha tido muita clareza a respeito da posição exata de Crake, mas qualquer que fosse o seu cargo – ele tinha sido vago a respeito disso – ele era obviamente a formiga mais importante do formigueiro.

Cada funcionário tinha um crachá em letras de forma – apenas uma ou duas palavras. BLACK RHINO. WHITE SEDGE. IVORY BILL. URSO--POLAR. TIGRE INDIANO. LOTIS BLUE. SWIFT FOX.

– Os nomes – ele disse a Crake. – Você tirou do Extinctathon!

– Mais que os nomes – disse Crake. – Estas pessoas *são* o Extinctathon. Eles são todos Grandes Mestres. Você está olhando para MaddAddão, o maior de todos.

– Você está brincando! Como eles vieram parar aqui? – disse Jimmy.

– Eles são os gênios das combinações genéticas – disse Crake. Aqueles por trás dos micróbios comedores de asfalto, da epidemia de herpes simples com cores de néon na costa oeste, as vespas do frango sem cabeça e assim por diante.

– Herpes de néon? Eu não ouvi falar nisso – disse Jimmy. Muito engraçado. – Como foi que você os encontrou?

– Eu não era o único que estava atrás deles. Eles estavam se tornando muito impopulares em alguns círculos. Eu apenas cheguei a eles antes do Corps, só isso. Ou à maioria deles.

Jimmy ia perguntar O *que aconteceu com os outros,* mas pensou melhor e resolveu não perguntar.

– Então você os sequestrou ou o quê? – Isso não teria sido surpresa para Jimmy, já que era prática comum roubar cérebros; embora normalmente isso fosse feito entre países, não dentro deles.

– Eu simplesmente os convenci de que eles estariam muito mais felizes e seguros aqui do que lá fora.

– Mais seguros? Em território do Corps?

– Eu consegui documentos seguros para eles. A maioria concordou comigo, especialmente quando eu me ofereci para destruir suas ditas identidades verdadeiras e todos os registros de sua existência anterior.

– Eu achei que esses caras fossem anticomplexos – disse Jimmy.

– O que MaddAddão estava fazendo era bastante hostil, pelo que você me mostrou.

– Eles eram anticomplexos. Ainda são, provavelmente. Mas depois da Segunda Guerra Mundial no século vinte, os Aliados convidaram diversos cientistas alemães para trabalharem com eles, e não me consta que algum tenha recusado. Quando o seu jogo termina, você sempre pode levar o seu tabuleiro de xadrez para outro lugar.

– E se eles tentarem uma sabotagem, ou...

– Fugir? Sim – disse Crake. – Uns dois fizeram isso no início. Não sabiam atuar em equipe. Acharam que podiam levar o que tinham feito aqui, se esconder ou se estabelecer em outro lugar.

– O que foi que você fez?

– Eles caíram de passarelas na plebelândia – disse Crake.

– Isso é uma piada?

– De certa forma. Você vai precisar de outro nome – Crake disse –, um nome MaddAddão, para se enquadrar. Eu achei, já que aqui eu sou Crake, que você podia voltar a ser Thickney, como quando nós tínhamos... que idade mesmo?

– Catorze.

– Aqueles foram tempos decisivos – disse Crake.

Jimmy queria ficar por ali, mas Crake já o estava apressando. Ele gostaria de ter conversado com algumas daquelas pessoas, ouvido suas histórias – será que algum deles tinha conhecido sua mãe, por exemplo? –, mas talvez ele pudesse fazer isso mais tarde. Por outro lado, talvez não: ele tinha sido visto com Crake, o lobo alfa, o gorila de dorso prateado, o rei leão. Ninguém ia querer ficar íntimo dele. Eles o veriam na posição de chacal.

PARADICE

Eles foram até a sala de Crake, para Jimmy se situar um pouco, segundo Crake. Era um espaço amplo, cheio de engenhocas, como Jimmy supunha. Havia um quadro na parede: uma beringela em um prato cor de laranja. Era o primeiro quadro que Jimmy via Crake usar. Ele pensou em perguntar se aquela era a namorada de Crake, mas desistiu.

Ele foi direto para o minibar. – Tem alguma coisa aqui?

– Mais tarde – disse Crake.

Crake ainda tinha uma coleção de ímãs de geladeira, mas eram diferentes. Não eram mais sobre ciência.

Onde Deus está, o Homem não está.
Há duas luas, a que você pode ver e a que não pode.
Du musz dein Leben andem.
Nós compreendemos mais do que podemos imaginar.
Penso, logo.
Permanecer humano é romper uma limitação.
O sonho espreita sua presa de dentro da toca.

– O que você está realmente aprontando aqui? – Jimmy perguntou.

Crake riu. – O que é *realmente*?

– Espúrio – disse Jimmy. Mas ficou apreensivo.

Agora, Crake disse, era hora de falar sério. Ele ia mostrar a Jimmy a outra coisa que eles estavam fazendo – o principal – em Paradice. O que Jimmy ia ver era... bem, não podia ser descrito. Era, simplesmente, o trabalho da vida de Crake.

Jimmy fez uma expressão solene. O que seria? Alguma substância comestível nojenta, sem dúvida. Uma árvore-fígado, uma trepadeira-salsicha. Ou algum tipo de abóbora que dava lã. Ele se preparou.

Crake levou Jimmy para a frente de uma janela grande. Não: um espelho de face única. Jimmy olhou para o outro lado. Havia um grande espaço no centro cheio de árvores e plantas, por cima um céu azul. (Não um céu azul de verdade, apenas o teto arredondado da casa-bolha, com um mecanismo que projetava uma simulação de madrugada, dia, entardecer, noite. Havia uma lua de mentira que passava por todas as fases, conforme ele descobriu depois. Havia chuva de mentira.)

Essa foi a sua primeira visão dos crakers. Eles estavam nus, mas não como no noticiário nudista: não havia nenhuma autoconsciência, nenhuma mesmo. A princípio ele não pôde acreditar no que estava vendo, eles eram tão lindos. Negros, amarelos, brancos, morenos, de todas as cores de pele existentes. Cada um deles era fantástico. – Eles são robôs, ou o quê?

– Sabe as maquetes que tem em lojas de móveis?

– Sei.

– Esses aí são as maquetes.

Aquele era o resultado de uma longa cadeia progressiva, Crake disse naquela noite, enquanto tomavam drinques no Paradice Lounge (palmeiras falsas, música enlatada, Campari de verdade, soda de verdade). Depois que o proteonoma foi completamente analisado e as combinações genéticas interespécies começaram a ser feitas, o Projeto Paradice ou algo semelhante a ele era apenas uma questão de tempo. O que Jimmy tinha visto era o resultado de sete anos de intensa pesquisa de tentativa e erro.

– No início nós tivemos que alterar embriões humanos comuns retirados do... não importa de onde os tiramos. Mas essas pessoas são *sui generis*. Elas agora estão se reproduzindo.

– Elas parecem ter mais de sete anos de idade – disse Jimmy.

Crake explicou sobre os fatores de crescimento acelerado que ele havia introduzido. – Além disso eles estão programados para morrer aos trinta anos, subitamente, sem ficarem doentes. Nada de velhice, nenhuma dessas ansiedades. Eles irão simplesmente apagar. Mas eles não sabem disso; nenhum deles morreu ainda.

– Eu pensei que você estivesse trabalhando para a imortalidade.

– A imortalidade – disse Crake – é um conceito. Se você considerar "mortalidade" como sendo não a morte, mas o pré-conhecimento e o medo dela, então a "imortalidade" é a ausência desse medo. Os bebês são imortais. Apague o medo e você será...

– Isso está parecendo Retórica Aplicada 101 – disse Jimmy.
– O quê?
– Não importa. Coisa lá da Martha Graham.
– Ah, sei.

Outros Complexos em outros países estavam seguindo linhas de raciocínio semelhantes, disse Crake, e estavam desenvolvendo seus próprios protótipos, então a população da casa-bolha era ultrassecreta. Voto de silêncio, circulação apenas intema de e-mails a menos se você tivesse uma autorização especial, moradia dentro da zona de segurança, mas fora da câmara de compressão. Isso reduziria as chances de infecção caso algum funcionário ficasse doente; os modelos Paradice tinham um sistema imunológico reforçado, então a probabilidade de desenvolverem doenças contagiosas era muito baixa.

Ninguém tinha permissão para sair do Complexo. Ou quase ninguém. Crake podia sair, é claro. Ele era o elo entre o Paradice e os dirigentes do Rejoov, embora ele ainda não os tivesse deixado entrar, ele os estava fazendo esperar. Eles eram gananciosos, estavam apreensivos a respeito dos seus investimentos; iriam querer apressar as coisas, entrar no mercado cedo demais. E acabariam falando demais também, chamando a atenção da concorrência. Eles gostavam de se mostrar, aqueles caras.

– Então, agora que eu estou aqui, nunca mais vou poder sair? – disse Jimmy. – Você não me disse isso.

– Você vai ser uma exceção – disse Crake. – Ninguém vai sequestrá-lo pelo que está dentro do seu crânio. Você só vai escrever os anúncios, lembra? Mas o resto da equipe fica confinado na base enquanto durar o projeto.

– Enquanto durar?

– Até nós o tornarmos público – disse Crake. Muito em breve, o RejoovenEsense esperava entrar no mercado com seus vários produtos. Eles seriam capazes de criar bebês inteiramente sob medida que iriam incorporar todos os atributos físicos, mentais e espirituais que o comprador desejasse. Os métodos disponíveis atualmente eram muito falhos, disse Crake: certas doenças hereditárias podiam ser apagadas, é verdade, mas fora isso havia muito desperdício. Os compradores nunca sabiam se tinham recebido exatamente o que tinham pago para receber; além disso, havia muitos efeitos não previstos.

Mas com o método Paradice haveria noventa e nove por cento de acerto. Populações inteiras poderiam ser criadas com características pré-selecionadas. A beleza, é claro, seria um requisito importantíssimo. E docilidade: diversos líderes mundiais haviam expressado o seu interesse nisso. O Paradice já tinha desenvolvido uma pele resistente a raios ultravioleta, com um repelente de insetos embutido, uma capacidade sem precedentes para digerir material vegetal não refinado. Quanto à imunidade a micróbios, o que até agora tinha sido feito com medicamentos em breve seria inato.

Comparada com o Projeto Paradice, até mesmo a Pílula BlyssPluss era uma ferramenta tosca, embora fosse uma lucrativa solução intermediária. A longo prazo, entretanto, os benefícios para a futura raça humana da combinação das duas coisas iam ser fantásticos. Eles estavam inextricavelmente ligados – a Pílula e o Projeto. A Pílula iria pôr um ponto final na reprodução aleatória, o Projeto a substituiria por um método superior. Eles eram dois estágios de um mesmo programa, podia-se dizer.

Era incrível – disse Crake – o que aquela equipe havia realizado de coisas antes inimagináveis. O que havia sido alterado era nada menos que o velho cérebro primata. Suas características destrutivas, as características responsáveis pelos males contemporâneos, haviam desaparecido. Por exemplo, o racismo – ou, como diziam no Paradice, a pseudoespeciação – havia sido eliminado do grupo-modelo, simplesmente pela desativação do mecanismo correspondente: os indivíduos do Paradice simplesmente não registravam a cor de pele. Hierarquia era algo que não podia existir entre eles, porque não possuíam os conjuntos neurais que a teriam criado. Como eles não eram nem caçadores nem agricultores com fome de terra, não havia territorialismo: a conexão elétrica que nos fazia querer ser os reis do castelo e que havia sido uma praga para a humanidade fora desconectada neles. Eles não comiam nada além de folhas, capim e raízes e uma ou duas frutas silvestres; assim, seus alimentos eram abundantes e disponíveis. Sua sexualidade não era um tormento constante para eles, não possuíam nem sombra de hormônios turbulentos: eles entravam no cio a intervalos regulares, assim como a maioria dos mamíferos com exceção do homem.

De fato, como jamais haveria nada para essas pessoas herdarem, não haveria árvores genealógicas, nem casamentos, nem divórcios. Elas estavam perfeitamente ajustadas ao seu hábitat, portanto nunca teriam que criar casas ou ferramentas ou armas ou mesmo roupas. Elas não precisariam inventar nenhum simbolismo maléfico, como reinos, ícones, deuses ou dinheiro. E o melhor de tudo, elas reciclavam os próprios excrementos. Através de uma combinação inteligente, incorporando material genético de...

– Desculpe – disse Jimmy. – Mas muitas dessas coisas não são o que pais normais querem para seus filhos. Você não foi um pouco longe demais?

– Eu disse a você – Crake respondeu pacientemente. – Essas são as maquetes. Elas representam a arte do possível. Nós podemos listar as características individuais para os compradores em potencial, depois podemos customizar. Nem todo mundo vai querer todos os atributos, nós sabemos disso. Embora você fosse ficar surpreso se soubesse quantas pessoas iriam gostar de um bebê lindo e inteligente que só comesse capim. Os vegetarianos estão muito interessados nesse pequeno item. Nós fizemos nossa pesquisa de mercado.

Ah, maravilha, pensou Jimmy. O seu bebê também pode funcionar como cortador de grama.

– Eles podem falar? – ele perguntou.

– É claro que podem falar – disse Crake. – Quando têm algo para dizer.

– Eles contam piadas?

– Não exatamente. Para contar piadas você precisa ter certa malícia. Isso exigiu várias tentativas e erros e nós ainda estamos testando, mas acho que conseguimos suprimir as piadas. – Ele ergueu o copo e sorriu para Jimmy. – Estou feliz por você estar aqui, noz-de-cortiça – ele disse. – Eu precisava de alguém com quem pudesse conversar.

Jimmy ganhou sua própria suíte no Paradice. Seus pertences chegaram lá antes dele, cada coisa guardada em seu lugar – roupa de baixo na gaveta de roupa de baixo, camisas dobradas e empilhadas, escova de dentes elétrica ligada e recarregada –, só que havia mais coisas do que ele se lembrava de possuir. Mais camisas, mais roupas de baixo, mais escovas elétricas. O ar-condicionado estava ligado na temperatura que ele gostava, e uma ceia saborosa estava servida na mesa de jantar (melão, presunto, um queijo brie francês com um rótulo que parecia autêntico). A mesa de jantar! Ele nunca teve uma mesa de jantar antes.

CRAKE APAIXONADO

Os relâmpagos rasgam o céu, os trovões rugem, a chuva desaba com tanta força que o ar fica branco, branco a toda volta, uma névoa sólida; é como vidro em movimento. O Homem das Neves – bobalhão, bufão, poltrão – se agacha na muralha, com os braços sobre a cabeça, recebendo um bombardeio do alto como um objeto de escárnio público. Ele é um humanoide, ele é um hominídio, ele é uma aberração, ele é abominável; ele seria lendário se tivesse sobrado alguém para relatar as lendas.

Se ao menos ele tivesse um ouvinte ao seu lado, quantas histórias ele poderia contar, quantas queixas poderia fazer. O lamento do amante para a sua amada, ou algo desse tipo. As opções são muitas.

Porque agora ele chegou ao ponto crucial em sua cabeça, ao momento da tragédia em que estaria escrito: *Entra Oryx*. Momento fatal. Mas que momento fatal? *Entra Oryx como uma garotinha em um site pornô de crianças, com flores no cabelo, boca suja de creme; ou, Entra Oryx como adolescente, saindo da garagem de um tarado; ou, Entra Oryx, nua em pelo e pedagógica no santuário dos crakers; ou, Entra Oryx, com uma toalha em volta da cabeça, saindo do chuveiro; ou, Entra Oryx, usando um terninho de seda cinza e sapatos de salto alto, carregando uma pasta, a imagem de uma promotora de vendas internacional?* Qual dessas será, e como ele poderá ter certeza de que há uma linha ligando a primeira à última? Havia apenas uma Oryx ou ela era uma legião?

Mas isso não importa, pensa o Homem das Neves enquanto a chuva escorre pelo seu rosto. Todas elas pertencem ao presente porque estão todas aqui comigo agora.

Ah, Jimmy, isso é tão positivo. Eu fico contente quando você entende isso. O Paradice está perdido, mas você tem um Paradice dentro de você, muito mais feliz. E aquela risada cristalina, soando dentro do seu ouvido.

* * *

Jimmy não tinha localizado Oryx de imediato, embora ele devesse tê-la visto naquela primeira tarde em que ficou espiando através do espelho. Como os crakers, ela estava nua, e como os crakers ela era linda, então, à distância, ela não sobressaía. Seu cabelo escuro e comprido não tinha nenhum enfeite, ela estava de costas, e cercada por um grupo de pessoas; era apenas parte do cenário.

Alguns dias mais tarde, quando Crake mostrava a ele como operar os monitores que captavam imagens das minicâmeras ocultas no meio das árvores, Jimmy viu o rosto dela. Ela se virou para a câmera e lá estava de novo aquele olhar, o olhar que o atravessava e o via como ele era na realidade. A única coisa que havia de diferente nela eram os olhos, que eram do mesmo verde fosforescente dos olhos dos crakers.

Olhando para aqueles olhos, Jimmy teve um instante de pura felicidade, de puro terror, porque agora ela não era mais um retrato – não era mais apenas uma imagem, na escuridão do papel escondido entre o seu colchão e o estrado da sua cama nova. De repente ela era real, tridimensional. Ele teve a impressão de tê-la sonhado. Como uma pessoa podia deixar se prender desse jeito, por um instante, por um olhar, pelo erguer de uma sobrancelha, pela curva de um braço? Mas ele foi.

– Quem é aquela? – ele perguntou a Crake. Ela estava carregando uma pequena guaxitaca, mostrando o animal para as pessoas em volta; as pessoas estavam tocando de leve nele. – Ela não é um deles. O que ela está fazendo lá?

– Ela é a professora deles – disse Crake. – Nós precisávamos de um elo de ligação, de alguém que pudesse comunicar-se com eles no mesmo nível. Conceitos simples, nada de metafísica.

– O que ela está ensinando? – Jimmy perguntou com certa indiferença: não era bom para ele mostrar muito interesse por uma mulher na presença de Crake: seria motivo de deboche.

– Botânica e zoologia – disse Crake com um sorriso. – Em outras palavras, o que não comer e o que poderia mordê-los. E o que eles não devem machucar – ele acrescentou.

– Por que ela tem que estar nua?

– Eles nunca viram roupas. Roupas os deixariam confusos.

As lições que Oryx ensinava eram curtas: era melhor uma coisa de cada vez, Crake disse. Os modelos Paradice não eram burros, mas eles estavam começando mais ou menos do zero, então gostavam de repetição. Outro membro da equipe, algum especialista na área, revia o tema do dia com Oryx – a folha, inseto, mamífero ou réptil que ela iria explicar. Depois ela passava no corpo um composto químico derivado do limão para disfarçar seus feromônios humanos – se ela não o fizesse poderia haver problemas, pois os homens iriam cheirá-la e achar que estava na hora de acasalar. Quando ela estava pronta, esgueirava-se por uma porta escondida atrás de densa folhagem. Assim ela podia aparecer e desaparecer da terra dos crakers sem levantar dúvidas em suas mentes.

– Eles confiam nela – disse Crake. – Ela tem muito jeito.

Jimmy ficou desanimado. Crake estava apaixonado, pela primeira vez na vida. Não era apenas o elogio, bastante raro. Era o tom de voz.

– Onde você a encontrou? – ele perguntou.

– Eu já a conhecia há algum tempo. Desde a minha pós-graduação no Watson-Crick.

– Ela estudava lá? – Se estudava, pensou Jimmy, o que era?

– Não exatamente – disse Crake. – Eu a conheci pelo Serviço de Atendimento ao Aluno.

– Você era o aluno e ela era o serviço? – Jimmy disse, tentando manter o clima leve.

– Exatamente. Eu disse a eles o que estava querendo... você podia ser bem específico lá, levar um retrato ou uma simulação em vídeo, coisas assim, e eles faziam o possível para conseguir o que você queria. O que eu queria era algo que se parecesse com... você se lembra daquele programa na internet...?

– Que programa?

– Eu imprimi para você. Do Ninfetinhas.

– Não me lembro.

– Aquele programa que nós costumávamos assistir. Lembra?

– Acho que sim – disse Jimmy. – Lembro vagamente.

– Eu usei a garota para o meu portal Extinctathon. Aquela.

– Ah, sei – disse Jimmy. – Gosto não se discute. Você queria o tipo garotinha sensual?

– Não que ela fosse menor de idade, a que eles me trouxeram.

– É claro que não.

– Então eu fiz um acordo particular. Não era para fazer, mas todo mundo burla as regras de vez em quando.

– As regras existem para serem burladas – disse Jimmy. Ele estava se sentindo cada vez pior.

– Depois, quando eu vim para cá para dirigir este lugar, pude oferecer um cargo mais oficial para ela. Ela ficou encantada. Era o triplo do que estava ganhando, com um monte de benefícios; mas ela disse também que o trabalho era intrigante. Devo dizer que ela é uma funcionária dedicada. – Crake deu um sorrisinho maroto, um sorriso de alfa, e Jimmy teve vontade de esmurrá-lo.

– Que ótimo – ele disse. Foi como se ele estivesse sendo furado por uma faca. Nem bem ele a tinha encontrado e já perdera de novo. Crake era o seu melhor amigo. Revisão: seu único amigo. Ele não poderia encostar um dedo nela. De que jeito?

Eles esperaram Oryx sair do chuveiro, onde estava removendo seu spray protetor, e, Crake acrescentou, suas lentes de contato verdes fosforescentes: os crakers teriam achado os seus olhos castanhos muito estranhos. Ela finalmente saiu, com o cabelo trançado e ainda úmido, e foi apresentada a Jimmy, apertando a mão de Jimmy com sua mãozinha delicada. (Eu toquei nela, pensou Jimmy como se fosse um garoto de dez anos. Eu toquei mesmo nela!)

Ela agora estava vestida, usava o uniforme padrão do laboratório, calça e jaleco. Nela, parecia um conjunto de passeio. Preso no bolso estava o crachá com seu nome: ORYX BEISA. Ela mesma o havia escolhido da lista fornecida por Crake. Ela gostou da ideia de ser um herbívoro armazenador de água do leste da África, mas ficou menos satisfeita quando soube que o animal que havia escolhido estava extinto. Crake tinha precisado explicar que era assim que as coisas eram feitas no Paradice.

Os três tomaram café na cafeteria dos funcionários do Paradice. A conversa girou em torno dos crakers – era assim que Oryx os chamava –, sobre como eles estavam progredindo. Era a mesma coisa todo dia, disse Oryx. Eles estavam sempre calmos e satisfeitos. Agora já sabiam fazer uma fogueira. Eles tinham gostado da guaxitaca. Ela achava muito relaxante estar com eles.

– Eles perguntam de onde vieram? – disse Jimmy. – O que estão fazendo aqui? – Naquele momento ele não estava nem um pouco interessado nisso, mas queria entrar na conversa para poder olhar para Oryx sem chamar a atenção.

– Você não entendeu – disse Crake com sua voz de você-é-um-debiloide. – Isso tudo foi eliminado.

– Bem, na verdade eles perguntaram – disse Oryx. – Hoje perguntaram quem os criou.

– E aí?

– Aí eu disse a verdade. Disse que foi Crake. – Um sorriso de admiração para Crake: Jimmy podia ter passado sem isso. – Eu disse a eles que ele era muito bom e inteligente.

– Perguntaram quem era esse Crake? – disse Crake. – Eles quiseram conhecê-lo?

– Eles não pareceram interessados.

Jimmy vivia atormentado dia e noite. Ele queria tocar em Oryx, adorá-la, abri-la como se ela fosse um belo embrulho, embora suspeitasse que havia algo escondido lá dentro – alguma cobra perigosa ou uma bomba caseira ou um pó letal. Não dentro dela, é claro. Dentro da situação. Ela era terreno proibido, ele repetia sem parar para si mesmo.

Ele se comportava da forma mais honrada possível: não demonstrava nenhum interesse por ela, ou tentava não demonstrar. Deu para visitar a plebelândia, pagando por garotas em bares. Garotas com babados, com lantejoulas, com rendas, o que estivesse em oferta. Ele tinha tomado a vacina de efeito rápido de Crake e tinha o seu próprio guarda-costas do Corps agora, então era bem seguro. Das primeiras vezes foi excitante; depois passou a ser uma distração; depois tornou-se meramente um hábito. Nada disso servia de antídoto contra Oryx.

Ele fazia uma coisa e outra no trabalho: não havia muito desafio nele. A Pílula BlyssPluss venderia sozinha, não precisava da ajuda dele. Mas o lançamento oficial estava se aproximando, então ele mandou sua equipe produzir algum material visual, alguns slogans capciosos: Jogue fora os seus preservativos! BlyssPluss, para a Experiência Corporal Total! Não Viva Pouco, Viva Muito! Simulações de um homem e uma mulher, arrancando as roupas, rindo como loucos. Depois um homem e um homem. Depois uma mulher e uma mulher, embora para essa eles não tenham usado o mote dos preservativos. Depois um trio. Ele era capaz de produzir essa porcaria dormindo.

Supondo, é claro, que conseguisse dormir. De noite ele ficava acordado na cama, repreendendo a si mesmo, deplorando sua sorte. *Repreendendo, deplorando,* palavras úteis. *Abatido. Sucumbido. Bem-amado. Desamparado. Sublime.*

Mas então Oryx o seduziu. Não há outra forma de descrever o que aconteceu. Ela entrou na suíte dele para isso, entrou decidida, obrigou-o a sair da casca em dois minutos cravados. Ele sentiu como se tivesse doze anos. Ela obviamente tinha prática nisso, e foi tão natural naquela primeira vez que ele chegou a ficar sem fôlego.

– Eu não queria vê-lo tão infeliz, Jimmy – foi a explicação que ela deu. – Não por minha causa.

– Como você soube que eu estava infeliz?

– Ah, eu sempre sei.

– E quanto a Crake? – ele disse, depois que ela o tinha fisgado, derrubado e o deixado ofegante.

– Você é amigo do Crake. Ele não gostaria de vê-lo infeliz.

Jimmy não tinha tanta certeza disso, mas respondeu: – Não me sinto muito à vontade com isso.

– O que é que você está dizendo, Jimmy?

– Você não é... ele não é... – Que pateta!

– Crake vive em um mundo mais elevado, Jimmy – ela disse. Ele vive em um mundo de ideias. Ele está fazendo coisas importantes. Não tem tempo para brincar. De qualquer maneira, Crake é meu patrão. Você é por diversão.

– Sim, mas...

– Crake não vai saber.

E parecia ser verdade, Crake não sabia. Talvez estivesse tão hipnotizado por ela que não notasse mais nada; ou talvez, pensou Jimmy, o amor fosse mesmo cego. Ou cegante. E Crake amava Oryx, quanto a isso não havia a menor dúvida; ele era quase abjeto nesse aspecto. Ele chegava até a tocar nela em público. Crake nunca fora de tocar em ninguém, era fisicamente distante, mas agora ele gostava de pôr a mão em Oryx: no seu ombro, seu braço, sua cintura fina, sua bunda perfeita. *Minha, minha,* sua mão estava dizendo.

Além disso, ele parecia confiar nela, mais talvez do que confiava em Jimmy. Ele dizia que ela era uma ótima mulher de negócios. Dera a ela uma parte dos testes do BlyssPluss: ela possuía bons contatos nas plebelândias, através de suas velhas amigas que trabalharam com ela no Serviço de Atendimento ao Aluno. Por essa razão, ela precisava fazer muitas viagens, pelo mundo todo. Clínicas de sexo, Crake dizia. Prostíbulos, Oryx dizia: quem melhor para realizar os testes?

– Desde que você não faça o teste em si mesma – Jimmy disse.
– Ah, não, Jimmy. Crake disse para eu não fazer isso.
– Você sempre faz o que Crake manda?
– Ele é o meu patrão.
– Ele manda você fazer isso?
Olhos arregalados. – Fazer o quê, Jimmy?
– O que você está fazendo neste momento.
– Ah, Jimmy. Você está sempre brincando.

O tempo que ela passava fora era sempre difícil para Jimmy. Ele se preocupava com ela, tinha saudades, tinha raiva por ela não estar ali. Quando ela voltava de uma das viagens, aparecia em seu quarto no meio da noite: ela conseguia fazer isso não importa o que Crake pudesse ter planejado. Primeiro ela prestava contas a Crake, fazia um relato de suas atividades e dos seus resultados – quantas Pílulas BlyssPluss, onde ela as havia colocado, os resultados até o momento: um relato minucioso, porque ele era extremamente obsessivo. Depois ela cuidava do que chamava de área pessoal.

As necessidades sexuais de Crake eram diretas e simples, segundo Oryx; nada instigantes, ao contrário do sexo com Jimmy. Nada divertidas, só trabalho – embora ela respeitasse Crake, de verdade, porque ele era um gênio. Mas se Crake quisesse que ela ficasse mais tempo numa determinada noite, repetir a dose talvez, ela arranjava alguma desculpa – mudança de fuso horário, uma dor de cabeça, algo plausível. Suas invenções eram perfeitas, ela era a mentirosa mais cara de pau do mundo, então era um beijo de boa-noite no burro do Crake, um sorriso, um aceno, uma porta fechada, e no minuto seguinte ela estava lá, com Jimmy.

Que força tinha essa palavra. *Com.*
Com ela, era impossível criar um hábito, ela era sempre uma pessoa diferente, um poço de segredos. A qualquer momento ela se abriria para ele, revelaria o que havia de mais essencial, aquilo que estava oculto no âmago da vida, ou da vida dela, ou da vida dele – aquilo que ele tanto desejava saber. Aquilo que ele sempre desejara. O que seria?

– O que foi que aconteceu mesmo na garagem? – Jimmy perguntou. Ele não conseguia ignorar a vida anterior dela, estava decidido a descobrir. Nenhum detalhe era insignificante demais para ele naquela época, nenhuma farpa do seu passado passava incólume. Talvez ele estivesse tentando descobrir onde estava enterrada a sua raiva, mas jamais conseguiu. Ou estava enterrada muito fundo ou simplesmente não existia. Mas ele não conseguia acreditar nisso. Ela não era masoquista, nem era santa.

Eles estavam no quarto de Jimmy, deitados juntos na cama com a TV digital ligada, conectada ao computador, em um site da internet de cópula com animais, um par de pastores alemães bem treinados e um albino acrobático, totalmente depilado, com o corpo inteiro tatuado de lagartos. O som estava desligado, eram só as imagens: papel de parede erótico.

Eles estavam comendo Nubbins comprado em um restaurante do shopping mais próximo, com soja frita e salada. Algumas das folhas da salada eram espinafre, das estufas da Rejoov: sem pesticidas que se conhecesse. As outras folhas eram uma variedade de repolho – gigantescas árvores de repolho, que produziam sem parar. A salada tinha um leve cheiro de esgoto que o molho disfarçava.

– Que garagem, Jimmy? – disse Oryx. Ela não estava prestando atenção. Ela gostava de comer com os dedos, odiava talheres. Por que enfiar na boca um pedaço de metal afiado? Ela dizia que isso fazia a comida ficar com gosto de lata.

– Você sabe qual garagem – ele disse. – Aquela em San Francisco. Aquele verme. Aquele sem-vergonha que comprou você, trouxe para cá e fez a mulher dizer que você era a empregada.

– Jimmy, por que você imagina essas coisas? Eu nunca estive em uma garagem. – Ela lambeu os dedos, partiu um Nubbin em pedacinhos, pôs um dos pedacinhos na boca de Jimmy. Depois deixou-o lamber os seus dedos. Ele passou a língua pelas suas pequenas unhas ovais. Isso era o mais perto dele que ela podia chegar sem se tornar comida: ela estava dentro dele, ou parte dela estava dentro de parte dele. Sexo era o contrário: enquanto ele acontecia, ele estava dentro dela. *Vou fazê-la minha*, os amantes diziam nos velhos livros. Eles nunca diziam *Vou fazê-la eu*.

– Eu sei que era você – Jimmy disse. – Eu vi as fotos.

– Que fotos?

– Do chamado escândalo das empregadas. Em San Francisco. Aquele verme sem-vergonha obrigou você a fazer sexo com ele?

– Ah, Jimmy. – Um suspiro. – Então é nisso que você está pensando. Eu vi isso na TV. Por que se preocupar com um homem como aquele? Ele era tão velho que já estava quase morto.

– Mas ele obrigou?

– Ninguém me obrigou a fazer sexo em uma garagem. Eu já disse para você.

– Ok, revisão: ninguém obrigou, mas você fez assim mesmo?

– Você não me entende, Jimmy.

– Mas quero entender.

– Quer mesmo? – Uma pausa. – Essa soja frita é tão boa. Imagine só, Jimmy, milhões de pessoas no mundo jamais comeram algo assim! Nós temos tanta sorte!

– Pode me contar. – Tinha que ser ela. – Eu não vou ficar zangado.

Um suspiro. – Ele era um homem bondoso – disse Oryx, como quem estava contando uma história. Às vezes ele desconfiava que ela inventava coisas só para agradá-lo; às vezes ele achava que todo o passado dela – tudo que ela contara a ele – era uma invenção dele mesmo. – Ele estava resgatando meninas. Ele pagou a minha passagem de avião, exatamente como disseram. Se não fosse por ele, eu não estaria aqui. Você devia gostar dele!

– Por que eu deveria gostar de um filho da mãe hipócrita e sem--vergonha? Você não respondeu a minha pergunta.

– Respondi sim, Jimmy. Agora esquece.

– Quanto tempo ele manteve você presa na garagem?

– Era como um apartamento – disse Oryx. – Eles não tinham espaço na casa. Eu não fui a única garota que eles abrigaram.

– Eles?

– Ele e a esposa. Eles estavam tentando ajudar.

– E ela odiava sexo, é isso? Foi por isso que ela aceitou você? Você estava tirando o velho bode de cima dela?

Oryx suspirou. – Você sempre pensa o pior das pessoas, Jimmy. Ela era uma pessoa muito espiritual.

– Pois sim que era.

– Não fale assim, Jimmy. Eu quero ter prazer em estar com você. Eu não tenho muito tempo, vou ter que ir embora logo, tenho negócios para resolver. Por que você se importa com coisas que aconteceram há tanto tempo? – Ela se inclinou, beijou-o com sua boca suja de Nubbin. *Unguento, untuoso, suntuoso, voluptuoso, lascivo, lúbrico, delicioso,* foi o que passou pela cabeça de Jimmy. Ele mergulhou nas palavras, nas sensações.

Após alguns instantes, ele disse: – Para onde você vai?

– Ah, para algum lugar. Ligo para você quando chegar lá. – Ela nunca dizia para onde estava indo.

COMPRAS

Agora vem a parte que o Homem das Neves está sempre revendo em sua cabeça. O *se ao menos* o persegue. Mas *se ao menos* o quê? O que ele poderia ter dito ou feito de outro jeito? Que mudança teria alterado o curso dos acontecimentos? No plano macro, nada. No plano micro, tudo.

Não vá. Fique aqui. Pelo menos assim eles teriam ficado juntos. Ela poderia até ter sobrevivido – por que não? E nesse caso ela estaria ali com ele.

> *Eu só quero fazer umas compras. Vou até o shopping. Preciso de um pouco de ar. Preciso andar um pouco.*
> *Deixe-me ir com você. Não é seguro.*
> *Não seja bobo! Tem guardas por toda parte. Todos eles sabem quem eu sou. Quem está mais seguro do que eu?*
> *Eu estou com um mau pressentimento.*

Mas Jimmy não estava com nenhum mau pressentimento. Ele estava feliz aquela tarde, feliz e relaxado. Ela chegara ao seu apartamento uma hora antes. Tinha acabado de estar com os crakers, ensinando-lhes mais alguma coisa a respeito de folhas e capim, então estava molhada do chuveiro. Ela usava um tipo de quimono estampado de borboletas vermelhas e cor de laranja; seu cabelo escuro estava trançado com uma fita cor-de-rosa e preso no alto da cabeça. A primeira coisa que ele fez, quando ela chegou correndo, sem fôlego, toda alegre e animada, ou parecendo estar alegre e animada, foi soltar o cabelo dela. A trança deu três voltas em sua mão.

– Onde está Crake? – ele murmurou. Ela cheirava a limão, a ervas amassadas.

– Não se preocupe, Jimmy.

– Mas onde ele está?

– Ele está fora de Paradice, ele saiu. Tinha um encontro. Não quer ver-me quando voltar, disse que vai pensar esta noite. Ele nunca quer fazer sexo quando está pensando.
– Você me ama?
Aquele riso dela. Que significado tinha? *Que pergunta boba. Por que perguntar? Você fala demais.* Ou então: *O que é amor?* Ou, possivelmente: *Só nos seus sonhos.*

Aí o tempo passou. Depois ela estava prendendo o cabelo de novo, vestindo o quimono, amarrando-o com a faixa. Ele estava atrás dela, olhando-a pelo espelho. Queria abraçá-la, tirar aquela roupa que ela tornara a vestir, começar tudo de novo.
– Não vá ainda – ele disse, mas nunca adiantava dizer *não vá ainda* para ela. Quando ela decidia uma coisa, não mudava de ideia. Às vezes ele tinha a sensação de ser simplesmente uma parada em um itinerário secreto dela – que ela possuía uma lista de outros para atender antes de a noite terminar. Pensamentos maldosos, mas não impossíveis. Ele nunca sabia o que ela estava fazendo quando não estava com ele.
– Eu volto logo – ela disse, enfiando os pés nas sandálias vermelhas e cor-de-rosa. – Vou trazer uma pizza. Quer alguma coisa mais, Jimmy?
– Por que não largamos toda essa merda e vamos embora para algum lugar? – ele disse, impulsivamente.
– Ir embora daqui? De Paradice? Por quê?
– Nós poderíamos ficar juntos.
– Jimmy, você é engraçado! Nós estamos juntos agora!
– Nós podíamos fugir do Crake – disse Jimmy. – Não teríamos que nos esconder como agora, poderíamos...
– Mas Jimmy. – Olhos arregalados. – O Crake precisa de nós!
– Eu sei que ele sabe – Jimmy disse. – A nosso respeito. – Ele não acreditava nisto; ou acreditava e não acreditava ao mesmo tempo. Sem dúvida eles estavam mais ousados ultimamente. Como Crake poderia deixar de saber? Seria possível que um homem tão inteligente para umas coisas fosse tão cego para outras? Ou Crake teria uma tortuosidade que suplantava a do próprio Jimmy? Se tinha, não demonstrava.
Jimmy tinha adquirido o hábito de examinar o quarto à procura de escuta eletrônica: microfones ou microcâmeras ocultas. Ele achava que sabia o que procurar. Mas nunca tinha encontrado nada.

* * *

Houve sinais, o Homem das Neves pensa. Houve sinais e eu não os percebi.

Por exemplo, Crake disse uma vez: – Você mataria alguém que você amasse para que essa pessoa não sofresse?

– Você quer dizer cometer eutanásia? – disse Jimmy. – Como eliminar a sua tartaruga de estimação?

– Apenas responda – disse Crake.

– Eu não sei. Que tipo de amor, que tipo de sofrimento?

Crake mudou de assunto.

Então, um dia no almoço, ele disse: – Se alguma coisa acontecer comigo, conto com você para cuidar do Projeto Paradice. Toda vez que eu me afastar daqui, quero que você fique responsável. Já dei ordens a respeito.

– O que você quer dizer com alguma coisa? – disse Jimmy. – O que poderia acontecer com você?

– Você sabe.

Jimmy achou que ele estava se referindo a sequestro, ou a um ataque por parte da oposição: esse era um risco constante, para os cérebros mais privilegiados dos Complexos. – Claro – ele disse –, mas em primeiro lugar a sua segurança é a melhor possível, e em segundo lugar tem gente aqui muito mais preparada do que eu. Eu não poderia dirigir um projeto desses, não tenho o conhecimento necessário para isso.

– Estas pessoas são especialistas – disse Crake. – Eles não teriam a empatia para lidar com os modelos Paradice, eles não saberiam fazer isso, ficariam impacientes. Nem eu sei fazer isso. Não conseguiria entrar no comprimento de onda deles. Mas você é mais generalista.

– O que isso quer dizer?

– Você tem uma grande capacidade para ficar sentado por aí sem fazer nada. Igualzinho a eles.

– Obrigado – disse Jimmy.

– Não, eu estou falando sério. Eu quero... eu ia querer que fosse você.

– E quanto a Oryx? – disse Jimmy. – Ela conhece os crakers muito melhor do que eu. – Jimmy e Oryx diziam *crakers,* mas Crake nunca usou esse termo.

– Se eu não estiver por aqui, Oryx também não estará – disse Crake.

– Ela irá cometer suicídio? Não me diga! Irá imolar-se na sua pira funerária?

– Algo assim – disse Crake, rindo. O que naquele momento Jimmy havia considerado como sendo ao mesmo tempo uma piada e um sintoma do ego colossal de Crake.

– Eu acho que Crake anda nos espionando – disse Jimmy naquela última noite. Assim que disse isso, percebeu que podia ser verdade, embora ele talvez só estivesse dizendo para assustar Oryx. Para fazê-la fugir apavorada, talvez; embora ele não tivesse nenhum plano concreto. Supondo que eles fugissem, onde iriam morar, como evitariam que Crake os encontrasse, como arranjariam dinheiro? Será que Jimmy teria que se tornar um cafetão, viver dos lucros? Porque ele não tinha nenhuma habilidade que o mercado valorizasse, nada que pudesse usar na plebelândia, no caso de eles passarem para a clandestinidade. Como seriam obrigados a fazer. – Eu acho que ele está com ciúmes.

– Ah, Jimmy. Por que Crake estaria com ciúmes? Ele não aprova o ciúme. Considera um erro.

– Ele é humano – disse Jimmy. – O que ele aprova ou desaprova não vem ao caso.

– Jimmy, eu acho que você é que está com ciúmes. – Oryx sorriu, ficou na ponta dos pés, beijou o nariz dele. – Você é um bom menino. Mas eu jamais abandonaria o Crake. Eu acredito em Crake, acredito na sua – ela procurou a palavra –, na sua visão. Ele quer tornar o mundo um lugar melhor. É isso que ele está sempre me dizendo. Eu acho isso tão bonito, você não acha, Jimmy?

– Eu não acredito nisso – Jimmy disse. – Eu sei que é isso que ele diz, mas nunca acreditei. Ele nunca ligou a mínima para isso. Seus interesses são estritamente...

– Ah, você está errado, Jimmy. Ele encontrou os problemas, eu acho que ele está certo. Há gente demais e isso faz as pessoas serem más. Eu sei disso pela minha própria vida, Jimmy. Crake é um homem muito inteligente!

Jimmy devia ter tido juízo suficiente para não falar mal de Crake. Crake era o herói dela, de certa forma. De uma forma muito importante. Enquanto ele, Jimmy, não era.

– Ok. Entendido. – Pelo menos ele não tinha estragado tudo: ela não estava zangada com ele. Isso era o mais importante.

Como eu fui idiota, pensa o Homem das Neves. Inteiramente dominado. Inteiramente possuído. *Fui,* não, *sou.*

– Jimmy, eu quero que você me prometa uma coisa.

– Claro, o quê?

– Se Crake não estiver aqui, se ele for embora, e se eu também não estiver aqui, eu quero que você cuide dos crakers.

– Não estiver aqui? Por que você não estaria aqui? – Ansiedade de novo, suspeita: será que eles estavam planejando partir juntos, deixando-o para trás? Era isso? Ele tinha sido apenas um brinquedinho para Oryx, um bobo da corte para Crake? – Vocês vão viajar em lua de mel ou o quê?

– Não seja bobo, Jimmy. Eles são como crianças, precisam de alguém. Você tem que ser bondoso com eles.

– Você está olhando para o homem errado – disse Jimmy. – Se eu tivesse que passar mais de cinco minutos com eles, ficaria louco.

– Eu sei que você poderia fazer isso. Estou falando sério, Jimmy. Diz que você vai fazer, que não vai me decepcionar. Promete? – Ela o estava acariciando, cobrindo o seu braço de beijos.

– Tudo bem. Eu juro. Está satisfeita? – Isso não custou nada a ele, era tudo puramente teórico.

– Sim, agora eu estou contente. Eu não vou demorar nada, Jimmy, e aí nós podemos comer. Você quer anchovas?

O que ela estava planejando, o Homem das Neves pergunta a si mesmo pela milionésima vez. Quanto ela já tinha adivinhado?

CÂMARA DE COMPRESSÃO

Ele tinha esperado por ela, a princípio com impaciência, depois com ansiedade, depois com pânico. Eles não deviam demorar tanto tempo para preparar uma pizza.

O primeiro boletim chegou às nove e quarenta e cinco. Crake não estava e Jimmy era o segundo em comando, então mandaram um funcionário da sala de monitores de vídeo chamá-lo.

No início Jimmy pensou que se tratava de rotina, alguma epidemia sem importância ou um ataque de bioterrorismo, apenas mais um item de noticiário. Os rapazes e moças com os Trajes Biológicos à Prova de Fogo e os lançadores de chamas e as tendas de isolamento e os caixotes de alvejante e as caieiras cuidariam disso como sempre. De todo modo, era no Brasil. Bem longe. Mas a ordem de Crake era para que qualquer eclosão fosse comunicada, de qualquer tipo, em qualquer lugar, então Jimmy foi verificar.

Depois veio outra, e outra e mais outra, com uma rapidez impressionante. Taiwan, Bangcoc, Arábia Saudita, Bombaim, Paris, Berlim. As plebelândias a oeste de Chicago. Os mapas nas telas dos monitores se acenderam, salpicados de vermelho como se alguém tivesse sacudido um pincel molhado sobre eles, aquilo era mais do que alguns pontos isolados de epidemia. Era uma catástrofe de grandes proporções.

Jimmy tentou telefonar para Crake no celular, mas não obteve resposta. Ele mandou que a equipe de monitores sintonizasse no canal de notícias. Era uma doença hemorrágica, disseram os apresentadores. Os sintomas eram febre alta, sangramento pelos olhos e pela pele, convulsões, depois falência dos órgãos internos, seguida de morte. O tempo entre o início da doença e a morte era incrivelmente curto. O vírus parecia propagar-se pelo ar, mas poderia haver também a possibilidade de contaminação pela água.

O celular de Jimmy tocou. Era Oryx. – Onde você está? – ele gritou. – Volte para cá. Você viu...

Oryx estava chorando. Isto era tão raro que Jimmy ficou chocado.

– Ah, Jimmy – ela disse. – Eu sinto tanto. Eu não sabia.

– Está tudo bem – ele disse para acalmá-la. E em seguida: – O que você quer dizer com isso?

– Estava nas pílulas. Estava naquelas pílulas que eu estava distribuindo, que eu estava vendendo. São as mesmas cidades, eu estive lá. Aquelas pílulas deveriam ajudar as pessoas! Crake disse...

A ligação caiu. Ele tentou ligar de volta: *trim trim trim*. Depois um estalido. Depois nada.

E se a coisa já estivesse dentro do Rejoov? E se ela tivesse sido exposta? Quando ela aparecesse na porta, ele não poderia deixá-la do lado de fora. Ele não suportaria fazer isso, mesmo que ela estivesse sangrando por todos os poros.

Por volta da meia-noite, os surtos estavam acontecendo quase que simultaneamente. Dallas. Seattle. Nova Nova York. A epidemia não parecia estar se espalhando de cidade em cidade: estava eclodindo em várias cidades ao mesmo tempo.

Havia três membros da equipe na sala: Rhino, Beluga, White Sedge. Um estava cantarolando, outro estava assobiando; o terceiro – White Sedge – estava chorando. *Esse é o grandão.* Dois deles já tinham dito isso.

– O que devemos fazer?

– Nada – disse Jimmy, tentando não entrar em pânico. – Estamos seguros aqui. Podemos esperar passar. Há estoque suficiente no depósito. – Ele olhou para os três rostos nervosos. – Nós temos que proteger os protótipos Paradice. Não sabemos qual é o período de incubação, não sabemos quem poderia ser um portador. Não podemos deixar ninguém entrar.

Isso os tranquilizou um pouco. Ele saiu da sala de monitoramento, trocou o código da porta interna e também o da porta que dava para a câmara de compressão. Enquanto estava fazendo isso, seu videocelular tocou. Era Crake. Seu rosto na telinha era o mesmo de sempre; ele parecia estar em um bar.

– Onde você está? – Jimmy berrou. – Você não sabe o que está acontecendo?

– Não se preocupe – Crake disse. – Está tudo sob controle. – Ele parecia bêbado, coisa rara nele.

– *Tudo* porra nenhuma! É uma epidemia mundial! É a Morte Vermelha! Que história é essa de que o vírus estava nas pílulas BlyssPluss?

– Quem contou isso a você? Um passarinho? – Ele estava mesmo bêbado; bêbado ou então drogado.

– Não faz diferença. É verdade, não é?

– Eu estou no shopping, na pizzaria. Daqui a pouco estou aí – disse Crake. – Aguenta firme.

Crake desligou. Talvez ele tenha encontrado Oryx, Jimmy pensou. Talvez a traga de volta sã e salva. Aí ele pensou, Seu debiloide.

Ele foi checar o Projeto Paradice. A simulação noturna estava em ação, uma lua falsa brilhava, os crakers – até onde ele podia ver estavam dormindo tranquilamente. – Bons sonhos – ele murmurou pelo vidro. – Durmam bem. Vocês são os únicos que podem fazer isso agora.

O que aconteceu então foi uma sequência em câmera lenta. Foi pornografia sem som, foi cérebro frito sem os anúncios. Foi um melodrama tão exagerado que ele e Crake teriam morrido de rir se tivessem catorze anos e estivessem assistindo a tudo no DVD.

Primeiro veio a espera. Ele se sentou numa cadeira no seu escritório e tentou se acalmar. As velhas listas de palavras começaram a desfilar em sua cabeça: *fungível, pulular, pistilo, sudário, meretriz*. Após algum tempo ele se levantou. *Tagarelice, matematismo*. Ele ligou o computador, examinou os sites de notícias. Havia muito assombro neles, e ambulâncias em número insuficiente. Os discursos políticos apaziguadores já estavam acontecendo, os veículos com megafones enchiam as ruas com mensagens para a população permanecer em casa. As orações já haviam começado.

Concatenação. Rastilho. Ressentimento.

Ele foi para o depósito de emergência, pegou uma arma de pulverização, pendurou-a no ombro, vestiu por cima um paletó folgado. Voltou para a sala de monitoramento e disse aos três funcionários que tinha conversado com a Segurança do CorpSeCorps – uma mentira – e que não havia perigo imediato para eles ali; também uma mentira, segundo desconfiava. Acrescentou que tinha falado com Crake, cujas ordens eram de que eles deveriam voltar para seus quartos e dormir um pouco, porque precisariam de toda a sua energia no futuro. Eles pareceram aliviados e dispostos a obedecer.

Jimmy acompanhou-os até a porta da câmara de compressão e digitou o código para que pudessem sair para o corredor que ia dar em seus aposentos. Ele ficou olhando para as costas deles enquanto caminhavam na sua frente; ele já os via como cadáveres. Ele teve pena, mas não podia arriscar-se. Eram três contra um: se ficassem histéricos, se tentassem sair do Complexo ou deixar os amigos entrar, ele não conseguiria controlá-los. Assim que desapareceram de vista, ele os trancou do lado de fora. Não havia mais ninguém na bolha interna a não ser ele e os crakers.

Ele assistiu ao noticiário mais um pouco, tomando uísque para fortalecer-se, mas maneirando na quantidade. *Laríngeo. Duende. Ísatis.* Ele estava esperando por Oryx, mas sem esperança. Alguma coisa devia ter acontecido com ela. Senão ela estaria ali.

De madrugada, o monitor da porta soou. Alguém estava digitando o código da câmara de compressão. Não ia funcionar, é claro, porque Jimmy tinha mudado o código.

O interfone com vídeo foi acionado. – O que é que você está fazendo? – disse Crake. Ele parecia zangado. – Abra a porta.

– Estou seguindo o Plano B – disse Jimmy. – No caso de um ataque biológico, não deixe ninguém entrar. Ordens suas. Eu selei a câmara de compressão.

– *Ninguém* não me incluía– disse Crake. – Não banque o maluco.

– Como posso saber que você não é um portador? – disse Jimmy.

– Eu não sou.

– Como eu posso saber disso?

– Vamos supor – Crake disse com uma voz cansada – que eu antecipei esse evento e tomei minhas precauções. De qualquer maneira, você é imune a isto.

– Por que eu seria? – disse Jimmy. Seu cérebro estava lento naquela noite. Havia algo errado no que Crake tinha acabado de dizer, mas ele não estava conseguindo identificar o quê.

– Os anticorpos estavam na vacina. Lembra quantas vezes você a tomou? Toda vez que você foi à plebelândia, para chafurdar na lama e afogar suas mágoas de amor.

– Como você sabia? – disse Jimmy. – Como sabia aonde eu ia, o que eu queria? – O coração dele estava disparado; ele não estava sendo preciso.

– Não seja idiota, deixe-me entrar.

Câmara de compressão

Jimmy digitou o código da câmara de compressão. Agora Crake estava na porta interna. Jimmy ligou o monitor de vídeo da sala: a cabeça de Crake flutuou em tamanho natural bem diante dos seus olhos. Ele estava horrível. Havia alguma coisa – sangue? – no colarinho da sua camisa.

– Onde você estava? Andou brigando?
– Você não faz ideia – disse Crake. – Agora deixe-me entrar.
– Onde está Oryx?
– Ela está aqui comigo. Ela passou um mau pedaço.
– O que aconteceu com ela? O que está acontecendo lá fora? Deixe-me falar com ela!
– Ela não pode falar agora. Eu não posso levantá-la. Estou machucado. Agora chega de conversa, abra a porta.

Jimmy empunhou a arma de pulverização. Depois digitou o código.

Recuou e posicionou-se de um lado da porta. Todos os pelos do seu braço estavam em pé. *Nós compreendemos mais do que podemos imaginar.*

Então a porta abriu.

O terno bege de Crake estava salpicado de marrom. Na sua mão direita havia um canivete comum, do tipo que tem duas lâminas, uma lixa de unhas, um saca-rolha e uma tesourinha. Ele tinha o outro braço ao redor de Oryx, que parecia estar dormindo; estava com a cabeça apoiada no peito de Crake, sua longa trança amarrada com uma fita cor-de-rosa pendurada nas costas.

Enquanto Jimmy olhava, sem acreditar no que estava vendo, Crake deixou Oryx cair para trás, por cima do seu braço esquerdo. Ele olhou firme para Jimmy, um olhar direto, sem sorrir.

– Estou contando com você – ele disse. E então cortou a garganta dela.

Jimmy atirou nele.

13

BOLHA

Depois da tempestade, o ar fica mais fresco. Ergue-se uma névoa das árvores distantes, o sol cai, os pássaros iniciam sua algazarra noturna. Três corvos estão voando acima dele, suas asas são como chamas negras, suas palavras quase audíveis. *Crake! Crake!,* eles estão dizendo. Os grilos dizem *Oryx*. Eu estou tendo alucinações, pensa o Homem das Neves.

Ele avança passo a passo sobre a muralha. Seu pé parece uma salsicha gigantesca feita de carne moída e quente, prestes a arrebentar. Qualquer que seja o micróbio fermentando dentro dele é sem dúvida resistente aos antibióticos da pomada que ele achou na torre. Talvez em Paradice, na bagunça do depósito saqueado de Crake – ele sabe o quanto ele foi saqueado porque quem o saqueou foi ele mesmo –, ele possa encontrar algo mais eficaz.

O depósito de emergência de Crake, o plano maravilhoso de Crake. As ideias sutis de Crake. Crake, o Rei da Crakeria, porque Crake ainda está lá, ainda domina, ainda é o governante do seu reino, por mais escura que essa bolha de luz tenha ficado. Da mais profunda escuridão e uma parte dessa escuridão é obra do Homem das Neves. Ele contribuiu para ela.

– Não vamos para lá – diz o Homem das Neves.

Benzinho, você já está lá. Você nunca saiu de lá.

Na oitava torre de vigilância, a que dava para o parque que cercava Paradice, ele verifica se uma das duas portas que vão dar no segundo andar está destrancada – ele preferiria descer por uma escada, se possível –, mas nenhuma das duas está aberta. Cautelosamente, ele examina o chão por uma das aberturas da muralha: não há nenhum animal de porte médio ou grande lá embaixo, embora perceba certa agitação no meio dos arbustos que pode ser apenas um esquilo. Ele tira do saco o lençol torcido, amarra-o a um cano de ventilação – frágil, mas a única possibilidade existente – e solta a ponta por cima da muralha. É um pouco curto, ficam faltando uns dois metros, mas ele pode aguentar a queda, desde que não caia sobre o pé doente. Começa a descer pela corda improvisada. Fica pendurado na ponta como se fosse uma aranha, hesita – não existe uma técnica para isso? O que foi que ele leu sobre paraquedas? Algo a respeito de dobrar os joelhos. E então ele solta a corda.

Ele aterrissa nos dois pés. A dor é intensa, mas depois de rolar no chão lamacento por algum tempo, fazendo ruídos de animal ferido, ele fica em pé gemendo. Revisão: fica em um pé só. Não parece ter nada quebrado. Ele procura um pedaço de pau que possa usar como muleta, e acha um.

Agora ele tem sede.

Ele segue saltando em um pé só no meio da vegetação, rangendo os dentes. No meio do caminho, pisa em uma enorme lesma e quase cai. Ele odeia aquela sensação: fria, viscosa, como um músculo sem pele, refrigerado. Uma gosma sinistra. Se ele fosse um craker teria que pedir desculpas – *Sinto muito ter pisado em você, Filha de Oryx, por favor, desculpe o mau jeito.*

Ele experimenta: – Desculpe.

Será que ouviu alguma coisa? Uma resposta?

Quando as lesmas começam a falar, não há tempo a perder.

Ele chega na casa-bolha, circula aquela estrutura branca, quente, frígida, até a frente. A câmara de compressão está aberta, conforme ele se lembrava. Respira fundo e entra.

Ali estão Crake e Oryx, o que resta deles. Eles foram atacados por predadores, estão espalhados por toda parte, ossos grandes e pequenos misturados e desordenados, como um quebra-cabeça gigante.

Ali está o Homem das Neves, estúpido, frívolo e simplório, com água correndo pelo rosto, um punho gigantesco apertando o seu coração, contemplando o seu único verdadeiro amor e o seu melhor amigo. As órbitas vazias de Crake olham para o Homem das Neves, como os seus olhos vazios o fitaram antes. Ele está sorrindo com todos os dentes de fora. Quanto a Oryx, ela está com o rosto virado para baixo, ela virou a cabeça para o outro lado como se estivesse chorando. A fita em seu cabelo continua tão cor-de-rosa como antes.

Ah, como lamentar-se? Ele é um fracasso até nisso.

* * *

O Homem das Neves entra pela porta interna, passa pela área de segurança e chega aos aposentos dos funcionários. Ar quente, úmido, abafado. O primeiro lugar que ele precisa ir é o depósito; ele o encontra sem dificuldade. A única iluminação vem de algumas claraboias, mas ele tem sua lanterna. Cheira um pouco a mofo e a ratos ou camundongos, mas fora isso está exatamente como ele o deixou da última vez que esteve lá.

Ele localiza as prateleiras de remédios e as examina. Depressores de língua, compressas de gaze, curativos para queimaduras. Uma caixa de termômetros retais, mas ele não precisa enfiar um deles no ânus para saber que está ardendo em febre. Três ou quatro tipos de antibióticos, em comprimidos e, portanto, de ação lenta, e uma última caixa do coquetel supergermicida de curto prazo de Crake. *Leva você até lá e traz de volta, mas não espere o relógio terminar de bater as doze badaladas da meia-noite senão você vira uma abóbora*, era o que Crake costumava dizer. Ele lê o rótulo, as anotações precisas de Crake, calcula a dose. Ele está tão fraco agora que mal consegue erguer o frasco; leva algum tempo para tirar a tampa.

Glub glub glub diz o balãozinho em sua cabeça. *Descendo pela goela.*

Não, ele não deve beber isso. Ele encontra uma caixa de seringas limpas, aplica uma injeção em si mesmo. – Morram, germes de pé – ele diz. Depois ele manca até a sua própria suíte, o que antes era a sua suíte, e desmaia na cama úmida e desarrumada.

Alex, o papagaio, aparece para ele em sonho. Ele entra voando pela janela, pousa no travesseiro ao seu lado, de um verde brilhante desta vez, com asas roxas e um bico amarelo, brilhando como um farol, e o Homem das Neves é tomado de alegria e amor. Ele entorta a cabeça, olha para ele primeiro com um olho, depois com o outro. – O triângulo azul – ele diz. Depois ele começa a enrubescer, a ficar vermelho, começando pelo olho. Essa mudança é assustadora, como se fosse uma lâmpada em forma de papagaio enchendo-se de sangue. – Estou indo embora agora – ele diz.

– Não, espere – o Homem das Neves diz, ou quer dizer. Sua boca não se mexe. – Não vá ainda! Diga-me...

Então tem uma ventania, uuff, e Alex desaparece, e o Homem das Neves está sentado na sua antiga cama, no escuro, encharcado de suor.

RABISCOS

Na manhã seguinte o seu pé está um pouco melhor. O inchaço diminuiu, a dor melhorou. Quando chega a noite, ele aplica mais uma dose da superdroga de Crake em si mesmo. Entretanto, ele sabe que não pode abusar: o remédio é muito forte. Se ele tomar demais, suas células irão pipocar como uvas.

A luz do dia entra pelos tijolos de vidro da parede abaixo da claraboia. Ele caminha pelo espaço onde morava antes, sentindo-se como um sensor desincorporado. Ali está o seu armário, ali estão as roupas que um dia foram dele, camisas e shorts de tecidos leves, penduradas em seus cabides e começando a criar mofo. Sapatos também, mas ele não consegue mais suportar a ideia de usar sapatos. Seria como colocar cascos, e além disso o seu pé infectado poderia não caber. Pilhas de cuecas nas prateleiras. Por que ele usava essas roupas? Elas agora parecem estranhos instrumentos de escravidão.

No depósito ele encontra algumas latas e pacotes. O café da manhã dele é ravioli frio com molho de tomate e metade de uma barra de cereais, e uma coca-cola quente. Não sobrou nenhuma bebida alcoólica ou cerveja, ele tinha acabado com tudo durante as semanas que ficou preso lá dentro. Melhor assim. Seu impulso seria beber o que houvesse o mais rápido possível para apagar todas as lembranças.

Agora já não pode mais fazer isso. Está preso ao passado, a areia movediça está subindo. Ele está afundando.

Depois de matar Crake, ele mudou o código da porta interna, trancando-a. Crake e Oryx estavam caídos um por cima do outro na câmara de compressão; ele não teve coragem de tocar neles, então deixou-os onde estavam. Ele teve um impulso romântico – cortar um pedaço da trança de Oryx –, mas conseguiu resistir a ele.

Voltou para o seu quarto e tomou um uísque, depois outro, até apagar. O que o acordou foi a campainha da porta externa: White Sedge e Black Rhino tentando voltar para dentro. Os outros também, sem dúvida. Jimmy ignorou-os.

No dia seguinte, em algum momento, ele preparou quatro torradas de soja e se obrigou a comê-las. Bebeu uma garrafa de água. Seu corpo parecia um dedão do pé depois de uma topada: entorpecido mas dolorido.

Durante o dia o seu celular tocou. Era um homem do Corps, de alta patente, procurando por Crake.

– Diz àquele merda para trazer o seu cérebro gordo até aqui e ajudar a resolver essa situação.

– Ele não está aqui – Jimmy disse.

– Quem está falando?

– Não posso dizer. Protocolo de segurança.

– Ouça, quem quer que você seja, eu tenho uma ideia da tramoia em que aquele verme está metido e quando puser as mãos nele vou quebrar-lhe o pescoço. Aposto que ele tem a vacina para isso e vai querer nos cobrar os olhos da cara.

– É mesmo? É isso que você acha?

– Eu sei que o filho da puta está aí. Eu vou até aí e vou explodir essa porta.

– Eu não faria isso – disse Jimmy. – Nós estamos assistindo aqui a uma atividade microbiana muito estranha. Muito fora do normal. Este lugar está contaminado. Eu estou usando um traje biológico, mas não sei realmente se estou ou não contaminado. Alguma coisa saiu mesmo dos trilhos.

– Ah, merda. Aqui? No Rejoov? Eu pensei que estivéssemos isolados.

– É, mas houve contaminação – disse Jimmy. – Meu conselho é procurá-lo nas Bermudas. Acho que ele foi para lá com um monte de dinheiro.

– Então ele nos traiu, aquele merda. Vendeu o projeto para a concorrência. Isso faz sentido. Faz muito sentido. Olha, obrigado pela dica.

– Boa sorte – disse Jimmy.

– Obrigado, o mesmo para você.

Ninguém tornou a tocar na porta da frente, ninguém tentou entrar à força. Os caras do Rejoov devem ter recebido a mensagem. Quanto aos funcionários, assim que perceberam que os guardas tinham ido embora, eles devem ter saído e corrido na direção do portão. Devem ter achado que estavam livres.

Três vezes por dia Jimmy observava os crakers, espiando-os como se fosse um voyeur. Como se fosse não, ele era um voyeur. Eles pareciam contentes, ou pelo menos satisfeitos. Eles pastavam, dormiam, ficavam horas a fio sentados aparentemente sem fazer nada. As mães amamentavam seus filhos, as crianças brincavam. Os homens mijavam em círculo. Uma das mulheres entrou na fase azul e os homens executaram sua dança de namoro, cantando, com flores na mão, seus pênis azuis sacudindo no ritmo da música. Depois houve um festival quíntuplo de fertilidade, no meio da mata.

Talvez eu pudesse interagir um pouco com eles, Jimmy pensou. Ajudá-los a inventar a roda. Deixar-lhes um legado de conhecimentos. Repassar-lhes todas as minhas palavras.

Não, ele não podia. Não havia a menor esperança.

Às vezes eles pareciam inquietos – reuniam-se em grupos, cochichavam. Os microfones ocultos pegavam o que diziam.

– Onde está Oryx? Quando é que ela vai voltar?

– Ela sempre volta.

– Ela devia estar aqui, nos ensinando.

– Ela está sempre nos ensinando. Ela está nos ensinando agora.

– Ela está aqui?

– Para Oryx, estar aqui ou não estar é a mesma coisa. Ela disse isso.

– Sim. Ela disse isso.

– O que isso quer dizer?

Parecia uma discussão maluca sobre teologia no limbo mais prolixo de uma sala de bate-papo virtual. Jimmy não aguentava ficar muito tempo escutando.

O resto do tempo ele mesmo pastava, dormia, ficava horas a fio sentado sem fazer nada. Pela primeira vez em duas semanas ele acompanhou o noticiário pela web ou então pela televisão: os tumultos nas cidades quando o sistema de transporte parou e os supermercados foram saqueados; as explosões causadas pela falência das redes de eletricidade, os incêndios que ninguém ia apagar. Multidões lotavam as igrejas, mesquitas, sinagogas e templos para rezar e se arrepender, depois fugiam de lá quando os fiéis se davam conta do risco de contaminação que estavam correndo. Houve um êxodo para cidades pequenas e áreas rurais, cujos habitantes reagiram às invasões dos refugiados o quanto puderam, com armas de fogo proibidas, pedaços de pau e ancinhos.

    No início os repórteres estavam lá, filmando a atividade de helicópteros, narrando-a como se estivessem em uma partida de futebol: *Você viu isso? Inacreditável! Brad, não dá para acreditar. O que acabamos de ver foi uma multidão enlouquecida de Jardineiros de Deus invadindo uma criação de ChickieNobs. Brad, isso é hilário, esses frangos sem cabeça não conseguem nem andar! (Risos.) Agora de volta ao estúdio.*

Deve ter sido durante o caos inicial, pensa o Homem das Neves, que algum gênio soltou os porcões e os lobocães. *Ah, muito obrigado.*

Pregadores de rua passaram a se autoflagelar e a discursar sobre o Apocalipse, embora parecessem desapontados: onde estavam as trombetas e os anjos, por que a lua não tinha virado sangue?

    Sumidades apareciam na tela vestindo ternos; especialistas da área médica, gráficos mostrando índices de infecção, mapas acompanhando a extensão da epidemia. Eles usavam rosa-escuro para isso, como antes tinham usado para mostrar o Império Britânico. Jimmy teria preferido outra cor.

    Não havia como disfarçar o medo dos comentaristas. *Quem será o próximo, Brad? Quando é que vão produzir uma vacina? Bem, Simon, pelo que eu soube, estão trabalhando noite e dia para isso, mas ninguém anunciou ainda ter descoberto uma forma de controlar o que está acontecendo. É das grandes, Brad. Simon, você disse uma verdade, mas nós já derrotamos outras bem grandes antes.* Um sorriso encorajador, polegares para cima, olhos vagos, rostos pálidos.

    Documentários foram produzidos apressadamente, com imagens do vírus – pelo menos ele tinha sido isolado, e era igual a todos os outros, uma gosma cheia de espinhos – e comentários sobre seus métodos. *Este parece ser do tipo supervirulento. Ninguém sabe se se trata de uma mutação ou se foram fabricados intencionalmente.* Especialistas concordando com um ar grave. Deram um nome para o vírus, para torná-lo mais controlável. Seu nome era JUVE, Ultravírus Extraordinário de Alta Velocidade. Possivelmente, eles agora já sabiam alguma coisa, como por exemplo o que Crake estava realmente aprontando, escondido nos subterrâneos do Complexo RejoovenEsense. Passando o mundo em julgamento, pensou Jimmy; mas com que direito?

As teorias conspiratórias proliferaram: era puro formalismo religioso, eram os Jardineiros de Deus, era uma conspiração para dominar o mundo. Avisos para ferver a água e não viajar foram divulgados na primeira semana, apertos de mão foram desencorajados. Na mesma semana, houve uma corrida em busca de luvas de látex e máscaras em forma de cone. Tão eficazes, pensou Jimmy, quanto laranjas espetadas com cravos durante a Peste Negra.

Notícia de última hora. O vírus assassino JUVE foi detectado em Fiji, que até agora tinha sido poupado. Chefe do CorpSeCorps declara Nova Nova York área de calamidade pública. As principais vias de acesso foram fechadas. Brad, essa coisa está se deslocando depressa demais. Simon, é inacreditável.

"A mudança pode ser absorvida por qualquer sistema dependendo da sua velocidade", Crake costumava dizer. "Encoste a sua cabeça na parede e nada acontecerá, mas se a mesma cabeça atingir a parede à velocidade de cem quilômetros por hora, é puro sangue. Nós estamos em um túnel de velocidade, Jimmy. Quando a água se desloca mais depressa do que o barco, você perde o controle."

Eu ouvia, Jimmy pensou, mas não prestava atenção.

Na segunda semana, a mobilização foi total. Os responsáveis pelo controle de epidemias reuniram-se apressadamente e tomaram todas as providências – hospitais de campo, tendas de isolamento; cidades pequenas, depois metrópoles inteiras de quarentena. Mas esses esforços logo cessaram quando os médicos e as enfermeiras foram contaminados, ou entraram em pânico e fugiram.

A Inglaterra fecha portos e aeroportos.
Todas as comunicações com a Índia foram interrompidas.
O acesso aos hospitais está proibido até segunda ordem. Se você ficar doente, beba bastante água e ligue para este número.
Não tentem, repetimos, não tentem sair da cidade.

Não era mais Brad quem estava falando, nem Simon. Brad e Simon tinham desaparecido. Eram outras pessoas, e depois outras.

Jimmy ligou para a linha segura e uma gravação atendeu dizendo que estava fora de serviço. Depois ligou para seu pai, algo que não fazia há anos. Aquela linha também estava cortada.

Verificou seus e-mails. Não havia nenhuma mensagem recente. Tudo o que encontrou foi um velho cartão de aniversário que ele não havia deletado: *Feliz Aniversário, Jimmy, que todos os seus sonhos se realizem.* Porcos com asas.

Um dos sites privados da rede mostrava um mapa com pontinhos iluminados representando cada um dos lugares em que ainda havia comunicação via satélite. Jimmy assistiu fascinado ao espetáculo dos pontinhos se apagando.

Ele estava em choque. Talvez por isso não conseguisse digerir o que estava acontecendo. Tudo parecia um filme. Entretanto, ele estava lá. Oryx e Crake estavam lá, mortos, na câmara de compressão. Toda vez que imaginava que tudo não passava de ilusão, algum tipo de brincadeira, ele ia até lá para olhar para eles. Pela janela à prova de balas: ele sabia que não devia abrir a porta interna.

Ele vivia do suprimento de emergência de Crake, os produtos congelados primeiro: se a energia solar da bolha falhasse, os freezers e os fornos de micro-ondas não funcionariam mais, então o melhor seria comer todos os congelados enquanto podia. Fumou todo o estoque de maconha de Crake em pouco tempo; conseguiu alhear-se por três dias de horror desse modo. No início ele tentou racionar a bebida, mas logo passou a consumi-la em grande quantidade. Ele precisava estar alto para enfrentar as notícias, precisava não estar muito sensível.

– Eu não acredito, não acredito – ele dizia. Ele havia começado a falar sozinho, mau sinal. – Isso não está acontecendo. – Como ele podia viver naquele quarto limpo, seco, monótono e comum, devorando caramelos de soja e salgadinhos de queijo, atolando o cérebro com bebidas alcoólicas e lamentando o fiasco total que era a sua vida enquanto toda a raça humana estava desaparecendo?

O pior de tudo era que aquelas pessoas lá fora – o medo, o sofrimento, a morte indiscriminada – não o comoviam realmente. Crake costumava dizer que o *Homo sapiens sapiens* não era capaz de individualizar mais de duzentas pessoas, o tamanho da tribo primal, e Jimmy reduziria esse número para dois. Oryx o teria amado, ou não, Crake sabia a respeito deles, até que ponto sabia, quando ficou sabendo, será que ele os havia espionado o tempo todo? Será que encenou aquele *grand finale* como um suicídio ao vivo, será que teve a intenção de fazer com que Jimmy o matasse porque sabia o que viria em seguida e não ousou ficar vivo para ver os resultados do que tinha feito?

Ou ele sabia que não ia conseguir manter em segredo a fórmula da vacina depois que o CorpSeCorps o pegasse? Há quanto tempo ele estava planejando isso? Será que o tio Pete e possivelmente até a mãe de Crake tinham sido usados como cobaias? Com tanta coisa em jogo, ele teve medo do fracasso, de ser apenas mais um niilista incompetente? Ou estaria atormentado de ciúmes, aturdido pelo amor, seria vingança, ele quis apenas que Jimmy pusesse um fim ao seu sofrimento? Era um lunático ou um homem intelectualmente brilhante que imaginou qual seria a conclusão lógica das coisas? E fazia alguma diferença?

Com as emoções girando em círculos Jimmy mergulhava na bebida até apagar.

Enquanto isso, o fim de uma espécie acontecia bem diante dos seus olhos. Reino, Filo, Classe, Ordem, Família, Gênero, Espécie. Quantas pernas ele tem? *Homo sapiens sapiens,* juntando-se ao urso-polar, à baleia beluga, ao onagro, à coruja-do-campo, a uma lista muito longa. *Ah, muitos pontos ganhos, Grande Mestre.*

Às vezes ele desligava o som, ficava murmurando palavras para si mesmo. *Suculento. Morfologia. Obtuso. Quarto. Voraz.* Isso tinha um efeito calmante.

Um site após o outro, um canal após o outro, foram saindo do ar. Alguns âncoras, jóqueis de notícias até o fim, posicionaram as câmeras para filmar suas próprias mortes – os gritos, as peles se desmanchando, os olhos sangrando e tudo o mais. Que coisa teatral, pensou Jimmy. Tem gente que faz qualquer coisa para aparecer na TV.

– Seu cínico de merda – ele disse a si mesmo. Depois começou a chorar.

"Não seja tão sentimental", Crake costumava dizer a ele. Mas por que não? Por que ele não deveria ser sentimental? Não havia ninguém ali para questionar o seu gosto.

De vez em quando ele pensava em se matar – isso parecia algo obrigatório –, mas ele não tinha a energia necessária para tanto. De todo modo, matar-se era algo que você fazia para uma plateia, como no site de suicídio ao vivo. Naquelas circunstâncias, o aqui e agora seria um gesto deselegante. Ele podia imaginar o desprezo irônico de Crake, e a decepção de Oryx: *Mas Jimmy! Por que você está desistindo? Você tem um trabalho a fazer! Você prometeu, lembra?*

Talvez ele não estivesse conseguindo levar a sério o próprio desespero.

Finalmente, não havia mais nada que ver, exceto velhos filmes em DVD. Ele assistia a Humphrey Bogart e Edward G. Robinson em *Key Largo*. *Ele quer mais, não quer, Rocco? É, isso mesmo, mais! É verdade, eu quero mais. Será que algum dia você vai achar que já é o bastante?* Ou então via *Os pássaros* de Alfred Hitchcock. *Flapflapflap, eek, screech*. Dava para ver os fios que amarravam os superastros voadores ao telhado. Ou *A noite dos mortos-vivos*. *Lurch, aargh, grrrr, humph*. Essas pequenas paranoias o acalmavam.

Depois ele desligava o aparelho e ficava sentado diante da tela vazia. Todas as mulheres que ele havia conhecido desfilavam diante de seus olhos na semiescuridão. Sua mãe também, na sua camisola magenta, jovem de novo. Oryx vinha por último, carregando flores brancas. Ela olhava para ele, depois saía lentamente do seu campo de visão, na direção das sombras onde Crake a estava esperando.

Essas divagações eram quase prazerosas. Pelo menos enquanto elas aconteciam todo mundo ainda estava vivo.

Ele sabia que aquele estado de coisas não poderia continuar por muito tempo. Dentro do Paradice, os crakers comiam as folhas e o capim mais depressa do que eles podiam regenerar-se, e em breve a energia solar iria falhar, e o sistema de emergência também, e Jimmy não sabia como consertá-los. Então a circulação de ar iria ser interrompida e a fechadura da porta iria parar de funcionar e tanto ele como os crakers ficariam presos lá dentro e morreriam sufocados. Ele tinha que tirá-los de lá enquanto ainda havia tempo, mas não cedo demais, porque poderia haver pessoas desesperadas do lado de fora, e desespero significa perigo. O que ele não queria era um bando de maníacos moribundos caindo de joelhos, agarrando-o e gritando: *Cure-nos! Cure-nos!* Ele podia ser imune ao vírus – a menos, é claro, que Crake tivesse mentido para ele –, mas não à raiva e ao desespero dos portadores do vírus.

De todo modo, como ele poderia ter coragem de dizer: *Nada pode salvá-los?*

O Homem das Neves caminha pelos espaços escuros e abafados. Ali, por exemplo, era o seu escritório. Seu computador está sobre a mesa, fitando-o com o ar inexpressivo de uma namorada desprezada que se encontra por acaso em uma festa: Ao lado do computador, algumas folhas de papel que devem conter a última coisa que ele escreveu. A última coisa que ele deveria ter escrito. Ele as examina com curiosidade. O que será que o Jimmy que ele foi um dia achou que devia ser comunicado, ou pelo menos registrado – escrito em preto e branco, com rasuras – para a construção de um mundo que não existia mais?

A quem possa interessar, Jimmy havia escrito, à caneta e não no computador: este já tinha deixado de funcionar naquela altura, mas ele havia perseverado, penosamente, à mão. Ele ainda devia ter alguma esperança, ele ainda devia acreditar que a situação poderia ser revertida, que alguém iria aparecer ali no futuro, alguém responsável; que suas palavras então fariam sentido, teriam um contexto. Como Crake disse certa vez, Jimmy era um otimista romântico.

Eu não tenho muito tempo, Jimmy tinha escrito.

Eu não tenho muito tempo, mas vou tentar registrar o que acredito ser a explicação para ~~de acontecimentos extraordinários~~ a recente catástrofe. Eu examinei o computador do homem conhecido aqui como Crake. Ele o deixou ligado – de propósito, eu acho – e posso afirmar que o vírus JUVE foi criado aqui no Paradice por meio de combinações genéticas selecionadas por Crake ~~e em seguida eliminadas~~ e depois encistado no produto BlyssPluss. Havia um fator de retardamento de tempo embutido para permitir ampla distribuição: o primeiro lote de vírus só se tornou ativo depois que todos os territórios selecionados haviam sido supridos, e a epidemia se deu, então, em ondas sucessivas. Para o sucesso do plano, o fator tempo era essencial. O caos social foi maximizado e o desenvolvimento de uma vacina foi eficazmente evitado. O próprio Crake havia desenvolvido uma vacina junto com o vírus, mas ele a destruiu antes ~~do suicídio ao vivo de sua morte~~.

Embora diversos membros da equipe do projeto BlyssPluss tenham contribuído para a criação do JUVE, creio que ninguém, com exceção de Crake, soubesse qual seria o seu efeito. Quanto aos motivos de Crake, posso apenas especular a respeito. Talvez...

Aqui a escrita é interrompida. Quaisquer que fossem as especulações de Jimmy a respeito dos motivos de Crake, elas não haviam sido registradas.

O Homem das Neves amassa os papéis e os atira no chão. O destino dessas palavras é serem comidas pelas baratas. Ele poderia ter mencionado a mudança dos ímãs de geladeira de Crake. Pode-se dizer um bocado sobre uma pessoa a partir dos seus ímãs de geladeira, mas na época ele não dera muita importância a eles.

RESTOS

Na segunda sexta-feira de março – ele estava marcando os dias em um calendário, sabe deus por quê –, Jimmy apareceu para os crakers pela primeira vez. Ele não tirou as roupas, resolveu não ultrapassar esse limite. Vestiu um conjunto cáqui, do tipo padrão no Rejoov, com um tecido de malha debaixo dos braços e um monte de bolsos, e suas sandálias favoritas de couro falso. Os crakers juntaram-se em volta dele, fitando-o com assombro: eles nunca tinham visto um tecido antes. As crianças cochichavam e apontavam.

– Quem é você? – disse um deles, que Crake havia batizado de Abraham Lincoln. Um homem alto, moreno, magro. Ele não disse isso de forma grosseira. Vindo de um homem comum, Jimmy teria achado brusco, até mesmo agressivo, mas aquelas pessoas não mediam palavras: eles não tinham aprendido a usar subterfúgios, eufemismos, rapapés. Quando falavam, eram francos e diretos.

– Meu nome é Homem das Neves – disse Jimmy, que havia refletido sobre isso. Ele não queria mais ser Jimmy, ou mesmo Jim, e principalmente não queria ser Thickney: a sua encarnação como Thickney não tinha dado certo. Ele precisava esquecer o passado – o passado distante, o passado imediato, o passado sob qualquer forma. Ele precisava existir apenas no presente, sem culpa, sem expectativas. Como os crakers. Talvez um nome diferente pudesse ajudá-lo nisso.

– De onde você vem, ó Homem das Neves?

– Eu venho do mesmo lugar que Oryx e Crake – ele disse. – Crake enviou-me. – O que era verdade, de certa forma. – E Oryx. – Ele fala de uma forma simples e clara: sabe fazer isso por ter observado Oryx pela parede de vidro. E por tê-la escutado, é claro.

– Para onde foi Oryx?

– Oryx tinha coisas a fazer – disse o Homem das Neves. Foi tudo o que ele conseguiu dizer: o simples fato de pronunciar o nome dela o havia sufocado.

– Por que Crake e Oryx o enviaram até nós? – perguntou a mulher chamada Madame Curie.

– Para levá-los para um novo lugar.

– Mas este é o nosso lugar. Nós estamos satisfeitos aqui.

– Oryx e Crake querem que vocês tenham um lugar melhor do que este – disse o Homem das Neves. – Onde haja mais comida. – Houve alguns sorrisos de concordância. Oryx e Crake queriam o bem deles, como eles sempre souberam. Isso pareceu satisfazê-los.

– Por que a sua pele é tão solta? – disse uma das crianças.

– Eu fui feito de uma forma diferente de você – o Homem das Neves respondeu. Ele estava começando a achar a conversa interessante, como um jogo. Aquelas pessoas eram como páginas em branco, ele poderia escrever o que quisesse nelas. – Crake me fez com dois tipos de pele. Uma delas cai. – Ele tirou a camisa para eles verem. Eles examinaram com interesse o cabelo dele do peito.

– O que é isso?

– São penas. Bem pequenas. Oryx deu-as para mim, como um favor especial. Estão vendo aqui? Tem mais penas crescendo no meu rosto. Ele deixa as crianças tocarem em sua barba. Ele não tem feito a barba ultimamente, isso não lhe pareceu mais necessário, então está com os pelos crescidos no rosto.

– Sim. Estamos vendo. Mas o que são penas?

Ah, certo. Eles nunca viram nenhuma. – Alguns dos Filhos de Oryx têm penas – ele disse. – São chamados de pássaros. Nós vamos para onde eles estão. Aí vocês verão o que são penas.

O Homem das Neves ficou impressionado com sua capacidade: ele estava dançando graciosamente em torno da verdade, com leveza e habilidade. Mas era fácil demais: eles aceitavam sem questionar tudo o que ele dizia. Se tivesse que enfrentar isto por muito mais tempo – dias inteiros, semanas inteiras –, morreria de tédio. Eu poderia deixá-los para trás, ele pensou. Simplesmente deixá-los aqui. Eles que se virem. Não são problema meu.

Mas ele não podia fazer isso, porque embora os crakers não fossem problema dele, agora eles estavam sob sua responsabilidade. Quem mais eles tinham?

Quem mais ele tinha?

O Homem das Neves planejou antes a rota: o depósito de Crake estava bem abastecido de mapas. Ele levaria os Filhos de Crake para a costa, onde ele mesmo nunca tinha estado. Era uma expectativa agradável: finalmente ele veria o mar. Ele caminharia na praia, como nas histórias contadas pelos adultos quando ele era pequeno. Ele talvez pudesse até nadar. Não ia ser tão ruim.

Os crakers podiam morar no parque perto do jardim botânico, colorido de verde no mapa e marcado com o símbolo de uma árvore. Eles se sentiriam em casa lá, e com certeza haveria um monte de folhagens comestíveis. Quanto a ele, com certeza devia haver muito peixe. Ele juntou alguns suprimentos – não muitos, nem muito pesados, ele ia ter que carregar aquilo tudo – e carregou a sua arma de pulverização com todo o suprimento de balas virtuais.

Na noite anterior à partida, ele falou com os crakers. No caminho para o lugar novo e melhor onde eles iam morar, ele caminharia na frente – ele disse – junto com dois homens. Ele escolheu os mais altos. Atrás deles viriam as mulheres e as crianças, com uma fileira de homens de cada lado. O resto dos homens viria atrás. Eles precisavam fazer isso porque Crake tinha dito que esta era a maneira certa. (Era melhor não mencionar os possíveis perigos: eles necessitariam de muitas explicações.) Se os crakers notassem alguma coisa se mexendo – qualquer coisa, de qualquer formato ou aparência –, eles deveriam comunicar a ele imediatamente. Algumas das coisas que iriam ver os deixariam espantados, mas eles não deveriam alarmar-se. Se eles comunicassem a ele a tempo, essas coisas não poderiam fazer-lhes mal.

– Por que elas nos fariam mal? – perguntou Sojurner Truth.

– Elas poderiam fazer-lhes mal sem querer – disse o Homem das Neves. – Como o solo nos machuca quando caímos sobre ele.

– Mas o solo não deseja machucar-nos.

– Oryx disse que o solo é nosso amigo.

– Ele produz comida para nós.

– Sim – disse o Homem das Neves. – Mas Crake fez o solo duro. Senão nós não poderíamos caminhar sobre ele.

Eles levaram um minuto para pensar e compreender. Depois balançaram a cabeça, concordando. O cérebro do Homem das Neves estava a mil; a falta de lógica do que ele tinha acabado de dizer o deixou estarrecido. Mas pareceu ter funcionado.

Assim que amanheceu o dia, ele digitou o código da porta pela última vez e abriu a bolha, conduzindo os crakers para fora do Paradice. Eles notaram os restos de Crake no chão, mas como nunca tinham visto Crake vivo, acreditaram no Homem das Neves quando ele disse que aquilo era uma coisa sem nenhuma importância – apenas uma espécie de casca. Teria sido um choque para eles contemplar o seu criador naquele estado.

Quanto a Oryx, ela estava com o rosto virado para baixo e envolta em seda. Eles não a reconheceriam.

As árvores em volta da casa estavam verdes e viçosas, tudo parecia em perfeita ordem, mas quando chegaram à área do Complexo RejoovenEsense, as evidências de destruição e morte estavam por toda parte. Carrinhos de golfe virados, papéis encharcados, ilegíveis, computadores destruídos. Entulho, pedaços de pano, cadáveres mutilados em decomposição. Brinquedos quebrados. Os abutres estavam agindo.

– Por favor, Homem das Neves, o que é isso?

É um cadáver, não estão vendo? – É parte do caos – disse o Homem das Neves. – Crake e Oryx estão limpando o caos, por vocês – porque eles amam vocês –, mas ainda não terminaram. – Essa resposta pareceu contentá-los.

– O caos fede muito – disse uma das crianças mais velhas.

– Sim – disse o Homem das Neves, com um arremedo de sorriso. – O caos sempre cheira mal.

Cinco quarteirões depois do portão do complexo, um homem saiu cambaleando de uma rua lateral e veio na direção deles. Ele estava nos últimos estágios da doença: o suor de sangue molhava a sua testa. Levem-me com vocês! – ele gritou. As palavras eram quase inaudíveis. O som era animal, de um animal enraivecido.

– Fique onde está – o Homem das Neves gritou. Os crakers ficaram olhando atônitos, mas aparentemente sem medo. O homem avançou, tropeçou, caiu. O Homem das Neves atirou nele. Ele estava com medo de contágio – será que os crakers poderiam pegar aquela doença, ou o material genético deles era diferente demais para isso? Sem dúvida Crake dera imunidade a eles. Ou não?

Quando alcançaram o muro periférico, apareceu mais uma pessoa, uma mulher. Ela saiu repentinamente de trás da guarita do portão, chorando, agarrada a uma criança.

– Ajudem-me! – ela implorou. – Não me deixem aqui! – O Homem das Neves atirou nela também.

Durante os dois incidentes os crakers ficaram olhando espantados: eles não associaram o ruído feito pelo objeto na mão do Homem das Neves à queda daquelas pessoas.

– O que foi que caiu, ó Homem das Neves? Um homem ou uma mulher? Ele tem peles extras, como você.

– Não foi nada. É só um sonho ruim que Crake está tendo.

Eles compreenderam a referência ao sonho, conheciam isso: eles próprios sonhavam. Crake não tinha sido capaz de eliminar os sonhos. *Nós estamos programados para sonhar,* ele tinha dito. Também não foi capaz de retirar a capacidade de cantar. *Nós estamos programados para cantar.* Cantar e sonhar estavam interligados.

– Por que Crake tem um sonho assim tão ruim?

– Para que vocês não tenham – disse o Homem das Neves.

– É triste que ele sofra por nós.

– Nós sentimos muito. Somos gratos a ele.

– O sonho ruim vai acabar logo?

– Sim – respondeu o Homem das Neves. – Muito em breve. – Aquilo tinha sido por pouco, aquela mulher parecia um cão raivoso. As mãos dele estavam tremendo. Ele precisava de uma bebida.

– Vai acabar quando Crake acordar?

– Sim. Quando ele acordar.

– Nós esperamos que ele acorde logo.

E assim eles atravessaram juntos a Terra de Ninguém, parando de vez em quando para pastar ou colher folhas e flores, as mulheres e as crianças de mãos dadas, muitas delas cantando com suas vozes cristalinas, suas vozes como folhagens se abrindo. Depois passaram pelas ruas da plebelândia, como se fosse um desfile ou uma procissão religiosa. Durante a tempestade da tarde, eles se abrigaram; isso foi fácil, uma vez que portas e janelas tinham perdido o significado. Depois, no ar mais fresco, prosseguiram no seu passeio.

Alguns dos prédios pelo caminho ainda estavam queimando. Houve muitas perguntas e muitas explicações. O *que é aquela fumaça? É uma coisa de Crake. Por que aquela criança está caída ali, sem olhos? Foi a vontade de Crake.* E assim por diante.

O Homem das Neves ia inventando o que dizer pelo caminho. Ele sabia o quanto era improvável como pastor. Para tranquilizá-los, fez o possível para parecer digno e confiável, sábio e bondoso. Uma vida inteira de fingimento ajudou-o nisso.

Finalmente, eles chegaram à orla do parque. O Homem das Neves só teve que matar mais dois moribundos. Ele estava fazendo um favor a eles, portanto não se sentiu muito mal a respeito disso. Estava se sentindo bem pior com relação a outras coisas.

De tardinha, eles finalmente chegaram à praia. As folhas das árvores farfalhavam, a água ondulava suavemente refletindo o sol poente, cor-de-rosa e vermelho. As areias eram brancas, as torres próximas à praia estavam cobertas de pássaros.

– É tão bonito aqui.
– Olhem! Aquilo são penas?
– Como se chama este lugar?
– Ele se chama lar – disse o Homem das Neves.

14

ÍDOLO

O Homem das Neves vasculha o depósito, guarda o que consegue carregar – o resto da comida, seca e em lata, lanterna e pilhas, mapas e fósforos e velas, caixas de munição, fita adesiva, duas garrafas de água, analgésicos, gel antibiótico, duas camisas à prova de sol, e uma daquelas faquinhas com tesouras. E a arma de pulverização. Ele pega o seu cajado e sai pela porta da câmara de compressão, evitando o olhar de Crake, o sorriso de Crake; e Oryx, na sua mortalha de seda estampada de borboletas.

Ah, Jimmy, essa não sou eu.

Os pássaros começam a cantar. A madrugada tem uma luminosidade cinzenta e aveludada, o ar está carregado de névoa; pérolas de orvalho e teias de aranha. Se ele fosse criança, esse efeito mágico e antigo pareceria novo. Mas como não é, sabe que é uma ilusão: assim que o sol nascer, tudo isto desaparecerá. No meio do caminho ele para, lança um último olhar para o Paradice, erguendo-se no meio da vegetação como se fosse um balão sem rumo.

Ele tem um mapa do Complexo, já o estudou, marcou sua rota. Ele atravessa uma via principal na direção do campo de golfe e a percorre sem incidentes. O saco de plástico e a arma começam a pesar, então ele para para beber água. O sol agora está alto, os abutres sobrevoam; eles o localizaram, notaram sua dificuldade em caminhar, estarão à espreita.

Ele passa por um setor residencial, depois atravessa o pátio de uma escola. Tem que matar um porcão antes de chegar ao muro periférico: ele estava apenas olhando, mas tem certeza de que era um observador, ele teria contado aos outros. No portão lateral ele para. Há uma torre de observação lá, e um acesso à muralha; ele gostaria de subir, olhar em volta, verificar aquela fumaça que viu. Mas a porta da guarita está trancada, então ele prossegue.

Nada no fosso.

Ele atravessa a Terra de Ninguém, uma passagem nervosa: a todo momento ele vê movimentos peludos com os cantos dos olhos, e tem a impressão de que a vegetação está mudando de forma. Finalmente, alcança a plebelândia; percorre as ruas estreitas, atento a emboscadas, mas não há nada perseguindo-o. Apenas os abutres voando em círculos, esperando que ele se transforme em carne.

Uma hora antes do meio-dia ele sobe em uma árvore para se abrigar na sombra da folhagem. Lá ele come uma lata de salsichas de soja e termina com a primeira garrafa de água. Assim que ele para de andar, seu pé dá sinal de vida: ele sente um latejamento contínuo, parece que o pé está quente e apertado, como se estivesse enfiado em um sapato apertado. Ele esfrega um pouco de gel antibiótico no corte, mas sem muita fé: os micróbios que o infectam já devem ter aumentado sua resistência e estão agindo por lá, transformando sua carne em mingau.

Ele examina o horizonte do seu posto de observação arbóreo, mas não vê nada que pareça fumaça. *Arbóreo,* uma bela palavra. *Nossos ancestrais arbóreos,* Crake costumava dizer. *Costumavam cagar nos inimigos de cima das árvores. Todos os aviões e foguetes e bombas são simplesmente produtos decorrentes deste instinto primata.*

E se eu morrer aqui em cima, nesta árvore?, ele pensa. Vai ser bem feito para mim? Por quê? Quem irá encontrar-me? E daí se me encontrarem? *Olhem só, mais um homem morto. Grande coisa. É o que tem de mais comum. É, mas este está em cima de uma árvore. E daí, quem se importa com isso?*

– Eu não sou um morto qualquer – ele diz em voz alta.

É claro que não! Cada um de nós é único! E cada pessoa morta morreu de uma maneira muito especial! Agora, quem quer compartilhar o sentimento de estar morto, com suas próprias palavras? Jimmy, você parece estar louco para falar, então por que não começa?

Ah, que tortura. Seria o purgatório, e se fosse, por que se parece tanto com os tempos de escola?

Após duas horas de um descanso sobressaltado, ele segue viagem, protegendo-se da tempestade da tarde nas ruínas de um prédio. Não há ninguém lá dentro, vivo ou morto. Depois retoma o caminho, mancando, mais depressa agora, indo para o sul e depois para leste na direção da praia.

* * *

É um alívio quando chega ao Caminho do Peixe do Homem das Neves. Em vez de virar à esquerda na direção da sua árvore, ele segue mancando na direção da aldeia. Ele está cansado, quer dormir, mas precisa tranquilizar os crakers – mostrar que voltou são e salvo, explicar por que demorou tanto, passar-lhes a mensagem de Crake.

Vai ter que inventar umas mentiras a respeito disso. *Como estava Crake? Eu não pude vê-lo, ele estava dentro de uma moita.* Uma moita em chamas, por que não? Era melhor não ser muito específico. *Mas ele deu algumas ordens: eu devo passar a receber dois peixes por semana – não, três – e raízes e frutas silvestres.* Talvez devesse acrescentar algas marinhas. Eles vão saber de que tipo. E também caranguejos não os caranguejos de terra, os outros. Vai mandar que eles os tragam cozidos, uma dúzia de cada vez. Com certeza não é pedir muito.

Depois de visitar os crakers, ele vai guardar a comida que trouxe, comer um pouco, e depois dormir na sua árvore. Depois que fizer isso, vai sentir-se revigorado, e o seu cérebro vai funcionar melhor, e ele vai poder pensar no que fazer em seguida.

No que fazer em seguida a respeito de quê? Isso é muito difícil. Mas suponha que existam outras pessoas ali por perto, pessoas como ele pessoas que fazem fumaça –, ele vai querer estar razoavelmente em forma para encontrá-las. Ele vai lavar-se – dessa vez pode se arriscar a entrar no poço –, depois vai vestir uma das camisas à prova de sol que trouxe, e quem sabe aparar a barba com a tesourinha do canivete.

Que diabo, ele esqueceu de trazer um espelhinho de bolso. Que cretino!

Quando ele se aproxima da aldeia, ouve um barulho estranho – um murmúrio monótono, feito de vozes agudas e graves, tanto de homem quanto de mulher – harmonioso, feito de duas notas. Não é canto, parece mais um cântico. Depois um clangor, uma série de silvos, um ribombo. O que eles estão fazendo? Seja o que for, eles nunca fizeram isso antes.

Ali está a linha de demarcação, o muro químico invisível, mas fedorento de mijo renovado pelos homens todos os dias. Ele passa por ele, avança cautelosamente, espia de trás de um arbusto. Lá estão eles. Ele faz uma contagem rápida – quase todos os jovens, todos os adultos menos cinco

–, deve haver um quinteto acasalando no mato. Eles estão sentados em semicírculo em volta de uma figura grotesca, uma escultura que parece um espantalho. Toda a atenção deles está focalizada nela: a princípio eles não o veem surgir de trás do arbusto e se aproximar mancando.

Ohhhhh, entoam as mulheres.

Mun, entoam os homens.

Será isso *Amém*? Certamente não! Não depois de todas as precauções de Crake, de sua insistência em manter essas pessoas puras, livres desse tipo de contaminação. E eles certamente não aprenderam esta palavra com o Homem das Neves. Isto não pode ter acontecido.

Clank. Ping-ping-ping-ping. Bum. *Ohhh-mun*.

Agora ele consegue ver o grupo de percussão. Os instrumentos são uma calota e uma vareta de metal – que fazem os clangores – e uma série de garrafas vazias penduradas em um galho de árvore e tocadas com uma colher de sopa. O ribombo vem de um tambor de petróleo, batido com o que parece ser um martelo de cozinha. Onde foi que conseguiram essas coisas? Na praia, sem dúvida. Ele tem a sensação de estar assistindo a uma apresentação da sua bandinha de jardim de infância, só que com crianças grandes, de olhos verdes.

O que é essa coisa – a estátua, ou espantalho, ou seja lá o que for? Tem uma cabeça e um corpo feito de retalhos de pano. Tem uma espécie de rosto – um olho de pedra, outro preto, que parece feito com uma tampa de pote. Tem um esfregão velho enfiado no queixo.

Agora eles o viram. Ficam em pé, correm para recebê-lo, cercam-no. Todos estão sorrindo, felizes; as crianças dão saltos, rindo; algumas mulheres batem palmas excitadamente. Eles demonstram um entusiasmo fora do comum.

– Homem das Neves! Homem das Neves! – Eles tocam nele com as pontas dos dedos. – Você voltou para junto de nós!

– Nós sabíamos que podíamos chamá-lo, que você escutaria e voltaria.

Então não era *Amém*. Era *Homem*.

– Nós fizemos o seu retrato, para nos ajudar a mandar nossas vozes para você.

Cuidado com a arte, Crake costumava dizer. *Assim que eles começarem a produzir arte, teremos problemas*. Qualquer tipo de pensamento simbólico seria sinal de decadência, na opinião de Crake. Em seguida eles estariam inventando ídolos e funerais e oferendas para os túmulos, e vida após a morte, e pecado e Linear B, e reis, e depois escravidão e guerra. O Homem das Neves está louco para interrogá-los – quem foi que teve a ideia de fazer um boneco semelhante a ele, o Homem das Neves, com uma tampa de pote e um esfregão? Mas isso terá que esperar.

– Vejam! O Homem das Neves tem flores sobre ele! – (Isto por parte das crianças, que notaram o seu sarongue estampado.)

– Nós também podemos usar flores?
– Foi difícil a sua viagem até o céu?
– Flores também, flores também!
– Que mensagem Crake mandou para nós?
– Por que vocês acham que eu estive no céu? – O Homem das Neves pergunta, da forma mais neutra possível. Ele está consultando os arquivos de histórias em sua mente. Quando foi que ele mencionou o céu? Será que ele contou alguma fábula sobre a origem de Crake? Sim, ele se lembra. Ele dera a Crake os atributos de trovão e relâmpago. Naturalmente, eles deduziram que Crake devia ter voltado para a terra das nuvens.

– Nós sabemos que Crake mora no céu. E nós vimos o vento rodopiando, indo para o mesmo lado que você.

– Crake enviou-o para você, para ajudá-lo a se erguer do chão.
– Agora que você esteve no céu, é quase igual a Crake.

É melhor não contradizê-los, mas ele não pode deixar que eles continuem acreditando que ele pode voar: mais cedo ou mais tarde vão querer que ele faça uma demonstração. – O vento permitiu que Crake *descesse* do céu – ele diz. – Ele fez o vento trazê-lo lá de cima. Ele resolveu não ficar lá em cima porque o sol era quente demais. Então não foi lá que eu o vi.

– Onde ele está?
– Ele está na bolha – o Homem das Neves diz, o que não deixa de ser verdade. – No lugar de onde nós viemos. Ele está no Paradice.

– Vamos até lá para vê-lo – diz uma das crianças mais velhas. – Nós sabemos chegar lá. Nós nos lembramos.

– Vocês não podem vê-lo – o Homem das Neves diz, um tanto rispidamente. – Vocês não o reconheceriam. Ele se transformou em planta. – De onde foi que tirou isso? Ele está muito cansado, está perdendo o controle.

– Por que Crake se transformaria em comida? – pergunta Abraham Lincoln.

Ídolo

– Não é uma planta que se possa comer – diz o Homem das Neves. – É como uma árvore.

Olhares intrigados. – Ele fala com você. Como é que ele fala, se é uma árvore?

Isso vai ser difícil de explicar. Ele cometeu um erro de narrativa. Ele tem a sensação de ter perdido o equilíbrio no alto de uma escada.

Ele procura um apoio. – É uma árvore que tem boca – ele diz.

– Árvores não têm bocas – diz uma das crianças.

– Vejam – diz uma mulher. Madame Curie? – O Homem das Neves machucou o pé. – As mulheres sempre conseguem perceber o seu desconforto, elas tentam amenizá-lo mudando de assunto. – Precisamos ajudá-lo.

– Vamos pegar um peixe para ele. Você quer um peixe, Homem das Neves? Nós vamos pedir a Oryx para nos dar um peixe para morrer por você.

– Isso seria bom – ele diz aliviado.

– Oryx quer que você fique bom.

Logo ele está deitado no chão e elas estão ronronando sobre ele. A dor diminui, mas embora elas tentem de todo jeito, a inchação não cede completamente.

– Deve ter sido um machucado muito fundo.

– Vai precisar de mais.

– Vamos tornar a tentar mais tarde.

Eles trazem o peixe, cozido e embrulhado em folhas, e ficam observando contentes enquanto ele come. Ele não está com tanta fome assim – é a febre –, mas se esforça porque não quer assustá-los.

As crianças já estão destruindo a imagem que fizeram dele, reduzindo-a às suas partes, que planejam devolver à praia. Este é um ensinamento de Oryx, as mulheres dizem a ele: depois que uma coisa é usada, ela deve ser devolvida ao seu lugar de origem. A imagem do Homem das Neves já cumpriu o seu papel: agora que o verdadeiro Homem das Neves está de volta, não há mais motivo para o outro, menos satisfatório. O Homem das Neves acha estranho ver a sua antiga barba, a sua antiga cabeça, sendo levadas separadamente pelas crianças. É como se ele mesmo tivesse sido despedaçado e seus pedaços espalhados.

SERMÃO

— Outros iguais a você estiveram aqui – diz Abraham Lincoln, depois que o Homem das Neves se dedicou ao peixe. Ele está recostado em um tronco de árvore; seu pé lateja suavemente agora, como se estivesse dormente; ele está sonolento.

O Homem das Neves se sobressalta. – Outros iguais a mim?

– Com essas outras peles, como você – diz Napoleão. – E um deles tinha penas no rosto, como você.

– Outro tinha penas também, só que não tão compridas.

– Nós achamos que eles tinham sido enviados por Crake. Como você.

– Um deles era uma fêmea.

– Ela deve ter sido enviada por Oryx.

– Ela cheirava a azul.

– Nós não pudemos ver o azul por causa da outra pele.

– Mas ela cheirava muito a azul. Os homens começaram a cantar para ela.

– Nós oferecemos flores e acenamos para ela com os nossos pênis, mas ela não reagiu com alegria.

– Os homens com as peles extras não pareceram contentes. Eles ficaram zangados.

– Nós fomos cumprimentá-los, mas eles fugiram.

O Homem das Neves consegue imaginar. A visão desses homens anormalmente calmos e musculosos avançando em bloco, cantando sua música esquisita, os olhos verdes faiscando, pênis azuis balançando em uníssono, ambas as mãos estendidas como extras em filmes de zumbis, deve ter sido alarmante.

O coração do Homem das Neves bate depressa agora, de excitação ou medo, ou uma mistura dos dois. – Eles estavam carregando alguma coisa?

– Um deles tinha um pau barulhento, como o seu. – A arma de pulverização do Homem das Neves não está à vista: eles deviam lembrar-se da arma de antes, de quando saíram do Paradice. – Mas eles não fizeram nenhum barulho com ele. – Os Filhos de Crake falam com indiferença, não percebem as implicações disso. É como se estivessem falando sobre coelhos.
– Quando foi que estiveram aqui?
– Ah, no dia anterior, talvez.
Era inútil tentar interrogá-los sobre acontecimentos passados, eles não contavam os dias. – Para onde foram?
– Eles foram para lá, pela praia. Por que eles fugiram de nós, ó Homem das Neves?
– Talvez eles tenham ouvido Crake – diz Sacajawea. – Talvez ele os estivesse chamando. Eles tinham coisas brilhantes nos braços, como você. Coisas para ouvir Crake.
– Vou perguntar a eles – diz o Homem das Neves. – Vou até lá conversar com eles. Farei isso amanhã. Agora vou dormir. – Ele se levanta, se encolhe de dor. Ainda não consegue se apoiar no pé machucado.
– Nós iremos também – dizem vários homens.
– Não. Não acho que esta seja uma boa ideia.
– Mas você ainda não está bem – diz a Imperatriz Josefina. – Você precisa de mais rom-rom. – Ela parece preocupada: surgiu uma pequena ruga entre seus olhos. É estranho ver uma expressão dessas em um daqueles rostos perfeitos, sem rugas.

O Homem das Neves obedece, e um novo grupo – três homens e uma mulher, desta vez, eles devem achar que ele está precisando de um remédio forte – inclina-se sobre sua perna. Ele tenta sentir uma vibração correspondente dentro do seu corpo, imaginando – não pela primeira vez – se esse método só funciona neles. Os que não estão ronronando assistem atentamente à operação; alguns conversam em voz baixa, e depois de meia hora um novo grupo assume a tarefa.

Ele não consegue relaxar e se entregar ao som como sabe que deveria fazer, porque está ensaiando o futuro, não pode deixar de fazê-lo. Sua mente está a mil; por trás dos seus olhos fechados, passam mil possibilidades. Talvez fique tudo bem, talvez esse trio de desconhecidos seja bondoso, sadio, bem-intencionado; talvez ele consiga mostrar os crakers a eles sob um ângulo apropriado. Por outro lado, esses recém-chegados poderiam facilmente ver os Filhos de Crake como sendo uma aberração, ou selvagens, ou não humanos e uma ameaça.

Imagens do passado rasgam sua mente, barras laterais de Blood and Roses: a pilha de crânios de Gêngis Khan, as montanhas de sapatos e óculos de Dachau, as igrejas cheias de cadáveres queimando em Ruanda, o saque de Jerusalém durante as Cruzadas. Os índios arawak, dando as boas-vindas a Cristóvão Colombo com guirlandas e flores e oferendas de frutas, sorrindo com encantamento, e sendo logo depois massacrados, ou amarrados embaixo das camas sobre as quais suas mulheres estavam sendo estupradas.

Mas por que imaginar o pior? Talvez essas pessoas tenham sido afugentadas, talvez tenham se mudado para outro lugar. Talvez estejam doentes e moribundas.

Ou talvez não.

Antes de fazer o reconhecimento, antes de iniciar o que – ele entende agora – é uma missão, ele devia fazer algum tipo de discurso para os crakers. Uma espécie de sermão. Estabelecer alguns mandamentos, as palavras de despedida de Crake para eles. Só que eles não precisam de mandamentos: nenhuma proibição traria qualquer benefício para eles, não seria nem mesmo compreensível, porque tudo já havia sido embutido neles. Não adiantava dizer-lhes para não matar, não roubar, não cometer adultério ou não mentir. Eles não entenderiam os conceitos.

Mas ele deveria dizer-lhes alguma coisa. Deixá-los com algumas palavras para se lembrar. Melhor ainda, algum conselho prático. Ele deveria dizer que talvez não fosse mais voltar. Deveria dizer que os outros, aqueles com peles extras e penas, não vieram de Crake. Deveria dizer que seus paus barulhentos deveriam ser tirados deles e jogados no mar. Deveria dizer que se aquelas pessoas se tornassem violentas – Ó *Homem das Neves, por favor, o que é violento?* – ou se tentassem estuprar (*O que é estuprar?*) as mulheres, ou molestar (*O quê?*) as crianças, ou se elas tentassem obrigá-los a trabalhar para elas...

Inútil, inútil. *O que é trabalhar?* Trabalhar é quando você constrói coisas – *O que é construir?* – ou cultiva coisas – *O que é cultivar?* – porque as pessoas bateriam em você ou matariam você caso você não o fizesse, ou então porque elas dariam dinheiro para você caso você o fizesse.

O que é dinheiro?

Não, ele não pode dizer nada disso. *Crake está velando por vocês,* ele vai dizer. *Oryx ama vocês.*

Então seus olhos se fecham e ele sente que é erguido delicadamente, carregado, erguido novamente, carregado novamente, sustentado.

15

PEGADA

O Homem das Neves acorda antes do amanhecer. Fica deitado, imóvel, ouvindo o barulho da maré, as ondas no ritmo das batidas do coração. Ele gostaria de acreditar que ainda está dormindo.

A leste, no horizonte, há uma névoa acinzentada, iluminada por um clarão rosa e mortal. Estranho como essa cor ainda parece delicada. Ele a contempla com enlevo. *Enlevo.* O coração capturado e levado embora, como que por uma grande ave de rapina. Depois de tudo o que aconteceu, como o mundo consegue ser ainda tão belo? Porque ele é. Das torres próximas à praia vêm os guinchos e gritos das aves, que não parecem nem um pouco humanos.

Ele respira fundo algumas vezes, examina o chão à procura de algum animal, desce da árvore, colocando primeiro o pé bom no chão. Verifica o lado de dentro do chapéu, tira uma formiga lá de dentro com um peteleco. Uma única formiga pode ser considerada viva, no verdadeiro sentido da palavra, ou ela só tem relevância no contexto do seu formigueiro? Uma velha charada de Crake.

Ele atravessa a praia mancando e vai até a beira do mar, lava o pé, sente a ardência do sal: devia haver um tumor ali que rompeu-se durante a noite, a ferida parece enorme agora. As moscas zumbem em volta dele, esperando uma chance de se instalarem.

Ele volta mancando para perto da árvore, tira o seu lençol estampado, pendura-o num galho: ele não quer que nada o atrapalhe. Ele não vai usar nada além do seu boné de beisebol para proteger os olhos da claridade. Vai dispensar os óculos escuros: ainda está muito cedo, então não vai precisar deles. Ele tem que ser capaz de perceber qualquer nuança de movimento.

Ele mija sobre os gafanhotos, fica olhando com nostalgia enquanto eles se afastam. Essa sua rotina já está entrando no passado, como uma amante vista da janela de um trem, acenando na despedida, puxada inexoravelmente para trás, no espaço e no tempo, tão depressa.

Ele vai até o seu esconderijo, abre-o, bebe um pouco de água. Seu pé dói como o diabo, está vermelho em volta da ferida outra vez, seu tornozelo está inchado: o que quer que tenha lá sobreviveu ao coquetel do Paradice e ao tratamento dos crakers. Ele esfrega um pouco do gel antibiótico, inútil como lama. Felizmente, ele tem aspirina; isso irá melhorar um pouco a dor. Ele engole quatro, come metade de uma barra de cereais para ter um pouco de energia. Depois apanha sua arma de pulverização, verifica o pacote de balas virtuais.

Ele não está preparado para isso. Ele não está bem. Está com medo.

Ele poderia optar por ficar ali, aguardar os acontecimentos.

Ah, benzinho, você é a minha única esperança.

Ele caminha pela praia na direção norte, usando o cajado para se equilibrar, mantendo-se o máximo possível na sombra das árvores. O céu está clareando, ele precisa apressar-se. Ele pode ver a fumaça agora, erguendo-se em uma fina coluna. Vai levar mais ou menos uma hora para chegar lá. Aquelas pessoas não sabem da sua existência; elas sabem dos crakers, mas não dele, não estarão esperando por ele. Essa é a sua melhor chance.

Ele vai mancando de árvore, furtivo, branco, um rumor. Em busca da sua própria espécie.

Avista uma pegada humana, na areia. Depois outra. Elas não são nítidas, porque a areia está seca, mas não há dúvida quanto a elas. E agora há uma fileira de pegadas, indo na direção do mar. De diferentes tamanhos. Quando a areia fica molhada, ele as vê melhor. O que essas pessoas estavam fazendo? Nadando, pescando? Tomando banho?

Elas estavam usando sapatos, ou sandálias. Foi aqui que elas os tiraram, foi aqui que tornaram a calçá-los. Ele pisa com o pé bom na areia molhada, ao lado da pegada maior: uma espécie de assinatura. Assim ergue o pé, a marca enche-se de água.

Ele sente o cheiro da fumaça, consegue ouvir vozes. Prossegue sorrateiramente, como se estivesse andando por uma casa vazia onde ainda pudesse haver alguém. E se eles o vissem? Um maníaco nu e cabeludo, usando apenas um boné de beisebol e carregando uma arma de pulverização. O que fariam? Dariam um berro e sairiam correndo? Atacariam? Abririam os braços para ele com alegria e amor fraternal?

Ele espia de trás de uma cortina de folhas: só há três deles, sentados em volta da fogueira. Eles têm uma arma de pulverização, do tipo especial usado pelo CorpSeCorps, mas ela está largada no chão. Eles são magros têm uma aparência esgotada. Dois homens, um moreno, um branco, uma mulher cor de chá, o homem usando uma roupa cáqui, do tipo comum mas imunda, a mulher com os restos de um uniforme qualquer – enfermeira, guarda? Ela deve ter sido bonita, antes de perder todo aquele peso; agora está esquálida, o cabelo seco, parecendo uma vassoura. Todos os três parecem acabados.

Eles estão tostando alguma coisa – alguma espécie de carne. Uma guaxitaca? Sim, o rabo está ali, no chão. Eles devem ter atirado nela. Pobre criatura.

Faz muito tempo que o Homem das Neves não sente cheiro de carne tostada. Será que é por isso que seus olhos estão lacrimejando?

Ele está tremendo. Está com febre de novo.

E agora? Avançar com um pedaço de lençol amarrado em um pedaço de pau, sacudindo uma bandeira branca? *Venho em paz*. Mas ele não trouxe o seu lençol.

Ou então, *posso mostrar-lhe muitos tesouros*. Não, ele não tem nada para negociar com eles, nem eles com ele. Nada exceto eles mesmos. Eles poderiam ouvir sua história, ele poderia ouvir a deles. Eles pelo menos entenderiam alguma coisa do que ele passou.

Ou então, *Dá o fora do meu território antes que eu acabe com você*, como em algum filme de faroeste. *Mãos ao alto. Para trás. Largue essa arma.* Mas as coisas não terminariam assim. Eles são três e ele é apenas um. Eles fariam o que ele faria se estivesse no lugar deles: eles iriam embora, mas ficariam à espreita, vigiando. Eles o atacariam no escuro, esmagariam sua cabeça com uma pedra. Ele nunca saberia quando eles viriam.

Ele podia terminar tudo agora, antes que eles o vissem, enquanto ainda tem forças. Enquanto ainda consegue manter-se de pé. Seu pé parece estar em fogo. Mas eles não fizeram nada de mau, pelo menos não para ele. Será que deveria matá-los a sangue-frio? Seria capaz disso? E se ele começar a matá-los e depois parar, um deles irá matá-lo primeiro. Naturalmente.

– O que você quer que eu faça? – ele murmura para o vazio. É difícil saber.

Ah, Jimmy, você era tão engraçado.

Não me decepcione.

Ele olha para o relógio por puro hábito; vê o seu rosto vazio.

Zero hora, o Homem das Neves pensa. Hora de ir.

AGRADECIMENTOS

Meus agradecimentos à Sociedade de Autores (Inglaterra), como representante literário do acervo de Virginia Woolf, pela permissão para citar um trecho de *Rumo ao farol*; a Anne Carson pela permissão para citar um trecho de *The Beauty of the Husband*; e a John Calder Publications e a Grove Atlantic pela permissão para citar algumas palavras do romance de Samuel Beckett, *Mercier and Camier*. Uma lista completa de outras citações usadas ou parafraseadas nos ímãs de geladeira neste livro pode ser encontrada em Oryxandcrake.com. "Winter Wonderland" mencionado na Parte 9 é de Felix Bernard e Richard B. Smith, e os direitos pertencem a Warner Bros.

O nome "Amanda Payne" foi gentilmente fornecido pela pessoa que o adquiriu em leilão, levantando assim recursos muito necessários para a Fundação de Assistência às Vítimas de Tortura no Reino Unido. Alex, o papagaio, é um dos participantes do trabalho sobre inteligência animal da dra. Irene Pepperberg, e é o protagonista de muitos livros, documentários e sites da internet. Ele deu seu nome à Fundação Alex. Obrigada também a Tuco, o papagaio, que vive com Sharon Doobenen e Brian Brett, e a Ricki, o papagaio, que vive com Ruth Atwood e Ralph Siferd.

Muito material foi fornecido inadvertidamente por diversas revistas e jornais e autores científicos encontrados ao longo dos anos. Uma lista completa deles está disponível em Oryxandcrake.com. Obrigada também ao dr. Dave Mossop e a Grace Mossop, e a Norman e Barbara Barichello, de Whitehorse, em Yukon, Canadá; a Max Davidson e equipe, de Davidson's Arnhemland Safaris, Austrália; a meu irmão, neurofisiologista dr. Harold Atwood (obrigada pelo estudo dos hormônios sexuais em fetos de camundongos e outros mistérios); a Gilberto Silva e Orlando Garrido, dedicados biólogos de Cuba; a Matthew Swan e equipe, da Adventure Canada, tendo sido parte deste livro escrita com base em uma de suas viagens árticas; aos rapazes do laboratório, 1939-45; e a Philip e Sue Gregory de Cassowary House, Queensland, Austrália, de cuja varanda, em março de 2002, a autora observou aquele pássaro raro, o Red-necked Crake (codornizão de pescoço vermelho).

Minha gratidão também aos sagazes leitores de primeira hora, Sarah Cooper, Matthew Poulikakis, Jess Atwood Gibson, Ron Bernstein, Maya Mavjee, Louise Dennys, Steve Rubin, Arnulf Conradi e Rosalie Abella; aos meus agentes, Phoebe Larmore, Vivienne Schuster e Diana Mackay; aos meus editores, Ellen Seligman de McClelland & Stewart (Canadá), Nan Talese da Doubleday (Estados Unidos) e Liz Calder da Bloomsbury (Reino Unido) e à minha intrépida preparadora de texto, Heather Sangster. E também à minha incansável assistente, Jennifer Osti, e a Surya Bhattacharya, a guardiã da terrível Caixa Marrom de material de pesquisa. Também a Arthur Gelgoot, Michael Bradley e Pat Williams; e a Eileen Allen, Melinda Dabaay e Rose Tornato. E, finalmente, a Graeme Gibson, meu parceiro de trinta anos, dedicado observador da natureza, e entusiástico participante da Pelee Island Bird Race de Ontario, Canadá, que compreende a obsessão do escritor.

Impressão e Acabamento:
GRÁFICA SANTA MARTA